Thomas Rosenboom

Der Nachfolger

Thomas Rosenboom

Der Nachfolger

Roman

Aus dem Niederländischen von
Marlene Müller-Haas

Deutsche Verlags-Anstalt

Für Isabella

1

Schiffbau Bepol

Das erste Dampfschiff, das Groningen mit einem Besuch beehrte, war der englische Hochseeschlepper Selsey Bill; er lief bei Delfzijl ein, dampfte durch das schmale Damsterdiep weiter zur Stadt und wurde dort von einer jauchzenden Menschenmenge empfangen. Nach neun Tagen Jubelfeiern wurden die Kessel wieder unter Dampf gesetzt, doch stellte sich heraus, dass nirgendwo genug Platz zum Wenden war. So triumphal der Einzug gewesen war, so schmählich wurde der Abzug: Rücklings wurde er von drei Groninger Ackergäulen nach Delfzijl zurückgeschleppt, wieder durch das ganze Damsterdiep, siebzehn Seemeilen Ostnordost, ein Seeschlepper mitten durch die Wiesen. Nicht nur bei der Besatzung, auch bei den Groningern muss die Scham groß gewesen sein; kurz darauf wurde entschieden, dass es mit dem Damsterdiep so nicht weiterginge, dass man eine neue Verbindung zum Seehafen Delfzijl brauche.

Es war ein stiller Kanal geworden, das Damsterdiep; wenige Kilometer südlich führte nun ein anderer Kanal von der Stadt zum Meer, ein besserer Kanal, der Emskanal – diese Verbindung hatte Groningen zum Seehafen gemacht, und alles, was noch am Damsterdiep lag, wirkte zurückgeblieben, die Dörfer, die Betriebe und am Ende auch das Diep.

Einer dieser Betriebe war die Schiffswerft Bepol, eines der Dörfer der Weiler Wirdum, auf halbem Wege nach Delfzijl –

nur Appingedam lag dazwischen, mit seiner Kirche, dem Rathaus und dem Hotel, noch ein paar Kilometer weiter.

Wirdum bestand aus nur einem Gebäude, mit nur einem Stockwerk, dem Werfthaus, weiter war es nichts als ein unansehnlicher, bebauter Streifen am parallel dazu verlaufenden Wasser, Auslassungspunkte neben der langen, leeren Zeile des Diep, dieses unendlichen Leerraums zwischen Stadt und See, kein sinnvoller Satz mehr, kein Wort, nicht einmal ein Buchstabe – aber wie kraftvoll und beredt stieg dort doch die Werft mit ihrem hohen Haus aus all der Sprachlosigkeit empor, das so, in der blumigen Sprache Direktor Berend Bepols, quer zu Weg und Wasser, doch noch ein H bildete, und durch die Wucht, mit der die Platten in Form geschlagen, die Löcher gestanzt, die Bolzen vernietet, der Stahl gezogen wurde, war jeder Schlag ein Ausrufezeichen.

Dieser eiserne Hammerschlag war der Ton, der 1912 über jeder Groninger Schiffswerft hing. Gebaut wurde im Freien und nirgendwo mehr mit Holz, nur noch mit Eisen, für die Küstenfahrt zum Sund und zum Belt, von Riga bis Marokko, immer größer, auf immer größeren Werften: Die Schiffe mussten nicht mehr durch die schmale Binnenschleuse von Delfzijl ins offene Wasser geschleppt werden, nun konnten sie gleich in die Außenschleuse – über den Emskanal, auch vom alten 't Hoogezand her, das wegen seines guten Anschlusses an das neue Zentrum des Schiffbaus Sitz der altehrwürdigen Schiffbauvereinigung 't Hoogezand geworden war, die allmonatlich im Hotel Martenshoek tagte. Um noch größer bauen zu können, hatten sich dort Dutzende von Werften angesiedelt, aber auch am noch günstiger gelegenen Emskanal, ganz am Ende bei Delfzijl, knapp vor der Außenschleuse, war neue Betriebsamkeit entstanden, dort hatte zum Beispiel der bekannte Terneis aus Westerbroek seine Werft gegründet, und auch vom Damsterdiep waren welche gekommen – ja wahrhaftig, Berend Bepol war dort wirklich zurückgeblieben, mit seiner Frau Agaat und der siebzehnjährigen Tochter Ilse, nur was machte das schon, solange er Mitglied der Schiffbauvereinigung 't Hoogezand war, seine Werft florierte und auch er selbst, seit er sie vor zwölf Jahren geerbt hatte, stets mehr blühte und gedieh?

Während sein Vater in seiner Erinnerung ein Werftleiter war, der noch mit anpackte, immer in Holzschuhen, mit einem Maßband um den Hals und einem Hammer in der Hand, präsentierte er sich von Anfang an als Direktor: Er ließ den Queranbau der Küche parallel zum Kanal um einen neuen Raum verlängern, wodurch das Haus einen tiefen Seitenflügel bekam, in dem er ein Büro einrichtete, mit einer Schreibmaschine und einem Porträt seines Vaters, des Gründers, an der Wand, und fortan wurde die Leitung nicht mehr vom Spantenboden ausgeübt, sondern vom Büro, das eine eigene Tür ins Freie hatte wie eine Küche, wie die angrenzende Küche. Dort saß er mit seinen Verträgen und dem Schifffahrtsrecht, während die Hochkonjunktur den Rest erledigte – und so neigte er, mangels Problemen, immer mehr zum Philosophieren, mit einem unbändigen Hang zur bildhaften Sprache; er stieg auch immer öfter die Treppe hinauf, um vom hohen Schlafzimmerfenster aus gen Osten Ausschau über die Werft zu halten, die ihm dann wie ein wimmelnder Spielplatz zu Füßen lag, eingeklemmt zwischen der Pflasterstraße links nach Delfzijl und dem gleichlaufenden Kanal rechts, und ringsherum schirmten der geteerte Schuppen und die Schmiede das Gelände von der Straße ab; das Haus schützte es vor dem Westwind; rechts bildete zuerst der Seitenflügel, dahinter die Reparaturhelling und dann die Neubauhelling die Grenze zum Kanal, während gegenüber ein verwilderter Weidenhag das Anwesen eingrenzte – hinter dieser Hecke lagen Agaats Gemüsegarten und die Rasenbleiche, und noch weiter hinten, schon außerhalb des Grundstücks und durch noch mehr Weidenbestand dem Blick entzogen, das Wiesenstück, das Bepol für das Pferd gepachtet hatte. Jenseits des Kanals standen ebenfalls Weiden, aber einzelne, Kopfweiden, gedrungen und einsam wie Männer.

Doch bevor er einen Blick nach draußen warf, grüßte Bepol aus reiner Freundlichkeit immer zuerst kurz sein volles, von Wohlstand und Zufriedenheit geprägtes Gesicht im Spiegel über der Ablage – er war schon seit Jahren zufrieden, seine Zufriedenheit war allmählich von einer Stimmung zur Charaktereigenschaft gestockt, zum Ausdruck und Prinzip: Er glaubte an die Zufriedenheit, wie er auch an die Zukunft glaubte –, erst danach ging er weiter zum Fenster, stemmte sich gegen den ewigen Lärm von draußen, diese Wolke aus Hammerschlägen, die ständig über der Werft hing, diesen Hagelschauer von Schlägen, der sich mit dem Ton eines Maschinengewehrs von Sonnenaufgang bis Sonnenuntergang auf dem Gelände entlud, dieses beständige, unregelmäßige Trommelfeuer der Vorschlaghämmer, Polierhämmer, Setzhämmer und Niethämmer auf Eisen, manchmal etwas leiser, dann plötzlich wieder wild anschwellend, als sichte einer den Feind – überall war ein so ungeheuer durchdringender Lärm, dass es nicht einmal lauter wurde, wenn Bepol den Vorhang beiseiteschob und das Fenster öffnete.

All das konnte er von diesem hohen Punkt aus sehen, ohne gesehen zu werden, die riesige Pendelschere und die Stanze, mit der schräg unter ihm die Platten zugeschnitten, die Nietlöcher gestanzt wurden, oder rechts unten sein Büro, neben der Küche auf der Ecke des Anbaus, oft mit noch offener Tür; er konnte auch hoch über den Seitenflügel hinwegsehen, weit gen Süden über alle Ländereien bis hin zu dem dunstigen Pappelgraben am Horizont (dort verlief der Emskanal), doch kam es auch vor, dass er an einem klaren Morgen zunächst gar nichts sehen konnte: Dann gleißte ihm die Sonne zu grell entgegen, dann blitzte das Licht auf dem Eisen, das überall herumlag, Stapel Winkeleisen, Rollen Bandeisen, feurig rostendes Walzgut und die Platten auf der Helling, gegen das Einsinken, und sogar der Boden, der allabendlich, zur Befestigung, mit den Schlacken aus der Schmiede und den Essen bestreut wurde – sogar der graue Boden bekam dann einen metallischen Schimmer, und die ganze Werft wurde zu Eisen, zu Eisen, das nicht dämmte wie früher das Holz, sondern im Gegenteil verstärkte: Im Winter schien es auf der Werft auch kälter als anderswo zu sein, im Sommer heißer, bei Regen nasser …

Geblendet stand Bepol dann für einen Augenblick an der Fensterbank, reglos dieser endlosen Kakofonie von Schlägen lauschend, in der doch jeder Schlag anders klang. Sobald es ihm wieder gelang, die Augen zu öffnen, blickte er unwillkürlich in diese Richtung, um zu kontrollieren, was er schon so oft kontrolliert hatte, und ja: Es war immer Niesten, ob er nun in der Mitte des Geländes die Mallen ausklopfte oder auf der Helling die Nietkolonne anführte; es war immer Niestens Hammer, der zugleich mit diesem Akzent aufschlug; immer war es sein junger Werkmeister Niesten, der fester zuschlug als die anderen, deshalb schien er auch immer näher …

Unwillkürlich zuckte Bepol ein wenig zurück, wenn sein Blick auf Niesten fiel, ebenso unwillkürlich beobachtete er ihn weiter, wie er arbeitete, hart und sauber, auch wie er aussah, ganz anders als die anderen: Er trug weder Käppi noch Wollmütze, sondern eine Schirmmütze; keinen Blaumann, sondern winters eine schwarze Zunftjacke und sommers ein weites Hemd und breite Hosenträger, die zwischen seinen Schulterblättern zusammentrafen und ihm die Hose hinten an einer Stelle, in der Mitte, hochzogen, und immer trug er einen weißen Putzlappen um den Hals, der ihm wie eine Seidenkrawatte stand. Seine Führung wurde wortlos anerkannt und ebenso wortlos ausgeübt, allein mit dem stechenden Blick und der Überlegenheit seines harten Körpers und seiner harten Arbeit – er konnte alles, lenkte alles, kannte jedes Schiff vom Bug bis zur Bilge, selbst noch nach Jahren, wenn es zur Überholung kam, und er war der Vorschläger der Blechschlosser; gewöhnliche Vorschläger bezeichneten mit dem nassen Finger die Stelle, wo die anderen hinschlagen sollten, Niesten dagegen spuckte, mit einem kräftigen, aber unsichtbar dünnen Strahl – auf einmal glänzte die Stelle, das war's. Wenn Bepol vorbeischaute, riskierte er nie einen längeren Blick, aus Angst, Niesten könnte sich unverhofft umdrehen und ihn ansehen mit diesen eigenartigen, hellen Augen, die im Schatten seines Mützenschirms glühten …

Wenn er Niesten lange genug zugesehen hatte, ließ Bepol den Blick frei über das Gelände schweifen; dann sah er unter sich die angeworfene Pendelstanze, die sich wie das Rad der Fortuna drehte, dann sah er hinten, manchmal verschleiert von den Rauchschwaden der Essen, die Nietkolonne am Schiff arbeiten, während sich daneben acht Mann in die Speichen des Gangspills warfen, um ein eingelaufenes Schiff auf die Reparaturhelling zu ziehen. Sattgesehen an all der Arbeit, löste er dann wieder den Blick und trieb ihn, nun noch freier, direkt vor sich her, erst zu den Möwen über Appingedam und dann, nun ganz geruhsam, in den unbegrenzten Raum noch weiter hinten, über Delfzijl hinaus, das er von hier aus nicht mehr sehen konnte, nur nachts den huschenden Strahl des Leuchtfeuers über dem Horizont – über Delfzijl und den dahinterliegenden Meeresarm hinweg und noch weiter, bis in den Himmel über Deutschland – eigentlich blickte er dann direkt in die Zukunft, die dort bereits begonnen hatte; er schaute dorthin, wie er früher im Theater auf die Bühne geschaut hatte, interessiert und fasziniert, doch ohne das geringste Verlangen, darin eine Rolle zu spielen, und einmal, als er so stand und in die weiße Ferne starrte, da begriff er: Noch zwei Akte, Ilses Heirat und seine Nachfolge – und dann Hinnahme, denn er musste bis zum Ende bleiben, die Zukunft kam unausweichlich.

»Wenn die Zukunft ein Reisender unterwegs ist, werde ich meinen Tisch für ihn decken«, flüsterte er demütig, dann musste er sich an der Fensterbank festhalten, und er ächzte vor Philosophie.

Unter Bepol, der mit zunehmender Eloquenz und Korpulenz gewiss keine schlechtere Figur machte als die Herren von 't Hoogezand, ein Bodewes, Pattje oder ein Van Diepen, mit denen er allmonatlich wie mit seinesgleichen den Zustand des Schiffbaus besprach, blieb die Werft am Diep in jeder Hinsicht eine vollwertige Groninger Schiffswerft. Mit ihren zwei ordentlich eingerammten Hellingen und so viel Werkvolk, dass die Hälfte aus Appingedam kommen musste, war sie sogar eine der größeren, auch wenn das natürlich für ihre Schiffe nicht mehr zutraf: die mussten ja noch durch die Binnenschleuse. Aber auch die Bepol-Werft verwendete den zentral eingekauften Stahl aus Deutschland, und auch die Bepol-Werft baute ausschließlich für die Küstenschifffahrt, Tjalken, Klipper und Schoner, allesamt kleine Seeschiffe, noch ein wenig kleiner als anderswo, doch im Damsterdiep riesengroß, wenn sie nach dem Stapellauf durch das Weideland zum Meer hinter Delfzijl getreidelt wurden. Rundum zufrieden blickte Bepol ihnen dann nach: Seine Schiffe mochten zwar nicht breit sein, waren dadurch aber umso ranker, und zuweilen, wenn er zur monatlichen Versammlung der Schiffbauvereinigung vor dem Hotel Martenshoek in ’t Hoogezand aus seiner kleinen Kutsche stieg und dort Werft neben Werft liegen sah, dann freute er sich gar seiner exzentrischen Lage am Diep – er fand, dass sie gut zu ihm passte.

Mit der Zeit war Bepol eine Bake des Vertrauens geworden, ein Mann, der in der Gemeinde wie eine einsame Eiche auf einer Wiese wurzelte. Seinem Stand und Status gemäß setzte er sich inzwischen für die allgemeinen Belange von Gesundheit, Bildung und Volksbelustigung ein, er beobachtete die sozialistischen Bewegungen andernorts, ohne sie von vornherein zu verurteilen, und wurde kurzum ein vornehmer Herr, schließlich sogar so vornehm, dass er sich für die Natur zu interessieren begann. Jeden Morgen ließ er sich zu Hause rasieren, danach las er in seinem Büro ausgiebig die Zeitung, dann machte er sich mit seiner Flora auf zum täglichen Spaziergang an der Straße entlang, manchmal Richtung Appingedam oder entgegengesetzt, nach Groningen. Vor der wenig vornehmen Kulisse von Wirdum war es gewiss eine Sehenswürdigkeit, wie er piekfein im schwarzen Mantel, mit Stock und Melone botanisierend über die Böschung schritt, und mit Respekt und Verwunderung sah man ihn auf einmal den Schritt mäßigen, sich langsam vorbeugen und die Hand vorsichtig nach etwas Unsichtbarem im Gras ausstrecken – der Mann, der dort so ins kleinste Kräutlein versunken war, kämpfte zur selben Zeit im Rathaus von Appingedam für ein Genossenschaftskühlhaus, in dem jede Familie ihr Gartengemüse aufbewahren könnte; als Grundstock für einen Lesesaal hatte er beim Friseur eine Auswahl alter Bücher hinterlegt, für jedermann kostenlos verfügbar; an seinem fünfzigsten Geburtstag vor drei Jahren hatte er die Schule mit einem Globus beschenkt und alle Kinder mit einem Ausflug in die Stadt, und im Jahr darauf hatte er anlässlich der zehnjährigen Firmenübernahme die Blaskapelle komplett in neue Uniformen gesteckt – bis dahin hatten sie noch keine, aber jetzt konnten sie an Wettbewerben teilnehmen und sich mit den größten Blaskapellen messen, mit denen aus Appingedam und Delfzijl …

Aber den größten Beitrag zur Volksbelustigung leistete er doch mit seinen unvergleichlichen Stapelläufen: Dann kam die Gemeinde zu Bepol, kam Wirdum zur Werft; dann gab es auf der Wiese Kinderspiele; dann schenkte Ilse Limo aus; dann war die Werftfahne gehisst; dann ließ Bepol das Fotoboot kommen und hielt, kurz vor der Taufe, dem nervösen Schiffseigner, der ihm mit seiner Frau gegenüberstand, eine schwungvolle Rede und sprach ihn dann immer von Gleich zu Gleich an, als Unternehmer: »Schifffahrt ist mehr als reine Schifffahrt, Schifffahrt ist auch unternehmerisches Handeln!« Dann wünschte er dem Schiff allzeit gute Fahrt, und einerlei, ob es zum Sund oder Belt fuhr, nach Riga oder Marokko, der Kurs musste zugleich auch fest auf die Zukunft gerichtet bleiben, auf diese ewig zurückweichende Küste, unerreichbar selbst für den weitsichtigsten Schiffer – aber nicht für Bepols Rede, die ihm wie Sirup aus dem Munde floss und wie Maschinenöl bis in die tiefsten Hirnkammern des Schiffers kroch. Vor Freude schien an solchen Tagen immer die Sonne, und alle strahlten, Bepol am meisten, vor allem wenn er sah, wie sich so ein Schiffer von seinen Worten erhoben fühlte und den Arm noch fester um die Schultern seiner Frau legte, die das Schiff taufen sollte. Sobald das geschehen war, gab Bepol das Zeichen, das Schloss zu zerschlagen, dann schoss er mit dem Werftrevolver in die Luft, um die Spannung noch zu steigern – dieser Ablauf, fand er, hatte schon etwas Sozialistisches, auch wenn er nicht wusste, warum.

Inzwischen hatte sich das Ufer jenseits des Kanals gefüllt, dort sammelten sich Burschen und Mädchen von nah und fern in bunter Reihe zu einer festlichen Girlande zwischen den Weiden, und wenn das Schiff dann abzulaufen begann – immer quer, sonst war der Kanal zu schmal (aber in 't Hoogezand war das nicht anders) –, wenn dann diese gewaltige Masse in voller Breite ins Wasser glitt, fassten sich alle an der Hand, um gleichzeitig, in einem Satz, über die Flutwelle zu springen: Es war ein stiller Kanal geworden, das Damsterdiep, doch dann schlug das Wasser schäumend über die Uferbefestigung, dann wurde gelacht, das war so nett, dass Bepol fand, dass sich auch Ilse bei den jungen Leuten einreihen sollte, aber sie wollte nicht, sie war zu schüchtern.

Jährlich fanden zwei oder drei dieser Stapelläufe statt, manchmal gab es vier, als die Geschäfte noch besser gingen und mit einer zweiten Nietkolonne gearbeitet wurde. Bepol war übrigens der Erste, der zugeben würde, dass dieser Wandel viel weniger an seiner Leitung lag als am Stand der Frachtpreise.

»Wenn der Schiffbauer einen Puls hat«, erkühnte er sich einmal dem großen Bodewes bei der Versammlung zu erklären, »dann nur auf den Herzschlag der Küstenschifffahrt.«

So vergingen die Jahre in Zufriedenheit, obwohl es natürlich durchaus auch ein bisschen Sozialismus gab. Mit dem Wechsel vom Holz- zum Eisenbau hatte noch ein weiterer Wandel stattgefunden, der von der Kirche zur Gewerkschaft, und letztendlich aus demselben Grund: Die Vorteile waren zu groß. Wie ein Eisenschiff völlig wasserdicht sein konnte, während ein Holzschiff ständig weiterarbeitete und leckte, so hat der Streikende eine Chance auf Lohnerhöhung, während in der Kirche immer nur der Klingelbeutel herumgeht. Aber am Damsterdiep gab es keinen giftigen Sozialismus; wenn Bepol bisweilen in der Mittagspause von seinem Spaziergang zurückkam und dann, auf der Böschung stehend, kurz von außen sein Ohr an einen Spalt des Schuppens presste, dann hörte er drinnen seine Männer nie richtig agitieren – das wunderte ihn nicht, ihm kam alles nur botanisch vor: Der Sozialismus war ein Gewächs, das allein im Boden der Unzufriedenheit gedieh; ein Wüstengewächs, das alles aushielt, außer gute Bedingungen – und wie gut waren die doch auf der Werft: In der Pause schenkte Ilse Kaffee aus (auf anderen Werften musste er von zu Hause mitgebracht werden), und bei Unfällen stand sie immer mit dem Verbandskasten bereit, während er mit jedem ein vertrauliches, mitunter gar väterliches Verhältnis pflegte.

2

Niesten

Aber wie väterlich Bepol sich im Umgang auch gab, so brauchte er seinen Leuten doch nicht alles zu bewilligen. Das hatte er daher zuerst auch nicht getan, als an einem frühen Morgen im Frühling das Hämmern draußen plötzlich aufhörte und Niesten ohne Anklopfen ins Büro trat.

Während am Wegesrand der Giersch aus der Erde spross, saß Bepol just an seinem Seitenfenster und verfolgte die Arbeit auf der Neubauhelling. Ein Zweimastschoner lag auf Stapel, und noch befriedigt von Zeitung und Kaffee, ließ Bepol seinen Blick beim rasend schnellen Spiel der Nieter verweilen: Auf ihren rauchenden Essen erhitzten sie das Niet bis zum Rotglühen, warfen es dann mit einer Zange einem anderen Burschen zu, näher am Schiff, der es behände mit einem Holzschuh auffing und darauf mit seiner Zange durch die zwei übereinanderliegenden Nietlöcher in die zu verbindenden Platten steckte; hatte dann der Gegenhalter sein schweres Gerät angelegt, um den Schlag abzufangen, konnte auf der anderen Seite der Schiffshaut, von innen aus dem Rumpf heraus, der unsichtbare Nietbursche mit seinem Hammer zuschlagen, auf das glühende und dadurch weiche Ende des Nietnagels, der so einen Kopf bekam, nicht mehr zurückspringen konnte und beim Abkühlen und damit Schrumpfen der Bolzen die Platten mit unvorstellbarer Kraft wasser- und notfalls öldicht miteinander verband – entrückt vom rhythmischen Hämmern und Bewegen, beobachtete Bepol das rauchgeschwängerte Schauspiel, während mitten auf dem Gelände einer fester als die anderen zuschlug, bis dieser ewige Akzent wegfiel und darauf auch die Nietkolonne die Arbeit einstellte. Einer nach dem anderen drehte sich zur Mitte des Geländes, dann grinsten sie durchs Seitenfenster zu ihm herein.

Bestürzt lehnte sich Bepol zurück, als er in seinem Augenwinkel eine Bewegung wahrnahm und sich in seinem Stuhl umdrehte: Es war Niesten, er stand schon im Raum, eine schwarz aufragende Silhouette im Gegenlicht des Frontfensters und der offenen Tür hinter ihm.

Sekundenlang konnte Bepol nichts sagen, nur schlucken. Erschien ihm Niesten sonst wegen des Lärms immer näher, weil sein Hammer härter zuschlug als die anderen, so befand er sich jetzt auch räumlich näher – zum ersten Mal war er mit ihm zusammen, drinnen im Raum, wo niemand sonst war, und gerade in diesem Zusammensein fühlte Bepol erst richtig, wie fremd ihm Niesten doch geblieben war, auch wenn er inzwischen schon viele Jahre auf der Werft arbeitete – einst war er als Kind des damaligen Werkmeisters von Appingedam aus hergekommen, kurz danach war er Waise geworden und lief nun gemeinsam mit den anderen; wie jeder Junge hatte er als Wärmejunge angefangen, und wie jeder Wärmejunge musste er vom Starren in die Hitze und die Glut entzündete Augen bekommen haben, Feueraugen, nur: Er schien sie immer noch zu haben – unter dem Schatten auf seinem Gesicht blitzten sie hell wie Wasser; er hatte die Mütze aufbehalten, im Schwarz und Weiß der Herren stand er kerzengerade vor dem Schreibtisch.

»Tag, Niesten«, brachte Bepol endlich heraus, während er sich automatisch ebenfalls erhob, um den Druck zu vermindern – doch da fiel ihm erst richtig auf, wie viel größer Niesten war als er selbst. »Was willst du?«

Rundheraus erklärte Niesten im Namen aller zu sprechen; sie wollten fünf Prozent mehr Lohn.

»Mehr Lohn …«, wiederholte Bepol, während er sich langsam wieder auf seinen Stuhl sinken ließ. Obwohl er es leicht bezahlen konnte, verließ ihn doch alle Kraft. »Ist es … ist es aus Sozialismus?«

»Fünf Prozent«, ertönte es wieder.

Eindringlich musterte er Niesten von unten her: Vielleicht hatte er ihn nicht verstanden, vielleicht war er vom Hämmern schon schwerhörig geworden, vielleicht schämte er sich auch, dass es nicht aus Sozialismus war – ohne Bittschrift, Flugblatt, Protest oder Manifest stand er ihm einfach so gegenüber, aber wie konnte es auch anders sein? Den Arbeitern hier fehlte es an der elementarsten Form der Propaganda.

»Nein«, sagte er endlich, während er der Deutlichkeit halber den Kopf schüttelte. »Nein … ihr müsst euch zufriedengeben.«

Niesten drehte sich um und verließ ohne ein weiteres Wort das Büro; plötzlich erschöpft, nahm Bepol den Kopf zwischen die Hände, während draußen das Hämmern wieder aufgenommen wurde – immer lauter tönte es, doch ohne zum gewohnten, ungeordneten Trommelwirbeln zu werden; die Schläge von allen ballten sich zu einem einzigen Schlag zusammen, die Hellingarbeiter ließen jetzt in vollendeter Eintracht die Hämmer niedergehen. Verblüfft über diesen fremden Ton, sprang Bepol auf, er warf einen schnellen Blick über das Mittelgelände und wich rückwärts zur Zwischentür zurück. Dann hastete er, ohne auf Ilse und Agaat an der Anrichte zu achten, durch die Küche, bog beim Wohnzimmer um die Ecke nach rechts in die Diele hinter der Haustür, die er doch außen herum ohne Umweg hätte erreichen können, und stieg nach oben, um vom Schlafzimmer aus besser zu sehen, was dort vor sich ging.

Alle blickten zu ihm hoch, als er hinter der Scheibe erschien; alle hämmerten auf Niestens Takt, der auf dem Mittelgelände ein Mall herausschlug und sich auch hier als Vorschläger erwies: Jedes Mal hob er um den Bruchteil einer Sekunde früher den Hammer; in der Luft stehend, ließ er ihn dann kurz auf die der anderen warten, der Rostklopfer, Aufreißer und Austreiber, sodass sie, seinem Beispiel folgend, alle zugleich auf das Eisen niedergehen konnten, wobei auch die ohne Hammerarbeit mithämmerten, die Nieter am Schiff mit ihren Zangen auf den Eisenplatten, der Gegenhalter mit seiner Stange auf einer Tonne, der Kalfaterer mit seinem Pinsel auf einem Teerfass – und alle blickten beim Hämmern mit offenem Mund zu ihm auf, fragend, fiebernd, nur Niesten nicht, der schlug nur auf das Mall, das er wie ein Reiter zuritt, als sei er gar nicht an der Aktion beteiligt, die er doch anführte …

Vereinzelt, prasselnd wie ein Hagelschauer war das gewöhnliche Gehämmer noch zu ertragen, aber nicht mehr in dieser Verdichtung – es klang, als würde ein Loch in etwas geschlagen und sie wären schon beinahe durch. Rechts unten war Agaat aus der Küchentür getreten, wehrlos weiß in ihrer Schürze, das Spültuch noch über der Schulter; hin und her blickte sie zu den Männern und dann wieder mit den Männern zu ihm hinter dem Fenster; jetzt wurde das Geräusch unerträglich, etwas zerbrach, und ohne weiteres Nachdenken stieß er mit aller Kraft das Fenster auf und streckte beschwörend den Arm hinaus.

Als wäre der Lärm eine Glaswand, die er mit seiner Faust durchschlagen hatte, so fiel er in Scherben vor ihm nieder: Einer nach dem anderen stellte das Hämmern ein, jeder, der seine Gebärde gesehen hatte, zuallerletzt Niesten – der hatte nichts gesehen, nur gehört, dass die anderen aufhörten und etwas gesehen haben mussten.

Ganz kurz ließ Bepol die Stille noch dauern, dann spreizte er die fünf Finger seiner ausgestreckten Hand und rief, von allen angestarrt, auch von Agaat, im Tone einer Proklamation: »Einverstanden … fünf Prozent!«

Eine lange Sekunde blieb es noch still – es war die Stille, die auf den letzten Ton folgt, auf das letzte Wort im Theater, die Sekunde, wenn der Traum der wiederkehrenden Wirklichkeit weicht – dann aber fiel der erste Schlag, dem ein zweiter folgte, ein dritter, einzelne, zunächst noch unregelmäßig fallende Eisentropfen aus einem defekten Hahn, dann aber anschwellend zum alltäglichen Arbeitston der Werft; für Bepol klang es wie tosender Beifall, und wie ein Opernsänger wischte er sich mit einem weißen Schnupftuch den Schweiß vom Gesicht.

Einen Monat später war der Schoner fertig gebaut, nur die Masten fehlten noch. Das sollte bei Terneis erfolgen, hinter der Brücke von Delfzijl; die Schiffe aus 't Hoogezand wurden erst dort aufgetakelt.

Die Sonne schien, es brauste vor Betriebsamkeit, und während am Wegesrain der Wiesenkerbel schäumend blühte, zog sich Bepol in seinem Schlafzimmer für den großen Augenblick um – es war der Tag des Stapellaufs, Viertel vor zwei, ihm blieb noch eine Viertelstunde. Im Spiegel inspizierte er seine Zähne, zog ein sauberes Hemd an und knöpfte es vor dem offenen Fenster zu.

Blütenweiß gestrichen ragte der Schoner auf der Helling hoch über alles empor, umdrängt von Menschen, ahnungsloser Mittelpunkt des kommenden Geschehens, wie ein riesiges, wehrloses Opferlamm, nur sollte er alsbald nicht getötet, sondern im Gegenteil zum Leben erweckt werden, wenn er ins Wasser glitt und dann seine ersten Bewegungen machen konnte. Am anderen Ufer des Kanals wartete bereits die Reihe von Burschen und Mädchen auf den Wellensprung.

Statt des üblichen Hämmerns drangen jetzt nur noch aufgeregte Stimmen ins Schlafzimmer, statt des Qualms aus den Feldschmieden schwebte nun feiner Tabakrauch über dem Anwesen, statt Rechnen und Schreiben zu üben, bekamen die Kinder jetzt Limo, die Mädchen in rosa, auf der Brust gesmokten Kleidern, die Knaben in Kniestrümpfen und mit gescheiteltem Haar – Wirdum feierte ein Fest, und als Bepol die Freude all der armen Menschen sah, zog Dankbarkeit wie ein Stich durch sein Herz, dass er hier arbeiten, dienen und wohnen konnte – natürlich war es kein Groningen, doch auch über Wirdum war der Himmel weit; natürlich konnte man von hier nur nach rechts und nach links, aber er kam doch überallhin, wo er hinmusste, und welche Richtung er auch einschlug, der Weg hatte überall einen Rain.

In dem Gedränge um das Schiff gab Niesten mit abgemessenen Gesten die letzten Anweisungen – man sah ihn nur ganz kurz. Etwas näher, bei der Ecke des Büros, hisste Ilse die große Werftfahne bis über das Flachdach. Bepol hatte sie kurz nach seinem Antritt entworfen, eine weiße B-Majuskel auf blauem Feld, Initiale und Emblem zugleich, Sinnbild des Wohlstands, weil der Buchstabe vor dem azurblauen Grund fast einem alten, quer getakelten Mast aus alten Zeiten glich, mit zwei Rahsegeln übereinander, gebläht von einem günstigen Wind. Auch jetzt blieb der Wind gut, zu Bepols Befriedigung entfaltete sich prompt die Fahne – es gefiel ihm immer, wenn es windig war, dann musste er selbst nicht so viel tun; diese Ruhe empfand er auch, wenn die Wäsche auf der Leine hing, ein Schiff vorbeifuhr oder wenn er dem Regen zuhörte.

Nach dem Oberhemd knöpfte er sich, am Fenster stehend, die Weste zu. Ilse hatte sich hinter den Tisch mit den

Leckereien gesetzt, der vor die offene Küchentür gestellt war. Ein paar seiner Leute versuchten, sie zum Lachen zu bringen. Wegen ihrer Fürsorglichkeit wurde sie von allen auf Händen getragen, aber in letzter Zeit schien noch etwas hinzuzukommen: Bei aller Schüchternheit hatte sie inzwischen doch weibliche Formen, auch wenn ihre Lippen vielleicht noch ein wenig schmal waren, ihre Augen ein wenig klein, ihr Haar ein wenig strähnig. Einer der Männer beugte sich zu ihr, um etwas zu sagen, aber ein unvermittelt einsetzendes Getöse machte es unmöglich. Es war die Blaskapelle, die ewig gleiche Überraschung bei jedem Stapellauf.

Den ganzen Tag zogen sie über und um die Werft, der Friseur mit dem Glockenspiel vorneweg; vergnügt wie ein Kind, das vor den Vorhang tritt, kamen sie völlig unverhofft aus den unverhofftesten Ecken hervor und brachen in Musik aus, aus dem Nichts von Pianissimo zu Fortissimo, während sie versuchten, möglichst keine Miene zu verziehen und unbeirrt ihre hohen Mützen zum Takt der Musik von links nach rechts zu schwenken, als hätten sie nicht die leiseste Ahnung, dass sie für so viel fröhlichen Trubel sorgten. Diesmal kamen sie wieder auf dem Schlackenweg vom Gemüsegarten heranmarschiert, in mittelalterlichem Aufzug; die kleine Trommel wirbelte, die Trompeten schmetterten; zuerst sah Bepol nichts außer dem schwankenden Glockenspiel, das der Friseur wie ein Banner hochreckte, erst als sie um die Ecke bogen, sah er auch die anderen – mit ihren schwarzen Kalpaks und den Tressen und Verzierungen auf ihren roten Uniformen wirkten sie fast wie Feldjäger!

Während Bepol jetzt bei den Manschettenknöpfen angekommen war, schweifte sein Blick ganz von selbst erneut zu dem Schoner hoch auf der Helling. Es war ein prächtiges, exakt nach Plan gebautes Schiff geworden, entsprechend den strengen Leistungsvorgaben der Klassifikationsgesellschaft Veritas, mit einer sanften Wölbung und einem herrlich rassigen Achterschiff, auf Kiel gebaut, sodass bei Hochwasser ohne Schwerter gesegelt werden konnte. Noch flatterte eine kleine Bepol-Flagge vom Kampanjedeck, doch nach dem Stapellauf würde sie feierlich gegen die Flagge des neuen Besitzers ausgetauscht, die Reedereiflagge oder, wenn das Schiff auf Rechnung eines freien Schiffers gebaut worden war, die Flagge des Heimathafens.

Der Schoner war auf Rechnung von Schiffer Velig aus Groningen gebaut. Schon vor ein paar Tagen war er mit der Festina eingetroffen, seiner alten, hochseetauglichen Holztjalk – »ein gutes und beherztes Schiff«, wie er bei der Auftragserteilung gesagt hatte, »aber für die Zukunft doch zu langsam«. Bepol konnte dem nur zustimmen, dennoch hatte er einen guten Eintauschpreis geboten und die Finanzierung noch weiter erleichtert, indem er sich darüber hinaus an dem neuen Schoner beteiligte – binnen zweier Jahre hoffte Velig sich durch Aufträge freizufahren.

Während Bepol den Kragen hochklappte, um sich die Krawatte zu binden, erblickte er den Schiffseigner mit Frau und Kindern in dem Gedränge auf der Helling. Seite an Seite standen sie da und betrachteten den Schoner, seit ihrer Ankunft hatten sie nichts anderes getan, es war auch jetzt wieder ein bewegender Anblick, und dankbar zählte Bepol seine vielen Funktionen von Schiffbauer, Geldgeber, Verkäufer auf und, solange Velig noch für ihn fuhr, auch Reeder, Mitreeder – ein Schiff bauen war mehr als nur bauen allein, bauen war auch unternehmerisch handeln.

Übrigens konnte sich sein Entgegenkommen auch jetzt wieder rechnen: Für einen tüchtigen Schiffersohn, der sich selbstständig machen wollte, könnte die Festina durchaus noch ein sehr gutes erstes Schiff sein; er hatte schon so oft gebrauchte Schiffe in Zahlung genommen, um einen Neubau zu ermöglichen, er hatte schon so oft einen Kredit gewährt – früher war das noch mit einer Gleichstellungsurkunde gegangen, einer außergerichtlichen Beteiligtenliste der Auftraggeber, an erster Stelle stand das eigene Kapital, dann das des Vaters, dann das anderer Verwandter, dann das des Schiffbauers, Subunternehmers und Zulieferers, eines jeden, der ein Interesse daran hatte, dass das Schiff gebaut würde. Heute reichte eine solche Urkunde nicht mehr, die Summen waren zu hoch geworden, Bepol war mit Velig bei der Bank und beim Notar in Appingedam gewesen.

Völlig im Abseits, als gehöre sie schon nicht mehr in die Gegenwart, lag die Festina inzwischen am Steg hinter dem Seitenflügel – hinter dem Büroanbau konnte Bepol gerade noch ihren gutmütigen, gewölbten Kopf mit den schweren Wangen hervorragen sehen. Neben ihr lag das Fotoboot, herbeizitiert, um ein Schiffsporträt aufzunehmen, das dem Auftraggeber als Geschenk geschickt werden sollte, eine der althergebrachten Bepol-Traditionen wie die Kinderspiele, der Flaggenwechsel und die Dauer des Stapellaufs, zwei Stunden: Die Leute fühlten, dass es jeden Moment so weit sein konnte, einige drehten sich schon um zum Haus, während der Fotograf unter das schwarze Tuch über seinem Dreibein tauchte, Velig seiner Frau den Arm um die Schultern legte und Agaat ihm von der Küchentür aus zuwinkte. Als die Kapelle zu spielen aufhörte, senkte sich eine wohlwollende Spannung auf alles, nicht nur wegen des Schauspiels, sondern auch, weil bei jedem Stapellauf etwas schiefgehen konnte – wenn das Schiff mit der Hacke hängen blieb, wurden Kräfte freigesetzt, noch unendlich viel größer als alle Kraft zusammen, mit der es gebaut worden war, Kräfte, die nicht mehr beherrschbar waren, manchmal mit ernsten Unfällen im Gefolge …

Nur Bepol war noch völlig entspannt, als er sich, um die Krawatte zu binden, näher zum Spiegel beugte. Schlagartig sah er, wie sehr er von vorn der Festina glich: Seine Wangen waren ebenso voll wie die Wangen ihres Bugs, und wie die Festina zwar am Wind fahren konnte, aber nicht allzu hart, so ritt er mehr auf allen Wellen, die er aus der Zukunft heranrollen sah, als dass er sie wirklich durchschnitt, er sah nach vorn, blieb aber stehen, wo er stand, er blickte auf die Zukunft, ohne modern zu sein, und nun blickte er nachsichtig auf sein durch und durch altmodisches Gesicht im Spiegel – nur schnittige Menschen waren modern, genau wie schnittige Schoner …

»Na dann los«, lächelte er, »wenn ich ein Schiff bin, dann eine Holztjalk unter Segel.« Kurz hielt er den Atem an, dann machte ihn seine Bildsprache seufzen.

Er fuhr in sein Jackett, holte den Revolver aus seinem Nachtkästchen und steckte ihn in den Hosenbund, danach trat er mit dem Hut in der einen und einer Kleiderbürste in der anderen Hand noch einmal ans Fenster, um alles zu überblicken.

Draußen war es stiller geworden. In der Reihe am anderen Ufer hielten sich schon ein paar für den Sprung an den Händen. Dazwischen standen auch einige junge Herren mit weißen Kragen und blitzblanken Fahrrädern, sicher Stammhalter reicher Kornbauern aus dem Oldambt oder Herren von der Strohpappefabrik. Das Gelände in der Mitte leerte sich jetzt, alle gesellten sich zu dem schon dichteren Schwarm rund um das Schiff, aber plötzlich löste sich jemand daraus, der sich genau gegen den Strom bewegte, Richtung Straße. Es war Niesten, die Sonne schien ihm auf den Rücken, sein Gesicht war von der Mütze bis zu den Backenknochen verdunkelt, als liefe er mit einer Augenbinde hinter seinem Schatten her. Ohne einen Blick hoch zum Fenster ging er darunter vorbei, bog dann hinter der Schmiede um die Ecke, Richtung Appingedam.

Geistesabwesend den Hut bürstend, sah ihm Bepol nach, ohne Vorwurf: Niesten hatte seine Arbeit getan, nun war nur noch ein Schlag nötig, gegen das Schloss, und außerdem, Niesten war anders, er hatte keinen Spaß an einem Stapellauf wie andere junge Leute, er suchte seine Unterhaltung anderswo, nicht im Kino oder in den Tanzsälen von Groningen, sondern wieder genau entgegengesetzt – manchmal erschien er einfach ein paar Tage nicht auf der Werft, und von seiner Vermieterin hatte Bepol einmal gehört, dass er dann mit einem geliehenen Rad nach Delfzijl fahre, mit der Fähre über die Ems, und dann weiter nach Deutschland hinein, an einem anderen Kanal entlang …

Ein fernes Schiffshorn holte ihn in die Gegenwart zurück. Hinten im Diep tauchte der bei der Reederei Frater Smid in Delfzijl bestellte Schlepper auf, der den Schoner zum Meer bringen sollte. Belustigt sah er den kleinen Schlepper hastig herandampfen, als wäre er zu spät für seine Verabredung; schon zeichnete sich das blau-weiße Band auf dem Schornstein ab, schon sah er die Heckwelle gegen die Spundwand schlagen, wie so oft in letzter Zeit, wenn seine Zulieferer und Subunternehmer mit Material und Männern angefahren kamen – es war ein stiller Kanal geworden, das Damsterdiep, aber im vergangenen Monat hatte es vor Betriebsamkeit ständig Wellen geschlagen …

Nunmehr unbehindert, ließ er den Blick über das Gelände schweifen, dann öffnete er die Augen noch weiter und sah in die Zukunft über Deutschland – dort wurde der echte große Hochseeschiffbau betrieben, noch unendlich viel größer als in ’t Hoogezand, die Werften waren nicht mehr in einer Hand, wie noch die eines Pattje, Bodewes oder Van Diepen, sie waren alle Handelsgesellschaften, folgerichtig wurden auch ihre Schiffe nicht mehr von einem privaten Kapitän und Eigner abgenommen, sondern konnten nur noch von Reedereien finanziert werden; die Beträge waren inzwischen viel zu hoch, die Geldbeschaffung kannte zweifellos wieder völlig andere Formen … Wäre es nicht nett, wenn er Velig darüber etwas mehr erzählte, so von Unternehmer zu Unternehmer? Und nicht vergessen, die Baunummer mitzugeben, das gab der Sache immer so ein gewisses Etwas …

Seine Taschenuhr zeigte zwei Uhr, er musste nach unten, aber gerade als er sich umdrehen wollte, gewahrte er rechts im Augenwinkel etwas, das vorher nicht da gewesen war. Kaum sichtbar über dem Saum von Pappeln an der Kimm trieb eine dunkelbraune Rußwolke, die nur ein Dampfschlepper ausgestoßen haben konnte; sicher wurde wieder ein neues Schiff von ’t Hoogezand durch den Emskanal weggebracht – nun, was machte das schon, solange er hier so herrlich stehen konnte mit seinem neuen Schiff auf der Helling?

Plötzlich entschlossen setzte er den Hut auf, lief aus dem Zimmer und stieg die Treppe hinab, bereit für die Rede, während der Ernst nun auch über ihn kam.

Die Rede war gehalten, die Baunummer genannt, das Foto gemacht; nach dem Schuss war das Schiff abgelaufen, die Welle über das Ufer geschwappt, man hatte gelacht und geklatscht, die Flaggen waren ausgetauscht, und schließlich war der Schoner mit Familie Velig an Bord nach Delfzijl gefahren – völlig zufrieden saß Bepol ein paar Tage später in seinem Büro, als er zum zweiten Mal Besuch von Niesten bekam.

Draußen wurde schon wieder der nächste Kiel gelegt; wie der Rauch drang auch das Hämmern so unaufhaltsam herein, dass es eigentlich wenig ausmachte, ob die Tür nun offen war oder nicht, aber als Niesten die Tür hinter sich schloss, war es plötzlich doch viel stiller.

Während sich Bepol ein Lächeln abzwang, lehnte er sich fest in seinen Stuhl zurück. Abermals ohne die Mütze abzunehmen, trat Niesten ein paar Schritte vor. Er hatte ein Blatt Papier bei sich, das er schweigend auf den Schreibtisch legte. Bepol deutete einladend auf den Stuhl auf der anderen Seite des Schreibtischs, aber Niesten blieb stehen. Daraufhin zog Bepol das Papier zu sich her, lehnte sich vor und begann zu lesen. Es war eine Gleichstellungsurkunde – das hatte Niesten in markanten Majuskeln darübergesetzt, darunter, in Schreibschrift: *Zwecks Ankaufs Festina zeichnen die folgenden Personen für* – hier musste eine Liste der Beteiligten und deren Einlage folgen, der Vater, andere Verwandte und Freunde und so weiter, aber das Einzige, was Bepol dort stehen sah, war Niestens Name, und dahinter *gültig für fünfzig Gulden*.

Niesten wollte mit seiner Hilfe die Festina kaufen – es dauerte ein bisschen, bis Bepol das richtig begriffen hatte, dann spaltete sich seine anfängliche Verblüffung in zwei andere Gefühle: Vor allem empfand er sehr stark das Unrealistische der Anfrage, und zugleich überkam ihn ein merkwürdiges Mitleid; als Niesten noch als Kind Waise wurde, hatte er kaum Mitgefühl für ihn empfinden können, weil er ihn kaum kannte, aber heute, zehn Jahre später, wo er mit dieser leeren Liste vor ihm stand, mit der stummen Frage, ob er seinen Namen dorthin setzen wolle, wo der seines Vaters stehen müsste, drückte ihm das Erbarmen schwer auf die Brust.

Gebeugt starrte er auf das Papier, das Papier, mit dem sich Niesten vor ihm entblößt hatte, um zu zeigen, dass auch er

Sehnsüchte hatte, die Sehnsucht, zur See zu fahren, frei zu sein und etwas von der Welt zu sehen, sehr gesunde und normale Sehnsüchte für einen Schiffersohn, aber ein herzzerreißender Traum für einen, der die Geschichten nur von den Schiffern kannte, die zur Überholung kamen, und die See nur von der Fähre zwischen Delfzijl und Deutschland. Herzzerreißend war auch der Betrag, mit dem Niesten für sich gezeichnet hatte, fünfzig Gulden, zwar überraschend viel, vielleicht hatte ihm jemand noch etwas vererbt, doch ohne weitere Zeichner völlig bedeutungslos.

Als er aufsah, pochte ihm vor Verlegenheit das Blut in den Schläfen. Abermals lächelte er Niesten mit aller Macht zu, aber Niesten lachte nicht zurück, ernst wie ein Tier stand er da und wartete auf die Antwort – aber was konnte er sagen? Bei seiner Ansprache hatte er wieder brilliert, doch jetzt blieben ihm die Worte in der Kehle stecken. Er holte tief Luft, schob das Blatt zurück und stieß die Gründe für seine Ablehnung hervor.

Er sagte: »Aber Niesten, Mann, Schiffer ... Du bist doch gar kein Schiffer ...«

Er sagte: »Diese Welt wird dir immer verschlossen bleiben, du kennst doch die Teerjacken ...«

Er sagte: »Außerdem kennst du die Befrachter nicht, oder die Makler ... Wie kommst du an Ladung? Fahren ist mehr als nur fahren, Niesten: Fahren ist auch unternehmerisch handeln!«

Er sagte: »Und dann die alte Festina, ein Holzschiff, die halten doch nur noch die Löcher zusammen ...«

Er sagte: »Und dann ohne Frau ... du müsstest noch einen Arbeiter einstellen, und einen Steuermann ... Denk nur an die Kosten, der alte Kahn trägt sich doch nicht mehr ... Dann kannst du die Festina nicht durch Aufträge freifahren!«

Und er sagte: »Natürlich verstehe ich deinen Wunsch allzu gut, und ich würde dir auch gern helfen, aber wenn ich die Festina für dich finanziere, und du fährst dir damit einen Wolf, nur für die Zinsen, ohne je zur Abzahlung zu kommen, dann fährst du doch gar nicht für dich, dann arbeitest du eigentlich nur für mich … Das ist ja der reinste Kapitalismus, Niesten, auf die Dauer wirst du mich dafür hassen!«

Der Deutlichkeit halber begann er jetzt auch noch den Kopf zu schütteln, er seufzte machtlos, wollte mit noch weiteren Argumenten fortfahren, aber es war nicht mehr nötig: Niesten nahm das Blatt vom Tisch, drehte sich ohne ein weiteres Wort um und marschierte hinaus, noch immer kerzengerade. Zuerst sah ihn Bepol durch das Fenster sich nach rechts wenden, dann sah er ihn durch das Seitenfenster zu der rauchenden Feldschmiede eines der Wärmejungen weitergehen. Er knüllte das Papier zu einem Ball, warf ihn auf den Rost und beobachtete einen Moment das schnelle, heftige Verbrennen seines Traums. Mit tränennassen Augen sah Bepol von innen mit zu: Niesten dachte nicht im Traum daran, andere zu fragen; er war seine einzige Hoffnung gewesen …

Anfangs schien es, als habe Niesten die Ablehnung gut verkraftet. Die Urkunde erledigte sich sogar noch endgültiger, als Niesten einen Monat später das für seine eigene Einlage bestimmte Geld für etwas anderes verwendet zu haben schien: Eines Morgens kam er auf einem Motorrad aus Appingedam gefahren, dem ersten Motorrad, das Bepol je zu Gesicht bekam. Mit den anderen drängte er sich um das Wunder, sogar Ilse kam hinzu, verblüfft schlug sie die Hand vor den Mund, während sie aufschrie wie bei einer Backpfeife – aber ohne irgendeinen zur Spritztour auf dem Sozius einzuladen, stellte Niesten sein funkelndes Eigentum in aller Seelenruhe in den Werftschuppen neben die Kutsche, die dort auch immer abgestellt war. Und noch ein paar Monate später, im Herbst 1912, erwies es sich, dass er sich doch getäuscht hatte. Während der Mittagspause kam Niesten ins Büro, um seinen Restlohn zu verlangen. Es war an einem Mittwoch, Bepol zahlte ihm die drei Tage Lohn aus und folgte ihm in einem gewissen Abstand nach draußen. Später hörte er von Niestens Vermieterin, dass er nur seine Seemannskiste geholt hatte und damit direkt nach Delfzijl weitergefahren war, und dann vermutlich nach Deutschland – jetzt sah er bloß, wie Niesten die Maschine anließ, ohne einen Blick zurück vom Gelände fuhr und um die Ecke nach Appingedam abbog, stolz, vielleicht auch wütend: Zuletzt sah es so aus, als käme die Rauchwolke aus seinem Kopf.

3
Stillstand

Acht Jahre später, an einem grauen Frühlingsnachmittag des Jahres 1920, stand Bepol abermals am offenen Fenster seines Schlafzimmers. Hinter der Hecke der Rasenbleiche hingen Laken zum Trocknen; auf der Helling wurde ein Motorschoner mit Stützsegel fertiggestellt; die Festina lag noch immer unverkauft am Steg. Bepol hatte der Blaskapelle erlaubt, dort zu üben; deshalb wurde allwöchentlich zuerst das Leckwasser aus dem heftig arbeitenden Schiff gepumpt.

Während die Revolution in Russland weiterwütete (Bepol las immer aufmerksam die aktuellen Nachrichten in der Zeitung), war der Krieg schon wieder zwei Jahre vorbei.

Für den Schiffbau war es eine gute Zeit gewesen: Die Frachtpreise waren immens gestiegen und damit, gemäß dem Zusammenhang, den Bepol Bodewes einmal erläutert hatte, auch die Nachfrage nach neuen Schiffen, der Verkaufspreis und die Gewinne der Werften – einige der großen Schiffbauer kamen inzwischen per Automobil zum Hotel Martenshoek in 't Hoogezand; Bepol hatte einen Fernsprecher in sein Büro legen lassen.

Es hatte sich viel verändert. Vom Fenster aus konnte Bepol gerade noch das Flachdach des Genossenschaftskühlhauses sehen, das die Gemeinde am Ende doch gebaut hatte; nun machte er sich für ein Waschzentrum stark, wodurch den Hausfrauen mehr Zeit für andere Dinge, auch zum Lesen, bliebe. Die Leihbücherei hatte sich beträchtlich vergrößert und gewandelt: Er hatte die Bücher vom Friseursalon zu sich nach Hause geholt, auf Auktionen noch ein paar Posten dazugekauft, und nun prangte das alles in einem großen Bücherschrank in seinem Wohnzimmer. Wer etwas leihen wollte, ging freimütig hinein, und danach schrieb Ilse alles auf – nicht wegen der Leihgebühr, es war noch immer kostenlos, sondern wegen der Übersicht, damit Bepol besser wusste, wer welche Bücher las und was noch gewünscht wurde.

Auch im Schiffbau hatte sich vieles verändert. Hatte der Großschiffbau inzwischen durch das Aufkommen der immer mächtigeren Reedereien ein neues Gesicht bekommen, so wie Bepol es bereits vorhergesagt hatte und jetzt bei den Versammlungen in 't Hoogezand auch tatsächlich bestätigt bekam, von einem Pattje, einem Bodewes oder einem Van Diepen, Männern, deren Verbindungen bis nach Rotterdam und Hamburg reichten, so hatte auch der Groninger Schiffbau durch die Einführung des Verbrennungsmotors ein neues Gesicht bekommen. Die Dampfmaschine hatte sich in der Küstenschifffahrt nie durchsetzen können – für eine gute Rendite wurde die Besatzung mit den vielen Heizern und Maschinisten zu groß, der Laderaum durch den Platzbedarf der Bunker und das Gewicht der Kohlen zu klein –, aber die neuen Dieselmotoren waren jetzt eine leicht bedienbare, kompakte und zuverlässige Kraftquelle. In 't Hoogezand lief kein Schiff mehr ohne eigenen Antrieb aus, und auch Bepols letzte Baunummern hatten allesamt bei Brons in Appingedam einen Hilfsmotor eingebaut bekommen – für die Zukunft erwartete er, dass dadurch das Segel, sogar das Hilfssegel, mit der Zeit vollständig verdrängt würde.

Um tiefer in diese Entwicklungen einzudringen, starrte er vor sich hin, auf die weißen Leintücher hinter der Hecke, reglos und groß wie Vieh – aber heute gelang es nicht, da war etwas, was ihn bedrückte. Der Anblick der trocknenden Wäsche wirkte nicht beruhigend auf ihn wie sonst, im Gegenteil, er machte ihn unruhig, weil sie sich nicht bewegte. Kurz blickte er hoch zu dem eintönig dunkelgrauen Himmel, als ob der ihn bedrücke, dann sah er Ilses Schatten hinter dem Küchenfenster und fühlte sich noch bedrückter.

Sie war jetzt fünfundzwanzig und noch immer nicht verheiratet. Während sich die Hausfrauen in Kürze mit dem Waschzentrum weiterentwickeln konnten, machte sie immer dasselbe, Eisenstaub aus den Augen waschen, rissige Finger mit abgelaufenem Fett einreiben und dann die Erfassung der Buchausleihe – im Krieg hatte sie zwar davon gesprochen, Rotkreuzschwester werden zu wollen, aber das ging nicht, das Rote Kreuz war zu weit weg. Seufzend vor Machtlosigkeit, sah Bepol sie wieder hinter dem Fenster verschwinden – für Ilse musste sich etwas ändern, so durfte es nicht weitergehen, denn obwohl ihre Augen vielleicht ein wenig klein geblieben waren, die Haare strähnig, die Lippen schmal, war sie es dennoch wert, geliebt zu werden!

Reglos hingen die Laken auf der Leine, und reglos empfand Bepol den Stillstand, der wie Kälte in ihm hochkroch.

O ja, viel hatte sich verändert, aber sehr viel war am Ende auch gleich geblieben – der Krieg war zwar gekommen, aber auch wieder vorbeigegangen, wie Niesten umgekehrt weggegangen und im letzten Jahr einfach wieder zurückgekommen war, auf demselben, nach wie vor blitzblanken Motorrad. Zwar trug er nun keine Holzschuhe mehr, sondern hohe, glänzende Stiefel und eine neue Mütze mit einem Eisenschildchen über dem Schirm, unter dem seine Augen noch heller hervorstrahlten, als hätten sie Ungeheures gesehen, die Laufgräben oder die Tropen. Wegen des Mützenschattens konnte ihm Bepol nie direkt in die Augen sehen, weshalb er sich immer aus dem Dunkel von Niesten beobachtet fühlte; er seinerseits schaute am liebsten von einer anderen Seite her zu ihm, wie jetzt, von hinten: Bei der Schmiede bohrte Niesten, mit dem Rücken zu ihm, mit übermenschlicher Anstrengung in den Eisenbeschlag eines Steuerruders.

Als er im nächsten Moment den Blick über die Werft schweifen ließ, die er so gern mit einem Garten verglich, in dem alles gleichzeitig gedieh, sah er nur noch einen eisernen Garten, die große Stanze und die Pendelschere waren fremdartige, eiserne Agaven, die hämmernden Männer mechanische Spechte, und sogar das graue Blattwerk der Weidenhecke wirkte wie Blech – es war ein Garten ohne Weichheit geworden, ohne Veränderung, ohne Leben ...

Eine rasche, ungewohnte Bewegung bei der Feldschmiede störte ihn in seinen Gedankenbildern.

Es war Niesten. Gekrümmt, mit den Händen auf den Augen, hastete er quer über das Gelände zur Küche, strauchelnd, da und dort gegen einen Stützbock oder eine Tonne stoßend, blind. Ilse musste ihn bereits erblickt haben, denn die Küchentür flog auf, und ohne das Tempo zu bremsen, verschwand er im Haus. Etwas später kamen sie zusammen wieder heraus, bei dieser Witterung war es in der Küche zu dunkel, um Niesten zu verarzten. Wie ein zahmes Lamm ließ er sich von Ilse auf einen Holzklotz setzen, und während er die Mütze abnahm und den Kopf in den Nacken legte, holte sie etwas Weißes aus ihrer Tasche, das sie mit der Zunge anfeuchtete – es musste Zigarettenpapier sein, wenn jemand Eisenstaub im Auge hatte, holte sie ihn immer mit einem angefeuchteten Blättchen heraus. Höchst konzentriert beugte sie sich über Niesten, Bepol konnte kurz nicht mehr sehen, was dort vor sich ging, aber da war es schon vorbei: Zuerst richtete sich Ilse auf, danach kam Niesten hoch und ging, nach einer langen, aber kaum erkennbaren Kopfbewegung, zur Feldschmiede zurück. Als er das Bohren wiederaufnahm, war Ilse schon wieder drinnen.

Alles war wieder im Normalzustand, der Vorfall war nur eine Brachdistel gewesen, die über das Gelände flog, eine kurze, flüchtige Bewegung, die kurz das Normale zu sprengen schien, es jedoch nach ihrem spurlosen Verschwinden nur noch mehr festigte und fixierte: Auf einmal hing eine erstickende Wolke der Unveränderlichkeit über der Werft, so lastend und dicht, dass die Rauchschwaden aus den Feldschmieden wie scheue Tiere flach darunter liegenblieben und nicht einmal mehr das Hämmern bis zum Fenster hochsteigen konnte – Bepol hörte es nicht mehr, wie er auch seinen Herzschlag nicht mehr hörte, er hatte es schon zu lange gehört, und das Einzige, was übrig blieb, war die tödliche Wiederholung des Immergleichen, zusammengepresst zu einer Stagnation, die für Bepol nicht mehr von außen kam, sondern aus seinem innersten Wesen …

Nackt stand er im Stillstand seiner Existenz. Er war nun fast einundsechzig, und es war noch nie etwas geschehen, er hatte noch nie etwas getan, außer auf die Dinge zu schauen, die von selbst liefen, wodurch er selbst noch weniger zu tun brauchte – das Trocknen der Wäsche, das Vorbeifahren eines Schiffs, und so wie Ilse auf der Werft verwelkte und er noch ohne Nachfolger war, so hatte sich auch sein Leben fortbewegt, ohne eigenen Antrieb, ja: wie ein Segelschiff im Wind. Beschämt erinnerte er sich, wie er sich einmal, bewegt von mildem Selbstspott, mit einer Holztjalk unter Segel verglichen hatte; bitter baute er jetzt den Vergleich aus: Er war ein segelndes Schiff, aber sein Kurs war all die Jahre halber Wind gewesen, der schnellste Kurs, der leichteste Kurs, ständig mit Wind in den Segeln, aber am Ende ohne Höhe zu gewinnen und einem Ziel näher zu kommen – wer immer mit halbem Wind hin und her fuhr, gewann nie Höhe, er verlor sie nur, unbemerkt, durch das Abtreiben, die Drift und die Abdrift, sicherlich mit so einer runden Tjalk …

Wie ein eisiger Wind blies ihm die Wahrheit ins Gesicht; um nicht das Gleichgewicht zu verlieren, klammerte sich Bepol an die Fensterbank. Seine Schiffe bestückte er mit Motoren, das war neu, andererseits aber auch das, was alle anderen machten, der Strom, in dem er immer mitschwamm, also tat er so gesehen doch immerfort dasselbe? – was hatte er erreicht? Schon als er die Werft erbte, war er Mitglied der Schiffbauvereinigung, und auch damals schon wurden die dort größtmöglichen Schiffstypen gebaut …

Erst als Agaat mit einem Eimer aus dem Haus kam, merkte er, dass es zu regnen begonnen hatte. Ein Nieselregen, der nicht fiel, sondern in der Luft hängen blieb, trotzdem lief Agaat mit hochgezogenen Schultern gegen den Regen zur Bleiche hinter dem Wirrwarr des Weidenhags. Die weißen Flecken dort verschwanden unter ihrer fegenden Hand, wie ausgewischt, dann kam sie über den Aschepfad aufs Gelände zurück, abermals krumm gegen den Regen, im Eimer die nassen Laken. Bepol sah es als Gleichnis: Immer hatte er sich wie ein nasses Laken gefühlt, das von selbst trocknete, ohne dass er dafür etwas zu tun brauchte, aber jetzt war ihm, als sei er sein Lebtag nur nass hereingeholt, wieder aufgehängt, dann wieder hereingeholt worden und so weiter, immerfort – es musste etwas geschehen; eine Veränderung tat not, die auch auf der Werft etwas veränderte.

Und die Veränderung kam.

Ungefähr im Sommer 1920 stürzten die Frachtpreise in den Keller. Die Schiffer verdienten nichts mehr, die Reedereien ebenfalls nicht, kein einziger Auftrag wurde mehr vergeben, Bepols Gleichnis bewahrheitete sich auch im Niedergang – wenn die Küstenfahrt noch das Herz des Schiffbaus war, dann das Herz eines Toten.

Der Niedergang streckte seine kalte Hand bis zu den größten Schiffbauern in 't Hoogezand und vor der Außenschleuse aus. Aus Arbeitsmangel begann Pattje auf eigenes Risiko mit einem Dreimastmotorschoner, dessen Kasko im Herbst fertig wurde, ohne dass auch nur eine Reederei Interesse bekundete. In Delfzijl schien Terneis mehr Glück zu haben: Ein Amsterdamer Auftraggeber hatte ihm kürzlich den größten Zuschlag in der Geschichte des Groninger Schiffbaus erteilt, einen Fünfmastmotorschoner mit Doppelschrauben für eine Bausumme von mindestens 650 000 Gulden. Weil die erste Abschlagszahlung auf sich warten ließ, kaufte Terneis mit eigenem Geld dreihundert Tonnen Qualitätsstahl und zwanzig Tonnen Niete, um anfangen zu können. Der Kiel wurde gelegt, es war sicher Arbeit für ein halbes Jahr, aber als auch der Amsterdamer Auftraggeber vom Niedergang getroffen wurde und es ihm mithilfe abgefeimter Anwälte gelang, aus dem Vertrag auszusteigen, schlug Terneis' Glück in einen Albtraum um: völlig ausgeschlossen, für so ein Schiff in diesen Zeiten eine andere Reederei zu finden; notgedrungen wurde der kostbare Stahl zu ein paar Deckschuten verarbeitet, zu einem Baggerschiff und einem Leichter, Kästen, die kaum noch den Namen Schiff verdienten und in der Krise auch so gut wie nichts wert waren. Dieser Fehlschlag kam noch zu dem eines ebenfalls fertiggestellten und vorfinanzierten, aber ebenso wenig abgenommenen Schiffs hinzu, einer Bestellung des deutschen Reeders Hansen – wegen endloser und sich noch immer hinziehender Prozesse kümmerte es schon seit dem Bau 1916 neben der Helling vor sich hin, und das alles zusammen war der Mühlstein, der Terneis zuerst langsam, und am Ende doch unerwartet in den Abgrund zog.

Die Lage wurde miserabel. Pattjes Dreimastschoner war längst nicht mehr das einzige auf eigenes Risiko gebaute Schiff, das in ’t Hoogezand am Ufer vor sich hin rottete: Immer mehr glich das bis vor Kurzem so strahlende Zentrum des nördlichen Schiffbaus einem Friedhof voller aus Verzweiflung gebauter und faktisch tot geborener Schiffe, bis auch das nicht mehr geschah – die Aussichten waren zu düster, die Verluste zu hoch; einer nach dem anderen schloss seine Neubauhelling; Terneis hatte es bereits hinter sich; seine Leute waren jetzt in der Arbeitsbeschaffung in Delfzijl, dicke Steinbrocken klopfen, zu Schotter für den Straßenbau.

Auch die Bepol-Werft bot im Herbst 1920 den desolaten Anblick von moderndem Laub auf rostendem Eisen. Der Motorschoner war noch fertig gebaut worden, aber neue Aufträge waren ausgeblieben. Das Einzige, was noch lief, war Instandhaltung, nur noch die notwendige Wartung, meist von Holzschiffen, die an den Nähten zu sehr leckten – dann wurden sie kieloben auf die Helling gedreht, und der Kalfaterer schlug die Nähte mit Werg aus Lumpen dicht, manchmal auch mit zerfasertem Hanf oder mit Kalfatermoos. Wenn Bepol jetzt am Fenster stand, hing ein ganz anderer Ton über der Werft, ein dumpferer Ton, nicht mehr Eisen auf Eisen, auch viel ruhiger; das Kalfatern ging sehr bedächtig vor sich, und manchmal, wenn er so dastand und dem Schlagen auf die Keile lauschte, erinnerte ihn der Klang an seine Kinderjahre, an früher, als noch mit Holz gebaut wurde und es noch keinen Emskanal gab.

So war das Zurückgehen der Betriebsamkeit zugleich ein Zurückgehen in der Zeit. Eben noch hatte sich Bepol erstmals an Kähne aus Eisen gewagt (sein Vater hatte sie noch aus Holz gebaut) für den Steinkohle- und Gemüsetransport durch die schmaleren Wasserläufe, die Schlote, aber als er sie zum Kauf anbot, konnte er nicht einmal den Stückpreis der verwendeten Eisenplatten erlösen – im frühen Frühjahr ließ er die nagelneuen, noch nicht zu Wasser gelassenen Schuten wieder zerlegen, von denselben Männern, die sie auf den Böcken zusammengebaut hatten. Zuerst breitete Bepol ein Tuch darunter aus, um die herausgeschlagenen Niete aufzufangen – es war schon genug Kleineisen im weichen Boden verloren gegangen –, und zuletzt wurde, mit ebenso viel Kraft, wie sie hineingeschlagen worden war, die Wölbung aus den einzelnen Platten wieder herausgehämmert – Bepol wollte sie für den Bau verkaufen, als Grundplatten, gegen das Einsinken.

Das war die letzte Bewegung, die Bepol in der Malaise noch machte. Das war nicht einmal mit halbem Wind segeln, sondern ein reines Zurücktreiben; Stillstand war das äußerste Erreichbare, nun musste der Anker geworfen werden.

Nach der Demontage des letzten Prahms blieb Bepol nichts anderes übrig, als einen Großteil seiner Männer zu entlassen. Er behielt nur noch eine Wartungskolonne, und weil er gehört hatte, dass die Arbeitsbeschaffung die Hölle sei, suchte er dafür seine ältesten Arbeiter aus, die in den Steinverschlägen nicht mehr durchhalten würden. Der lahme Ausbesserer durfte auch bleiben; jede Werft hatte einen Handlanger, der die beschädigten Muttern wieder gerade klopfte; meist waren sie nicht besonders schlau, auch der bei Bepol nicht, aber er konnte ausgezeichnet mit dem Pferd umgehen, das er wie ein gelernter Kutscher einspannte und lenkte.

Die bleiben durften, hatte er früher nach Hause geschickt, die anderen bestellte er am Nachmittag zur Auszahlung des letzten Lohns ins Büro. Es war nicht der Zeitpunkt für eine

Ansprache; mit einem Händedruck und den besten Wünschen verabschiedete er sich persönlich von jedem in der Reihe, worauf er mit der anderen Hand die Lohntüte überreichte, den Blechschlossern, den Wärmejungen, die zum ersten Mal keinen Blödsinn machten, dem Kalfaterer mit seinem pechschwarzen Gesicht und zuallerletzt Niesten, der kerzengerade die Reihe abschloss. Bepol reichte ihm die Lohntüte, zögerte jedoch wegen des Handschlags mit den besten Wünschen; er wollte etwas anderes, etwas mehr zu ihm sagen, ihn fragen, ob er wieder nach Deutschland ginge, schluckte dann aber doch die Frage hinunter – auch in Deutschland gab es keine Arbeit mehr. Als er ihm dann doch die Hand geben wollte, war es bereits zu spät: Mit einem kaum sichtbaren Nicken, die Augen unter der Mütze verborgen, drehte sich Niesten um und verließ das Büro, mit demselben ungebrochenen Stolz wie damals nach der Ablehnung seiner Anfrage, mit demselben herzzerreißenden Stolz …

Während Bepol jede Kraft verließ, begab er sich durchs Haus zum Schlafzimmer. Agaat und Ilse saßen im Wohnzimmer bei geschlossener Tür; unbemerkt stieg er die Treppe hinauf und stellte sich ans Fenster, weiter als sonst von der Fensterbank entfernt, aber es war nicht nötig: Ohne auf- oder sich umzusehen, verließen die Männer das Gelände, die meisten noch im Blaumann, eine langsame, blaue Raupe, vielfach gegliedert, aber doch unteilbar.

Unfassbar lang schien es her, dass er hier voll Wonne über die Werft geblickt hatte, manchmal gar frühmorgens, wenn seine Männer daherkamen; nun trotteten sie in die andere Richtung, nach Appingedam, zur Arbeitsbeschaffung in Delfzijl, der Armut entgegen, und es war, als hinge sie schon jetzt um die so jäh tief verelendete Schar. Merkwürdig: Niesten, der sich sonst nie unter die anderen mischte, ging jetzt im Zug mit; er hatte sein Motorrad nicht angeworfen, sondern schob es an der Hand neben sich her.

Auf der anderen Seite bewegte sich etwas, rechts unten in seinem Augenwinkel: Es war Ilse, die so unerwartet und ungestüm aus der Küche geschossen kam, als hätte sie sich bis zuletzt dagegen gewehrt, dann aber dem Drang nicht mehr hatte widerstehen können, wie ein Pfropf aus einem verstopften Rohr; mit wehenden, weißen Röcken und der Hand an ihrem Käppchen rannte sie zur Straße, wo sie ebenso plötzlich wieder anhielt, um den Männern nachzusehen, während nur ihre Hand langsam an ihrem Kopf herabsank. Als sie endlich, jetzt ganz langsam, auf das Grundstück zurückkehrte, wich Bepol noch weiter vom Fenster zurück und warf unwillkürlich einen Blick in den Spiegel über der Ablage. Was er sah, war nicht mehr der gutmütige Bug einer Tjalk, nun sah er sich: ein guter Mann für gute Zeiten, aber die Zeiten waren schlecht …

Sobald Ilse sicher vorüber sein musste, stellte sich Bepol abermals ans Fenster. Es war niemand mehr da, es war vollkommen still, das einzige Geräusch war das Knarren der alten Festina; das Einzige, was noch arbeitete, war dieser unablässig arbeitende hölzerne Kahn.

4

Frage und Antwort

Ilse war jetzt noch stiller als sonst; um ihrem Schweigen zu entfliehen, botanisierte Bepol ganze Nachmittage am Wegesrain, aber nun war es ein anderer Mann, den man dort so plötzlich innehalten, sich vorbeugen und die Hand nach etwas Kleinem zu seinen Füßen ausstrecken sah – das kam, weil man jetzt auch anders auf ihn sah.

Nicht nur der Friseur, alle redeten über die Arbeitsbeschaffung; nach einer Woche hielt sich Bepol nicht mehr zurück und wollte sich selbst ein Bild machen. Er ließ das Pferd einspannen und stieg eine Stunde später in Delfzijl aus der Kutsche wie sonst in 't Hoogezand, piekfein mit Melone und Spazierstock.

Sein Aussehen wurde ihm zur Last, sobald er sich gleich darauf den Steinverschlägen näherte. Überall standen Frauen und schauten hinein, ein Polizist patrouillierte, Bepol fühlte die verbitterte, sozialistische Stimmung, als er auf den ersten Verschlag zutrat.

Die Wände waren nur brusthoch gemauert; damit Licht einfallen konnte, war bis zu dem auf Pfosten lagernden Dach ein breiter Spalt ausgespart. In der Rückwand war eine Türöffnung ohne Tür – auch dort konnte das Licht herein, doch es blieb lieber draußen; als Bepol durch den Spalt spähte, sah er zunächst nur ein Zwielicht flackern, das durch die wilde Bewegung von Körpern und Hämmern völlig verquirlt wurde.

Je mehr sich seine Augen an das Dunkel gewöhnten, desto voller schien ihm der Verschlag zu werden. Männer mit gekrümmtem Rücken füllten den Raum von Wand zu Wand, jeder hämmerte auf seinen eigenen Stein, der Schotter wurde kiloweise bezahlt. Manchmal reckte sich jemand zum Licht empor, versank dann wieder im Dämmerschein, während das Getöse nicht aufhören wollte. Ein Wunder, dass es in dem Wüten all dieser zusammengepferchten Leiber keine Toten gab, ganz knapp schwangen die Hämmer an den Köpfen vorbei, zum Zerschlagen der Steine musste man weit ausholen, doch vor lauter Erschöpfung waren die Schläge ungezielt und unsicher. Selbst in der Kälte vor der Mauer war der Schweißgeruch kaum zu ertragen; das unablässige Fluchen klang vor der Gewalt der Schläge mehr wie ein Jammern denn ein Toben, und überall sah Bepol jetzt auch Männer die Arbeit unterbrechen und sich mit den Händen die Augen reiben; als er dann besser sehen konnte, sah er, dass die Hände blutig glänzten – die verschwitzte Haut musste wie nasses Papier an den scheuernden Flintsteinen hängen geblieben, die Luft von Steinstaub durchsetzt sein.

Nachdem sich Bepol vergewissert hatte, dass Niesten hier nicht war, ging er weiter zum zweiten Verschlag. Das Hauen, das Halbdunkel und der Lärm waren hier nicht anders, bis ein Herr mit Hut hineinging und einer nach dem anderen die Arbeit einstellte. Es war Kollege Terneis; er zog eine Flasche Genever aus der Tasche, die prompt von Mund zu Mund ging, und beschämt sah sich Bepol halb versteckt hinter der Mauer stehen, während Terneis seinen Männern offen entgegentrat und ihnen zu trinken gab. Im dritten Verschlag erkannte Bepol viele seiner eigenen Leute, aber erst im vierten sah er Niesten gegen die Steine wüten, schon beim ersten Blick unverwechselbar, obwohl er hier seine Mütze nicht trug.

Auf die Mauer gestützt, blickte Bepol, mit den Händen rechts und links am Kopf, über den Rand hinein. Hier schien noch mehr Steinstaub in der Luft zu schweben als in den anderen Verschlägen, sogar die schweißtriefendsten Gesichter und die am heftigsten blutenden Hände waren so davon überzogen, dass sich die Männer vor Bepols Augen allmählich in Steinfiguren verwandelten, in toll gewordene Standbilder, die das Zuschlagen nicht mehr einstellen konnten. Im Abgrund der Erschöpfung hatte sich nicht einmal mehr Niesten völlig im Griff; mit eigentümlichen Grimassen überragte er bisweilen in einer Schraubbewegung die anderen, während er dennoch weiter zuschlug, ohne jedes Gefühl, nur noch aus Kraft, ein erwachsener Mann, der schon mit zwanzig einen Zweimastschoner aufreißen und bauen konnte – doch hier wurden keine Schiffe gebaut, hier wurde Schotter gemacht…

Jemand legte ihm die Hand auf die Schulter; Bepols Kopf ruckte zur Seite; es war Terneis.

»Auf der Suche nach neuen Leuten?«, grinste er. »Dieser Bepol, denkt nur an die Arbeit…«

Versteinert sah Bepol, während die Scham von soeben erneut durch ihn loderte, wie sich Terneis mit einem Zwinkern umdrehte und wegging; als er darauf den Blick wieder nach vorn richtete, hatte sich drinnen etwas verändert, und er versteinerte noch mehr.

Ohne sich jetzt noch zu bewegen, hatte sich Niesten zu voller Größe aufgerichtet, eine schwarze Silhouette im Notlicht. Einen Moment wusste Bepol nicht, ob er ihn jetzt direkt von vorn oder direkt von hinten sah, doch dann funkelten plötzlich diese zwei Feueraugen im Dunkel auf…

Wie von selbst winkte seine Hand neben dem Kopf, er zwang sich zu einem Lächeln, dann löste er sich mit letzter Kraft von dem Spalt. Als er zur Kutsche zurückwankte, flammte in ihm jäh eine heftige Hoffnung auf; von ihm war doch nur der Kopf zu sehen gewesen, er hatte die Melone aufgehabt, die zweifellos sein Gesicht verschattete – vielleicht hatte ihn Niesten gar nicht erkannt!

»Menschenunwürdig«, erklärte er am Abend nach dem Essen. Die Uhr tickte; Agaat saß mit Flickwäsche an der einen Seite der Lampe, Ilse mit einem Buch an der anderen – sie bewegten sich nicht, fragten nichts, lauschten aber so angespannt, dass er wohl oder übel weiterberichten musste. »Ein wahres Inferno … Steineklopfen, und das für einen jungen Mann, der einen kompletten Schoner aufreißen und bauen kann … Für die Augen ist es am schlimmsten … überall dieser Steinstaub in der Luft … und natürlich für die Hände …«

Am nächsten Tag, als er bereits ein Stückchen botanisierend Richtung Groningen gewandelt war und sich langsam zu etwas Kleinem in der Böschung bückte, ertönte hinter ihm auf einmal das Knirschen von Rädern auf Schlacke, darauf Hufklappern auf dem Pflaster. Er drehte sich um und sah gerade noch, wie die Kutsche in voller Fahrt vom Werftgelände in die Straße einbog, in die andere Richtung.

Als er etwas später das Haus verlassen vorfand, wusste er, dass Agaat und Ilse nach Delfzijl gefahren waren.

Mit Einbruch der Dämmerung kehrten sie zurück. Bis zum Essen gelang es Bepol, seine Neugier zu bezwingen, dann fragte er rundheraus, was sie denn unternommen hatten.

»Wir haben jemandem etwas gebracht«, sagte Agaat.

»Wem, was?«, fragte Bepol verstimmt, weil er ihnen alles aus der Nase ziehen musste und auch, weil die zwei Frauen etwas getan hatten, während er nur Beobachter geblieben war.

»Wir haben Niesten etwas für seine Hände gebracht, und etwas für seine Augen«, sagte Agaat so schroff wie möglich; es war klar, dass sie Ilse vor weiteren Fragen schützen wollte, aber mit dem Abwenden des Kopfes verriet Ilse sich doch: Mit einem Mal begriff Bepol, dass die Idee von ihr stammte und Agaat sie decken wollte – ihm gegenüber saßen zwei Frauen zu einem vorwurfsvollen Widerpart zusammengeschmiedet, das strengte seinen Geist so an, dass sein Gesicht glühte wie eine Lampe und er plötzlich die Augen zukneifen musste: In einem Geistesblitz war ihm die Lösung erschienen, die alle Probleme aus der Welt schaffen würde.

Erst Stunden später, im Schlafzimmer, konnte er Agaat alles darlegen. Matt vom aufgeregten Warten stieg er ins Bett und fragte, was sie davon hielte.

»Nur, wenn Ilse es will …«, sagte sie.

Ja, wenn Ilse es wollte – aber Niesten musste auch wollen, wie sicher das auch schien: Wen musste er zuerst fragen?

Wenn er Ilse, als Frau, am meisten schonen wollte, musste er zuerst zu Niesten; weigerte er sich, gab es nichts mehr zu bereden, und Ilse müsste nichts von einer Ablehnung wissen. Doch mehr noch als eine Frau war Ilse seine Tochter – was lag also näher, als sie zuerst zu fragen? Weigerte sie sich, war auch der Gang zu Niesten nicht mehr nötig …

Erst am nächsten Abend fand er den richtigen Moment: Agaat war nach oben gegangen, Ilse suchte etwas im Leihbücherschrank, und auf einmal stand er neben ihr, stellte ihr ganz diskret seine Frage, ohne dass es ein anderer hören konnte.

»Nun, was meinst du?«, fragte er in die entstandene Stille, während ihm das Herz immer höher im Hals hämmerte. Selbst bei Lampenlicht war zu sehen, wie eine tiefe Röte über Ilses Gesicht zog, Bepol wusste nicht, ob vor Scham oder Freude – vielleicht dachte sie auch, dass die Frage von Niesten käme, dass er gern wollte, aber ihn gebeten hatte, in dieser Angelegenheit zuerst bei ihr vorzufühlen …

»Ilse …«, drängte er.

»Nur, wenn er es will …«, flüsterte sie, während sie tief den Kopf senkte, und wieder wusste Bepol nicht – vor ihm, vor Niesten oder vor dem Schicksal.

Am nächsten Morgen stand Bepol schon draußen und wartete, als der Handlanger auf das Gelände hinkte; unverzüglich ließ er einspannen; noch schneller als gestern mit den Frauen bog die Kutsche in die Pflasterstraße nach Delfzijl ein.

Das Hämmern war schon in vollem Gang, als er am ersten Verschlag vorüberging; ihm schien, als hätten sie die ganze Nacht lang Steine geklopft; nichts hatte sich verändert, nichts konnte sich noch verändern – die Ewigkeit gab es in der Hölle genau wie im Himmel.

Aber im vierten Steinverschlag war doch etwas anders, als Bepol, voller Erwartung, durch den Spalt spähte: Auch Niesten war schon wieder mit krummem Rücken beim Steineklopfen, aber diesmal hatte er etwas um den Kopf, ein Stück Mull, unter dem Kinn verknotet, und mit den neuen, dicken Binden um die Hände sah er aus wie ein wild gewordener Imker. Um lauter rufen zu können, dabei aber nicht den Halt zu verlieren, klammerte sich Bepol abermals an den Mauerrand.

»Niesten! … Hier!«

Niesten reagierte nicht, der Lärm war zu laut, vielleicht war er auch schon wieder zu müde, um etwas zu hören. Oder er war schwerhörig geworden, vom Hämmern auf der Werft.

Bepol streckte den Spazierstock hinein und schlug damit gegen das Dach – doch es war Holz auf Holz, der Ton leise wie derzeit das Klopfen auf die Keile, viel zu gedämpft, um hier gehört zu werden: Niesten sah nicht auf.

Noch weiter streckte er den Arm hinein, bis an die Achsel, begann wild mit dem Stock zu fuchteln, als wolle er das unruhige Licht noch mehr durcheinanderquirlen, und er fuchtelte immer weiter, bis er schließlich doch bemerkt wurde, zuerst von ein paar anderen Männern, dann auch von Niesten. Langsam richtete er sich auf, starrte ihn an, noch ohne einen Funken des Erkennens.

»Niesten ... ich bin's ... Bepol!«, rief er und winkte ihn mit heftigen Gesten zu sich.

Ganz langsam, fast unwillig, bewegte sich Niesten zu der Öffnung in der Rückwand (aber er konnte ja nicht ahnen, was ihm angeboten würde), ebenso langsam bog er im nächsten Moment um die Ecke, Ilses Mull wie einen Schleier über dem Kopf zurückgeschlagen, die gelösten Binden hingen von den Handgelenken bis auf den Boden.

»Niesten ... wir müssen reden ... komm kurz mit!«

Um dem Lärm zu entkommen, ging Bepol vor zu einem Schuppen ein Stückchen weiter, Niesten folgte, ließ sich mit dem Rücken dagegenfallen und zog seinen Tabaksbeutel heraus; als ob er allein wäre, begann er eine Zigarette zu drehen.

»Also gut, Niesten, hör mal zu ... es geht um die Zukunft!«, begann Bepol, während er den steinbestäubten jungen Mann von der Seite betrachtete. Er wartete kurz, dass sich seine Erregung wieder legte, suchte in sich den richtigen Ton und sog dann den Brustkorb voll Luft, um die Sache vorzubringen. Im selben Moment schoss ihm durch den Kopf, wie er damals mit unzähligen Argumenten Niestens Gleichstellungsurkunde zurückgewiesen hatte.

Während Niesten rauchend vor sich hin starrte, schilderte ihm Bepol das Elend der Steinhütten und die Probleme, mit denen er selbst kämpfte – das waren die Deckblätter, aus denen der Vorschlag am Ende fast unbemerkt hervorgehen sollte, doch noch verzog Niesten keine Miene. Jetzt, wo er so nah neben ihm stand, bemerkte Bepol wieder, um wie viel größer Niesten war, und führte währenddessen Argument für Argument an – seltsam eigentlich, dass das noch nötig war; er hatte erwartet, dass Niesten längst das Herz aufgegangen wäre, stattdessen krampfte sich ihm auf einmal das eigene Herz zusammen …

Je länger Niesten vor sich hin starrte, desto mehr fühlte Bepol seine Freude ins Gegenteil umschlagen, bis er schließlich nur noch Furcht empfand, eine eiskalte, mit Scham gewappnete Furcht vor dem Unmöglichen; alles, was er besaß, bot er ihm an, doch taub vor Stolz schien Niesten es nicht einmal zu hören. Noch mehr Gründe führte er an, um ihn zu überzeugen, doch mit jedem Argument ging er tiefer in die Knie, ragte Niesten höher über ihn hinaus.

»Das ist mein Vorschlag …«, beendete er stammelnd seine Darlegung. »Also, wenn du mit Ilse … dann würde ich … damit du … Meine Frau und ich … wir dachten … es wäre für alle … und wir meinten doch auch ein bisschen Sympathie … ich bin jetzt einundsechzig, also, vor mir musst du nicht … du kannst ganz eigenständig …«

Er konnte nicht mehr sprechen, nicht einmal mehr schlucken; plötzlich benommen beobachtete er, wie Niesten tief inhalierte, den Rauch ausblies und dann langsam nickte … also doch, Zustimmung! Nein, er nickte und nickte, er nickte noch immer, er nickte nur, dass er verstanden hätte …

Wie ein angeschossener Hase fiel Bepols wild springendes Herz bleischwer in seine Brust zurück; sein Gesicht begann zu glühen: Alles hatte er angeboten, seine Tochter, seine Werft, seine Position, aber Niesten wies es zurück …

»Ist es … wegen Ilse?«, keuchte er kindlich.

Niesten warf ihm die Kippe vor die Füße.

»Ist es … wegen der Werft?«

Niesten trat die Kippe aus.

»Ist es … wegen der Krise?«

Niesten sah ihn an, als wisse er nicht, wovon er redete, und mit Ilses Binden hinter sich herflatternd, ging er zurück in den Steinverschlag.

Noch vor Mittag war Bepol zurück auf der Werft. Zuerst war er es, der Ilse aus dem Weg ging, doch dann begriff sie und ging ihm aus dem Weg. Beim Abendessen schützte sie Kopfschmerzen vor und blieb in ihrem Zimmer; Agaat brachte ihr das Essen nach oben, blieb bei ihr, und im Wohnzimmer allein gelassen, konnte Bepol nur noch dem Ächzen der Festina lauschen und aus dem Fenster auf das totenstille Diep schauen, das viel zu schmal war für all die Scham im Haus.

Am nächsten Morgen hatte er sich wieder gefasst: Zweimal hatte er Niesten abgewiesen, das erste Mal wegen der Festina, das zweite Mal, als er keine Arbeit mehr für ihn hatte – und nun sollte Niesten einem Vorschlag von seiner Seite gleich zustimmen? Wegen Ilse musste er zurück, er war es ihr schuldig; auch zum Frühstück war sie wieder mit Agaat in ihrem Zimmer geblieben.

Abermals ließ er sich nach Delfzijl kutschieren, abermals fuchtelte er mit dem Stock durch den Steinverschlag und stand im nächsten Moment abermals mit Niesten beim Schuppen; mit demselben Wortlaut wie gestern wiederholte er seinen Vorschlag, aber den selbstsicheren Ton, mit dem er vortags eingesetzt hatte, ließ er jetzt sein und fügte noch hinzu: »Ich frage nicht in erster Linie für mich, Niesten, ich frage für Ilse, ihretwegen bin ich wiedergekommen … aber sie hat mich nicht geschickt, auch gestern nicht! Du kannst von mir denken, was du willst, aber denke nicht so über sie …

das verdient sie nicht, sie verdient nur das Allerbeste … Nun, was hast du zu sagen?«

Wieder nickte Niesten vor sich hin, und wieder hörte er nicht auf zu nicken – aber anders als gestern, nachdenklicher, ernsthaft. Dann wandte er Bepol langsam den Kopf zu und nickte noch einmal, knapp.

»Nur, wenn Ilse es will«, sagte er.

Bepol holte so tief Luft, dass er fast abhob.

»O ja, sie will, Niesten!«, sprach er bewegt, begriff aber gleichzeitig, dass er Ilse decken musste. »Ich meine, natürlich muss ich sie noch fragen, aber als Vater weiß man das einfach, Niesten … keine Bange! Was hältst du von einem näheren Kennenlernen? Samstag … ja, nur zu, komm Samstagabend zu uns zum Essen, dann können wir über die Zukunft sprechen!«

Nach einem weiteren festen Händedruck war er zur Kutsche zurückgelaufen und eingestiegen; die Nachricht, die er bei sich trug, war so groß, dass sonst keiner mehr hineinpasste – aber er hatte auch keine Sekunde mehr daran gedacht, ob Niesten vielleicht bis nach Appingedam mitfahren wollte oder sein Motorrad dabeihatte, oder ob er wieder in den Verschlag gegangen war – auch sein Kopf war zu voll …

Zu Hause war das Wohnzimmer noch leer. Mit schwerem Schritt stieg er die Treppe hinauf und trat in Ilses Zimmer, wo bereits beide Frauen starren Blicks zur Tür schauten, Ilse aus den Kissen, Agaat neben ihr auf dem Bettrand, den Rücken vom Umdrehen schief verzogen wie ein Spant. Als er weiterging, tönten seine Schritte wie Gongschläge; Agaat machte Platz und sah von der Seite, wie er neben dem Bett niederkniete und lächelnd Ilses Hand in die seine nahm.

»Alles ist gut«, sagte er schlicht, und eine grelle Röte zog über das bleiche Gesicht auf dem Kissen. »Am Samstagabend kommt er zum Essen.«

5

Besuch

Seit halb sechs saß Bepol empfangsbereit im Wohnzimmer: Die Schnapstafel war hergerichtet, Flaschen und Gläser standen auf dem Beistelltisch bereit, in der Küche nebenan klapperte ein Deckel auf dem Topf; die Frauen waren noch oben.

Es begann zu dämmern, es wurde dunkel. Bepol schaltete die Lampen an und schürte den Ofen; ihm war kalt vor Nervosität, und er erschrak, als es sechs schlug. Nach dem letzten Schlag blieb es kurz völlig still, bis man aus der Ferne ein Motorrad herandonnern hörte. Blitzschnell sprang er auf, völlig gefasst schritt er aus dem Zimmer zur Diele.

»Er kommt!«, rief er nach oben ins Treppenhaus, dann öffnete er die Haustür, und das Geräusch wurde noch lauter, immer lauter – trotzdem brachte es ihn aus der Fassung, als endlich das Lichtbündel des Scheinwerfers auf das Gelände einschwenkte.

In trägem Schaukeln rollte Niesten aus der Dunkelheit heran, die Mütze tief über die Augen gezogen. Sonst bog er immer gleich bei der Schmiede um die Ecke, diesmal fuhr er weiter, bis seine Jacke im Schein der Außenlampe aufglänzte – noch einmal fegte das Scheinwerferlicht über den Boden, ein letztes Aufheulen, dann stand er still, schaukelte noch nach, ohne beiseitezublicken, scheinbar in Gedanken versunken – bis er das Bein über den Sattel schwang, den Ständer ausklappte und sich zur Tür wandte.

»Willkommen!«, rief Bepol. Er schüttelte Niesten die Hand, trat gemächlich beiseite, um ihm den Vortritt zu lassen, ging dann aber doch blitzschnell voran: Er musste doch die Jacke annehmen und an den Garderobenständer hängen!

Es war eine schwere Lederjacke, die wie ein Leibwächter in der Diele zurückblieb, während Bepol wieder voranging, ins Wohnzimmer, nach hinten zum Ofen, am großen Bücherschrank vorbei, den er im Vorübergehen kurz berührte.

»Wenn du ein Buch leihen möchtest…«, sagte er scherzend; er musste dem jungen Mann hinter sich ein wenig die Befangenheit nehmen!

Bei der Schnapstafel sah er, dass Niesten noch die Mütze in der Hand hielt. Er deutete auf einen Sessel am Fenster und blieb selbst stehen, um einzuschenken.

»Was darf es sein, Niesten… Ein Schnaps? Die Damen sind noch kurz oben, die erste Runde geht schon mal an uns! Ha, ha!« Geschäftig stellte er zwei Kelchgläser nebeneinander, er griff zur Flasche, doch bevor er einschenken konnte, gab es bei der Tür eine Bewegung.

Zuerst trat Agaat ein, Ilse gleich hinter ihr; sie gingen an Bepol vorbei bis zu Niesten, der sich wieder erhoben hatte; sie begrüßten ihn mit einem Nicken, er nickte zurück mit der Mütze auf der Brust, dann setzten sie sich nebeneinander aufs Sofa. Sofort ließ Ilse den Kopf sinken, als läse sie in einem Buch.

»So, das ist schön…! Jetzt können wir Bekanntschaft machen… aber zuerst mal ein Schlückchen! Niesten wollte Genever… bitte sehr…! Einmal Likör für Gaat… und noch einer für Ilse… Sieh da!«

Zuletzt bediente sich Bepol selbst und ließ sich Niesten gegenüber in den Sessel sinken. Mit erhobenem Glas blickte er, noch immerzu muntere Laute von sich gebend, von einem zum andern, wie sie jetzt, jeder mit einem Glas in der Hand, um den Tisch saßen – Zeit für einen Trinkspruch, schon quollen die ersten Worte in ihm empor, blieben ihm aber gleich im Halse stecken, als Ilse unvermittelt den Kopf zu ihm hob: Es war das erste Mal, dass er ihr heute Abend ins Gesicht sah, und einen Augenblick meinte er nicht sie, sondern eine Abspaltung, eine Doppelgängerin seiner Tochter zu sehen: Ilse hatte sich breite, rote Lippen gemalt – wie Klatschmohn stand ihr Mund in dem blassen Gesicht.

»Nun denn… auf die Zukunft!«, konnte er nur noch herauswürgen; der Eindruck von Verdoppelung schwankte noch immer durch ihn, und als er im nächsten Moment auf Niesten sah, schien sich diese Verdoppelung noch einmal zu verdoppeln: Neben Niestens Kopf lag die Mütze auf der Fensterbank hinter ihm, und auch er schien sich gespalten zu haben und ihm jetzt zweimal gegenüberzusitzen, mit zwei Köpfen, die ihn beide anblickten, der eine mit hellen Augen, der andere mit dem eisernen Abzeichen über dem Schirm…

Kurz darauf hatte er sich wieder völlig gefangen. Das Gespräch lief gut, je mehr er redete, desto mehr fand er zu seinem üblichen Aplomb zurück, und nach einem erneuten Schluck ausatmend, sagte er, und wiederholte damit, was er zuvor schon gesagt hatte: »Nein, wir werden nichts überstürzen, wir lassen alles ganz langsam angehen… Erst einmal ein Haus bauen, dann kommt die Heirat ganz von selbst!«

Um für eine passende Behausung Platz zu schaffen, sollte das Weidenwäldchen neben dem Gemüsegarten ein wenig ausgelichtet werden, und wenn sie dann noch ein Stück von der Bleiche dazunahmen, müsste der Platz reichen.

»Mach doch eine Skizze, Niesten«, fuhr er einladend fort, »denn es gibt keinen Grund, noch mit dem Bauen zu warten.

Ab Montag bist du einfach wieder im Dienst, genau wie früher … nur mit zehn Prozent weniger Lohn, wegen der Krise … Nein, setz nicht so eine saure Miene auf, das war doch nur ein Scherz, um die Spannung zu lösen … und wenn dann das Haus gebaut und die Ehe geschlossen ist, wird auch die Werft wieder florieren … Heute weiß man vielleicht nicht, wie man sie wieder zum Brummen bringt, aber das geht alles ganz von selbst … sobald die Frachtpreise erst wieder anziehen! Solange sie im Keller sind, geht es überall schlecht … daran kann niemand etwas ändern …. die Werften in 't Hoogezand liegen ebenfalls still, dort ist es wirklich nicht anders als bei uns … aber sobald die Küstenschifffahrt wieder rentabel wird, geht es auch den Werften wieder besser. … Ich sage bisweilen: Wenn der Schiffbau einen Puls hat, dann nur auf den Herzschlag der Küstenschifffahrt! Später wirst du auch lernen, so zu denken, mach dir mal keine Sorgen …«

Agaat war in die Küche gegangen, kurz darauf wurde die Suppe aufgetragen und sie setzten sich im hinteren Zimmer zu Tisch. Um das Kennenlernen zu feiern, öffnete Bepol eine Flasche Wein und brachte einen neuen Trinkspruch aus, wobei er abwechselnd von Ilse zu Niesten blickte: »Wir wollen jetzt trinken … auf eure Freundschaft … auf die Freundschaft, aus der allmählich die Liebe erwächst … das geht ganz langsam …. Ihr könntet doch mal mit dem Motorrad ins Kino fahren, oder zur Jazzmusik nach Groningen … aber nichts forcieren, Niesten: Eine Ehe ist nicht wie Eisen, dort wird nichts ausgetrieben … Zum Wohl!«

Während sie aßen und die Löffel auf dem Porzellan klirrten, immer lauter, je leerer die Teller wurden, empfand Bepol Niestens Nähe wie eine Strahlung – wie fremd wirkte er hier im Haus, noch fremder als im Büro bei dieser Forderung nach Lohnerhöhung und später mit der Urkunde … er war ihm fremder, als wenn er ihn nie gekannt hätte, obwohl er schon so lange auf der Werft arbeitete, dass Bepol auf einmal nicht mehr wusste, ob Niesten nun sein Vor- oder Nachname war. Verstohlen beobachtete er ihn, die ausgezeichneten Tischmanieren, das frisch gebügelte Oberhemd – das Einzige, was er nicht einmal aus dieser Nähe erkennen konnte, war sein Alter.

Wenn sich Alter als Lackschicht zeigt, dann war Niestens wie glänzender Lack, dachte Bepol – der junge Mann musste um die dreißig sein, nicht mehr jung und noch nicht alt – vielleicht hatte er einfach weniger Alter als andere.

Die Suppenteller wurden abgeräumt, Bepol schnitt das Fleisch auf, Agaat legte vor, draußen knarrte die Festina.

»Niesten, ist es nicht schön, sich einmal so in aller Ruhe kennenlernen zu können?«, fuhr Bepol fort, während er seine Serviette erneut knotete. »Ich denke, wir werden prima miteinander auskommen, auch wenn die Sache mit dieser Gleichstellungsurkunde war, ich will nicht um den heißen Brei herumreden – aber Niesten, was wäre das schon geworden, ohne Patent und ohne Frau … und jetzt sieh nur, wie du hier am Tisch sitzt, als Schwiegersohn in spe und Nachfolger im Betrieb – so was ist doch erst eine richtige Gleichstellung! Ha! Wie stolz wäre dein Vater gewesen! Ein sehr löblicher Arbeiter war das, er hat hart und sauber gearbeitet, genau wie du, und so gemütlich, wenn er in der Pause sein Pfeifchen schmauchte … O ja, und dann hatten wir natürlich noch das Agitieren, dieses Herumgehämmere wegen der Lohnerhöhung – aber so etwas ist normal zwischen Arbeitern und Unternehmern, das wirst du demnächst auch erleben! Um keine Unzufriedenheit aufkommen zu lassen, bin ich den Männern immer entgegengekommen, wenn ihre Wünsche gerechtfertigt waren … deshalb konnte der Sozialismus hier nie Wurzeln schlagen, dafür waren eure Bedingungen zu gut! Ich sage bisweilen: Wenn der Sozialismus eine Pflanze ist, dann eine Wüstenpflanze, die im Mangel gedeiht, aber bei Zufriedenheit sofort verdorrt. Übrigens gibt es keinerlei Grund, als Unternehmen den Sozialismus grundsätzlich abzulehnen, denn im Falle der Ausbeutung ist jeder Protest erlaubt, zumindest… so sehe ich das! Nein, du musst nichts sagen, Niesten, über Politik werden wir uns später bestimmt noch mal unterhalten…«

Wie immer, wenn sie meinte, dass er zu viel redete, legte ihm Agaat die Hand auf den Unterarm und bat gleichzeitig Niesten, etwas über sein Logis in Appingedam zu erzählen und was sein Lieblingsgericht sei.

Bepol war voll mit Agaats Manöver einverstanden, kurz den Druck von Niesten zu nehmen, und fand, dass auch er einen Augenblick Ruhe verdient hatte. Aufmerksam verfolgte er das Gespräch, das sich jetzt zwischen den anderen entwickelte, bereit, einzuspringen, sobald es stockte.

Niesten nannte ein paar Gerichte; seine schnarrende Stimme schwankte im Volumen, manchmal laut, dann wieder leise, wie die ersten Stimmen im Radio – Bepol vermutete, dass es von der Schwerhörigkeit kam, dass er eigentlich immer zu laut redete, aber da er sein Problem kannte und über Willenskraft verfügte, vermochte er seine Stimme vor anderen meist zu dämpfen.

Nun fragte Niesten seinerseits, was Agaat am liebsten mochte. Sie nannte und lobte Ilses Gemüsetorte – wie sie die zu würzen verstand!

»Diese Torte ist die reinste Reformkost!«, stimmte Bepol begeistert zu. »Denn weißt du, woran das liegt? Alle Kräuter kommen frisch aus dem Küchengarten! Kümmel, Liebstöckel… wirklich wunderbar, auch wenn ich persönlich mehr von Wildkräutern halte, die nicht nützlich sein müssen, sondern frei am Wegrain wachsen … Weshalb? Das ist der Sozialist in mir!«

Die Teller waren leer, Bepol lobte das Essen, und während er seine Hand auf die von Agaat legte, sagte er zu den beiden anderen: »Es geht nichts über eine gute, gemeinsame Mahlzeit – auch wenn wir in Zukunft nicht immer zusammen essen werden: Ihr müsst euren eigenen Hausstand gründen, später habt ihr doch auch eure eigene Familie!«

Man erhob sich, die Frauen verschwanden zum Kaffeekochen, der wieder am Ofen getrunken werden sollte, und Bepol ging ziellos im Zimmer umher, bis ihm plötzlich einfiel, dass er den Werftrevolver zum Reinigen ins Büfett gelegt hatte. Er öffnete die Schublade, und während Agaat und Ilse noch in der Küche waren, ging er rasch mit dem Revolver zu Niesten, der sich wieder in den Sessel am Fenster gesetzt hatte.

»Schau doch mal«, strahlte er wie ein kleiner Junge. Er hielt Niesten den Revolverlauf vor die Nase und fuhr fort: »Eines Tages wirst du den Revolver in der Hand halten … und dann eine Rede halten … warte nur ab … ich rate dir: Fasse dich kurz! Ha, ha!«

Gutmütig lachend ging er zum Büfett zurück, und kaum lag der Revolver wieder in der Schublade, da kamen Agaat und Ilse mit den Kaffeeutensilien herein.

Bepol hatte Cognac eingeschenkt, setzte sich als Letzter und sah, dass alles wieder war wie vor dem Mahl, nur Ilses Lippen waren lange nicht mehr so rot …

»So, das war ein angenehmer Abend«, rekapitulierte er, befriedigt vom Essen, auch zufrieden über den bisher glatten Verlauf. »Sehr erfreulich, sich so einmal über allerhand Themen auszutauschen – wir müssen nicht nur über Schiffbau reden, Niesten! Wir können uns auch über dein

Motorrad unterhalten, oder über Automobile, was immer du willst! Zigarre?«

Niesten machte eine abwehrende Geste und begann eine Zigarette zu drehen; Bepol zog die angebotene Schachtel mit den dicken Zigarren wieder heran und zündete sich eine an.

»Es ist sicher ein schönes Stück Technik, dein Motorrad… Eine Adler, nicht wahr? Ja, ich habe es mir schon einmal angesehen… und damit fährst du dann so ab und zu nach Deutschland, nicht wahr?… Bestimmt zu Freunden… ja, Niesten, ich war auch mal jung!«

Niesten verzog den Mund zu einem feinen Lächeln, aber es war nicht der Beginn einer Antwort, sondern drückte stillschweigend schon alles aus.

»Aber du solltest bedenken, dass es ohne den Verbrennungsmotor dein Motorrad nie gegeben hätte«, fuhr er fort. »Und das gilt selbstverständlich auch für das Automobil… die Herren von 't Hoogezand fahren schon damit, das wirst du später auch tun, ich bin dafür zu alt… Bodewes hat einen Spyker 05, Pattje einen Pathfinder 40 H.P. und Van Diepen einen Oryx Torpedo; bei Versammlungen der Schiffbauvereinigung stehen die drei nebeneinander vor dem Hotel Martenshoek, das sieht einfach prima aus… Ich werde dich bei Gelegenheit mit hinnehmen, dann kann ich dich gleich den Herren vorstellen… eines Tages wirst auch du dort zur Versammlung gehen!«

Niesten presste sich nach hinten gegen die Rückenlehne. Schreckte er vor den neuen Aufgaben zurück, die ihn erwarteten, hatte er etwa Angst, dass er seiner neuen Verantwortung nicht gerecht würde? Zum ersten Mal sah Bepol die Spur eines Zweifels an ihm, und es war, als ginge die Sicherheit, die Niesten verließ, auf ihn über und nistete sich verdoppelt in seinem überreizten Gemüt ein.

»Der Straßentransport wird sich durch den Dieselmotor einschneidend verändern, wie wir es schon in der Küstenschifffahrt erlebt haben – diese Entwicklung lässt sich nicht mehr aufhalten; was wir jetzt sehen, ist erst die Spitze des Eisbergs; eines Tages wird das Segel völlig vom Motor verdrängt sein, Niesten – wenn die Umstellung von Holz auf Eisen eine Revolution war, dann wird die vom Segel auf den Motor ein Krieg! Und wir werden wieder gegen konservative Kräfte kämpfen müssen; damals sagten manche alten Schiffer: ›Wenn man nicht pumpen muss, ist es kein Schiff‹, heute sagen sie: ›Wenn Gott Wind gibt, setze ich die Segel …‹ – aber wenn du davor in die Knie gehst, Niesten, dann … dann … Du musst vorausdenken, dich auf die Zukunft ausrichten, neue Möglichkeiten suchen, an neue Auftraggeber herantreten, annoncieren, akquirieren … Vielleicht baust du sogar das erste Seeschiff in Groningen, das kein einziges Segel mehr führt, nicht einmal mehr ein Hilfssegel … Verstehst du, was ich sagen will? Der Groninger Schiffbau verwendet immer deutschen Stahl, aber warum sollte das so bleiben? Es gibt jetzt auch einen niederländischen Hochofen – vielleicht liefert der das Walzgut sogar zu besseren Konditionen! Lass dir eine Offerte machen, Niesten, brich mit alten Gewohnheiten, triff Entscheidungen – du magst vielleicht manchmal gedacht haben: Was treibt dieser Bepol bloß dort in seinem Büro, nun ja … ich habe dort Geschäfte gemacht! Schiffe bauen ist mehr als bauen, Schiffbau ist auch unternehmerisches Handeln, und man handelt nicht nur auf der Werft, sondern auch in der Gemeinde, zumindest: So sehe ich das! Deshalb habe ich mich auch immer noch um dieses arme Wirdum gekümmert: Am Ende kam das Genossenschaftskühlhaus doch noch, derzeit beschäftige ich mich wieder mit einem Waschzentrum, und es würde mich nicht wundern, wenn

Ilse die Buchausleihe eines Tages zu einem richtigen Lesesaal erweitern würde ... eine gebildete Frau, Niesten, immer die Nase in den Büchern ... und vergiss auch nicht die Schule ... auch in diesen Dingen wirst du von mir die Fackel übernehmen, zumindest, wenn du ein soziales Empfinden besitzt, auch hier wirst du wieder deine eigenen Akzente setzen müssen, deine eigenen Initiativen entwickeln können ... Du musst es auf deine Art anpacken, auf eine moderne Art!«

Reglos saß Niesten noch immer zurückgelehnt in seinem Sessel; ja wirklich, der Mann, der das Eisen schlug, schien jetzt selbst von all den Segnungen, Verpflichtungen und Erwartungen, die auf ihn herabregneten, mürbe geschlagen zu werden – Bepol sah es mit wachsendem Wohlgefallen, und um Niesten seine Kraft spüren zu lassen, bramarbasierte er noch eine Weile weiter, nunmehr völlig entspannt.

Er sagte: »Und dann müssen wir noch über die finanzielle Seite des Unternehmens reden ... ich werde dir einmal die Verträge zeigen, ich werde dir beibringen, wie man eine Ausschreibung kalkuliert ...«

Er sagte: »Und dann musst du noch den Notar kennenlernen ... heutzutage geht alles über den Notar ...«

Und er sagte: »Und du musst auch einmal mit zur Bank ... das ist noch etwas anderes ... beim Notar berät man sich, mit der Bank verhandelt man ...!«

Dann endlich war es so weit: Niesten sah ihm nicht länger ins Gesicht, sondern drehte den Kopf weg zur Tür, als kapituliere er. Während ein warmes Lächeln sein Gesicht überzog, labte sich Bepol an diesem Anblick: Nie hatte er Niestens Stolz brechen können, nicht, indem er ihm ein eigenes Schiff vorenthielt, und auch nicht, indem er ihm die Arbeit nahm, aber jetzt, wo er ihm alles gab, was er besaß, schien es so weit zu sein ...

Mit viel Getöse stocherte er die Glut noch einmal gut auf, er zwinkerte Agaat zu, die mit der Hand vor dem Mund reglos auf dem Sofa saß, er suchte einen Blickwechsel mit Ilse, die aber den Kopf zu tief hängen ließ, und sank dann seufzend in seinen Sessel zurück. Dann verschreckte ihn Niestens Unergründlichkeit doch wieder; er war ihm so fremd, so anders, so absolut anders als er: Wenn er eine Zigarre war, dann war Niesten eine Zigarette; wenn er eine Tuba war, dann Niesten die Trompete; wenn er lau war, dann Niesten heiß oder kalt; wenn er Holz war, dann Niesten Eisen; wenn er mit einem Fächerpinsel malte, dann radierte Niesten mit einer Nadel, und wo er stets wie ein Feldherr von hinter der Linie operiert hatte, dort würde Niesten der General bleiben, der selbst im Kampf voranging, um den Widerstand des Eisens zu brechen – er wurde zwar ein Unternehmer, würde aber ein Arbeiter bleiben …

»Was willst du werden, Niesten? Teilhaber? Mitinhaber? Du musst es nur sagen …«

Der Rauch schwebte über dem Tisch, und in der vollkommenen Stille hob Bepol plötzlich lauschend den Finger.

»Moment … nein … doch nicht. Ich dachte, es wäre das Telefon im Büro! Ha! Aber jetzt reicht es mit dem Gerede über die Arbeit, erst mal das Haus bauen, denn weißt du, was es ist, Niesten? Du bist nicht um ein Haar, sondern um ein Haus verheiratet … Ha! Ha! Ha! Ja, Niesten, das ist wieder so ein Scherz … das ist meine Art von Humor … den brauchst du schon gelegentlich auf der Werft, wenn die Männer murren … und auch sonst in der Ehe!«

Er lachte Niesten zu, lachend blickte er dann zu Agaat und Ilse. Agaats Augen funkelten über der Hand vor ihrem Mund; Ilse konnte den Blick nicht erwidern, denn sie hatte noch immer ihren Kopf zu tief gesenkt. Als er den Blick wieder auf Niesten richtete, hatte sich etwas verändert; er hatte die Mütze von der Fensterbank genommen und ließ sie, vorgebeugt, um das Knie kreiseln. Dann erhob er sich.

Auch Bepol, in dem eine wilde Hast ausbrach, hatte sich erhoben. »Du gehst? Aber doch nicht so schnell … haben wir nicht etwas vergessen?«

Von weit weg ertönte Agaats Stimme; sie drang kaum zu ihm durch, das Einzige, was er noch mitbekam, war, dass seine Unrast zu stocken begann: Alles würde er Niesten geben, und weil er Niesten alles gab, was zu ihm gehörte, gab er auch sich – von einer bis dahin ungekannten Kraft getrieben, baute er sich direkt vor dem jungen Mann auf, der kaum eine Herkunft, einen Namen oder auch nur ein Alter hatte, der aber doch Ilse, die Werft und seine Position besitzen würde – und dann wollte Niesten ohne ein Wort des Dankes oder der Zufriedenheit und ohne den geringsten greifbaren Hinweis, dass er das alles annehmen würde, das Haus verlassen?

Bepol hatte ihn bereits von der Seite an der Hand gepackt; gleichzeitig zog er auch Ilse an der Hand vom Sofa hoch an seine andere Seite; er drückte die beiden Hände fest und lange aufeinander, als wären sie aus Lehm und er könnte sie so vermengen, dann trat er wie ein Künstler von der Staffelei zurück, um einen besseren Blick zu haben.

»Ihr dürft euch küssen«, sagte er, und ohne den strahlenden Blick von den beiden zu lösen, legte er seine Hand auf Agaats Schulter.

»Im Ernst, ihr dürft wirklich … es ist ein Symbol …«

Die beiden bewegten sich nicht, im Tanz erstarrt blickten sie auf einen Punkt zwischen ihren Füßen.

»Na los, Niesten, der Mann zuerst … vor mir brauchst du dich nicht zu genieren … ich war auch mal jung! Komm schon …!«

Gerade als er vortreten wollte, um das, was sich nicht bewegte, in Bewegung zu versetzen, bewegte sich etwas. Niesten drückte seine Mütze an die Brust, nickte Ilse mit einer leichten Verbeugung zu und drehte sich dann auf dem Absatz um. Entgeistert sah Bepol, wie er das Zimmer verließ, aufrecht wie immer; die Haustür fiel ins Schloss, dann eilte auch Ilse aus dem Zimmer – einen Moment lang glaubte Bepol, sie liefe hinter Niesten her, aber da polterten ihre Schritte auf der Treppe.

»Was … warum …«, sagte er, von der leeren Türöffnung auf Agaat blickend, die sich, ohne ihm auch nur einen Blick zu gönnen, erhob und mit ausgestreckten Armen ebenfalls das Zimmer verließ.

Als Letzter war auch Bepol aus dem Zimmer gelaufen. Er stand in der Diele, als oben der erste klagende Schluchzer ertönte und draußen der Motor angetreten wurde. Als er die Haustür öffnete, sah er gerade noch das rote Rücklicht um die Ecke der Schmiede verschwinden.

6

Stieftage

Der Samstagabend hatte einen Kinnhaken bekommen, der Sonntag blieb mit der Frage im Bett, was denn eigentlich passiert war und ob aus morgen wohl etwas würde, aber dann erschien Niesten doch, und der Montag stand wie neugeboren auf, jetzt nicht mehr glänzend vor Schweiß, sondern vor Tau, bestürzend neu: Es war ein Tag wie ein Tagesanbruch, ein Tag, der anging wie eine Lampe, der wie eine feuchte Frucht aus dürrem Deckblatt brach, der wie ein Mädchen aus dem Haus trat, der wie ein Vergleich verknüpfte, was getrennt war, der wie ein Stern alle vereinte, die zu ihm aufschauten, der sich wie ein Regenbogen über den Himmel spannte, weiter und höher mit jeder Stunde und jedem Tun – es war ein Tag wie ein Tor, durch das schon jetzt die Zukunft hereinzudrängen schien: Sie gingen zum Bauunternehmer in Appingedam, die ersten Skizzen wurden gemacht, das erste Material bestellt.

Der Hag vor dem Gemüsegarten und vor der Bleiche hatte Knospen angesetzt; die Stämme waren hart, die Gerten zäh – aber es war der Platz, wo das Haus hinsollte: Wie bei einer Art Vorhochzeit begann die verbliebene Reparaturkolonne das Gehölz zu kappen; zur Verstärkung wurden alle zuvor entlassenen Wirdumer Männer wieder eingestellt; die Kapelle schmetterte mit neuer Freude, kam einmal nach der Probe in voller Galamontur aus dem Laderaum der Festina, formierte sich hinter dem schwankenden Glockenspiel des Friseurs und marschierte schallend einige Male um die Baustelle herum, wie sonst um ein Schiff beim Stapellauf, nur so, zu Ehren der Arbeit, kurzum: Keine Werft arbeitete frohgemuter gegen die Krise an als die an dem stillen Damsterdiep – dort sang man beim Sägen, dort lebten die aufgehäuften Zweige einfach weiter, über den Weidenkätzchen schlugen die Blätter aus, und als der Berg so groß wie ein Heuhaufen war, umflatterten ihn ebenso viele Schmetterlinge und Vögel wie früher den Hag. Gleich kahnweise gingen danach die Rutenbündel als Faschinenholz zur Deichbefestigung, denn selbst der Abfall wollte mit seinem Wert noch zum Bau des neuen Hauses beitragen.

Mit jedem Tag trieb das Frühjahr mehr aus, mit Streifen fettgelber Butterblumen auf den Fluren und mit der Lauge des weißen, schäumenden Wiesenkerbels am Wegrain. Der Kuckuck rief, dem Holunder wuchsen Schirme – dann kam die erste Schute aus Appingedam. Wie ein Brautpaar wurde das Material begrüßt und an Land geholt, Pfähle, Bohlen und Planken, Fliesen und Zement; fürs Rammen zog man den transportablen Werftbock auf das frisch gerodete, noch brache Baugelände, danach ging alles zugleich: Während der Bauunternehmer die ersten Markierungspflöcke in den Boden schlug, grub ein anderer die letzten Stubben aus, während wieder andere auf einmal Schilf schnitten, um damit den morastigen Boden abzudecken, oder sie kamen mit einem rostigen Stück Walzstahl von der Helling – jeder tat, was ihm gerade in den Kopf kam, wie auf einem Fest, bis der Bauunternehmer mit dem Abstecken fertig war, das Durcheinander um sich herum betrachtete und dann den Zeigefinger hob.

Bepol persönlich hatte, um Kosten zu sparen, bestimmt, dass der eigene Werftbock sehr gut zum Rammgerüst tauge: Mit diesem Takel waren schon Lasten gehoben worden, die viel schwerer waren, als es die Ramme sein konnte, und mit seiner Spannweite von zwölf Metern war der Ausleger lang genug, um alle Pfähle vom Mittelpunkt aus zu erreichen, sodass ein erneutes Umsetzen nicht mehr nötig sein würde – aber jetzt stellte sich heraus, dass er doch besser den Rammbock des Bauunternehmers hätte leihen sollen: Erstens dauerte es fast eine Woche, bis aus Bändern eine ausreichende Führung für den Pfahl gefertigt und der Rammbock am Auslegerarm befestigt war; zweitens zerbrach die von Bepol entworfene Ramme, ein mit Lehm gefüllter, alter Kessel aus der Appingedamer Zuckerfabrik, bereits beim ersten Versuch. Als Bepol einen zweiten Kessel zur Hälfte mit Zement füllen ließ, reichte der zwar, aber es hatte ihn einen vollen Wochenlohn gekostet, für die Männer, die mehr Däumchen gedreht als gearbeitet hatten – von nun an wollte er dem Bauunternehmer die Leitung überlassen, so tat er es doch auch mit Niesten auf der Werft; er ließ nur noch den Mast der alten Festina abbauen und zersägen; das waren schon wieder zwei Pfähle für die Befestigung.

So war die Zeit angebrochen, die mit dem Bauen begann und bis zur Hochzeit dauern sollte; es war eine Zwischenzeit, eine Zeit der Arbeit, für Bepol jedoch vor allem eine Zeit des Wartens – er wartete auf das Leben danach, auf das Zusammenleben zweier Haushalte auf einem Anwesen, auf die Zusammenarbeit zweier Teilhaber auf einer Werft; wie bleiern schwer diese arbeitsamen Tage auch waren, durch das Warten blieben sie doch leer und leicht wie rauschende Muscheln, wie das Geflüster über einer abwesenden See, Stieftage.

Während das Rammen jeden Tag unbeirrt weiterging, blieb Bepol kaum noch die Ruhe, sich morgens rasieren zu lassen. Kaffee und Zeitung hielten ihn nur noch kurz im Büro; und wie früh er danach auch das Haus verließ, er spürte doch schon Beklemmungen. Mit der Botanisiertrommel unter dem Arm ging er einmal ein Stück Richtung Groningen, dann wieder in die andere Richtung oder kurz zum Ufer, aber trotz des vielen Laufens blieb er doch stets in Hörweite der Rammschläge, spürte er ständig, wo das Haus gebaut wurde und wie ihn die Arbeit anzog: Dann eilte er spornstreichs wieder dorthin, dann beobachtete er alles von seinem Versteck hinter der Schmiede heraus, dann schlich er noch näher, bis zu den letzten verbliebenen Weiden, dann spähte er durch die Zweige zum Kreis seiner Männer, die, ein jeder mit einem Tau wie eine Girlande in der Hand, das zu dem Takel im Topp führte, um einen Maibaum zu tanzen schienen, wenn sie die Ramme in vereinter Bewegung über dem Pfahl in der Mitte hochhievten – dann fühlte er zunächst eine heftige Freude, danach das Ausgeschlossensein, weil er weder zum Kranz noch zum Tanz gehörte, und er wusste nicht mehr, ob er nun auf seiner eigenen Werft ein Fremder war oder sich auf einer fremden Werft verlaufen hatte. Während die Arbeit so unbeirrt voranging, streifte Bepol um sie herum wie ein hungriger Wolf um ein Dorf.

Aber manchmal drang er dort auch ein, um für einen Moment zu schmausen.

Die Pfähle waren eingeschlagen, das Mauern hatte begonnen; mit einem Körbchen Bärlauch am Arm wand sich Bepol aus den Weiden, unvermutet und unschuldig, als hätte er ihn eben erst gepflückt, noch ohne zu wissen, wo er sich befand, und er heuchelte dabei sogar aufrichtige Verwunderung, weil er so plötzlich vor Niesten stand – der rittlings auf einer Teerkiste saß und mauerte; diesmal ragte Bepol ein wenig über ihn hinaus.

»So … das geht ja voran … nach den Mauern kommt nur noch das Dach!«, rief er erfreut aus. Er warf einen schnellen

Blick um sich, neigte sich näher zu Niesten und fuhr, leiser, fort: »Hör mal, wird es nicht langsam Zeit, mich einmal nach 't Hoogezand zur Schiffbauvereinigung zu begleiten? Morgen ist wieder Versammlung, wir könnten dein Motorrad nehmen, dann setze ich mich hinten drauf … Die Herren dort werden bestimmt staunen, wenn wir so angefahren kommen und ich dich vorstelle … ›Meine Herren‹, werde ich sagen – ›meine Herren, das ist mein Schwiegersohn und Nachfolger in spe – Sie sehen, er hat schon jetzt das Steuer in der Hand … ich sitze nur auf dem Sozius … wie ein Freund …‹ Ha, ha! Und dann kannst du dir auch einmal diese Automobile ansehen; wenn ich darum bitte, darfst du sicher ein Stück mitfahren … Na, was hältst du davon? Die Arbeit hier kommt auch einmal einen Tag ohne uns aus!«

Niesten bückte sich zur Seite, um einen Ziegel aufzuheben, nahm mit der anderen Hand etwas Zement auf die Kelle und sagte dann, während er langsam aufsah: »Später.«

Das Wort fiel in die Stille wie ein Stein in tiefes Wasser.

»Später!«, wiederholte Bepol verblüfft. »Natürlich! Später! Alles zu seiner Zeit, zuerst das Haus, danach die Hochzeit, und dann kommt die restliche Zukunft auch noch, die kommt ganz von selbst, schon jetzt, während ich davon rede, die kommt immer, die hört nie auf, die kennt keinerlei Begrenzung, nicht einmal in der Gegenwart, im Grunde gehört auch die ganze Vergangenheit dazu, denn einstmals, vor noch viel längerer Zeit, war sie ja die Zukunft; und so betrachtet, ist die Zukunft noch größer als der größte Ozean, denn der bleibt doch begrenzt; man könnte besser sagen: Die Zukunft ist so groß wie ein Bankkonto – darauf passt jeder Betrag und danach immer noch mehr, Zinsen, Erbschaften, die größten Kapitale, dann kann auch noch das Doppelte dazu und das Ganze im Quadrat, was du nur willst … und das auf einer Kontonummer von fünf, vielleicht sechs Ziffern! Ja, Niesten, wenn man darüber nachdenkt, wenn man so gemeinsam darüber philosophiert …«

Nebelschwaden, die den Plumps verhüllten; als sie sich lichteten, war nicht ein Kräuseln mehr zu sehen. Noch ein letztes Zittern, dann holte sich Bepol in die Gegenwart zurück und blickte ein paarmal von Niesten auf das Körbchen an seinem Arm. »Bärlauch«, sagte er. »Ein Büschel wunderbarer, wilder Bärlauch … mal kosten?«

Nach der Ablehnung behielt Bepol Niesten sorgsam im Auge, wie er neben den Männern arbeitete, ebenso hart wie die anderen, aber auch nicht härter, so wie damals am Schiff: Kam es, weil jetzt nicht er die Arbeit verteilte, sondern der Bauunternehmer? Kam es, weil er in einer Zukunft eingesponnen war, die sich jetzt auch seiner erbarmt hatte? Sanken etwa so viele Segnungen aus ihr herab, dass er es nicht wagte, sich ohne Gegenleistung mit der gewohnten Arbeitswut daran zu beteiligen? Oder war es etwas anderes, gekränkter Stolz, Trotz, vielleicht schon der schlummernde Hass des Begünstigten auf den allzu großzügigen Wohltäter? Schon als Niesten die Festina haben wollte, hatte er das befürchtet, und was gab er ihm jetzt nicht alles – aber auch der Wohltäter kennt gekränkten Stolz und Trotz, wenn seine Gaben nicht mit der erhofften Dankbarkeit angenommen werden. Eine Woche lang blieb Bepol verbittert im Haus, dann kam ihm Niestens Stolz wieder ebenso rührend vor wie damals bei der Festina und später bei den Steinverschlägen – er war ja immer Waise gewesen, er musste sich erst gewöhnen, Verwandtschaft kennenlernen.

So beständig wie das Jahr ging auch der Bau voran; um das Fundament zu schonen, um Gewicht zu sparen, wurden die Wände mit Halbsteinen hochgemauert; das Haus sollte kein Obergeschoss bekommen, wohl einen richtigen Dachstuhl, und als Bepol kurz vor dem Sommer mit dem Bauunternehmer einmal durch den entstehenden Bau ging, fühlte er sich schon richtig, als sei er drinnen, obwohl von oben alles noch offen war. Seit den ersten Besprechungen hatte er auf ein abgetrenntes Nebenzimmer gedrängt – ein eigenes Büro für Niesten; Ilse hatte die Dachgaube des Schlafzimmers gezeichnet, zur Werft hin auskragend, und Agaat hatte um rote Dachziegel gebeten; nur Niesten hatte nichts gezeichnet, nichts gewollt – etwas wollen hieße für ihn, um etwas bitten, und das konnte er nicht, er bekam schon so viel.

Nach den Rammschlägen der Pfahlgründung war es beim Mauern auf der Werft stiller geworden, aber dann kamen die Zimmerleute, und der Lärm nahm wieder zu, wenn auch weniger stark, als wenn ein Schiff auf der Helling stand, die Männer aus Appingedam mit dabei waren und Eisen auf Eisen klirrte; jetzt klang es mehr nach Holzbau; es wurde gesägt, gehobelt und gezimmert, während man die ersten Tür- und Fensterrahmen, später auch die Dachbalken und Dachbinder aus Appingedam brachte.

Ilse war mit Agaat bei einer Tante in Groningen gewesen. Sie kehrten mit einer Tasche voll Handtüchern und einem kleinen, auf dem Dachgepäckträger festgezurrten Tisch zurück, dessen Beine in die Luft ragten wie bei einem erlegten Wild; die ersten Teile für Ilses Aussteuer.

Die stetige Anfuhr von Material auf die Helling warf im Büro durch den nach sich ziehenden Strom von Rechnungen ihren Schatten; andere Post kam nicht, bis mitten im Sommer ein Brief von Schiffer Velig aus Groningen zugestellt wurde, abgestempelt in Puttgarden am Belt – vor genau zehn Jahren war die Festina II von der Werft abgelaufen, das war der Anlass für dieses Schreiben. Velig teilte mit, dass sich das Schiff seit der ersten Reise als schneller Segler erwiesen habe, sich in dieser Hinsicht noch immer mühelos mit den großen Viermastschonern messen könne, die erst später auf Fahrt gegangen waren, und dass es noch immer ausgezeichnet seinen Zweck erfülle, auch wenn sie in der Sandschifffahrt nach Helgoland wegen der niedrigen Frachtpreise kaum noch ihr Brot verdienten. Gerührt ging Bepol hinaus, er legte die Arbeit still, rief auch Agaat und Ilse herbei und las den Brief laut den Männern vor. Danach zog er sich wieder ins Büro zurück, um auf der eingestaubten Remington eine Antwort an den Heimathafen zu schreiben, die mit den Worten schloss: »In der Hoffnung auf bessere Zeiten, Mast- und Schotbruch!«

Niemand sah ihn, wie er einige Tage darauf, gerade als Niesten eine Leiter an die Seitenwand des neuen Hauses lehnte, in den schummrigen Schuppen schlüpfte.

Glänzend stand das aufgebockte Motorrad neben der unermesslich alten Kutsche, das Vorderrad nach außen gedreht, abfahrbereit. Er streichelte den Scheinwerfer, warf einen raschen Blick beiseite, auf das Treiben an der Leiter, ergriff dann das Lenkrad und schwang sein Bein über den Sozius – er saß und beobachtete durch die Türöffnung, wie Niesten, jetzt direkt vor ihm, nach oben kletterte.

Während sich Zwielicht und Stille in dem Raum vereinten, rutschte Bepol, die Hände fest um die Handgriffe gelegt, unablässig auf dem breiten, tiefen Sattel hin und her, schmiegte dabei jedes Mal seine Hinterbacken in den blank polierten Abdruck von Niestens Steiß und fragte sich, ob

Niestens deutsche Freunde wohl auch Motorräder hatten und einer sich beim anderen hinten auf den Sattel setzte.

Niesten war jetzt ganz oben angekommen; nicht nur durch das weiße Hemd, auch durch die schwarze Hose und sogar die Stiefel hob er sich von denen am Fuss der Leiter ab. Jemand reichte ihm einen Bohrer, er bückte sich zur Seite, richtete sich wieder auf und machte mit dem Arm erste Drehbewegungen, wobei sich seine Hüften gleichmäßig mitbewegten.

Bepol schluckte, presste sich noch tiefer in den Sattel und begann dann mit offenem Mund zu strahlen. Kurz betrachtete er sein lautlos lachendes Gesicht auf dem Benzintank, dann starrte er wieder durch seine gespreizten Hände auf das Schauspiel vor dem Schuppen, ohne zu merken, wie fest er die Handgriffe umklammerte und wie sehr er sich in dem leuchtenden Rechteck der Türöffnung verlor – bis es sich plötzlich verkleinerte und seine Form veränderte.

Durch Agaat. Sie kam von rechts mit einem Waschkorb vor der Brust; fast streifte sie den Schuppen und war schon beinahe an der Tür vorbei, als sie doch stehenblieb und sich ihm langsam zuwandte.

»Was machst du denn da?«, fragte sie.

Bepols Mund war noch immer lachend geöffnet; sein Lachen war wie eingefroren, er bekam es nicht gleich vom Gesicht. »Ich bin doch auch mal jung gewesen …«, erklärte er sich endlich.

»Gab es denn damals schon Motorräder?«, fragte Agaat; sie schnaubte, warf einen Blick zur anderen Seite, zu Niesten auf der Leiter, und ging dann wortlos weiter, Ilse im Schlepptau, die das Klammerkörbchen trug.

An einem Nachmittag waren sie um dieselbe Zeit zum Aufgebot nach Appingedam gefahren, Bepol, Agaat, Ilse und Niesten. Weil Niesten nicht mit zurück wollte, fuhr er mit seinem Motorrad im Schritt vor der Kutsche her; Bepol fand, dass Ilse eigentlich hinter ihm sitzen musste, aber sie wollte nicht, war zu schüchtern, drehte sich bei seinem Vorschlag zu Agaat hin – je näher die Hochzeit rückte, desto scheuer wurde sie, desto mehr zog es sie zu ihrer Mutter. Im Rathaus war Bepol noch kurz in die Amtsstube »Öffentliche Aufgaben« eingetreten, aber die Sache mit dem Waschzentrum für Wirdum war noch immer völlig festgefahren.

Es wurde Oktober, ein warmer Herbst, die Männer konnten noch immer draußen vespern, auf der Helling am Wasser. In der Böschung stand die Kuckucksnelke in der Nachblüte, um das neue Haus roch es bei Windstille nach Harz, später nach Farbe; die Türen waren grün gestrichen, die Zargen weiß. Auf dem eigentlichen Werftgelände war schon so lange nicht mehr gearbeitet worden, dass sich überall Unkraut breitmachte; Bepol hackte es weg, danach ging er wieder spazieren, spähte durch das welkende Weidenlaub nach dem aufsteigenden Bau, während er seinen Nacken mit dem Griff des Spazierstocks massierte. Seitlich wurde eine Holzschute zur Wartung auf die Reparaturhelling gedreht, die Wartungsarbeiten gingen unvermindert weiter – während in 't Hoogezand alles stilllag, arbeiteten sie am stillen Damsterdiep oft an zwei Helgen gleichzeitig, sodass Bepol manchmal nicht wusste, wohin er schauen sollte.

Solange das schöne Wetter anhielt, machte Niesten regelmäßig in der Vesperpause mit Ilse, nachdem sie den Kaffee gebracht hatte, einen kleinen Spaziergang die Straße entlang.

Vom hohen Schlafzimmerfenster aus war es ein wunderbarer Anblick, wie sie dort zusammen auf dem Wegesrand wandelten, Niesten kerzengerade und hochgewachsen, mit seiner Mütze wie ein Soldat, den Schritt vornehm verhalten wegen Ilse, die in zartem Weiß neben ihm herging, bisweilen einfach stehen blieb, sich vorbeugte und die Hand nach etwas Kleinem im Gras ausstreckte. Manchmal kam sie mit einem Sträußchen in der Hand auf das Anwesen zurück und trug es, nachdem Niesten sich mit einem Nicken verabschiedet hatte, wie etwas Kostbares ins Haus. Im Wohnzimmer oder in der Küche waren diese Sträuße nicht zu finden, auch nicht im Abfalleimer; es konnte nicht anders sein, sie mussten wohl in ebenso vielen Portgläsern in ihrem Zimmer stehen, aber diese Tür ließ sich nicht mehr öffnen – der Raum war viel zu voll mit Geheimnissen.

Die Dachsparren waren angebracht, das Dach gewann Kontur, wie eine Frucht aus einem Schutzblatt brach das nagelneue Haus in vollendeter Gestalt aus der dünnen Abdeckung der verbliebenen Weiden hervor, während Ilse im Haus eine Überdecke häkelte, Agaat bei der Aussteuer half und ab und zu ein brummender Lastwagen oder auch eine Gesellschaft von Radfahrern vorbeikam – so verging die Zeit.

Dann setzten die Herbstschauer ein. Weil schon so lange, seit dem Erlöschen der Feldschmieden, keine Schlacken mehr gestreut waren, verwandelte sich das weich gewordene Werftgelände rasch in eine riesige Lache. Mit den Schuhen in großen, schwarzen Holzpantinen trat Bepol aus dem Büro und stapfte durch das triefend nasse Gras des Wegrains. Es war Pilzzeit: Um die Bäume an der Straße wucherte der Riesen-Porling; aus dem Totholz von Baumstrünken wuchsen Stachelbärte; ein Stück weiter blieb er sinnend vor dem Hexenring eines wieder anderen Pilzes stehen, einem Regiment von Rotkappen, ein ganzes, unterirdisch durch Fäden verbundenes Volk, die Pilzbrut – irgendwie erregte es ihn, dass jeder dieser Pilze vereinzelt stand, aber die vielen Teile gleichzeitig einen einzigen Organismus bildeten, wie eine Familie, oder wie ein Fortsetzungsroman. Es hatte etwas Sozialistisches, fand er, weil der normale Existenzkampf der Pflanzen, die botanische Konkurrenz, hier überwunden und durch Einheit und Zusammenspiel ersetzt war.

Wegen des Regens, dann wegen der Kälte, vesperten die Männer in der Mittagspause wieder in der Schmiede. Wenn Bepol bisweilen, auf dem Wegesrain stehend, sein Ohr von außen an eine Ritze der Rückwand drückte, konnte er sie drinnen reden hören, dann ging es um Schiffe, obwohl sie ein Haus bauten, dann erkannte er sein altes Hellingvolk wieder, das trotz der bevorstehenden Bauabnahme sehr wohl wusste, dass die Zukunft doch im Schiffbau lag, im dunklen Schatten der Steinverschläge: Sie machten sich Sorgen, und während der eine mit matter Stimme fragte, mit welchem Schiffstyp die Werft wohl wieder in Gang käme, und der andere nachhakte, wann das denn wäre, schwebte die Beklemmung auf dem Pfeifenrauch mit hinaus – beim Lauschen rang Bepol die Hände in ohnmächtigem Mitgefühl: »Alles kommt ganz von selbst wieder!«, hätte er am liebsten durch die Ritze gerufen, »wenn nur die Frachtraten steigen … in 't Hoogezand wird auch nicht gebaut!«

Trotz der Spaziergänge mit Ilse war Niesten seit dem ersten abendlichen Besuch, vor inzwischen zehn Monaten, nur noch zweimal zum Essen gekommen. Nach dem zweiten Mal hatte ihm Bepol Logis in der Kajüte der Festina angeboten, was jedoch abgelehnt wurde, bestimmt, weil Niesten sich keine Vorrechte herausnehmen wollte. Die nächste Einladung schlug er sogar völlig aus, diesmal bestimmt, weil er noch nicht in der Lage war, eine Gegeneinladung auszusprechen, und deshalb ebenfalls sehr zu begrüßen – aber als Niesten auch die Weihnachtseinladung dankend ablehnte, traf das Bepol doch sehr schmerzlich.

Sie standen draußen bei der Schmiede, um vier, zur Dämmerstunde, zu dunkel zum Arbeiten. Schon mit dem Motorrad zwischen den Beinen zog sich Niesten die Handschuhe an; Bepol war eben erst aufs Anwesen gekommen und sprach im Vorübergehen eine Einladung für nächste Woche, Heiligabend, aus.

– Aber Niesten ging nach Deutschland.

– Aber das würde Ilse und Gaat sehr enttäuschen.

– Aber es war schon verabredet.

– Mit wem denn?

– Mit Freunden.

Die deutschen Freunde: Wie mit einer Klammer zog ihm das Begreifen die Brust zusammen; es konnte nicht anders sein, als dass Niesten abermals einige Zeit abtrünnig würde, wie früher, obwohl die Tage schon so kurz waren, die Arbeiten unter großem Druck standen und alles doch nur seinetwegen war, das Haus, die Hochzeit und alle Ausgaben, die noch dazukamen – rasend schnell stockte die erste Enttäuschung in Bepol zu Bitterkeit, dann zu Wut, und diesmal war er es, der das Gespräch beendete: Noch bevor das Motorrad angelassen wurde, drehte er sich um und ging ohne ein weiteres Wort in sein Büro.

Nach Rücksprache mit dem Bauunternehmer und mit Ilse bestätigte er am nächsten Tag das Datum der Hochzeit: 21. Februar 1922.

Das Dach war geschlossen, die Gaube nach Ilses Zeichnung gebaut, jetzt ging es drinnen weiter, Putzarbeiten, Stuckarbeiten, dann auch wieder Malerarbeiten, bis Weihnachten. Einige Tage darauf komponierte Bepol in seinem Büro eine Weihnachtskarte, die er, mit der Adresse und Telefonnummer der Werft in der oberen Ecke, in Appingedam drucken ließ und sie anschließend an die Heimathäfen aller Auftraggeber aus seinem Bestand verschickte. Gleichzeitig ließ er, während Niesten noch in Deutschland war, die Heiratsanzeigen drucken.

Den Silvesterabend feierten die Bepols nach ihrer stillen Weihnacht bei der Tante in Groningen, die als Gesellschaft für Ilse auch ein Fräulein aus der Nachbarschaft eingeladen hatte. Ab dem 2. Januar wurde wieder gearbeitet; am 4. Januar kam Niesten zurück. Es war ein klarer Frosttag, ohne Holzpantinen über den Schuhen botanisierte Bepol am Wegesrand; quälend zäh kroch die Zeit vorbei, bis endlich die Mittagspause anbrach und Niesten pünktlich hinter der Schmiede vorfuhr. Das Gras war platt getreten von den vielen Malen, die er hier gelauscht hatte, trotzdem drückte er mit erneuter Spannung sein Ohr an die Ritze: Es war die erste Pause wieder mit Niesten …

Ilse brachte den Kaffee, nuschelnd wurden die Pfeifen gestopft, dann geschah es: Jemand fragte Niesten, wo er gewesen sei – und verblüfft hörte ihn Bepol nicht nur mit dem Namen des Landes antworten, sondern, ungewohnt mitteilsam, mit dem des Ortes; es war eine Antwort, von der er erst jetzt begriff, dass er sie nie gekannt hatte, auf eine Frage, die rasend schnell, obwohl doch im Grunde erst im Nachhinein, eine brennende Neugier in ihm weckte, die durch die Antwort gleich prompt befriedigt wurde: Bremerhaven.

Als hätte ihn etwas im Ohr getroffen, so zuckte Bepol unwillkürlich von den rauen Brettern zurück und starrte auf die Ritze: Bremerhaven, das wusste er jetzt, aber war es auch sonst immer Bremerhaven gewesen? Was bedeutete das eigentlich? Es hätte auch Bremen sein können, oder Hamburg – er wusste noch nichts, verblüfft von der Leere, die das Wort bereits jetzt hinterließ, zog er hörbar Luft durch die Nase, schmiegte dann sein Ohr erneut an den Spalt.

Niesten erzählte, unmöglich, zu sagen, ob aus eigenem Antrieb oder als Antwort auf eine weitere Frage, doch es war sicher, dass Bepol ihn noch nie so lange am Stück hatte reden hören – wie ein Geruch drang die näselnde Stimme durch den Spalt zu ihm heraus, er sprach über die miserable Lage auch des deutschen Schiffbaus – solange es auf dem Rhein still blieb, würde sich nichts bessern, am Rhein ließ sich alles vorher ablesen, denn als der Krieg noch nicht einmal angefangen hatte und die Leute in den Städten noch nichts ahnten, sah man auf dem Fluss schon überall Rotkreuzschiffe, Stillstand auf dem Rhein hatte auch die derzeitige Malaise angekündigt, und noch immer war es still auf dem Rhein.

Um nicht umzufallen, drückte Bepol die Hände in Kopfhöhe gegen die Bretter; er wankte, hatte nicht gewusst, dass Niesten solch theoretische Gedanken hegte, wusste auch nicht, ob seine eigene Theorie von den Frachtpreisen dem wohl standhalten könnte … warum hatte Niesten noch nie die Gelegenheit zum Kräftemessen gesucht? Und was würde geschehen, wenn es doch noch dazu käme?

Drinnen erzählte die näselnde Stimme weiter; um kein Wort zu versäumen, presste Bepol sein Ohr noch fester auf den Spalt; nun sprach Niesten über das Bergungswesen, einen neuen Zweig der Schifffahrt, der einzige, der noch florierte, wo man in Bremerhaven auch hinhörte, es ging nur ums Bergen, mit Hochseeschleppern gestrandete Schiffe in Sicherheit bringen und anschließend die Rechnung präsentieren. Zufällig hatte er auf dem Pier von Bremerhaven gestanden, als dort ein ausfahrendes Segelschiff mit dem Heck aufsetzte; prompt war ein Bergungsschlepper da, um zu assistieren, die Leine war schon hinübergeworfen, wurde aber ängstlich ignoriert; statt sich freischleppen zu lassen, begann die Schifferfamilie mit allen Kräften die Ladung zum Bug zu bringen, das ganze Vordeck wurde vollgepackt, so lange, bis sich das Heck genügend gehoben hatte, um aus eigener Kraft von den Basaltblöcken wegmanövrieren zu können …

Voll Mitleid stand Bepol im Nachhall der Geschichte, im Nachbild des armen Schiffers, der unter den Augen des Publikums auf dem Pier alles daransetzte, wieder freizukommen – bis Niesten der betroffenen Stille, die seiner Geschichte folgte, mit einem kurzen, kräftigen Lachen ein Ende machte, als setze er ein vergnügtes Ausrufezeichen hinter die Auslassungspunkte nach seinem letzten Satz.

Ohne zu begreifen, was es da zu lachen gab, wohl aber, dass Niesten auch schon auf dem Pier gelacht hatte, wollte Bepol gegen diese Gefühlskälte den Kragen hochschlagen, aber jetzt erhob sich drinnen erneut eine Stille, noch tiefer, so als sei Niestens Bericht noch immer nicht ganz zu Ende und er hebe nun zum Finale den Finger. Alle hielten den Atem an, auch Bepol draußen, bis die näselnde Stimme wieder ertönte und Niesten, bevor er abermals in Lachen, danach in Husten ausbrach, verriet, welcher Schiffer dort auf Grund gelaufen war: Schiffer Velig aus Groningen, mit der Festina II …

Der Geruch, der aus dem Spalt drang, hatte sich in Leimgeruch verwandelt; mit einem Mal ungemein geschwächt, flüchtete Bepol, benommen, während ihm der kalte Schweiß ausbrach.

Beim nächsten Treffen in ’t Hoogezand brachte Bepol sogleich das Bergungswesen zur Sprache. Es war beim Neujahrsempfang der Schiffbauvereinigung; er setzte sich zu Bodewes, Van Diepen und Pattje ans Ende eines langen Tischs; dicke Zigarrenrauchschwaden schwebten um die Kronleuchter im Hotel Martenshoek; während er sich ebenfalls eine Zigarre ansteckte, teilte Bepol mit, dass, wo man in Bremerhaven auch hinhörte, es nur ums Bergen ginge.

Bodewes sagte: »Mag sein … aber es ist die Hamburger Reederei Bugsier, die auf dem Gebiet alles in den Schatten stellt.«

Van Diepen sagte: »Trotzdem kommt das moderne Bergungswesen eigentlich aus Rotterdam, als dort vor etwa zehn Jahren, 1912, bei Smit & Co, der erste Funker eingestellt wurde.«

Pattje sagte: »Ein großer Schritt, dem noch viele weitere gefolgt sind: Den letzten Schritt in dieser Entwicklung hat Smit erst jüngst gemacht, im vergangenen Winter, als er in Horta auf den Azoren ein Schiff mit drei Funkern an Bord stationiert hat, die unablässig nach SOS-Signalen lauschen. Ich glaube, sie hatten schon nach drei Wochen den ersten Erfolg …«

Bodewes sagte: »Ein Triumph der Technik: erstens, Marconis drahtlose Telegrafie, mit der das Signal des havarierten

Schiffes aufgefangen wird, und zweitens natürlich der aus der Kriegsindustrie hervorgegangene Funkpeiler, mit dem es präzise angepeilt werden kann, alles noch vom Stützpunkt aus!«

Van Diepen sagte: »Und dann ausfahren ... so schnell wie möglich ... die Konkurrenz hört mit!«

Pattje sagte: »Eine komplett neue Art des Bergens, auch eine neue Art des Denkens: Bugsier wird wohl folgen müssen!«

Bodewes sagte: »Mach dir darüber mal keine Gedanken, wenn man sieht, was er jetzt schon aufs Wasser bringt ... den Doppelschrauben-Motorschlepper Hermes, mit Maschinen aus einem deutschen U-Boot ... mit 1610 PS ...!«

Van Diepen sagte: »Und denk auch mal an das Wachstum von Wijsmuller in IJmuiden ... Zweifelsohne, das Bergungsgeschäft hat momentan viel bessere Aussichten als die Frachtschifffahrt oder die traditionelle Hochseeschlepperei, wie mit einem Zinnbagger an einer langen Trosse nach Billiton zu dampfen ... Es ist ein revolutionäres Unternehmen, das durch sein Tempo, die Technik und die Strategie vor allem junge Menschen anspricht: Ich höre, dass Smit über einen allumfassenden Ring von Stützpunkten um den ganzen Atlantischen Ozean nachdenkt ...«

Pattje sagte: »Aber Bugsier schläft auch nicht ... Die Entscheidung wird zwischen Rotterdam und Hamburg fallen!«

Bodewes: »Der Größere wird das Rennen machen ... Dass es schon jetzt große Reedereien sind, sieht man an den Schiffsnamen; Reedereien mit einer Reihe von Schleppern im Einsatz geben ihrer Flotte auch Namen aus einer Reihe – zum Beispiel Meere: die Schwarzmeer, die Ostsee und die Nordsee bei Smit & Co; oder Flüsse: die Donau, die Rhein und die Elbe bei Wijsmuller; griechische Helden: die Hermes, die Hektor und die Herkules bei Bugsier ...«

Van Diepen sagte: »Um noch größer zu werden, hat Bugsier im vergangenen Jahr mit Leichter fusioniert.«

Pattje sagte: »Das geht am schnellsten ... Eines Tages wird auch Smit fusionieren müssen, mit der Internationale, vielleicht sogar mit Wijsmuller ...«

Bodewes nickte, war aber verstummt, man hörte nur noch das Stimmengewirr im Hintergrund. Mit glühenden Wangen blickte Bepol von einem zum anderen, verdutzt und stutzig, wie viel von den neuesten Entwicklungen auch er schon vorhergesehen hatte, die Fusionen, den Dieselmotor und das Zunehmen der Schiffsgröße – er glühte vom Wein, von der Zukunft, die in Rotterdam und Hamburg bereits begonnen hatte, und von der Tatsache, dass die Herren bis in diese Machtzentren ihre Verbindungen hatten.

»Aber wenn das alles so schön ist«, fragte er, »warum sollte ein Schiffer, der auf einen Pier aufgesetzt hat, denn keine Leine annehmen wollen?«

»Weil dem Bergen die Rechnung folgt«, sagte Bodewes.

»Der Bergelohn wird von Lloyd's auf der Grundlage des Schiffswerts festgelegt, des Werts der Ladung, des Werts des eingesetzten Materials und des eingegangenen Risikos bei der Bergung«, sagte Van Diepen.

»Die Kosten können ziemlich hoch werden, für selbstständige Schiffer, ohne Reederei im Rücken, manchmal sogar zu hoch ...«, sagte Pattje.

»Ja, Bepol, ein völlig anderer Zweig der Fischerei!«, schloss Bodewes.

Am nächsten Tag trat Bepol gleich nach der Rasur aus dem Haus. Er konnte nicht mehr stillstehen, deshalb begann er zu laufen, mit der Trommel unter dem Arm. Noch immer herrschte leichter Frost, ohne Holzpantinen über den Schuhen botanisierte er bis ganz nach Appingedam, während die Viertelstunden so zäh vorbeischlichen, dass er sogar noch Zeit hatte, einen Abstecher in die Druckerei zu machen. Der Andruck der Vermählungsanzeige war gerade fertig, er kontrollierte ihn, gab sein Plazet und nahm ihn in der Westentasche mit. Auf dem Rückmarsch sah er öfter auf seine Armbanduhr als auf den Wegesrand; manchmal verlangsamte er den Schritt, dann eilte er wieder in jäher Hast voran, bis er pünktlich zur Mittagspause hinter der Schmiede eintraf. Er schnaufte aus, hielt sein Ohr an die Ritze und sah dann erst, aus dem Augenwinkel, während sein Herzschlag aussetzte, dass sie mit Lehm zugeschmiert war. Einen Moment noch die Hoffnung, dass es wegen des Luftzugs wäre, dass es nichts zu bedeuten hätte, doch dann stieß sein Fuß auf dem Boden gegen etwas; es waren seine großen, schwarzen Holzpantinen, die man aus seinem Büro geholt und hier ordentlich nebeneinander auf das zertretene Gras gestellt hatte, damit er sie beim Lauschen fände – zugleich mit der Wahrheit brach sich in ihm auch die Scham Bahn; sein innerstes Gemüt war zum Kessel geworden, aus dem sie wie heißer Dampf in seinen Kopf stieg.

Langsam beugte er sich vor, wie sonst nach einem Kräutlein; er hakte zwei Finger einer Hand in die Kappen, hob so beide Holzschuhe zugleich auf und begann zu laufen, an der Schmiede vorbei, dann um die Ecke.

Als er auf das Gelände kam, sah er fast aus wie ein Dieb: Die Holzschuhe, die er mit gestrecktem Arm vor sich hielt, waren so viel größer als seine Schuhe, dass es aussah, als hätte er gar keine Schuhe an und versuchte, auf Socken davonzuschleichen, mit der Trommel als Beute in der einen und dem Schuhwerk in der anderen Hand, um nur kein Geräusch zu verursachen, keinen zu wecken, ganz sachte, vor allem, wenn er die Knie noch ein bisschen höher hob …

Trotzdem wurde er gesehen. Er war erst auf der Mitte des Anwesens, als er ein Brennen im Rücken spürte. Er erstarrte, wandte sich um und sah Niesten im Eingang der Schmiede, an die Zarge gelehnt, wie er sich gerade eine Zigarette rollte. Kurz wusste Bepol nicht, ob er auf ihn oder auf den Tabaksbeutel in seinen Händen sah, aber dann hob Niesten ein wenig das Kinn und seine funkelnden Augen blitzten direkt zu ihm herüber, unter dem Schatten der Mütze hervor.

Eine neue, verzehrende Hitze durchglühte ihn, aber nun kam sie nicht von innen, sondern von Niesten; mannhaft verharrte Bepol darin, dann überwand er sich und ging sogar darauf zu; als müsse er gegen einen Sturm ankämpfen, so lief er mit gekrümmtem Rücken auf die Feuermündung seiner Scham zu.

Kurz vor Niesten klemmte er die Holzschuhe neben die Trommel unter den anderen Arm und zog mit der jetzt freien Hand die Hochzeitsanzeige aus der Westentasche. »Nimm«, grinste er mit verzerrten Lippen, »deine Hochzeitsanzeige« – und hielt sie Niesten strahlend entgegen.

Einige Tage darauf kehrten Agaat und Ilse mit einem großen, in ihren Händen aber trotzdem leichten Paket aus Groningen zurück – Bepol wusste, dass jetzt das Hochzeitskleid da war. Gegenüber wurden die Leitungen verlegt, die Vorhänge aufgehängt, die Zimmer eingerichtet; noch zwei Wochen, noch eine …

7

Nachhochzeit

Die Ehe wurde im Rathaus von Appingedam geschlossen, der Empfang fand im Hotel nebenan statt. Das Werftpersonal überreichte eine Uhr und kehrte dann nach Hause zurück, das Hochzeitsmahl begann mit einer Tischrede Bepols. Er hätte ja gern einige Herren von 't Hoogezand eingeladen, Bodewes, Pattje und Van Diepen, doch das Brautpaar hatte abgelehnt – mit der Begründung, dass sie diese Leute nicht kannten.

So kam es, dass drei Kutschen durch die Nacht nach Wirdum zurückschaukelten: vorneweg die von der Tante aus Groningen mit dem Fräulein, danach Bepols Kutsche, mit dem Gepäckträger voller Geschenke und der Uhr im Rückkasten, und hinten der Friseur mit Familie. Obwohl man sich bereits in Appingedam voneinander verabschiedet hatte, wurde auf der Höhe der Werft angehalten, und man nahm erneut Abschied, auf der Straße. Der ganze Weiler lag schon in tiefem Schlummer, nirgendwo brannte noch Licht, nur die Außenlampe des neuen Hauses schien griesig durch die kahlen Weidengerten – der festlichen Rückkehr halber hatte Bepol sie noch kurz vor der Abfahrt angeknipst. Ilse und das Fräulein lagen sich ergriffen schluchzend in den Armen; noch ein letzter Gruß, ein guter Wunsch, dann verschwand der Friseur zwischen den Gärtnereien, und die übrig gebliebenen Vier folgten der eigenen Kutsche auf das Anwesen, Ilse mit ihrem Brautbukett an der Brust. Es war ein windstiller, grauer

Tag gewesen, schlapp und schwarz hing die Werftfahne, die Bepol auch noch gehisst hatte, am Flaggenmast.

Hinter der Ecke der Schmiede kam links erneut die Außenlampe am neuen Haus ins Blickfeld, jetzt heller – dennoch hielt Bepol schnurgerade auf das alte Haus zu: Die Leuchtbake lockte nicht, im Gegenteil, sie hielt ab, es war zu früh, es wäre zu abrupt, er hatte auch noch eine Überraschung. Er öffnete die Haustür und schaltete auch hier die Außenlampe ein, das zweite Licht in ganz Wirdum, zwei Augen, die sich ansahen, und jetzt, wo kein Fremder mehr dabei war, kam ihm in dem neuen Lichtschein ihre festliche Kleidung mit einem Mal merkwürdig vor: Wie verschneit wirkte Ilses weißes Brautkleid durch den Spitzenschleier, der ihr vor dem Gesicht bis über die Schultern hing; Agaat konnte er wegen ihres wagenradgroßen Huts kaum sehen; er selbst war wie Niesten im Cutaway.

»Also, trinken wir noch etwas, oder wollt ihr schon gleich …?«

Gerade noch rechtzeitig bremste Bepol vor dem klaffenden Abgrund, den seine Frage eröffnete; um ihn zuzuschütten, brach er in gutmütiges Lachen aus, während Niesten sich zu Ilse neigte und sie unter ihrem Schleier nickte, dass es in Ordnung sei.

»Ausgezeichnet!«, rief er aus. »Ein letztes Glas, um noch einmal über alles zu plaudern, wir haben ja Zeit …!« Er gab dem Wagenlenker den Schlüssel für das neue Haus mit der Anweisung, die Geschenke hineinzutragen, ging weiter ins Wohnzimmer und entzündete die Lampen, die am Leihbücherschrank, den Kronleuchter und alle anderen, die er sah. Als er Niestens Schritt hinter sich hörte, stocherte er mit viel Getöse im Ofen, mehr Frösteln vortäuschend, als er empfand, obwohl ihm jetzt doch ein Schauder über den Rücken fuhr.

Kurz darauf hörte man Stöckelschuhe auf dem Fußboden klappern, umflort von rauschender Seide; es war, als käme eine orientalische Prinzessin hereingeschritten, in Begleitung einer Hofdame oder Regentin, auch wenn sie jetzt nicht mehr den Hut trug, sondern ihr Alltagskäppchen. Bepol ließ den Schürhaken im Ofenloch stecken und schenkte, am Büfettschrank stehend, die Weingläser ein, danach saßen sie wieder um den Salontisch, wie beim ersten Mal, Ilse und Agaat nebeneinander auf dem Sofa und Niesten ihm gegenüber im Sessel am Fenster, diesmal mit dem Borsalino auf der Fensterbank – der Cut stand ihm gut, und auch Ilse sah ungewohnt anmutig aus, noch immer hing der Schleier vor ihrem Gesicht. Wie sie so den Brautstrauß hielt, schien er ihrem Schoß zu entwachsen.

»Na also, dann wollen wir mal glücklich miteinander sein … werden wir wohl müssen!«, sagte Bepol, aber als er dann mit erhobenem Glas in die Runde blickte, fühlte er, dass er mehr sagen, wenigstens einen Toast ausbringen musste, und zwar schnell, denn die einsetzende Stille füllte sich gleich mit Verlegenheit: Es war die letzte Stunde vor der Brautnacht …

»Zwei Stimmen, ein Lied!«

Man trank, noch ohne zu begreifen, worauf; daraufhin setzte Bepol zu einer Erläuterung an:

»Ja, das steht für die Harmonie in der Ehe, wie soll ich es ausdrücken, vielleicht mit noch einem anderen Vergleich, einem Vergleich eigens für dich, Niesten, einem Vergleich, der zu dir passt wie … wie ein regionales Gericht zu einer Region! Mal überlegen …«

Zugleich mit Niesten, aber viel nachdrücklicher, stellte er sein Glas auf den Tisch zurück; umso schwerer fiel es ihm danach, sich in einer fließenden Bewegung wieder in den Sessel zurückzulehnen – er presste die Fingerspitzen beider

Hände gegeneinander, sah schräg nach oben und schmeckte den Wein auf den Lippen nach, ob er nicht ein Wort enthielte, einen Satz, zum Einstieg; dann atmete er tief ein, ließ die Luft in seinen schwellenden Brustkasten, sog sich voll Ansprache.

»Nietlöcher«, sagte er dann.

Das Wort fiel aus der Luft wie Vogelkot aus heiterem Himmel; Niesten, noch vorgebeugt mit dem Glas, hob gleich den Blick, um Bepol ins Gesicht zu sehen; selbst Ilse und Agaat, die sich bisher noch nicht geregt hatten, drehten ihm mit einem verwunderten, zugleich argwöhnischen Ruck die Köpfe zu.

»Nietlöcher«, wiederholte Bepol unbeirrt, nun einzelgängerisch in sich gekehrt nickend, als ob der Vergleich noch in ihm reife – »jedes Nietloch ist dazu vorherbestimmt, mit einem anderen Loch zu harmonisieren; liegen beide Löcher passend übereinander, wie manchmal zwei Seelen, dann bilden beide wieder ein Loch; bei teilweiser Überlappung entsteht ein übereinstimmendes Loch, und im schlimmsten Fall bleibt das Loch blind, ohne Öffnung. Aber warte, selbst wenn ein makellos rundes neues Loch geformt ist, selbst dann fehlt das Wesentliche, um die gewünschte Verbindung zustande zu bringen: Die Korrespondenz oder Übereinstimmung allein reicht nicht aus, zum Nieten braucht man noch einen Nagel, wie auch in der Ehe zwei Seelen, wie einträchtig sie sein mögen, erst durch diesen anderen, immateriellen Nagel namens Liebe, oder Zuneigung, tatsächlich verbunden sind … Prosit!«

Strahlend, erneut mit erhobenem Glas, ließ Bepol seinen Blick abermals über die Runde wandern. Die Frauen starrten wieder vor sich hin, Ilse versteckt unter ihrem Voile, Agaat völlig ausdruckslos neben ihr, doch um Niestens Mund spielte ein feines Lächeln, das Lächeln des Angesprochenen, voller Verständnis; auch er hob abermals sein Glas vom Tisch, ganz behutsam am Stiel, als pflücke er eine Blume – aber würde er denn in Kürze, im Dunkeln, vom eingeschliffenen Auf und Nieder seines Hammerwerks zum Hin und Her einer Liebkosung wechseln können?

Schlagartig war die Stille wieder mit der bevorstehenden Geschlechtlichkeit gesättigt, und die fast greifbare Verlegenheit des Augenblicks war nur der durchscheinende Vorhang, hinter der sie alsbald vollzogen werden sollte. Sich abwendend stocherte Bepol abermals mit dem Schürhaken im Ofenloch, dann brach er in Husten aus; wie er sonst ein Kribbeln im Hals weghustete, so hustete er jetzt ein Kribbeln aus seinem Kopf weg.

»Aber genug philosophiert«, nahm er das Gespräch wieder auf, während er sein Glas austrank. »Wir plaudern hier doch nur noch ein bisschen, und morgen geht das Leben wieder weiter, stimmt's etwa nicht? Ja, Niesten, dann fängt das Unternehmerleben an!«

Kaum hatte er das neue Thema angetippt, da zog er sich beim Reden schon daran empor, wie an einem Pfahl, weg vom saugenden Sumpfboden unter ihm; er sprach von Fakturen und Bilanzen, von Offerten und Kontrakten, und je höher er kam, desto kleiner wurde Niesten, der Nachfolger, hilflos ohne Hammer oder Eisen und noch ohne Ahnung von seiner Aufgabe.

»Ich werde dir dann später im Büro, in deinem oder in meinem, bestimmt noch alles zeigen«, schloss er beruhigend, »wir werden dort ziemlich viele Stunden miteinander verbringen, das wird noch eine richtige Ausbildung, aber ich will nicht zu schnell vom Stapel laufen ... das wäre überhaupt was Schönes, ein Schiffbauer, der selbst vom Stapel läuft! Ha, ha, ha!«

Bepol ließ sein Lachen auskullern, wie einen Ball auf dem Boden; er lachte wie einer, der vormachen will, wie es geht, aber Niesten zeigte eine verschlossene Miene und behielt sie auch bei; vielleicht verstand er ihn nicht, war von all dem Hämmern schwerhörig geworden und saß ihm deshalb so unbewegt gegenüber, als ob ihm alles, was ihm heute zugefallen war, auch wirklich gehörte – oder hatte er, Bepol, denselben Witz schon beim letzten Mal erzählt?

»Agaat, ein Schiffbauer, der selbst vom Stapel läuft!«, wandte er sich, noch immer lachend, zur Seite. »Stell dir das mal vor … oder hast du den schon gekannt? Ach, mein Gedächtnis …«

Aber auch Agaat schien ihn nicht zu hören, nicht einmal zu sehen; sie zuckte nur mit den Schultern, worauf sich Bepol wieder Niesten zuwandte und, wieder so komisch, kurz hilflos die Hände hob: Nun wusste er auch nicht mehr weiter …

Alles stand wieder still, reglos still wie draußen das Wasser im Kanal – aber das war Schein, unter der Oberfläche strömte es, in ewiger Beschleunigung durch das immer engere Hochzeitsbett, unausweichlich auf den wirbelnden Strudel der Lüste am Ende zu, vielleicht in nur einer Stunde, und wenn keiner sprach, in noch weniger …

»Und dann ist da noch das Annoncieren und Akquirieren«, fuhr er fort, » – von höchster Bedeutung, Van Diepen hat hier Pionierarbeit geleistet, die Aufträge, die er mit Musterverträgen und gedruckten Empfehlungsschreiben hereinzuholen verstand, auch aus Deutschland, von Elbe und Ems – einfach brillant! Das müssen wir auch machen, gerade jetzt, entschieden gegen die Malaise vorgehen, aber pass auf, jetzt gehe ich noch einen Schritt weiter: Warum müssen es immer Frachtschiffe sein, warum sollten wir uns an diese Groninger Tradition halten müssen und nicht auch einmal an Patrouillenfahrzeuge oder Lotsenboote denken? Stell dir vor, ein Auftrag vom Verkehrsministerium, vom Zoll oder von der Polizei … Ja, Niesten, ein moderner Unternehmer ist einer, der neue Wege sucht, der Unerwartetes tut, der zum Beispiel, gerade in einer Flaute wie derzeit, komplette Schiffskaskos auf Lager hat, um rasend schnell liefern zu können, sobald sich das Blatt wendet, der sie vielleicht sogar anderswo bestellt, bei anderen Werften, mit denen er zuerst zusammenarbeitet, dann eine Interessengemeinschaft bildet und schließlich fusioniert, denn darauf läuft es doch hinaus, bei Bugsier in Hamburg ist das schon passiert, Smit und die Internationale in Rotterdam werden wohl folgen müssen, das Bergungsgeschäft ist dafür der Wegbereiter, dort zeigt sich die Zukunft am deutlichsten, das ist eine völlig neue Art des Arbeitens: Hochseeschlepper, die nicht schleppen, sondern im Stützpunkt liegen, in einem Ring um den Ozean, und nichts tun als warten, lauschen auf ein SOS – dann das Signal: ›Schiff in Not‹ … Die Motoren heulen auf; Leinen los! und nichts wie ablegen, bei Nacht und Nebel, ein Rennen gegen die Uhr, gegen die Konkurrenz – natürlich zieht das junge Leute an, das ist ganz was anderes als die Hafenarbeit, das Hinein- und Herausschleppen bei Frater Smid, das ist Abenteuer, das ist Tempo und Technik: Marconis Morseapparat, das Peilgerät und natürlich die neuen Verbrennungsmotoren, so kompakt und stark … Ich prophezeie dir, das wird auch große Auswirkungen auf den Straßentransport haben!«

Niesten sagte nichts, trotzdem kam eine Antwort, von der Seite, von Agaat: »Und ich prophezeie, dass das schon heute der Fall ist! Schluss jetzt, Berend, hör endlich auf … die beiden sind gerade frisch verheiratet!«

Ganz bedächtig wandte sich Bepol ihr zu; sie gönnte ihm nur einen kurzen Blick, richtete dann ihre funkelnden Augen erneut in die Weite vor sich; lächelnd drehte sich Bepol zu Niesten zurück, nun seinerseits voller Verständnis – indem er das Thema berührte, über das er ihn in der Schmiede hatte sprechen hören, war ihm, als ob er auch ihn berührte, für die Dauer seiner Erläuterung gar festhielt –, doch Niesten ließ sich immer noch nichts anmerken, wirkte zwar abwesend, vielleicht zerrissen zwischen seiner neuen Rolle, die er nicht ausfüllen konnte, und seiner alten, die er wegen der anhaltenden Flaute auf der Werft gleichfalls nicht mehr ausfüllen konnte; er wollte auch nichts mehr trinken, sodass Bepol, vorgebeugt, nur sich nachschenkte.

»Natürlich, natürlich«, sagte er, als Agaats Worte endlich zu ihm durchdrangen; sie kamen auch von so weit her, sie waren die ganze Zeit durch die rauschende Stille unterwegs gewesen, in der er sich fragte, wie er Niesten beruhigen könnte, dass die Aussichten hier nicht schlechter seien als anderswo, »natürlich würde ich am liebsten schon morgen mit einem neuen Schiff anfangen, einfach so, ohne Auftrag, auf eigene Rechnung beziehungsweise Risiko, aber was daraus wird, das sehen wir an Pattjes Dreimastschoner, der noch immer unverkauft am Kai liegt – nein, nein, du musst nicht denken, dass die Lage in ’t Hoogezand besser wäre als hier, wegen der niedrigen Frachtraten liegt dort alles still – aber sobald die wieder anziehen, und sobald es auf dem Rhein wieder ein bisschen lebendiger wird, werden wir die Ersten sein, die davon profitieren … Warum? Wegen unserer Lage, Niesten, ja … dank des Emskanals!«

Er schniefte, lachte kurz auf und erläuterte: Eigentlich sollte der neue Kanal der Stadt Groningen zu neuer Blüte als Seehafen verhelfen, aber die wahre Blüte fand am anderen Ende statt, nah am Meer, weil Reeder und Befrachter vorzugsweise dort ihre Waren umschlagen und per Binnenschiff weitertransportieren ließen; je mehr sich Delfzijl so mit seinem Umschlag von russischem Getreide, skandinavischem Holz und englischer Steinkohle zu dem Seehafen entwickelte, der Groningen hatte werden wollen, desto mehr wurde die Stadt zum Binnenhafen.

»Du musst das so sehen, Niesten«, schloss er, »Delfzijl arbeitet schon längst nicht mehr für Groningen, Groningen fungiert jetzt als Hinterland für Delfzijl, deshalb preise ich mich glücklich wegen unserer Lage so nahe bei Delfzijl, sehr viel näher als die Werften von 't Hoogezand! Das sind Faktoren, aus denen du demnächst völlig neues Kapital schlagen wirst – aber jetzt sprechen wir schon nicht mehr über Unternehmen, das ist schon die reinste Wirtschaft …«

Die Uhr tickte, die Lampen glühten, im Ofen knallte es, kurz darauf fiel eine Schlacke aus dem Aschenkasten. Der Feuerhaken im Schürloch verbreitete den Geruch von heißem Eisen im Schmiedefeuer, den Geruch von Nietnägeln.

Um nicht zu viel zu reden, hielt Bepol den Mund. Um es durchzuhalten, wiederholte er innerlich den Kehrreim des Tages: Das Haus war gebaut, die Ehe geschlossen, es gab einen Nachfolger. Schwer und satt wie eine Behörde dachte er an den erteilten Auftrag, und unwillkürlich wanderte sein Blick seitlich zu Ilse auf dem Sofa. Wie eine ferne, verschneite Bergspitze tauchte sie in seinem Augenwinkel auf, danach war es, als wolle sie mit aller Macht versuchen, ihr Fleisch unter der Gaze ihres Schleiers in Schaum zu verwandeln – aber dann hüstelte sie, und ihr Körper meldete sich doch wieder zurück.

»Zwei Teilhaber, eine Gesellschaft!« Spornstreichs brachte Bepol eine Variation seines ersten Trinkspruchs aus, das Glas nun ausschließlich zu Niesten erhoben. »Wegen der Formalitäten müssen wir demnächst mal den Notar aufsuchen; dann bringe ich die Werft in einer Gesellschaft unter, und du bekommst die Hälfte der Anteile am Besitz, durch Schenkung, falls dich eine solche Begünstigung nicht allzu sehr belastet, sonst leihe ich dir eben den nötigen Betrag, um dich einzukaufen … obwohl die Tilgung dann wieder die Gefahr in sich birgt, dass du denkst, du arbeitest nur in meine statt in deine eigene Tasche – damals bei der Festina habe ich dich auch schon gewarnt, dass du mich dafür hassen würdest! Ich versuche nur, Rücksicht auf deine Gefühle zu nehmen … in der Ehe muss man das auch! Aber wie auch immer, wenn du erst Teilhaber bist und noch später mein Nachfolger, dann wirst du selbst inserieren und akquirieren, und am Ende auch fusionieren …«

Niesten sagte nichts, steckte sich nur eine Zigarette zwischen die Lippen; Bepol tat dasselbe mit einer Zigarre. Da niemand ihm Feuer gab, zog er den Schürhaken aus dem Ofen und sog daraus die Glut; dann streckte er Niesten den rot glühenden Haken hin, quer über den Tisch, um ihn ebenfalls ziehen zu lassen – aber dort flackerte schon ein Feuerzeug.

»Ja, Niesten, Fusionen, das ist die Zukunft … die Ehe ist auch eine Fusion!«, setzte er wieder an, während er den Haken ins Ofenloch zurücksteckte und abermals hin und her scharrte. »Die Zusammenarbeit wird immer enger werden, die Werften gehen mit ihren Zulieferern zusammen, die wiederum mit ihren Lieferanten und so weiter, bis ins Unendliche, das ist das sozialistische Ideal, das ich als Unternehmer vor mir sehe: kein Kampf, keine Konkurrenz der Betriebe mehr, alle sind durch ein unsichtbares Netzwerk miteinander verbunden, sich gegenseitig nährend und befruchtend, wie die Pilze in der Pilzbrut! Ganz Groningen ist dann ein Unternehmen geworden, das ganze Land und schließlich die ganze Welt – aber das ist keine Wirtschaft mehr, das ist Politik …«

Er zog an seiner Zigarre, stieß den Rauch aus und blickte sinnend nach oben. Wie eine Glaskugel schwebte der Schwaden um das Licht des Lüsters.

»Ach, ach, liebe Leute«, seufzte er, »ich bin mit der Gegenwart schon so glücklich, und dann kommt auch noch die Zukunft … Wann fängt sie an? Jetzt … und jetzt … und jetzt … ständig, ich weiß nicht, warum … das ist Philosophie!«

Auf das Ticken der Uhr zählte er mit gespreizten Fingern, dann tickte die Uhr allein weiter, auch zählend, abzählend – immer kräftiger wurde gegen Ende der Sog. Um nicht mitgerissen zu werden, musste er schneller reden, gegen die Unterströmung an, die wilden Wasser der Tiefe …

»Gerade eben hat sie auch wieder angefangen, die Zukunft, jetzt sogar schon in der Vergangenheit – ja, auch deine Zukunft als Teilhaber, Niesten, und darum sage ich: Auf unsere Zusammenarbeit!«

Wie zuvor den Haken hielt Bepol jetzt das Glas für den neuen Trinkspruch vor ihn; aber Niesten war kein Trinker, er hob nicht einmal mehr sein leeres Glas.

»Aber das wird sich schon lösen«, fuhr Bepol fort und beugte sich wieder vor, um sein Glas abzustellen – sowenig er noch schweigen konnte, konnte er noch still sitzen. »Natürlich haben wir uns gelegentlich gestritten, damals bei dieser Hämmeraktion, aber das war kein persönlicher Streit, das war ein Klassenstreit … Aber schau doch nur, wie du jetzt so dasitzt, Niesten, mit Einstecktuch, Cut, Wein und Werft in Reichweite, frisch getraut und ein eigenes Haus gegenüber; nein, dir fehlt es an nichts, das sehe ich wohl, seit dem Steinverschlag im letzten Jahr hat sich ziemlich viel bei dir getan … jetzt gehörst du selbst zur besitzenden Klasse!«

Niesten zog ein Hosenbein hoch, schlug die Beine übereinander und betrachtete eingehend seine blankpolierten Schuhe, als sei er nichts mehr als seine Festkleidung und brauche sich gleich nur noch über den Stuhl neben dem Bett zu hängen.

»Übrigens bringt diese Position jede Menge Verantwortung mit sich«, fantasierte Bepol weiter, »die hatte ich schon seinerzeit deinem Vater gegenüber ... Jammerschade, dass er diesen Tag nicht hat miterleben können, ich erwähnte es bereits in meiner Tischrede, was wäre er stolz gewesen ... ein sehr löblicher Arbeiter war er und so gemütlich, wenn er dann beim Vespern sein Pfeifchen schmauchte, in der mollig warmen Schmiede ... als Unternehmer kannst du das nur mit Wohlgefallen betrachten, Niesten, das wirst du schon selbst noch merken!«

Obwohl er als Einziger noch trank, leerte sich die Flasche doch; schwungvoll, aus immer größerer Höhe, schenkte sich Bepol das letzte Restchen nach – im Büfett lag Nachschub.

»Aber die Verantwortung betrifft nicht allein das Personal, sie erstreckt sich auch auf die Gemeinschaft!«, setzte er wieder an, nunmehr mit Zigarre und Glas zugleich in der Luft gestikulierend. »Aus diesem Sozialgefühl heraus habe ich damals gegen die Appingedamer Politik gekämpft, und jetzt kümmere ich mich wieder um ein Waschzentrum – auch in dieser Hinsicht wirst du mein Nachfolger sein, Niesten, zumindest, wenn du diese Einstellung mit mir teilst ... Überleg dir doch einmal, was du möchtest; heute Nachmittag im Rathaus habe ich die Sache mit dem Waschzentrum auf sich beruhen lassen, das bringe ich selbst noch zu Ende – damit du mit etwas völlig Neuem anfangen kannst; du musst es auf deine Weise tun, auf eine moderne Weise, sprich mit deiner Frau darüber – mich würde es beispielsweise nicht wundern, wenn sich unsere Leihbücherei hier im Haus eines Tages noch zu einem richtigen Lesesaal auswächst ... Aber dann muss wieder gebaut werden! Das bedeutet, der Politik abermals Druck machen ... und so machst du selbst Politik!«

Indem er genauso schnell redete wie die Zeit, brachte er die Uhr zum Stehen, doch sobald er schwieg, setzte das Ticken wieder ein, ungeduldig wie ein Mensch, nötigend wie ein Fingernagel auf der Tischplatte; sein Reden war wie Gehen auf dünnem Eis: Sobald er stehen blieb, hörte man es unerträglich knacken, und er musste weiter, aber ihm fiel nichts mehr ein, doch, noch zwei Dinge.

Er sagte: »Aber jetzt haben wir noch gar nicht über die Gäste und die Geschenke gesprochen; das Personal war vollzählig da ... diese prächtige Uhr ... die Widmung findet ihr bestimmt noch!«

Und er sagte: »Übrigens, Niesten, als Teilhaber könntest du dich auch jeden Tag vom Friseur rasieren lassen, genau wie ich ... ja, wenn er morgen früh mit mir fertig ist, soll ich ihn dann gleich zu dir rüberschicken? Oder ist das zu früh, wollt ihr vielleicht ...«

Zu spät merkte er, dass er sich vergaloppierte; noch in vollem Tempo knallte er gegen die Jauchegrube, die er den ganzen Abend so ängstlich umkurvt hatte; mit der Schulter an den rauen Stein schrammend, kam er zum Stehen. Ein kurzer Schwindel, dann begann er zu lachen, sehr bedächtig, wie am Anfang; sein Lachen war wie das Tupfen mit einer Kompresse: Er lachte, bis die Schramme nicht mehr brannte, dann sah er, wie Niesten die Zigarette ausdrückte und auf die Uhr sah, auf die Zeit, den nie versagenden Helfershelfer des Unvermeidlichen – und erst da fiel ihm plötzlich ein, dass er ja noch eine Überraschung in petto hatte.

»Warte!«, rief er und stemmte sich hastig aus dem Sessel hoch. »Das hätte ich glatt vergessen ...!«

Geschäftig entfernte er sich bis hinter den Bücherschrank, vergnügt kam er mit einer großen Schachtel in Karopapier zurück, die er mitten auf den Tisch stellte.

»Mach mal auf!«

Niesten riss das Papier auf, öffnete den Deckel und hob einen schweren Gegenstand heraus, den er gleich wieder behutsam in die Schachtel zurücksinken ließ: Es war ein Telefon, ein Tischtelefon aus Bakelit mit einem Messinghörer.

»Für deinen Schreibtisch!«, erklärte Bepol – weil er stand und Niesten noch saß, konnte er ihm auf den Kopf schauen, und zum ersten Mal an diesem Abend dachte er: Schwiegersohn. »Siehst du, wie wichtig ich es finde, dass du ein eigenes, richtiges Büro hast? Den Anschluss konnte ich noch nicht legen lassen, sonst hätte ich mich verraten, aber er kommt in Kürze … Dann können wir uns anrufen … stell dir vor, während wir uns von unseren Büros aus sehen können … Ha, ha!«

Überwältigt vom Rausch des Gebens, schoss ihm noch etwas durch den Kopf, und während er zum Büfett polterte, war er bereits voller Vorfreude über noch etwas anderes: Kurz vor der Abfahrt nach Appingedam heute Nachmittag – Ilse war mit Agaat in ihrem alten Zimmer beschäftigt gewesen, Niesten half beim Pferdeinspannen –, in dieser fiebrigen Aufregung kurz vor dem Aufbruch war er unbemerkt mit einem Körbchen frisch gepflückter Krokusse ins neue Haus geschlichen, die Treppe hinauf ins Schlafzimmer. Als er es kurz darauf wieder verließ, lagen die lila Blütenblätter als wohlriechende Überraschung unter der Decke des Hochzeitsbetts, in Form eines zierlichen, großen B, seiner Signatur, bald seinem Gruß. Seit Niestens erstem Besuch war kein Schiff mehr abgelaufen, der Werftrevolver nicht mehr benutzt worden. Bepol fand ihn in der Schublade, in die er ihn gelegt hatte, und brachte ihn mit zum Tisch, zu Niesten, der ihm mit seinen Blicken gefolgt war.

»Für dich«, sagte er ernst, während er ihm die Waffe unter die Nase hielt. »Beim nächsten Stapellauf wirst du den Schuss abgeben; wir werden auf eine neue Art arbeiten, aber alte Traditionen halten wir in Ehren!«

Niesten nickte; von oben aus konnte Bepol nicht erkennen, ob er bewegt war oder sich freute.

»Immer schräg nach oben schießen«, fuhr er knapp fort, während er es mit gestrecktem Arm vormachte. »Eine fallende Kugel ist auch gefährlich, deshalb schießt man immer schräg nach oben, über die Reihe der jungen Leute weg, die am anderen Ufer schon auf den Sprung über die Welle warten – o ja, die Zeiten kehren wieder! Hier, nimm … er ist jetzt ungeladen, ich bringe dir noch bei, wie man damit umgeht … bitte schön …«

Um das Geschenk entgegenzunehmen, stand Niesten auf; er wog die Waffe in der Hand, machte sich noch länger, als wolle er sie gleich in die Hosentasche stecken, legte sie dann aber doch auf den Tisch. Darauf gab er Bepol die Hand, nahm seinen Hut von der Fensterbank und setzte ihn gleich auf.

Es war vorbei, nun fing es an.

»Und ein Fläschchen Wein kriegt ihr auch noch mit!«

Fieberhaft suchte Bepol im Büfett; als er sich mit der besten Flasche umdrehte, hatte Niesten die schwere Schachtel genommen, und auch Agaat und Ilse hatten sich erhoben. Seine Frau kam auf ihn zu, die Braut schloss sich dem Bräutigam an, Bepol schluckte: Niesten passte in keinerlei Hinsicht mehr zu seinem Cutaway, er trug ihn nur noch, weil er einen Körper hatte. Auch Ilses Schleier schien sich verändert zu haben: Hatte sie der Voile den ganzen Abend in Schaum und Schemen verzaubert, so gab er ihr jetzt im Gegenteil etwas Essbares, Süßes, von Zuckerwatte.

Ohne ein Zeichen setzten sie sich in Bewegung, das Brautpaar voran, Niesten mit dem Telefon unter dem einen Arm und Ilse am anderen; dahinter die Brauteltern, jeder für sich, weil Bepol wegen des Revolvers und der Flasche keine Hand frei hatte. Wie beim Hereinkommen ganz am Anfang gab er allerlei beruhigende Laute von sich; er erinnerte an das Ständchen in der Kapelle, lobte die deftige Kaffeetafel mit Eiern und hinterher Rauchfleisch und hatte so endlich das Plaudern wieder aufgenommen, mit dem alles begann – bis sie in der Diele vor der Haustür standen.

Hier schien sich die vertriebene Scham gesammelt zu haben und hing wie ein Gas in der plötzlichen Stille; um es nicht riechen zu müssen, verbarg Ilse das Gesicht im Brautbukett, während sich Niesten mit einem Diener von Agaat verabschiedete und dann Bepol die freie Hand hinstreckte, nicht zum Händeschütteln, sondern fragend, um Flasche und Revolver zu übernehmen.

»Nein, nein!«, wehrte Bepol eilends ab. »Ich laufe kurz mit…«

Gerade als er mit dem Ellbogen die Tür öffnete, sah er in seinem Augenwinkel eine rasche, weiße Bewegung, und zugleich ertönte ein Schluchzen; es war Ilse, die sich in Agaats Arme geworfen hatte, aber nur für einen Moment; schon löste sie sich, legte abermals ihre Hand in Niestens Ellbogen und schritt so, wieder völlig gefasst, mit ihm aus dem Haus, knapp vor Bepol vorbei, den sie gar nicht zu sehen schien, vielleicht schon geblendet vom gleißenden Licht der Hauslampe gegenüber. Wie versteinert starrte ihr Agaat hinterher.

»Ich bin gleich wieder da!«, sagte Bepol. »Kurz tragen helfen.« Er trat aus dem Haus, und unmittelbar, bevor die Tür hinter ihm zuschnappte, hörte er auch Agaat aufschluchzen.

Die Wolkendecke war aufgerissen, ein Wind wehte; überall funkelten Sterne am tintenschwarzen Himmel, und schwerfällig schlug die Werftfahne am Mast. Die Tür des neuen Hauses war lichtüberflutet, die von Ilse entworfene Schlafzimmergaube darüber lag dunkel da. Links vor der Wand schimmerte Niestens Motorrad, als könnte er gleich damit wegfahren – aber er ging weiter, wieder mit dem Telefon unter dem einen Arm und Ilse am anderen.

Nach wenigen, raschen Schritten hatte Bepol sie so weit eingeholt, dass die Außenlampe sekundenlang von den beiden Körpern vor ihm verdeckt wurde, nichts weiter als Lichtlinien um die Gestalten und dennoch zwei Körper, die sie alsbald sich darreichen, austauschen und vereinen würden – durch den sich öffnenden Türspalt gleißte grelles Licht: Nun konnte Bepol wieder alles sehen, das Aufschwingen der brandneuen Tür, die in der Diele aufgebauten Geschenke, wie Niesten den Schlüssel in die Hosentasche gleiten ließ und wie er danach beiseitetrat, für Ilse, die selbst über die Schwelle schritt und ohne einen Blick zurück im Wohnzimmer verschwand. Niesten ging auch hinein, er stellte die Schachtel hinter der Ecke ab und schien sich zu wundern, dass vor der Tür, die er soeben schließen wollte, noch jemand stand.

»Bitte sehr …«, sagte Bepol und hielt ihm den Revolver und die Weinflasche hin. Aus der Diele roch es nach frischem Mörtel, und plötzlich schlug eine Uhr, bestürzend laut in der Stille, die Uhr des Werftpersonals, die hier irgendwo abgestellt sein musste, zwölf Schläge: Mitternacht. Die Macht des Halls zwang Bepol, bis zum letzten Schlag zu lauschen, erst dann konnte er sich verabschieden. Sehr hoch ragte Niesten über ihn empor, auf dem Kopf noch den Hut, der einen schwarzen Schatten über seine Augen warf.

Die Tür wurde geschlossen.

Und trotzdem blieb Bepol noch stehen.

Drinnen musste das Unbehagen gewaltig sein: Die Außenlampe wurde ausgeschaltet, wieder angemacht und ging erneut aus – Niesten war sich bestimmt nicht sicher, denn er öffnete nochmals die Tür, um nachzusehen.

»Ja doch, sie ist aus«, sagte Bepol aus dem Dunkel.

In Gedanken versunken, ging er zurück. Im hohen Schlafzimmer brannte Licht; Agaat war schon oben. Er ging ins Haus, knipste seine eigene Außenlampe aus, die anderen Lampen unten ebenfalls, und stieg die Treppe hinauf.

Zusammengesunken saß Agaat auf der linken Bettkante, auf der anderen Seite hing der Spiegel, in dem er sich aus Freundlichkeit immer erst kurz grüßte, doch diesmal ging er schnurstracks zum Fenster.

»Ich habe Blütenblätter ins Hochzeitsbett gestreut«, bekannte er im Vorübergehen, mit erwartungsvoll bebender Stimme.

Gegenüber brannte zunächst nur im Wohnzimmer Licht, danach ging auch oben Licht an, kurz darauf ging es unten aus – während das neue Haus dem alten zuzwinkerte, klammerte sich Bepol an die Fensterbank: Dort ging jetzt jemand nach oben; ob sie wohl lachten, wenn sie gleich die Decken zurückschlugen und begreifen würden, dass es von ihm kam?

Allein das Dachgaubenfenster war noch erleuchtet, ein leeres, gelb glühendes Geviert zwischen den runden Wangen, bis Niesten als schwarzer Umriss ans Fenster trat.

Bepol winkte.

Niesten zog den Vorhang zu.

»Der Junge ist nervös!«, stieß Bepol, ohne sich umzudrehen, hervor. »Wir auch, damals, weißt du noch?«

Später, als sich in ihm eine unermessliche Tiefe aufgetan hatte, starrte er über das Haus hinweg in die schwarze Ferne. Rastlos drehte sich das Licht des Leuchtturms am Himmel über Delfzijl entlang. Als Agaats erster Schluchzer zu ihm drang, setzte er sich neben sie und zog sie langsam zu sich herab. Beide waren noch vollständig angezogen, es war lange her, dass sie so auf dem Bett gelegen hatten.

»Ja, so ist es eben«, sagte er, während Agaat in seinen Armen wie ein Mädchen weinte, »die zwei haben jetzt ihr eigenes Leben … und wir haben uns … mein liebes, liebes Gaatje …!«

8

Arbeit, neue Arbeit, Eisenarbeit

Eine unwirkliche Ruhe war nach der Hochzeit auf die Werft niedergegangen, wie Schnee: Nichts schien mehr, wie es vorher war, die Geräusche klangen gedämpfter, friedlich. Bepol blieb meist drinnen, wegen des Winterwetters, Niesten, um sich an sein Glück zu gewöhnen, und so standen sich die beiden Häuser in der sich wandelnden Wirklichkeit fremd gegenüber, unfähig zu einer Annäherung, ein jedes mit Pfählen auf seinem Platz verankert und dazwischen ein Hof der Verlegenheit.

Das Telefon wurde angeschlossen. Umgehend rief Bepol von seinem Büro aus an; er konnte sehen, wie Niesten abnahm, ein Schatten hinter dem fernen Eckfenster – er hatte gewinkt, war lachend zum Telefon zurückgelaufen; die Verbindung war ausgezeichnet gewesen. Wie ein springender Fisch fiel die Fröhlichkeit darauf wieder in dieselbe unbewegte Beklemmung zurück, aus der sie hochgeschnellt war, um Luft zu bekommen.

Noch erschöpft vom vergeblichen Stimmungsmachen, saß Bepol am Abend händeringend mit Agaat am Ofen: In guten Zeiten konnte er ganz Wirdum in Festlaune versetzen, heute scheiterte er schon an einer Person. Als wolle er damit losrütteln, was feststeckte, stocherte er das Feuer mit dem Schürhaken immer mehr auf, sann dabei auf neue Möglichkeiten und Wege, Niesten in Bewegung zu bringen, darauf, was er mit ihm zusammen unternehmen könnte: mit dem Revolver schießen – doch dazu brauchte es schönes Wetter; eine Anzeige formulieren – doch derzeit hatte es keinen Zweck, eine zu schalten; zum Notar gehen – aber es gab keine neuen Verträge, und Niesten zum Teilhaber zu machen, da wollte er lieber auf bessere Zeiten warten, wenn es eine erfreuliche Teilung des Besitzes wäre und nicht eine Teilung drohender Schulden.

»Nicht mal ein Lächeln …«, klagte er Agaat sein Versagen. »Aber warte … soll ich noch einmal durchklingeln? Damit rechnen sie um die Zeit natürlich gar nicht mehr!«

Er sprang auf, lief wie ein Blinder mit ausgestreckten Armen aus dem Zimmer, oder besser gesagt: als ob seine Hände aus Eisen wären und unwiderstehlich von der magnetischen Kraft des Telefons in seinem Büro angezogen würden – und stand bereits in der Küche, als von hinten die Zügel angezogen wurden.

»Berend, du lässt das!«

Zum Büro weiter konnte er nicht, aber zurück ging auch nicht mehr – auf der Stelle schwankend, hob er ein paarmal die Knie, versammelt wie ein Pferd, das die Sporen bekommt und gleichzeitig parieren soll, dann bewegte er sich in die einzige Richtung, die ihm noch blieb, um wenigstens durchs Küchenfenster nach gegenüber zu schauen. Dort brannte oben wie unten Licht.

Als die Werft an diesem ersten Morgen aus ihrer Bräutlichkeit erwachte, wuchs mitten auf dem Gelände eine noch nie gesehene, ja eigentlich unsichtbare Pflanze, die mit ihren Kriechstängeln in jeden Winkel des Zusammenlebens eindrang, die alles überwuchert hatte und mit ihrer Krone einen schrägen Schatten über das Gelände warf, die sich immer tiefer verwurzelte und unumstößlich wie ein Faktum zu einem

Baum verholzte, der nicht mehr auszugraben war. Das war die Veränderung, doch allmählich wurde erkennbar, dass sich nicht alles verändert hatte.

Obwohl Bepol es nur so lange guthieß, wie sie noch keine eigene Familie hatte (»Dann hast du die Hände voll mit deinem eigenen Haushalt, und wir behelfen uns dann eben mit jemand anderem«) – allein unter dieser Bedingung kam Ilse noch jeden Tag herüber, um Agaat zu helfen, manchmal auch mit ihrer eigenen Wäsche, weil das neue Haus noch keine Waschküche hatte. Das erste Mal, als Bepol sie von seinem Büro aus mit dem Korb unter dem Arm den Hof überqueren sah, hatte er sich unwillkürlich erhoben. Als er sie kurz darauf an der Trommelwaschmaschine traf, wirkte sie scheu und verlegen: Sie mied seinen Blick, weichte schweigend die Weißwäsche ein und entschuldigte sich dann mit einem geflüsterten Hinweis auf die Leihbücher. Ganz allein gelassen in den dampfenden Kochwäscheschwaden, machte sich Bepol Vorwürfe, dass er ihr nicht die Verlegenheit genommen hatte – schließlich war es doch etwas völlig Natürliches; als er sie so betrachtete, ohne dass sie zurückzublicken wagte, musste sogar der Eindruck entstanden sein, er mache es ihr zum Vorwurf – aber das würde Agaat jetzt tun, Agaat hatte das schon längst getan, vielleicht sogar schon vor der Hochzeit. Allmählich entspannt begann er, fast träumerisch, in der wölkenden Masse zu rühren, bis sein Blick auf einmal auf einen grauen Zipfel fiel, der aus dem Mülleimer hervorlugte. Er hob den Deckel und zog mit der anderen Hand ein sonderbares Leibwäschestück an dem Zipfel heraus: Es war ein Nachtgewand, aus Jute, vermutlich aus einem Mehlsack genäht – er hielt Niestens Schlafhemd in der Hand, Ilse musste es als zu armselig empfunden haben, um es aufzubewahren, es war so weich und mürbe, dass es statt in den Abfall genauso auf den Komposthaufen gekonnt hätte, und trotzdem entfaltete er es wie ein Ballkleid, hob es an den Schultern hoch, hielt es sich vor, als wolle er schätzen, ob es ihm wohl passen könnte, stellte sich dann Niestens Körper darin vor, die Beine unter dem Saum, die Brust, den Kopf darüber, dann drückte er das Hemd an sich, schloss es in die Arme, neigte den Kopf und schnupperte den Geruch aus den Falten, verlor sich in dem muffigen und zugleich scharfen Mief, bis sich unverhofft die Tür öffnete und Agaats Stimme ertönte: »Berend, Ilse will … Was machst du denn da?«

Automatisch, mit dem Hemd noch auf sich, drehte sich Bepol zu ihr um, er begann zu lächeln, nahm das Gewand wieder an den Schultern auf und sagte: »Sieh dir das an … Niestens altes Nachthemd!«

Unverändert währte die Flaute im Schiffbau: Noch immer lag der von Pattje auf Risiko gebaute Dreimastschoner unverkauft am Kai; noch immer rostete bei Terneis der Riesenberg Qualitätsstahl für den nie gebauten Fünfmastschoner vor sich hin, genau wie das von ihm zwar gebaute, aber ebenfalls nie abgenommene Schiff, das nach sechs Jahren Verkümmern einen erbärmlichen Anblick bot. Weil der Erlös der Baggerschiffe und Lastkähne, die Terneis noch eine Weile aus seinem unerschöpflichen Stahlvorrat fabriziert hatte, hinter den Lohnkosten zurückblieb, musste er auch noch seine letzten Männer in die Steinverschläge schicken, und an der Außenschleuse wurde, mit Ausnahme einer gelegentlichen Reparatur, ebenso wenig noch gearbeitet wie in ’t Hoogezand – auf einer Versammlung der Schiffbauvereinigung stellte einer die verzweifelte Frage, ob sich die Werften denn noch, in Erwartung besserer Zeiten, im Dämmerschlaf befänden oder ob sie bereits in den letzten Zuckungen lägen, wie die Aale im Sägemehl. Nach außen hin ging es Bepol noch am besten. Um der Ehe nicht zu schaden, hatte er keinen der Wirdumer Männer, die das Haus gebaut hatten, zur Arbeitsbeschaffung zurückschicken wollen, manchmal träumte er sogar davon, auch die Appingedamer wieder einstellen zu können, sobald sich die Frachtraten erst einmal erholt hatten – grau vom Steinstaub waren sie beim Empfang noch dabei gewesen, damals genau ein Jahr, seit er sie zum letzten Mal morgens auf der Straße hatte heranstapfen sehen. Aber vorläufig gab es auch am Damsterdiep nur Wartungsarbeiten, sodass bei Bepol zehn Mann zu viel herumliefen. Sechs spannte er für den Bau der noch fehlenden Waschküche ein, die anderen mussten den Werftschuppen teeren, in dem noch das Pferd stand – das war keine Arbeit für Niesten, der blieb im Haus und saß am Tisch, als hätte er etwas bestellt, was einfach nicht kam.

Als wenig später auch die Schmiede neu gestrichen war, wusste Bepol nicht mehr, was er den überzähligen Männern zu tun geben sollte, aber für die Wirtschaftlichkeit machte das nicht den geringsten Unterschied. Zehn Mann auf der Lohnliste und kein Gewinn, so war es beim Hausbau gewesen, und so war es noch immer, schon mehr als ein Jahr: Er machte Verlust, Tag für Tag; wenn die Werft ein Schiff war, dann leckte es genauso stetig wie die alte Festina.

Das Gras begann zu wachsen, das Pferd kam zurück auf die Weide, und am Ende des Monats bekam Bepol das Leck tatsächlich zu Gesicht, in seinem Büro, wo es noch stiller als still zu sein schien, vielleicht, weil das Telefon stumm blieb. Erbleichend stellte er im Dämmerlicht die Bilanz des ersten Quartals auf, dann sah er hinaus, wartend; wie er im vergangenen Jahr nichts getan hatte als auf die Hochzeit zu warten, so wartete er jetzt auf Arbeit, neue Arbeit, Eisenarbeit, für Niesten und für die Werft – trotz allem, was bereits geschehen war, zeigte sich doch immer wieder, dass das entscheidende Ereignis noch kommen musste; das Leben war wie eine Matroschka, in jeder Puppe steckte eine kleinere, es war ein einziger quälender Aufschub bei der Suche nach dem Kern – und so fügte sich schließlich auch Bepols Warten zu all dem anderen, was unverändert geblieben war; er wartete so sehr, dass ihn die Zeit juckte.

Er erwachte von der Sonne, die durch die Vorhänge schien. Auf diesen Tag hatte er gewartet. Mit der Schachtel Revolverkugeln aus seinem Nachtschränkchen ging er die Treppe hinab zum Rasieren, danach in sein Büro zum Kaffee und zur Zeitung. Bis zehn Uhr hielt er es dort aus, dann setzte er den Hut auf und trat aus dem Haus.

Es war ein richtig strahlender Tag, der erste in diesem Jahr. Eilig schritt Bepol unter dem tiefblauen Himmel zum Eingang des neuen Hauses, er klingelte und lief rasch weiter zum Fenster daneben. Ilse war sicher oben, Niesten saß allein im Wohnzimmer, am Tisch, mit dem Rücken zum Fenster. Langsam sah er sich zur Gangtür um, als ob ihn das Geräusch jetzt erst erreichte.

Strahlend klopfte Bepol mit der Schachtel aufs Glas, bis Niesten sich ihm endlich voll zuwandte.

»Komm heraus!«, rief er so leise wie möglich. »Schießunterricht … bring den Revolver mit!« Erst als er ein paar Schießbewegungen mit der Hand gemacht hatte, schien Niesten zu begreifen, jedenfalls stand er auf und verschwand durch die Zwischentür, über der Ilses Brautstrauß hing.

Mit einem Blick inspizierte Bepol den übrigen Teil des Gemüsegartens und der Bleiche neben dem Haus, dann drehte er sich nach der alten Holztjalk um, die gestern zum Kalfatern auf die Helling gelegt worden war; wohl oder übel musste er sich beim Warten das kraftlose Klopfen anhören, aber so wehmütig ihn sonst das Geräusch stimmte, so verheißungsvoll klang es heute.

Endlich kam Niesten zum Vorschein, nicht aus der Haustür, sondern um die Ecke, genau wie damals, als er ihn aus dem Steinverschlag gerufen hatte. Er hatte die Mütze auf und hielt die Pistole in der Hand.

»Schießunterricht!«, wiederholte Bepol vergnügt und klapperte mit der Schachtel an seinem Ohr. »Das hast du noch gut bei mir, ich hatte es nicht vergessen, ich habe nur auf einen schönen Tag gewartet … auf diesen Tag! Ich bin noch kaum aus dem Haus, aber meine Jacke ist schon jetzt ganz warm von der Sonne, obwohl das natürlich auch an der Farbe liegt, am Schwarz, mit einer weißen wäre das anders, wegen der Reflexion und Absorption – aber das erkläre ich dir dann ein andermal, dafür ist heute viel zu schönes Wetter … Komm!«

Entschlossen ging er mit raschem Schritt an Niesten vorbei zur Neubauhelling, dann zwischen der Reparaturhelling und seinem Büro durch zum Ufer. Nach einem weiteren Dutzend Metern über den Grasstreifen zwischen dem Seitenflügel und dem Kanal betrat er den morschen Steg – stets ging er voran, auch als er an Bord der mastlosen, abgetakelten Festina kletterte und sich dann auf der anderen Seite mittschiffs hinsetzte, auf die Deckluken, die Füße im Gangbord, mit dem Wasser vor sich und dahinter die weite Wiesenflur. Von links, von Osten her, wehte eine frische Brise; das Wasser glitzerte, die schwarzen Kopfweiden am anderen Ufer raschelten mit ihrem frischen Laub.

»Was für ein Wetterchen!«, sagte er, als sich Niesten neben ihm niederließ; danach, leiser, während er sechs Patronen aus der Schachtel schüttelte: »So, dann wollen wir mal mit dem Laden anfangen.«

Vertraulich zeigte er Niesten, wie die Kugeln in seiner Handfläche kullerten, dann übernahm er von ihm die Waffe und steckte in jede der sechs Magazinkammern eine Kugel: Der Revolver war geladen, nach dem Umlegen des Sicherungshebels und dem Spannen des Hahns auch durchgeladen. Bepol hatte noch nie auf ein Ziel geschossen, immer nur ängstlich darauf geachtet, nie eines zu treffen – aber jetzt begann der Schießunterricht.

»Jetzt du«, reichte er Niesten die Waffe zurück, »nur zu … schräg nach oben, über die Reihe der Burschen und Mädchen am anderen Ufer hinweg … Siehst du sie vor dir, Hand in Hand, bereit, über die Welle zu springen, und die Werftfahne flattern? Das ist ein so herrlicher Anblick, wie eine Girlande zwischen den Bäumen … Du hast gerade deine Rede gehalten, das Schiff liegt bereit, getauft und fotografiert, alle Blicke sind auf dich gerichtet …«

Aber Niesten nahm den Revolver nicht.

»Willst du, dass ich zuerst schieße? Oder nein, warte, jetzt verstehe ich: So hoch über die Reihe wegschießen, das kann jeder, du willst natürlich ein Spiel daraus machen … Ausgezeichnet, Niesten, ich bin auch mal jung gewesen! Dann pass auf, der Kopf der Weide dort, genau gegenüber, das ist die Zielscheibe …«

Langsam streckte Bepol den Arm mit dem Revolver aus; der Mann, dessen einziges Ziel es immer gewesen war, nichts zu treffen, machte jetzt vor, wie man auf ein Ziel anlegt.

»Einfach zeigen«, dozierte er dennoch unbeirrt weiter, während seine Stimme dünner wurde, je fester er den Finger um den Abzug legte, »– ein Auge schließen, den Arm ganz durchstrecken und einfach zeigen …«

Immer heftiger zitterte seine Hand, schon glaubte er, die Waffe würde blockieren, aber dann ging sie doch los, mit einem Rückschlag, der seinen Arm noch nachträglich in seine gewohnte Schusshaltung schräg nach oben riss: Der Schuss knallte, danach herrschte sekundenlang scheinbar eine vollkommene Stille, bis ihm allmählich die Geräusche bewusst wurden, das Pferd, das auf der Koppel wieherte, der aufgeflatterte Vogel und das wieder aufgenommene Klopfen auf der Helling.

»Ha, ha, ha!«, lachte Bepol, strahlend vor Aufregung, gelöst wie seit Langem nicht mehr – es war, als wäre er selbst explodiert. »Hab ich getroffen? Ha, ha, so was macht erst richtig Laune … los, jetzt du!«

Nun übernahm Niesten den Revolver. Er zielte, schoss – schlohweißes Splintholz spritzte aus der Borke, darauf erneutes Vogelgeflatter, ein Wiehern und weit weg das dumpfe Gehämmer.

»Volltreffer!«, rief Bepol und lachte wieder, aufrichtig erfreut. »Ein schöner Schuss, Mann … spürst du den Rückschlag? Versuch es noch einmal! Und dann wieder ich … Um die Wette!«

Aber Niesten schüttelte den Kopf, lächelte gezwungen unter dem Schatten seiner Mütze und reichte die Waffe zurück, als ob er sich seines eigenen Vergnügens schäme, bestimmt, weil er so lange nicht gearbeitet hatte und meinte, kein Recht darauf zu haben. Dennoch blieb er sitzen, ohne Anstalten zu machen, und seiner Haltung nach sogar in aller Seelenruhe, mit den Ellbogen auf den Knien. Als Bepol sich im nächsten Moment genauso vorneigte, mit dem baumelnden Revolver zwischen den Beinen, war es, als gerate er in einen anderen Raum. Von hinten mussten sie jetzt aussehen wie zwei Fischer, oder wie Freunde …

»Gut, genug geschossen«, gab er sich zufrieden; flüchtig fühlte er an dem glühenden Lauf, der nach nur einem Schuss sonst immer kalt blieb, und wusste auf einmal nicht weiter: Eigentlich hatte er nie Freunde gehabt, er wusste nicht, was Freundschaft war, und nun zeigte sie sich ihm, einfach so, wie ein seltener Vogel; um ihn nicht zu verjagen, musste er sich nur so normal wie möglich verhalten und ruhig weiterreden, nicht plötzlich verstummen oder erstarren, »– auch wenn andere junge Männer bestimmt noch eine Weile weitergemacht hätten, die finden es prima, ein bisschen zu schießen, die gehen auch zum Jazz, nach Groningen … zum Ragtime, zum Swing … Hör nur, der Trompeter spielt ein Solo … der Trommler schlägt einen Break!«

In die Ferne starrend, schnipste Bepol wie ein Bandleader ein paarmal mit den Fingern, als sprudle er von einer Musik über, die er nur aus der Zeitung kannte.

»Das könntest du doch auch machen, Niesten«, fuhr er, leiser, fort, »warum nicht? Weil du verheiratet bist? Was sind das für Konventionen … Der Konvention nach bin ich jetzt dein Schwiegervater, aber das bringt dir deine Eltern auch nicht wieder … Sollten wir dann nicht besser Freunde sein? Na los, nimm Ilse mal mit auf dem Motorrad, unternimm mal was … ein bisschen Spaß zu haben ist so wichtig! Natürlich, Spaß allein ist dir nicht genug, du hattest dich auch darauf gefreut, der Werft deinen eigenen Stempel aufzudrücken und Dinge zu verändern … Aber auch das geht, Niesten, selbst jetzt in der Flaute, mehr als genug Möglichkeiten, wenn man nur vorausschaut, denn: Was dem Schiffer der Horizont ist, das ist dem Unternehmer die Zukunft – dort müssen wir hin!«

Er stand auf, legte eine Hand über die Augen und spähte wie ein Kapitän zum Horizont, dann drehte er sich linksherum und bohrte den Blick in den Himmel über Deutschland. Als er sich wieder auf das Süll setzte, war ihm etwas eingefallen, was Niesten schon jetzt tun konnte.

»Du könntest damit anfangen, in dein Büro eine Wandtafel zu hängen, mit einem Namensschild für jeden Arbeiter an einem Nagel; wenn sie das morgens einstecken und abends wieder zurückhängen, siehst du mit einem Blick, ohne auf die Werft zu müssen, wer gerade für dich arbeitet! Solche Sachen, um nur ein Beispiel zu nennen … und du könntest dir auch noch ein eigenes wohltätiges Vorhaben überlegen, auch damit könntest du gleich anfangen … Utilisierung und Rationalisierung, das braucht diese arme Gemeinde am meisten, und natürlich einen Lesesaal … Du könntest ein Komitee gründen! Und außerdem muss noch akquiriert werden … Komm mal in mein Büro zum Reden, alles ist doch besser als dieses Im-Haus-Herumhocken und Däumchendrehen …!«

Ohne sich zu bewegen, starrte Niesten vor sich hin.

Ohne die Beklommenheit, die er sonst neben ihm empfand, starrte Bepol mit – sie saßen sich inzwischen auch nicht mehr gegenüber, sondern zum ersten Mal nebeneinander, mit dem endlosen Raum vor sich, ungeheuer grün bis hin zu dem Schleier der Pappeln am Horizont, während die Sonne von außen wärmte, die Freundschaft von innen und das Wasser gegen die Festina schwappte. Um Niesten an seiner Ruhe teilhaben zu lassen, schwieg Bepol einen Moment – er hatte schon wieder zu viel geredet und sich allmählich doch wieder mehr hineingesteigert, als gut war: Niesten fühlte sich schon unwohl genug mit seinem Lohn ohne Arbeit, seiner Position auf der Werft und all den anderen Appingedamern noch in den Steinverschlägen; auch für ihn war es schwer, sich in die neuen Bedingungen hineinzufinden. Nun kein vorwurfsvoller Ton, keine Hast, kein Zwang oder aufgenötigte Erwartungen – er musste ihn einfach in Ruhe lassen.

»Aber fühle dich nicht verpflichtet, wir haben alle Zeit der Welt«, schwächte er ab, was gerade zu hart war. »Solange ich noch mit der Genossenschaftswäscherei beschäftigt bin, passiert auf diesem Gebiet genug, und was die Akquisition angeht: Ich habe im vergangenen Winter jedem unserer Auftraggeber eine Weihnachtskarte geschickt, um ihnen zu zeigen, dass es uns noch gibt, also lass uns erst einmal abwarten, ob und wie sie darauf reagieren – ja, Niesten, wenn du es so betrachtest, bin ich schon jetzt am Akquirieren! Die neue Arbeit kommt von selbst …«

Eine Ente quakte, das Schilf raschelte, ein Stück weiter tauchte am Ufer ein alter Mann mit einer Angel auf, ein Fischer, der nur im Diep nach Brassen fischte, der alles über dickes Wasser und die Hochseefischerei wusste, genau wie Niesten demnächst mit dem Hammer in der Hand vermutlich von stationierten Bergungsschiffen träumte – als sich der kostbar delikate Moment auch noch mit innigem Mitgefühl füllte, hielt Bepol es nicht länger ohne Bewegung aus, er beugte sich noch weiter vor und spuckte wie ein Bengel ins Wasser; Niesten antwortete mit demselben feinen, dennoch kräftigen Strahl, mit dem er als Vorschläger immer die Stelle auf dem Eisen markiert hatte, wo die anderen hinschlagen mussten.

»Das geht noch prima!«, schmunzelte Bepol, der aufstand, weil er nicht mehr sitzen konnte. Vor Tatkraft strotzend zerrte er eine der Deckluken beiseite und steckte den Kopf durch die Öffnung. Zuerst sah er nichts, roch nichts als den Gestank von modrigem Leckwasser und durchnässten Trossen, dann begannen da und dort im Dunkel des Laderaums Notenständer aufzuleuchten. Die für die Proben eingebauten Bänke blieben unsichtbar, wohl funkelte jetzt auch ein kleiner Lichtstreif auf einer goldenen Tresse; außer im Winter hingen die Uniformen immer rundherum an den Haken bereit, und es war jedes Mal wieder ein Wunder, wie es den Musikanten unbemerkt gelang, sich von überall her kommend hier in ihrer Alltagskleidung zu versammeln und im nächsten Moment, nunmehr völlig unerkennbar, in voller Galamontur zu ihrem Bestimmungsort auszurücken, genau wie die Feuerwehr oder der Delfzijler Seenotrettungsdienst.

Als er sich wieder aufrichtete, blickte er sekundenlang direkt in Agaats Augen hinter dem Fenster. Auch Niesten erhob sich jetzt vom Süll; es war vorbei, das machte nichts, für ein erstes Mal war es gut gewesen.

»Kurz durchlüften!«, erklärte Bepol, dann fiel ihm eine bessere Möglichkeit ein, und er klappte die Luke wieder zu. Niesten wollte helfen und ließ sich nach hinten schicken, Bepol lief gegen Wind und Sonne nach vorn, gierig schnuppernd, halb geblendet von dem vielen Licht.

Genau gleichzeitig beugten sie sich vor, Niesten zur hinteren Luke, Bepol zur vorderen, und mit dieser sanften, langen Wölbung des Schiffs zwischen ihnen war es, als falteten sie, verbunden in dieser Bewegung, mit den Händen am selben Stück Stoff, gemeinsam ein riesiges Laken zusammen, bis jeder seine Luke öffnete und sich das Schiff in etwas anderes verwandelte, in ein zum Leben erwachendes Gerippe, das zu atmen begann, am Steg ächzte, zwanzig Meter Eingeweide mit einer Öffnung an beiden Enden.

Niesten hatte sich aufgerichtet; Bepol ebenfalls, und mit einer Hand über den Augen, der anderen am Mund rief er: »Bei mir kommt die frische Luft rein, bei dir geht die abgestandene raus … Prima!«

Ilse war erwacht und Frau geworden: Einen Teil des Gemüsegartens hatte sie in einen Blumengarten verwandelt. Jeden

Sonntagnachmittag ging sie mit Niesten Richtung Appingedam spazieren. An schönen Tagen trug sie einen Sonnenhut mit breiter Krempe, später, als der Klatschmohn blühte und es Sommer wurde, gelegentlich auch einen Sonnenschirm. Um die zwei nicht zu stören, blieb Bepol an diesen Tagen zu Hause und sah dann mit inniger Freude von seinem hohen Schlafzimmerfenster aus den eleganten, weißen Schirm durch das Grün und die Bebauung dahinschaukeln – die Straße war zum Spazierweg geworden; imposante Schoner kamen nicht mehr vorbei, aber noch immer schenkte die Werft Wirdum sein wichtigstes Schauspiel.

Bisweilen hörte Bepol von Agaat, wenn sie mit Ilse geredet hatte, etwas über Niestens Kinderjahre. Er freute sich über diese offensichtliche Vertrautheit der Neuvermählten, und um Agaat das Weitererzählen leichter zu machen, stellte er sich dann immer mit dem Rücken zu ihr und beschränkte sich auf überraschte oder auch fragende Laute und eine verständnisvolle, abschließende Bemerkung. Als Kleinkind konnte Niesten sein Bettchen ganz allein zum Schaukeln bringen: »Dieses Temperament … das hatte er schon damals in sich!«

Die Nutzung der Bleiche neben dem neuen Haus war nach einer Zeit der Unklarheit jetzt so eingeteilt, dass Agaat mittwochs ihre Wäsche aufhängte, Ilse donnerstags – aber nach einem Regen hing das Waschgut von beiden Haushalten doch noch auf einer Leine. Auch darauf blickte Bepol gern, nicht nur, weil es von selbst trocknete, ohne dass er dafür etwas zu tun brauchte, sondern auch, weil er darin eine Widerspiegelung ihres Zusammenlebens sah, auf das er so lange gewartet hatte.

Was er vom Schlafzimmerfenster aus jetzt nicht mehr sehen konnte, war das Pferd auf dem gepachteten Grünland: Das neue Haus stand im Weg, anfangs noch als wesensfremdes Hindernis, das sich jeden Augenblick in nichts auflösen konnte, aber allmählich verwuchs es doch immer mehr mit der Umgebung und war inzwischen fast eine Selbstverständlichkeit, vor allem, seit die Waschküche fertig war und es sich nicht mehr veränderte, nur noch nachreifte – es war ein echtes Haus geworden, Bepol fühlte es jedes Mal, wenn er mit Möhren und Striegel auf dem Weg zum Pferd ganz nah daran vorüberging: Nach einem Schauer wisperte das Wasser in der Regenrinne, bei Sonnenschein sammelte sich die Hitze in den Mauern. Niesten saß nie in seinem Büro, immer im Wohnzimmer, und selbst bei schönem Wetter kam er kaum noch aus dem Haus. Wohl machte er wieder ab und zu eine Spritztour mit dem Motorrad.

Das waren die wesentlichen Gewohnheiten, die sich im Lauf der Zeit auf der Werft herausgebildet hatten. Das Leben hatte sich um sie herum gelegt, ohne sich jetzt noch viel zu verändern; es dauerte nur immer länger. Die Sache war ungefähr so wie mit Ilses Brautstrauß – der Unterschied zwischen seinem Aussehen heute und in zehn Jahren, falls er dann überhaupt noch genauso an seinem Seidenband über dem Türrahmen hing.

Die Weihnachtskarten waren unbeantwortet geblieben; ausgeschlossen, dass dadurch noch Aufträge kämen. Mangels Aufgaben, die er für die Werft hätte erledigen können, widmete sich Bepol mit erneuter Kraft Fragen des Gemeinwohls, wie dem genossenschaftlichen Waschzentrum: Er rief im Appingedamer Rathaus an, ließ sich zum Baudezernenten durchstellen und bekam einen Termin in drei Tagen zugeteilt. Der Bürgermeister würde auch dabei sein.

Am Morgen vor der Abfahrt holte er eigenhändig das Pferd von der Koppel. Er führte es am Zaum am neuen Haus vorbei, klopfte ans Wohnzimmerfenster und rief, als Niesten sich umdrehte: »In einer Stunde fängt sie an … die letzte Runde!«

Es war ein herrlicher Tag; normalerweise hätte er sich gern draußen neben den kutschierenden Handlanger auf den Bock gesetzt, aber angesichts des Ernstes seiner Angelegenheit ließ er sich jetzt doch den Schlag aufhalten und stieg in den samtenen Innenraum der Kutsche, solide vorbereitet, den Kopf voller Argumente. Die Zügel klatschten, das Geschirr knarrte, ratternd bog der Wagen in voller Fahrt in die Pflasterstraße ein.

Noch vor Mittag war Bepol zurück. Wie ein Häufchen Elend auf der Rückbank sitzend, merkte er nicht, wie das Rattern nach der Kurve vom weichen Boden gedämpft wurde, das Einzige, was er noch hörte, war der höhnende Nachhall von Einreden, Einwänden und sogar Lachen:

Zeitersparnis, Herr Bepol?

Mit dem Kühlhaus wollten Sie noch pflanzliche Nährstoffe und Vitamine einsparen.

Dem haben wir damals auch umgehend zugestimmt.

Aber Zeitersparnis …

Mir dünkt, die Leute haben genügend Zeit …

Bis zum Tod, wenn man es recht bedenkt …

Und was soll man dann in der Ewigkeit mit noch mehr Zeit?

Der Zeit, die Sie bei der Wäsche eingespart haben?

Und dann: Mit einem Genossenschaftswaschzentrum fängt es an …

Und endet dann mit der Genossenschaftsbewegung.

Herr Bepol, Sie müssen sich zufriedengeben!

Wie vor der Abfahrt öffnete man ihm den Schlag. Er stieg aus, ging ein paar Schritte Richtung Haustür, während die Kutsche schon wieder anfuhr, dann schien ihm plötzlich etwas einzufallen. Er drehte sich zu dem Haus gegenüber um, hob die Arme weit in die Höhe und blieb so einen Moment reglos stehen. Mit einem entmutigten Kopfschütteln verschwand er darauf im Haus.

Es war vier Uhr nachmittags, noch immer Hochsommer. Agaat saß auf dem Sofa und strickte, Bepol stand in Hemdsärmeln am Fenster, mit dem Rücken zu ihr. Sie hatte heute früh von Ilse wieder etwas über Niestens Kindheit gehört und es eben weitererzählt: Als kleiner Junge hatte er für seine todkranke Mutter eine neue Kieke bauen wollen und deshalb den Vater gebeten, ob er nicht ein paar Nägel von der Werft mitbringen könne, aber der alte Werkmeister hatte es mit den Worten abgelehnt: »Für dich werde ich nicht zum Werftdieb!«

Nachdenklich starrte Bepol nach draußen. Hinter ihm klapperten die Stricknadeln, vor ihm erstreckte sich das Land unter dem heißen, diesigen Himmel. Agaat würde nichts mehr sagen, er war dran mit der philosophischen Abrundung.

»Rechtschaffenheit …«, begann er zögernd; er schniefte und fuhr, nun bestimmter, fort: »Ach ja, gewiss, ein Ausdruck großer Rechtschaffenheit, und ein rechtschaffener Mann war er – aber wenn ein kleiner Junge seiner kranken Mutter einen Fußwärmer bauen will, sollte dann nicht die Liebe wichtiger sein? Kurz darauf stirbt seine Mutter, und wenige Jahre später, kaum dass er auf der Werft angefangen hat, verliert er auch den Vater … ich denke manchmal: Man merkt es ihm noch immer an, er ist zu früh Waise geworden, Verwandte, die er noch hat, sieht er nie, und Freunde hat er, glaube ich, auch nicht, der erste Besuch muss erst noch kommen … Deshalb versuche ich, ihm wie ein Freund zu sein – du hast uns doch auf der Festina sitzen sehen? Das war sehr gut, mir ist schon aufgefallen, wie schwer er es damit hat, dass er sich wegen der Flaute in seiner neuen Position nicht beweisen kann, wir haben uns auch darüber unterhalten – aber danach ist er doch wieder im Haus geblieben … er müsste einmal ausgehen, Spaß haben, das habe ich ihm noch gesagt, das ist so wichtig … auch für Ilse wäre es leichter, wenn er einmal lustig wäre … Aber manchmal … aber manchmal …«

Bepol stockte; das Klappern der Nadeln hörte auf; dann brach es doch wieder aus ihm heraus, lauter, er konnte es nicht mehr für sich behalten, was ihm schon so lange im Magen lag: »Aber manchmal scheint es mir fast, als wollte er mir mit diesem Im-Haus-Herumsitzen zeigen, wie unzufrieden er ist, und als ob er mir dafür die Schuld in die Schuhe schiebt!«

Die Stille wurde so zäh, dass sich Bepol darin nicht mehr bewegen konnte. Es war ausgesprochen, das schwere Gewicht hatte sich aufgelöst und stieg jetzt wie Flüssigkeit in ihm hoch; sein Kopf füllte sich bis zum Bersten mit Wasser, seine Nase brannte, und ein leise rauschender Druck betäubte von innen seine Ohren – erst als er die Hand auf seiner Schulter spürte, merkte er, dass Agaat hinter ihm aufgestanden und zu ihm gekommen war. Nun verflüssigte sich auch sein restlicher Körper; auf seinem Platz verankert wie ein Schneemann, dazu noch mit der Figur eines Schneemanns, begann er nun wie ein solcher unbändig zu schmelzen, und starrte dabei unentwegt weiter nach draußen, wobei sich Agaats Berührung, allein durch die Dauer, allmählich vom Schulterklopfen in ein Streicheln verwandelte, in eine Umarmung, immer wärmer, wonnevoll – bis draußen auf einmal donnernd das Motorrad ansprang.

»Niesten …«, sagte Bepol, mit einem Blick über die Schulter, schlagartig ernüchtert.

Agaat hatte sich schon nach dem Geräusch umgedreht und lief in einer merkwürdigen Haltung, langsam und schnell zugleich, aus dem Zimmer.

Erst im Gang holte Bepol sie ein. Die Haustür flog auf, das Donnern wurde noch lauter; in einer Staubwolke fuhr Niesten vom Gelände.

Aber es ging Agaat nicht um Niesten, der in hohem Tempo Richtung Appingedam verschwand, es ging ihr um Ilse: Wie eine weiße, tanzende Flamme lief sie zum Haus gegenüber; erneut machte sich Bepol an die Verfolgung.

Er fand die Frauen in der Küche, Ilse am Herd, Agaat direkt hinter ihr, beide mit dem Rücken zur Tür. Fleisch wurde angebraten, hartnäckig rührte Ilse im Topf, aber als Bepol sie von der Seite betrachtete, fiel es ihm wie Schuppen von den Augen: Sie versuchte nur, ihr Gesicht vor ihm zu verbergen, unterstützt von Agaat als lebendem Schild. So unbedacht er eingetreten war, so verdutzt wich er jetzt wieder zurück, während ein paarmal ein kurzes, scharfes Zischen ertönte – er war gegen eine Innigkeit gestolpert, deren Zweisamkeit ihn wie ein überdehntes Gummiband wieder aus dem Zimmer hinauskatapultierte: Ilse weinte; es waren ihre Tränen, die in der Butter spritzten.

Erst nach einer Viertelstunde kam Agaat ins alte Haus zurück. Im Wohnzimmer hörte Bepol sie gleich die Treppe hinauflaufen; eine Erklärung suchend, folgte er ihr ins Schlafzimmer.

»Er ist nach Deutschland«, sagte Agaat, während sie, ohne sich umzusehen, unentwegt Sachen um das Reisenecessaire auf dem Bett legte. »Er bleibt ein paar Tage weg.«

Die Mitteilung war von einer gebieterischen, keinen Kommentar duldenden Autorität, wie sie Bepol nie besitzen würde; dennoch erkühnte er sich zu fragen, warum Agaat ihre Sachen packte.

Ebenso knapp kam ihre Antwort: Sie würden die Tante in Groningen besuchen, zur Ablenkung, Ilse packte ebenfalls.

Eine Dreiviertelstunde später sah Bepol von seinem Büro aus, wie die Kutsche in die Straße einbog, genau entgegengesetzt wie zuvor das Motorrad. Es war ein langsames Aufglühen gewesen, eiskalt am Anfang, aber jetzt schlug die Wut wie lodernde Flammen aus ihm, Wut über Niestens fluchtartigen Aufbruch, Wut darüber, dass er die Welt verließ, während andere normal weiterarbeiten mussten. Deshalb hatte er sich am Ende dagegen entschieden, die Frauen zu begleiten: Er wollte sein Verhalten nicht von der Fahnenflucht eines anderen bestimmen lassen, und einer musste ja da sein, wenn morgens die Männer kamen.

Bei Einbruch der Dunkelheit saß er noch auf der Festina und fischte.

Nie zuvor hatten sie mit so vielen auf der Werft gewohnt, doch zum ersten Mal in seinem Leben verbrachte Bepol die Nacht allein.

Nach einer Woche kam Niesten zurück. Er wirkte abwesend, fast scheu und ging gleich ins Bett. Dennoch war die Erleichterung groß: Der Alb der Ungewissheit hatte allzu lange gewährt, und aller Groll verschwand mit einem Schlag – das Leben war stehen geblieben wie eine Uhr ohne Feder, erneut aufgezogen aber lief sie wieder wie eh und je: Das erste Ticken war ein Herzschlag, die erste Bewegung ein Atemzug – jeden Sonntag ging Niesten wieder mit Ilse an der Straße entlang, und einmal, als sie vom Spaziergang zurückkamen, sah Bepol von seinem Schlafzimmerfenster aus, dass Niesten eine blühende Kardendistel bei sich hatte, bestimmt einen Meter hoch, noch übersät mit blasslila Blüten. »Die musst du trocknen!«, rief er, als die beiden unter ihm vorbeigingen. »›Die große Karde eignet sich bestens für Trockensträuße‹ – ich zitiere aus der Flora!«

Mit der Wiederherstellung der gewohnten Verhältnisse machte sich auch die Rezession wieder bemerkbar. Das zweite Quartal hatte ebenso ungünstig abgeschlossen wie das erste, das dritte Quartal würde nicht viel besser werden. Allmählich war es ein jämmerlicher Anblick, wie Bepol in seinem Büro reglos über den Büchern saß, erstarrt in dem dämmergrauen Licht und dem Schweigen des Telefons; draußen gaben die untätigen Männer, bleich und weich wie der tagtägliche Mehlbrei, ein ebenso trostloses Bild ab – während landesweit der Arbeitstag verlängert wurde, schickte Bepol seine Leute immer früher nach Hause, um sich gegenseitig den Anblick zu ersparen.

Unter diesem anhaltenden Druck verklebten seine Sorgen wie Herbstlaub auf dem Boden; um sie wieder zu lösen, machte er immer längere Spaziergänge, oft sogar ohne zu botanisieren. So lief er einmal, selbstvergessen, immerzu weiter, bis ganz nach Groningen, versunken in den unfassbaren Gedanken, dass in der Schöpfung nichts verschwinden kann, ohne eine Spur zu hinterlassen, außer einem Gedanken, dem vergessenen Gedanken. Ein Klatschmohn? Nach dem Verwelken und Vergehen lebt er als Nahrung unendlich weiter in allem, was lebt. Ein Ast aus einem mittelalterlichen Scheiterhaufen? Zu Asche und Rauch verweht, mussten seine Bestandteile bis aufs letzte Gramm noch auf Erden vorhanden sein, zuerst als Dung von den Wurzeln aufgenommen, als Holz zersägt oder damals als Grünzeug verzehrt, heute vielleicht ein Teilchen einer Schubkarre oder der Königin. Der Wiedertäufer Jan van Leiden war 1556 zu Münster auf so einem Scheiterhaufen verbrannt, das ist zwar lange her, aber doch nicht so ungeheuer lang? Nicht ausgeschlossen, dass gerade, in diesem ganz besonderen Augenblick, ein Molekül seines Körpers oder Atems in der Luft schwebte, während das einstmals benachbarte Molekül heute womöglich über Afrika hing oder sich schon seit Jahren im Magen eines im Packeis verunglückten und deshalb nie verwesten Eskimos befand. Ein einmal ausgesprochenes Wort, sein Ja zu Agaat? Da es sich dabei um eine Schwingung handelte, galt hier vielleicht das Gesetz vom Erhalt der Energie – aber ein vergessener Gedanke?

Am Ende war es das auftauchende Weichbild der Stadt, das ihn aus seinem Sinnieren holte. Er konnte schon die Brücke des Osthafens sehen – hier war einst der englische Hochseeschlepper Selsey Bill vom Damsterdiep her in die Stadt eingefahren, ohne dass irgendwo genügend Raum zum Wenden gewesen wäre; auf einmal fragte sich Bepol, ob das Schiff auf seiner kuriosen Heimfahrt, falsch herum wieder zurück durch das ganze Damsterdiep, aber nun trotz seiner eigenen hundert PS von drei Groninger Ackergäulen gezogen, ein Hochseeschlepper im Schlepptau mitten durch die Wiesen, während das Jungvolk johlend am Ufer mitlief – ob es die Selsey Bill damals wohl gewagt hatte, die Flagge zu hissen?

Beim Spazieren am Wasser war Bepol unversehens am Ursprung des Emskanals herausgekommen, und nirgendwo war der Abstand zwischen den beiden Kanälen geringer als hier: Etwa hundert Meter südlich entsprang der neue Kanal der Stadt wie hier der alte, nahezu gleichlaufend, wie zwei nebeneinanderliegende Speichen derselben Achse. Wenn die Brücke des Osthafens hier nicht noch schmaler wäre als die Delfzijler Binnenschleuse, könnte Bepol seine Schiffe in die andere Richtung, durch die Stadt hindurch, auch auf dem Emskanal abtransportieren.

Weil er genug gelaufen war, ließ er sich auf dem Rückweg von einem Lastwagen mitnehmen, der im Delfzijler Hafenumschlag eine Eillieferung englischer Steinkohle abholen musste. Ungefähr auf halbem Weg nach Wirdum überholten sie ein paar Radfahrer. Agaat hatte am Abend nach der Hochzeit bestimmt recht gehabt mit ihrer Prophezeiung über den zunehmenden Straßentransport, aber auch Radfahrer sah man immer häufiger, die auf dem Weg nach Delfzijl waren, um das Meer zu sehen, Radwanderer, meist zu zweit.

Beim Nachhausekommen hatte Bepol seinen Gedanken über den vergessenen Gedanken vergessen, nichts war davon noch geblieben, aber das störte ihn nicht, ihm war ein anderer Gedanke gekommen, ein Gedanke, der zu einem Plan heranreifte, einem Plan, an dem auch der Friseur teilhaben konnte und der bereits binnen weniger Wochen mit einer festlichen Enthüllung, die zugleich die Inbetriebnahme war, verwirklicht wurde.

Fröhliches Stimmengewirr drang durch das offene Fenster herein. Es ging auf zwei Uhr zu, doch bereits seit der Mittagspause ruhte die Arbeit auf der Werft. Vorgebeugt band sich Bepol über dem Waschtisch die Krawatte, dann löste er sich vom Spiegel und warf einen letzten Blick auf das Gewimmel dort unten.

Es war ein herrlicher Nachsommertag, wie Bachkiesel leuchteten die blütenweißen Hauben der Frauen in der Sonne auf, die Männer schlenderten gemütlich rauchend zwischen ihnen herum, die Werftfahne baumelte gemächlich am Mast – alles war wie beim Stapellauf, auch wenn noch niemand wusste, was geplant war, außer dem Friseur, aber der saß, wenn alles nach Plan lief, mit seinen Helfern im Schuppen versteckt – jedenfalls war die Tür geschlossen; dort drinnen unter dem schwarzen Flachdach war es sicherlich heiß.

Noch einmal inspizierte Bepol im Spiegel die Krawatte, dann setzte er seine Melone auf, nahm den Spazierstock und verließ perfekt im Cut den Raum, auch er genau wie beim Stapellauf – nur der Revolver fehlte diesmal, den hatte Niesten.

Als er sich in der Haustür zeigte, schien das Stimmengewirr zunächst zu verstummen, danach wurde es noch lauter. Vergnügt, aber ohne sich nach den Leuten umzusehen, die ihm folgten, oder auch nur einen Blick seitwärts zu werfen, verließ er das Gelände und bog nach rechts in die Straße. Im Vorübergehen klopfte er mit dem Spazierstock ein paarmal heftig an die Rückwand des Schuppens, er kam auch an der Schmiede vorbei und stellte sich dann zu Agaat, Ilse und Niesten, die ihn bereits erwarteten. Links neben der Straße stand das Haus des Friseurs mit dem Kühlhaus direkt dahinter, rechts in der Böschung waren an den Ecken eines imaginären Rechtecks vier mysteriöse Löcher ausgehoben und ein fünftes knapp dahinter. Die Erdhaufen lagen daneben, ein Spaten steckte im Boden – da und dort standen noch mehr Neugierige herum, die beobachteten, wie Bepol jetzt die Seinen begrüßte und sich danach gemächlich umdrehte.

Um ihm freie Sicht zu gewähren, spaltete sich die Karawane, die ihm nachgelaufen war, prompt in zwei separate Reihen; Bepol spähte zwischen ihnen hindurch in die Richtung, aus der er gekommen war, und alle folgten seinem Blick, ohne im Leisesten zu ahnen, dass sie bereits jetzt ein Ehrenspalier für das bildeten, was noch auf sich warten ließ.

Endlich bewegte sich etwas. Wäre die allgemeine Stimmung nicht so fröhlich gewesen, dann hätte man meinen können, eine Totenbahre würde auf das Werftgelände getragen: Etwas, das ähnliche Maße besaß, schwankte, bedeckt von einem weißen Laken, begrüßt von aller Augen, auf Schulterhöhe heran; schon befand es sich zwischen den zwei Reihen; schon erkannte Bepol den Friseur in einem der Träger; schon trat er an den Straßenrand, um für das Absetzen des Gegenstands neben den Löchern Platz zu machen, und dann sah man erst, dass dem Trägertrupp noch ein einzelner Träger gefolgt war, mit einer eigenen Last auf der Schulter: ein auf einem Pfahl montiertes Schild in Form einer zeigenden Hand, beidseitig mit zierlichen Buchstaben beschriftet: Milch- und Friseursalon.

Unter atemlosem, verständnislosem Schweigen bildete sich ein Kreis um den verschleierten Katafalk, mit Bepol daneben; er ergriff einen Zipfel des Lakens, zog es weg und trat dann, auf das Enthüllte zeigend, einen Schritt zurück – es war eine Bank, eine Holzbank auf hohen Beinen.

»Eine öffentliche Bank«, gab Bepol eine erste knappe Erklärung, und gleich eilten die Träger wieder herbei, um das Holzgestell erneut hochzustemmen. Ursprünglich hatte es Bepol in den Werftfarben streichen wollen, das Gestell blau, die Latten weiß, aber Agaat fand das unpassend für eine Gartenbank, und deshalb schien sie jetzt in dunkel-vornehmem Bremer Grün. Mochte sich jemand in der allgemeinen Aufregung über die merkwürdig langen Beine wundern, unter die zudem noch quadratische, flache Brettchen geschraubt waren, dann löste sich dieses Rätsel jetzt beim Aufstellen von selbst: Nach einigem Hin und Her schwebte die Bank, mit der Lehne zur Straße, genau über den vier Löchern, und je tiefer man dann die Beine hineinversenkte, desto kürzer wurden sie, bis der Grund erreicht war und die Bank exakt die richtige Höhe hatte – unnötig zu ergänzen, dass die Brettchen wie Trippen gegen das Versinken im weichen Boden dienten.

Nachdem er das Laken und den Stock abgegeben hatte, sah Bepol mit beifälligem, fast gerührtem Lächeln zu, wie die Träger jetzt wie besessen die Löcher mit der ausgegrabenen Erde auffüllten, sie ordentlich feststampften und auch das handförmige Schild in das fünfte Loch stellten, sodass der Finger genau auf das Haus des Friseurs jenseits der Straße zeigte:

Milch- und Friseursalon – außer Rasierzeug und Haareschneiden konnte man dort von nun an auch einen Becher Milch bekommen, denn erst wenn der müde Radwanderer auf dem Weg nach Delfzijl beim Ausruhen seinen Durst löschen konnte, würde die Bank völlig den Möglichkeiten des neuen Verkehrs gerecht und könnte sich gar zum Ausflugslokal entwickeln, dem ersten von Wirdum, garantiert, wenn dann auch noch ein Sonnenschirm aufgestellt würde. Diese Eingebung war es gewesen, nur diese Ergänzung der ursprünglichen Idee einer Bank, die Bepol inspiriert hatte, weiterzumachen und die Zusammenarbeit mit dem Friseur zu suchen, gerade mit ihm, weil sein Haus dem geplanten Standort am nächsten lag, weil er gewissermaßen sowieso schon Publikumsverkehr hatte und mit seiner Kasse auf so etwas auch schon ein bisschen vorbereitet war. In großer Eintracht hatten sie, umso mehr, weil alles geheim bleiben musste, die Bank abends in der Schmiede zusammengebaut, aber nach ihrer Vollendung kamen doch noch Streitigkeiten über den Text auf, der auf dem Schild stehen sollte: Bepol meinte, dass dem durstigen Reisenden, der garantiert nicht auf der Suche nach einem Friseur war, am besten mit einem kurzen, aussagekräftigen »Milchsalon«, ohne weiteren Zusatz, gedient wäre; der Friseur, möglicherweise ein wenig gekränkt, dass man sein Hauptgewerbe unterschlug, wies auf die Gefahr der Verwirrung hin, die entstünde, wenn der einen Milchsalon Suchende einen Friseursalon vorfände – deshalb Milch- und Friseursalon, nicht umgekehrt, denn das Wichtigere war jetzt doch die Milch, am besten gekühlte, vor allem an heißen Tagen. Nach erhaltener Zustimmung wollte Bepol nun seinerseits ein Zugeständnis machen, zur Unterstützung des Friseurs in seinem neuen Erwerbszweig und zu Ehren der wiederhergestellten Eintracht: Weil er wusste, dass im Kühlhaus alle Schubladen für Gemüse und Obst in festen Händen waren, stellte er sein eigenes Fach für die Aufbewahrung der Flaschen mit sterilisierter Milch zur Verfügung; was machte es aus, Dörren konnten sie ja auf dem Dachboden und Einwecken im Keller.

Nun war alles so weit, aber niemand konnte sich einen Reim darauf machen. In aller Seelenruhe ließ Bepol den Blick über den Kreis fragender Gesichter schweifen, jung wie alt, er presste die Lippen zusammen, wenn sein Blick den eines Eingeweihten traf, Agaat, Ilse und Niesten ihm gleich gegenüber, und er zwinkerte in verstohlenem Einvernehmen dem strahlenden Friseur zu, der sich zwar ein unauffälliges Plätzchen am Rand gesucht hatte, sich aber diebisch über seine Komplizenschaft freute.

»Ja, liebe Freunde, eine öffentliche Bank für Wirdum!«, ergriff er endlich mit lauter Stimme erneut das Wort, »es sei mir vergönnt, noch vor der festlichen Einweihung ein Wort über die Hintergründe und die Erwartungen an die Zukunft fallen zu lassen.«

Wie lange war es her, dass er seine letzte Rede unter freiem Himmel gehalten hatte? Natürlich, eine Bank war noch kein Schiff, aber es handelte sich dabei doch um eine Einrichtung von allgemeinem Interesse, die der Gemeinschaft dienen sollte und nicht, wie sonst, um ein Kapitalgut, das als Privateigentum durch den Kanal abtransportiert wurde – und dann sollte er sich auf ein paar schöne Worte beschränken?

»Die Entwicklung, an der wir auch hier in Wirdum teilhaben wollen, ist die Entwicklung des zunehmenden Straßenverkehrs, vor allem des Freizeitverkehrs: Wer sieht sie heute nicht vorbeikommen, immer öfter, in immer größeren Gruppen, die Radfahrer aus der Stadt, die Tagesausflügler auf dem Weg nach Delfzijl, die das Meer sehen wollen?«

Eines der Kinder, ein kleiner Schuljunge mit Schmutzstreifen im Gesicht und baumelnder Rotzglocke, hob unwillkürlich den Finger und zog ihn verschreckt gleich wieder ein – aber Bepol hatte es gesehen.

»Also du hast sie auch vorbeifahren sehen?«, richtete er sich, auf einmal vertraulich, als ob die anderen nicht mehr da wären, in verschwörerischem Ton an den Knirps. »Wann war denn das?«

Die kaum verständliche Antwort kam erst, nachdem sich der Junge mit hängendem Kopf und hochgezogenen Schultern nach links, dann nach rechts gedreht hatte: Gestern, es war gestern gewesen.

»Und, wie viele waren es?«, fuhr Bepol fort, während er sich freundlich, aber völlig ernsthaft, um das Spiel nicht zu stören, zu dem Kleinen bückte – er improvisierte jetzt und fand es köstlich, wie seine Rede den Anschein eines Zwiegesprächs bekam, eines Verhörs, bei dem die wichtigen Informationen Frage für Frage weiter ans Licht kamen.

Zwei, es waren zwei gewesen, und ja: Sie waren einfach weitergefahren, ohne anzuhalten – aber wo hätten sie auch sitzen können?

Bepol warf sich wieder in Positur und genoss noch, beiseite auf das Bürschchen zeigend, den tiefen Ernst, mit dem es die Fragen beantwortet hatte, als ob es sich um völlig neue, äußerst sensible Informationen handle, blickte nickend und ohne ein weiteres Wort im Kreis herum: Dem war nichts mehr hinzuzufügen, jeder konnte jetzt selbst seine Schlüsse ziehen – noch kurz nachreifen lassen, dann musste er nur das allgemeine Empfinden in Worte fassen:

»Nun haben Sie es auch aus dem Mund dieses wackeren Knaben vernommen: Jede Menge Passanten, tagtäglich, und oft zwei zugleich, aber keiner von ihnen, niemand, der unser Dorf eines Aufenthalts würdigte – da lautet die berechtigte Frage: Liegt es an ihnen, liegt es an Wirdum, oder sind wir es etwa selbst, die eine passende Antwort auf die heutigen Chancen schuldig geblieben sind?«

Da und dort wurde gemurmelt, die Gesichter hellten sich auf, ein paar Leute nickten sich lachend zu, und sogar Niesten flüsterte Ilse etwas ins Ohr, sich seitwärts neigend, bis sein Mützenschirm an ihr Käppchen stieß. Danach stand er wieder zu voller Größe aufgerichtet, war wie eine Kompassnadel in die natürliche Position zurückgeschossen, breitbeinig, die Hände vor dem Schoß gefaltet. Das Schwarz und Weiß seiner Kleidung wiederholte sich im Schattenstreifen über seiner hellen, sonnenbeschienenen unteren Gesichtshälfte mit der scharfen Kinnlinie.

»Aber nun zur Zukunft!«, nahm Bepol Fahrt auf, schon wieder in die Spur seiner Rede zurückkehrend, wie er sie in Wort und Gebärde vorbereitet hatte; er trat auf den Wegesrain streckte beide Arme zur Vorderseite der leeren Bank aus und fuhr fort, wobei er auch wieder im Kreis herumblickte: »Sehen Sie ihn vor sich sitzen, den müden Radwanderer, nach hinten gelehnt, mit übereinandergeschlagenen Füßen? Sehen Sie, er hat einen Becher köstlicher, kühler Milch in der Hand, gerade eben beim Friseur erworben, wie das von heute an möglich ist – und genau diese Möglichkeit wird ihn dazu gebracht haben, diesmal in Wirdum abzusteigen, womit ich direkt zum Kern der Sache komme …«

Es folgte noch ein Resümee zur Vorbereitung: Es ging also nicht um die neue Bank an sich, auch nicht um die Milchtheke als solche, sondern die wahre Bedeutung lag in der Kombination, in der Wechselwirkung, aus der sich ohne jeden Zweifel ein Phänomen entwickeln würde, das Wirdum bisher noch nicht kannte – während so die Spannung noch weiter stieg und alle den in ihrer Mitte stehenden Bepol anstarrten, ließ Agaat den Kopf immer tiefer hängen; schon kam das Finale in Sicht, der Moment, in dem sie quasi zur Taufe und in Ermangelung einer Schiffersfrau als Erste auf der Bank Platz nehmen sollte – nur widerstrebend hatte sie zugestimmt, aber jemand musste es machen, und Ilse war dafür viel zu schüchtern. Niesten hatte die Einladung, dabei eine Kugel in die Luft zu schießen, nicht angenommen, sicher wollte er sich das für den nächsten Stapellauf aufheben.

»... denn: Wer einen Becher Milch trinkt, löscht nur seinen Durst, wer auf einer Bank sitzt, der ruht nur aus, aber beides zusammen und zugleich, nämlich auf der Bank, an der frischen Luft, unter dem Eindruck der Landschaft seine durstige Kehle zu laben, das ist etwas ganz anderes, das ist keine Pause mehr, das ist, ich will es einmal rundheraus sagen – das ist *Erholung*...!«

Das Wort fiel wie ein Schuss. Ungläubig sperrte man die Augen auf, eine Frau schlug die Hand vor den Mund, und selbst für Bepol blieb es, wie oft er den Gedankengang auch bereits in sich hatte aufkommen lassen, ein verblüffendes Schauspiel, wie diese beiden Begriffe vor seinen Augen diesen dritten, viel größeren Begriff gebaren.

»Ja, Leute, Erholung!«, bekräftigte er, und ihm brach vor Erkenntnis der Schweiß aus; um es aber auch anschaulich zu beweisen, lief er in einem Bogen um die Bank. Der müde Radler saß noch immer da; von der anderen Seite, von hinten, deutete Bepol mit beiden Händen dessen Silhouette an, wie seine Schultern über die Lehne ragten.

»Und wer Erholung sagt, der sagt auch Aussicht«, wandte er sich an die Runde, »denn ohne Aussicht bliebe es hier doch beim Trinken und Ausruhen, und unser Freund wäre nach dem letzten Schluck schon längst wieder weitergefahren.«

Er beugte sich vor und schaute im nächsten Moment mit über die Schultern, die er eben noch angedeutet hatte, als wolle er sich und den anderen nachträglich Gewissheit über die aussichtsreiche Perspektive vor der Bank verschaffen.

»Aber an der Aussicht wird es nicht liegen«, sprach er vor sich hin und legte nun auch noch eine Hand über die Augen. Die Sonne kam von vorn, links lief das Pferd über die Koppel, das neue Haus stand rechts, und wenn er hinter ihm vorbeischaute, geradewegs über den Gemüsegarten und die Bleiche hinweg, dann verlor sich sein Blick in den dunstigen Fernen jenseits des Kanals. In wenigen Worten schilderte er, was er sah, er nannte Flur und Feld, rühmte deren Weite und den Frieden des grasenden Viehs, und vergaß auch nicht den emsigen Hammerschlag von Eisen auf Eisen, denn diese Zeit kam ganz von selbst zurück.

»... uns alles wohl bekannt«, wandte er sich wieder an den Kreis um sich, »aber der Städter lechzt nach der Natur, die sein Herz erquickt und seine Gedanken zur Ruhe bringt, deshalb fährt er mit dem Rad nach Delfzijl, um das Meer zu sehen, aber von nun an kann er auch schon auf halbem Wege, hier bei uns, das Landleben genießen, und es würde mich nicht wundern, wenn für manche ältere Menschen oder Leute, die nicht viel Zeit haben und deshalb einen kürzeren Ausflug vorziehen, diese Bank eines Tages der Wendepunkt oder das Endziel ihrer Reise sein wird. ›Ja, wirklich, Wirdum lädt zum Verweilen ein‹, erzählen sie dann beim Nachhausekommen, worauf auch andere rein zum Vergnügen eigens hierherkommen werden. Aber ist das denn noch reine Erholung, müssen wir dann nicht noch einen Schritt weitergehen und es wagen, von Tourismus zu sprechen, von heimischem Tourismus, wie wir ihn überall um uns herum ständig größeren Umfang annehmen sehen? Auf den Inseln bauen sich die Reichen Sommerhäuser, in ihren Jachten segeln sie auf den friesischen Seen – dürfen wir dann vielleicht mit ein paar bescheidenen Angeboten den einfachen Mann in unserer Gemeinde willkommen heißen und uns so einen Anteil an diesen Entwicklungen sichern? Mir dünkt, das ist keine reine Frage der Gastlichkeit, das zeugt auch von Selbstbewusstsein und bei günstigen Aussichten schließlich auch von Unternehmergeist. Deshalb muss man sich auch nicht wundern, dass es ein Unternehmer war, der diese Möglichkeit erkannt und ergriffen hat, um mit einer einzigen Milchstation diesen Ort zu einem wahren Rastplatz umzugestalten – meine Damen und Herren, unsere Hochachtung und unser Dank gelten dem Friseur!«

Bepol blickte um sich, wollte eine Hand geben, aber der Friseur stand nicht mehr an seinem alten Platz. Kurz stockte er, hörte nichts als die jähe Stille, schon fing er sich aber wieder:

»Und damit komme ich jetzt zur offiziellen Ingebrauchnahme, wofür ich meine gute Frau gewinnen konnte; Gaat, wenn ich bitten darf …!«

Unsäglich verlegen, mit so tief hängendem Kopf, dass nur noch ihr Käppchen zu sehen war, trat Agaat aus dem Kreis hervor; Bepol streckte ihr die Hand entgegen und geleitete sie mit ein paar Schritten durch den gähnenden Raum bis vor die Bankmitte; schalkhaft winkte er dem müden Radfahrer, doch Platz zu machen; er konnte nicht sehen, ob jemand darüber lachte.

»Ja, komm, setz dich!«, sprach er laut, während er beiseitetrat, um die Sicht freizugeben.

Zögernd ließ sich Agaat nieder; schräg vorgeneigt beobachtete Bepol genau, wie sich ihr Abstand zu ihm verringerte, während er dagegen die Arme immer weiter ausbreitete, bis sich Agaat an die Lehne fallen ließ, sich aufrichtete und er genau gleichzeitig, als Begleitung, oder als Ersatz für den Revolverschuss, der jetzt hätte knallen müssen, kräftig die Hände über dem Kopf zusammenschlug.

Kurz blieb es bei diesem einen Klatschen, dann schien jemand zu denken, dass es der erste Ton des erwarteten Beifalls war, und es ertönte ein zweites, dann ein drittes Klatschen – so zaghaft, wie er in Gang kam, so prasselnd schwoll der Applaus jetzt an. Agaats Gesicht wurde rot und blass zugleich, schien zu gefrieren: Zum ersten Mal in ihrem Leben klatschte man für sie, und sie hatte sich dafür nur hinsetzen müssen.

Strahlend klatschte Bepol mit, abwechselnd von Agaat zu den Gästen rundherum blickend, bis der Applaus schließlich verebbte und er für ein letztes, abschließendes Wort die Arme ausstreckte und um Ruhe bat – aber es ging schon nicht mehr und war auch nicht nötig, denn gerade als er seinen Brustkorb mit Luft gefüllt hatte, erschallte unverhofft hinter der Scheune ein ohrenbetäubend schmetternder Marsch.

Als Erster bog der Friseur mit dem mächtig schaukelnden Glockenspiel um die Ecke, auf dem Fuß gefolgt von den anderen, die jetzt ebenfalls ins Blickfeld kamen, allesamt rot in Uniform und mit den hohen Kalpaks auf dem Kopf; in Windeseile mussten sie sich in der Festina umgezogen haben, um danach in aller Stille, bewaffnet mit ihren Instrumenten, wie die Indianer zurückzuschleichen – ja wirklich, diese Teufelskapelle hatte es wieder geschafft!

Hin und her schaukelnd, mit weit hochgezogenen Knien, während die Lautstärke noch zunahm und ein Musikant einen Stoß nach oben links setzte und ein anderer nach rechts unten ein Kind anblies, umrundeten sie mehrmals die Bank, darauf überquerte der bunte Zug die Straße und marschierte auch um das Haus des Friseurs, dabei unentwegt trompetend und trommelnd und die Augenbrauen fragend hochgezogen, als wären sie alle Unschuldslämmer und sich gar nicht des Schrecks und der Verblüffung bewusst, die doch sie ausgelöst hatten – es war ein staubiger Nachmittag, aber die schmetternde Musik wischte mit einem feuchten Tuch darüber, sodass er jetzt wieder glänzte wie eine Trompete.

Der Zuschauerkreis hatte sich aufgelöst. In der Nähe war ein gemütliches Gedränge, ein kleines Stück weiter lag die Straße nach Groningen und Appingedam in beiden Richtungen verlassen. Niesten war noch immer da, schien sich in der allgemeinen Entspannung sogar zu amüsieren: Er stand mit ein paar Arbeitern im Schatten der Schmiede und legte, über einen Scherz lachend, kurz den Arm um Ilses Hüfte. Auf der Wiese hatten inzwischen unter Agaats Anleitung die Kinderspiele begonnen: Dort wurde gekegelt und gehüpft, während beim Friseur die Ladenglocke nicht stillstand und jetzt jedermann einen Becher Milch in der Hand hatte wie sonst Ilses Limo.

Und Bepol?

Aus einiger Entfernung beobachtete er mit Wohlgefallen, wie sich ein paar Ältere schüchtern auf die Bank setzten, die dort an der äußersten Ecke des Werftgrundstücks in den Boden eingelassen war, als hätte sie schon immer dort gestanden. Er war müde, sah noch immer das Nachbild der aufgerissenen Augen, nickenden Köpfe und des allseits aufkommenden Begreifens, zwar alles sorgfältig vorbereitet und durch seine Rede ausgelöst, aber in der tatsächlichen Umsetzung doch gleichzeitig auch wieder völlig unabhängig davon, als ob die Kausalität mit einem Mal gestört wäre und das Ergebnis doch noch als Überraschung aus der Ursache hervorginge – es war etwa dasselbe wie der Unterschied zwischen dem Abdrücken und dem Knall.

Kurz darauf hatte auch er einen Becher Milch geholt und gesellte sich damit entspannt zu Niestens Grüppchen.

»Und, wie gefällt sie dir?«, sprach er ihn von der Seite her an, mit einem Nicken zur Bank. »Du siehst, es geht auch ganz simpel, es muss nicht gleich ein Kühlhaus sein … Mein erstes Geschenk an die Gemeinschaft war ein Globus für die Schule!«

Er kostete den ersten Schluck und seufzte wohlig; es war herrlich, man konnte tatsächlich schmecken, dass die Milch kälter war, als wenn sie nicht gekühlt wäre.

»Im Kommunismus sind Unternehmer nicht erlaubt, die Politik hat uns den Kooperativismus nicht mehr gegönnt, also dachte ich: Zeit für ein bisschen Anarchie …!«, fuhr er vertraulich fort. »Denn das hier ist diesmal ganz ohne Appingedam gegangen … Natürlich werden sie davon Wind bekommen, aber wenn sie Einspruch erheben, weil ich als Privatmann der Öffentlichkeit diene, sage ich einfach, es wäre zum persönlichen Gebrauch … die Bank steht ja gerade noch auf Privatgrund, also kriegen sie die auch nicht mehr weg! Nächstes Jahr könntest du dort einen Sonnenschirm aufstellen …«

Die Kapelle marschierte von der Straße aufs Werftgelände; die Musik wurde leiser.

Nach dem Umrunden der Gebäude kam die Kapelle von der anderen Straßenseite zurück; die Musik wurde lauter.

»Famos, nicht wahr?«, wechselte Bepol dankbar das Thema, und um Niesten zu veranschaulichen, wovon er sprach, nickte er mit warmem Lächeln hinter sich. »Und beim nächsten Stapellauf sind sie natürlich auch wieder dabei! Wenn du sie bittest, spielen sie bestimmt eine Jazznummer … Was hältst du davon, Ragtime auf der Werft? Ha, ha …!«

So setzte sich das angenehme Verweilen in allen Grüppchen fort, bis plötzlich eine Bewegung aufkam. Ein paar zeigten zur Straße, ein Kopf nach dem anderen drehte sich um, und auch Bepol, aus dem Kreis tretend, schaute dorthin, worauf gezeigt wurde. Es waren zwei Radfahrer, kaum mehr als zwei Punkte in der Ferne, aber doch unverkennbar zwei Radfahrer, von Groningen her auf dem Weg nach Delfzijl, um das Meer zu sehen; das Stichwort hatte die Bank bereits erreicht, wer dort saß, musste weg, und während die Radler noch ahnungslos über ihren Lenker gebeugt gegen den Wind weiterstrampelten, wurde bereits ein kleiner Tisch aus dem Friseursalon über die Straße getragen und neben der Bank aufgestellt.

Ja, Wirdum lädt zum Verweilen ein, dachte Bepol, während er sich unauffällig aus der Menschentraube löste und auf das Anwesen lief. Von seinem Schlafzimmerfenster aus musste die Bank gerade noch zu sehen sein; ohne einen Blick zurück verschwand er ins Haus, um in Ruhe den Empfang zu beobachten.

Der Herbst brach an, die Rezession währte, die Lage verschlechterte sich weiter. In Delfzijl hatte Terneis mit einer kleinen Kolonne noch ein Rettungsschiff gebaut, aber das war, neben der Belastung durch den vorfinanzierten, doch nie bezahlten oder abgenommenen Dreimastschoner, der noch immer an der Helling vor sich hin rostete, wie auch durch den Stahl für den nie gebauten Fünfmastschoner, nur ein Aufbäumen im Todeskampf; weil er schon lange davor den Bau von Baggerschuten eingestellt hatte, gingen jetzt auch seine letzten Männer wieder zur Arbeitsbeschaffung zurück; Terneis brachte ihnen jeden Tag Genever und trank ihn mit ihnen zusammen aus.

Auch in 't Hoogezand nahm der Niedergang immer mehr überhand; abgesehen von ein paar Reparaturen gab es dort überhaupt nichts mehr zu tun, bis Pattje die Nerven verlor und sich zu einer Verzweiflungstat entschloss: Obwohl der Dreimastschoner, den er vor zwei Jahren auf eigene Rechnung gebaut hatte, noch immer auf einen Käufer wartete, genau wie der von Terneis, begann er kurzerhand einen Viermastschoner zu bauen, wieder auf eigenes Risiko.

Hauptsache groß, dachte Bepol, als er es auf der nächsten Versammlung der Schiffbauvereinigung hörte, aber auch er war im Zugzwang, so ging es nicht weiter, seit dem Auslaufen der letzten Baunummer waren jetzt schon fast zwei Jahre vergangen, und bis auf das Hellingsgeld für die gewarteten Schiffe hatte er seitdem keine Einkünfte gehabt, nur noch Ausgaben, für das Haus, für die Hochzeit und für das überzählige Personal.

Er begann sein Büro zu meiden, erst Mitte Oktober fand er den Mut, die Bilanz des dritten Quartals zu erstellen. Während der Regen auf das Flachdach prasselte, beugte er sich über die Papiere, ergänzte den Stand der Einnahmen und Ausgaben, danach stützte er den Kopf in die Hände und blieb reglos sitzen. Wenn die Bilanz ein Schiff war, dann hatte es schwer Schlagseite, schon viel zu lange; wenn sich nichts änderte, würde es zur Verlustseite kentern – bei den Reserven wurde der Boden sichtbar, etwas musste geschehen, die einzige Rettung lag im Gewinnen eines neuen Auftrags. Doch gerade das Wissen um die Notwendigkeit der Akquisition machte ihm auch bewusst, dass er selbst noch nie aktiv etwas akquiriert hatte, nicht wie ein Van Diepen, dem es kurz nach dem Krieg gelungen war, mit einem Rucksack voll Werbematerial an Elbe und Ems einen Auftrag zu ergattern, und der im Schiffbauverein noch immer als Meister der Akquisition galt – doch was hinderte ihn, es ebenfalls zu versuchen? Zudem könnte er noch einen eigenen Trumpf einsetzen: Niesten … Niesten mit dem Motorrad … Niesten, der bestimmt Deutsch sprach …

Es war ein anderer, ein eifrigerer Mann, den man nun wieder täglich im Büro sah. Es musste eine eigene Broschüre geben, und weil Kunst Kunst hervorbringt, durchsuchte Bepol alle Schubladen und Archivmappen nach Material, das Van Diepen damals auf seinen Reisen verwendet und anschließend in der Schiffbauvereinigung verteilt hatte. So hatte er nach ein paar Tagen einen deutschen Text, dessen Briefkopf er mit schwungvoller Handschrift auf ein Blatt Papier schrieb:

Spezialadresse für alle Schiffstypen
Prima Ausführung und Modell
Schnelle Lieferung
Einbau von Brons-Hilfsmotoren möglich
SCHIFFBAU BEPOL

Er setzte noch Adresse und Telefonnummer dazu, erinnerte sich an Van Diepens gedruckte Referenzen, suchte deshalb auch noch Schiffer Veligs Brief, wie auch das Fotonegativ der Festina II, und steckte alles in einen Umschlag. Nach kurzem Nachdenken legte er auch noch das Negativ der letzten Baunummer dazu, zum Entwickeln, und ließ sich dann umgehend nach Appingedam fahren.

Der Auftrag wurde vom selben Drucker ausgeführt, der die Hochzeitsanzeigen gedruckt hatte. Ende Oktober konnte

Bepol sie abholen. Zurück auf der Werft, bestellte er Niesten gleich in sein Büro. Draußen klopfte der mutlose Klang des matten Klameiens, drinnen brauchte man schon Licht, obwohl es erst zwei Uhr war, und die Männer betrachteten im Stehen das Material auf dem Schreibtisch. Die Broschüre war eine Faltkarte geworden, auf der Vorderseite der Briefkopf, verziert mit Girlanden und der Vignette mit der Fahne, links, im gedruckten Teil, sang Velig das Loblied auf sein neues Schiff – dass es noch nach zehn Jahren genüge und sich qua Geschwindigkeit mühelos mit den viel größeren, später in Gebrauch genommenen Drei- und Viermastschonern messen könne; zweifellos waren das die ersten gedruckten Worte des Schiffers, aber was für Worte: Damals hatten sie ihn beim Vortragen gerührt, jetzt ... als Schiffbauer fühlte Bepol beim Lesen seine Brust schwellen, Niesten neben ihm empfand zweifellos dasselbe – innen rechts das korrespondierende Foto von der Festina II, mit der Erwähnung des Bautyps, der Tonnage und des Jahrs, und hinten ein Foto des jüngsten Schoners mit dem entsprechenden Text. Fünfzig Stück waren gedruckt, Bepol hatte sie in einer roten Schachtel mit blauem Deckel mitbekommen.

Niesten hatte es gesehen, nickte bestimmt und richtete sich auf; Bepol ebenso, worauf er in ernstem Ton alles wiederholte, was gestern bereits besprochen war: Niesten sollte in der Rolle des Bevollmächtigten möglichst viele Reedereien und Schiffskontore in deutschen Hafenstädten besuchen – er selbst fühle sich zu alt dafür, werde jedoch als Direktor jederzeit für Rücksprache oder nähere Erläuterungen am Fernsprecher erreichbar sein; für die Aufträge stünde der gut ausgerostete, erstklassige Stahl von Terneis zur Verfügung, den sie zweifellos zu einem Schleuderpreis bekommen könnten, weshalb Niesten sehr günstige Preise in Aussicht stellen konnte, aber die tatsächliche Kalkulation werde erst in einem viel späteren Stadium besprochen und von Bepol berechnet, wie auch die anschließende Offerte und der endgültige Vertrag.

»Eines Tages wirst du auch das von mir übernehmen«, sagte er, »das bringe ich dir schon noch alles bei, aber eines sage ich dir schon jetzt: Arbeite nie unter Preis, auch wenn die Referenz eines neuen Auftraggebers langfristig manchmal wichtiger sein kann als das, was du tatsächlich am Bau verdienst! In die Zukunft blicken, Niesten, das ist schließlich unternehmerisch handeln, denn überleg mal: Wenn es dir gelingt, bei einem renommierten Reeder Interesse für eine bestimmte Art Schiff zu wecken – warum sollten es übrigens immer Frachtschiffe sein? Warum nicht auch Lotsenboote, Patrouillenfahrzeuge! –, und ich kalkuliere die Arbeiten so scharf, dass wir den Auftrag auch wirklich bekommen, was wäre das für eine Visitenkarte für spätere Aufträge!«

Zum ersten Mal waren sie zusammen im Büro; zum ersten Mal sprachen sie zusammen darüber, wie man Geschäfte macht; zum ersten Mal konnte Bepol alle Papiere vorführen, die dafür noch benötigt wurden: Er ging um den Schreibtisch herum zu der Seite, wo sein Stuhl stand, zog die Schubladen auf und holte eine Handvoll alte Verträge, Duplikate von Messbriefen und Kostenvoranschlägen heraus – die schon so lange nicht mehr gesehenen juristischen Schriftsätze leuchteten wie Blüten in der Böschung, und auch als er kurz einen melancholischen Blick hinauswarf, wehten sie ihm noch wie verflogene Düfte ins Gesicht: *per dato, hier vertreten wie vorerwähnt, per Akte weitergereicht, wie näher bestimmt …*

»Du siehst, dazu gehört eine ganze Menge Juristerei«, richtete er sich wieder vertraulich an Niesten, »jede Urkunde, die ich derzeit unterzeichne oder vorlege, lasse ich erst vom

Notar überprüfen … es bleibt einem nichts anderes übrig, denke nur an Terneis: ein einziges vorfinanziertes Schiff, das unter dem Vorwand, es sei zu spät geliefert worden, nicht abgenommen wird – ein Fiasko, zu dem es bei einem soliden Vertrag nie gekommen wäre … und dann schweige ich noch über all die unverkauften, auf Risiko gebauten Schiffe in 't Hoogezand, Pattje hat wieder eines auf Stapel gelegt – nein, dann haben wir uns doch bisher in der Krise nicht ganz so schlecht geschlagen, nicht wahr? Also sage ich: Steig nie irgendwo ein, ohne vorher einen wasserdichten Vertrag abzuschließen, das ist so wichtig, eigentlich kann man das nicht mehr den Juristen überlassen … Ha, ha!«

Um den anderen nicht in Verlegenheit zu bringen, fegte er die Papiere wieder zusammen und legte sie in die Schublade zurück; Niesten schien allein schon der Anblick die Sprache zu verschlagen, Schreibarbeit lag ihm sicher nicht, außer vielleicht, wenn es noch in Keilschrift ginge, wenn er im selben lapidaren Stil meißeln dürfte, in dem er auch sprach und vermutlich auch dachte.

»Aber über diese Seite der Angelegenheit mach dir erst einmal keine Sorgen – das werde ich vorläufig auch weiter wahrnehmen, und unsere Rollen sind klar verteilt!«, sagte er so aufgeräumt wie möglich, doch mit einem Mal spürte er, wie sich seine Kehle zuschnürte; das Gespräch war schon etwas Neues gewesen, und jetzt würden sie auch zum ersten Mal wirklich zusammenarbeiten.

»Du hast schon gepackt?«, fragte er schluckend.

Niesten nickte.

»Du bist bereit?«

Wieder ein Nicken.

»Gut, dann ist das hier für dich …«

Niesten nahm die Schachtel mit den Broschüren.

»… und ich wünsche dir viel Erfolg … Nur zu, geh schon, ich bleibe hier, sodass du dich noch in aller Ruhe von Ilse verabschieden kannst …«

Niesten streckte die freie Hand aus; Bepol drückte sie über den Schreibtisch hinweg und öffnete dann die Tür.

»Ich warte am Telefon!«, rief er Niesten nach, als dieser mit der Schachtel unter dem Arm zum neuen Haus hinüberging. Das Motorrad stand aufgebockt vor der Tür.

Hinter dem Spalierfenster sah ihn Bepol kurz darauf wieder herauskommen; die Seemannskiste wurde auf den Sozius geschnallt, der Motor angelassen – ganz ruhig, in einem großen Bogen, fuhr Niesten vom Gelände, hob die Hand zuerst zu Ilse in der eigenen Tür, danach zu Agaat, die in der anderen Haustür aufgetaucht war. Längstens zwei Wochen würde er wegbleiben.

Eine halbe Stunde hielt es Bepol noch im Büro. Beide Haustüren waren wieder geschlossen, gewissermaßen eine doppelte Einladung, aber um nachzusehen, ob Ilse schon über den Abschied weg war, und sie vielleicht ein bisschen aufzumuntern, beschloss er, es einmal bei der neuen Haustür zu versuchen.

Von außen war Ilse durchs Wohnzimmerfenster nicht zu sehen. Bepol ging die paar Schritte zur Tür zurück, öffnete und trat in die Diele. Als er die Tür hinter sich zuzog, fühlte er sich noch mehr drinnen als beim Hineingehen.

Er trat ins Wohnzimmer. Womöglich war Ilse oben, denn er sah sie noch immer nicht. Die große Kardendistel stand getrocknet in einer Vase auf dem Tisch. Er ging langsam um sie herum, zurück Richtung Gang und Treppe, und erstarrte, als er hinter sich leises Lachen hörte. Es kam aus dem Eckzimmer nebenan, aus Niestens Büro, und so kurz das Lachen auch war, er erkannte Ilses Stimme durch die geschlossene Tür – sie telefonierte gerade, aber mit wem? Niesten konnte es nicht sein, der stand jetzt schon auf der Fähre von Delfzijl nach Emden am anderen Ufer …

Erst als Ilse erneut lachte, brach Bepol aus seiner Erstarrung. Mit einem Ruck drehte er sich der Bürotür zu, merkte, dass die stachelige Karde an seinem Ärmel hängen blieb, und es gelang ihm in letzter Sekunde, die Vase zu fassen, bevor sie umfiel. Keuchend sah Bepol die dürren Blätter vor sich auf Tischtuch und Teppich schweben, während sein Gesicht zu glühen begann und er mit dem Ellbogen an der Tischkante hing; er brachte die Vase wieder ins Gleichgewicht, ging in die Hocke, um die Blätter vom Boden aufzulesen, und erstarrte abermals.

Unter dem Teeschrank stand, nur von diesem tiefen Blickwinkel aus sichtbar, die rote Schachtel aus der Druckerei. Hatte Niesten sie etwa geleert und die Faltkarten zur Sicherheit in wasserdichtes Segeltuch eingeschlagen? Während Ilse jetzt hinter der Tür in aller Ruhe etwas zu erzählen begann, zog Bepol die Schachtel unter den Schrankfüßen hervor ins Licht; während sein Gesicht noch viel mehr glühte, öffnete er den blauen Deckel; noch nicht begreifend, starrte er auf die Vorderseite der Karte – und während ihm allmählich die bestürzende Erkenntnis dämmerte, nahm er einige Karten von oben weg, dann einen ganzen Satz und noch einen Satz, aber es half nichts: Die Vorderseite mit den Girlanden und der Vignette wollte nicht aufhören, ihn anzugrinsen, der Stapel war von oben bis unten durchgesehen, Niesten hatte die komplette Auflage mit Schachtel und Inhalt einfach dagelassen …

Es war, als sei er unter dem enormen Gewicht der Scham ein Stück im Boden versunken und könne sich kaum noch aufrichten. Vorgebeugt versuchte er, die Schachtel aufzuheben, aber auch sie war so schwer geworden, dass er sie kaum heben konnte. Endlich stand er aufrecht, noch taumelnd von dem Schlag ins Gesicht, und während sein Herz nun wie ein toll gewordener Klöppel in ihm raste, schwankte er wie eine läutende Glocke, von der einen Seite zur anderen schwingend, aus dem Zimmer zur Haustür.

»Pa?«

Sein Gepolter musste doch bis ins Büro gedrungen sein; beunruhigt fragend eilte ihm Ilses Stimme nach, doch er hörte es bereits nicht mehr; mit dem Ellbogen hatte er sich hinausgearbeitet, und ohne einen Blick beiseite bahnte er sich durch den zähen Schlamm, auf den schon so lange keine Schlacke mehr gestreut worden war, einen Weg bis dorthin, wo Niesten verschwunden war, die verschmähte Last an die Brust gepresst, als wolle er sie ihm noch nachreichen.

Als er ein wenig später wieder das Anwesen betrat und sich unwirklich langsam auf sein Büro zubewegte, presste er die Schachtel noch genauso, aber zugleich völlig anders an sich: Sein Kopf lag nun nicht mehr im Nacken, um nach dem Ziel auszuspähen, er ließ ihn hängen und schmiegte die Wange an den Deckel; er trug die Schachtel nicht mehr, um sie wegzugeben, sondern um sie bei sich zu behalten als das Liebste, was er noch besaß.

Am nächsten Tag schon hatte er sich so weit gefangen, dass er einspannen ließ und zügig nach Delfzijl fuhr. Von seiner alten Gemütlichkeit war nichts mehr übrig, im Gegenteil, er strömte über vor zur Tollkühnheit treibenden Erbitterung und einem unaufhaltsamen Vorwärtsdrang, und vielleicht war das der Grund, weshalb er schon am selben Abend auf eine vollbrachte Mission zurückblicken konnte.

Terneis hatte den Bau der Baggerschuten einstellen müssen, weil der Ertrag hinter den Lohnkosten für die Leute zurückblieb, die er dafür einstellen musste; bei Bepol lag es anders: Die Leute standen schon auf seiner Lohnliste, viel zu viele für die paar Reparaturen, und wenn er diese Überzähligen jetzt für eine Baggerschute einsetzen könnte, würde sich der wöchentliche Verlust auf jeden Fall verringern.

Unangemeldet betrat er das Büro am Außenhafen. Es wurde ein kurzer Besuch. Die Baggerfirma hatte derzeit ausreichend Material zum Ausbaggern von Hafenbecken und Fahrrinne, doch in Anbetracht von Bepols Not wollte man doch einen Lastkahn bei ihm bestellen; danach suchte er Terneis auf, wo er tatsächlich für einen geringen Betrag den benötigten Stahl aus dessen Riesenvorrat übernehmen konnte. Bereits am nächsten Tag kam der Bauvertrag, am Tag darauf kam auch der Stahl, auf einer Deckschute, die von einem kleinen Dampfschlepper von Frater Smid gezogen wurde.

Und so war Bepols erste aktive Akquisition zum Abschluss gelangt: Endlich gab es wieder Arbeit auf der Werft, neue Arbeit, Eisenarbeit; zum ersten Mal seit zwei Jahren wurde wieder genietet, stieg wieder Rauch aus den Essen und hing die vertraute Lärmwolke von Eisen auf Eisen wieder über dem Gelände, die sich wie eh und je in unregelmäßigen, prasselnden Schauern ausregnete – aber trotzdem war es anders, der eine Akzent fehlte, Niestens Schlag, der härter aufkam als die anderen und deshalb immer näher wirkte.

Verraten und verkauft?, fragte sich Bepol, während das Geräusch im Büro genauso laut tönte wie draußen, wo Niesten wohl sein mochte und wie lange seine Spritztour wohl diesmal dauerte.

Am Donnerstagnachmittag, dem 12. November, wollte Niesten gegen drei nach Hause kommen; er hatte Ilse angerufen; Bepol hörte es von Agaat.

Seit einer halben Stunde wartete er in seinem Büro, als exakt zum genannten Zeitpunkt das Donnern des Motorrads ertönte. Durch das Sprossenfenster sah er Niesten langsam aufs Gelände rollen. Als er vor dem neuen Haus hielt, stand Ilse bereits in der Tür. Sie holten gemeinsam die Seemannskiste vom Sozius und verschwanden im Haus.

Händeringend und sich nach Rechenschaft, Entschuldigungen und Genugtuung verzehrend, zählte Bepol die Minuten. Die Schachtel mit den Faltkarten stand auf dem Schreibtisch, der Vertrag der Baggergesellschaft lag daneben; draußen wurde das Hämmern wieder aufgenommen, das bei Niestens Ankunft kurz ausgesetzt hatte. Eine alte Karake stand zur Instandsetzung auf der Reparaturhelling; daneben wurden die ersten Spanten für die Baggerschute gesetzt.

Nach einer Viertelstunde kam Niesten aus dem Haus. Mit einem aufgerollten Papier unter dem Arm sah ihn Bepol geradewegs auf sein Büro zusteuern. Obwohl er ihn hier seit einer Dreiviertelstunde erwartete und alles bereitgelegt hatte, hielt es ihn auf einmal nicht mehr im Haus: Er riss die Tür auf, trat äußerst beherrscht über die Schwelle und ging Niesten schweren Schrittes entgegen. Etwa auf halbem Wege zwischen den beiden Türen blieben sie einen Meter voneinander entfernt stehen. Zwischen ihnen lag eine unsichtbare Grenze, die es davor nicht gegeben hatte. Die Geräusche der nahen Helling waren wie weggeblasen.

»Na, wie war die Reise?«, fragte Bepol so gehässig wie möglich. Um überheblich zu demonstrieren, dass ihn die Antwort nicht interessierte, sah er sich grienend um. Links schimmerte Ilse als weißer Fleck hinter dem Wohnzimmerfenster, rechts standen die reglosen Männer, einige noch mit dem Hammer in der Hand, von hinten schaute Agaat vom Küchenfenster des alten Hauses aus zu. Beim Zurückdrehen holte Bepol tief

Luft für die zweite Frage, aber da beantwortete Niesten, in der Stille sehr laut, doch noch die erste:

»Ja.«

»So … und auch was akquiriert?«, fuhr Bepol nach kurzem Zögern spöttelnd fort. Er wollte seine eigene Akquisition auf der Neubauhelling anbringen, streckte schon den Arm aus, wurde jedoch abermals unvermutet von einer Antwort unterbrochen:

»Ja.«

»Sieh an … und dürfen wir auch wissen, was es ist?«

Niesten hielt ihm die Rolle hin. »Ein Hochseeschlepper.«

»Ein Hochseeschlepper«, wiederholte Bepol knapp und dadurch, für sein Gefühl, umso spöttischer. Mit hängenden Mundwinkeln, als könne er sich kaum noch ein Lachen verkneifen, und ohne einen Schritt vorzutreten, nahm er die Rolle an. »Und für wen dürfen wir diesen Schlepper bauen?«

»Für die Bergungsgesellschaft Schumann in Bremerhaven.«

»In Bremerhaven … richtig, du warst also wieder bei deinen Freunden, genau wie damals um Weihnachten, als die anderen dann dein neues Haus weiterbauen mussten, und diesmal war es: ›Lass Bepol mal selbst einen Auftrag akquirieren, ich werde ihm das Reklamematerial da lassen … auf meinem Ausflug brauche ich es doch nicht!‹«

Niesten ließ den Hohn ohne Verteidigung über sich ergehen. Um das Gift seiner Worte gut einwirken zu lassen, auch auf das Gemüt der Männer, die jedes Wort mithören konnten, nahm sich Bepol jetzt gelassen die Zeit, das Papier aufzurollen. Es war, als würde er eine Deklaration verlesen, aber auf dem dicken Velin stand kein Text, sondern eine Zeichnung, die kolorierte Darstellung eines gewaltigen Schleppers auf hoher See. Er musste kurz schlucken, ließ dann das Papier wieder einschnurren und gab es Niesten zurück.

»Schön als Schlafzimmerschmuck«, sagte er, nun unverhohlen schmunzelnd, »– eine Bauzeichnung sieht anders aus.«

»Es ist die Impression eines Künstlers.«

»Ach, Künstler gibt es dort auch!«

»Die Bauzeichnung wird geschickt, sobald sie fertig ist.«

»Der Vertrag bestimmt auch?«

Niesten musste ausgezeichneter Stimmung sein; nicht im Geringsten von gleich welchem Spott berührt, erklärte er ganz ruhig, warum ein Vertrag jetzt noch nicht nötig war, und wie es weiterginge: Schumann würde den Stahl liefern, Schiffbau Bepol konnte ohne weitere Kosten als die Lohnkosten bauen, bei der Übergabe würde dann der Gesamtpreis plus fünfzig Prozent gezahlt, als Preis für das Schiff.

Das waren für Bepol nie gehörte Bedingungen, aber sie drangen kaum in sein Bewusstsein, weil seine Seele noch an weiteren Stellen zu brennen begann.

»Den Stahl von Terneis hast du also gar nicht erwähnt?«, stieß er mit brechender Stimme hervor. »Und eine Kalkulation ist auch nicht mehr nötig? Wunderbar, dann können wir anfangen, sobald das Material da ist – es gibt nur ein kleines Problem: Wie du siehst, habe auch ich inzwischen tatsächlich einen eigenen Auftrag akquiriert, also die Neubauhelling ist schon besetzt …!«

»Ich kann auch auf der Reparaturhelling arbeiten.« Völlig entspannt winkte Niesten ein paarmal mit der Rolle in seiner Hand, als wäre das Problem schon gelöst. Wie immer warf seine Mütze einen Schattenstreifen über die funkelnden Feueraugen, darunter traten Nase und Kinn kantig hervor. Er kaute auf irgendetwas.

»Die Reparaturhelling …«, wiederholte Bepol, erstaunt und drohend zugleich, während er ein paar Schritte schräg vorging und eine Vierteldrehung machte, wieder voll zu Niesten; nun stand er genau zwischen ihm und der Reparaturhelling und breitete, als erwarte er einen Angriff, schützend die Arme aus und ging so weit zurück, dass er die Männer in seinem Rücken spürte. »Niesten, versuch zu begreifen, dass das hier ein Unternehmen ist: Dachtest du etwa, dass du den einzigen Teil der Werft, der in den letzten zwei Jahren noch etwas eingebracht hat, während zuerst dein Haus gebaut wurde und ich danach, aus Achtung vor deiner Hochzeit, keinen entlassen habe – dass ich ausgerechnet diesen Teil der Werft hergebe, um dir Platz zu machen?«

Wie kurz her schien es ihm jetzt, dass sie wie Freunde Seite an Seite auf der Festina gesessen und geredet hatten, und nun standen sie sich im Kampf um die Helling wie Feinde gegenüber – der Gedanke schmerzte Bepol, aber er konnte nicht aufhören, alle beobachteten ihn, die Frauen links und rechts, die reglosen Männer hinter ihm; bleich leuchteten ihre Gesichter vor dem hohen, dunklen Bug des wehrlosen Kastens auf dem Trockenen; das Werg hing in Strähnen aus den Nähten, die sie gerade dichteten – nach einem kurzen Blick hinter sich sah Bepol wieder vor sich, auf Niesten, der jetzt erneut die Stimme erhob:

»Aber was ist das denn genau, was da gebaut wird? Ein Frachter wird es doch nicht sein, und wenn es nicht zu groß ist, könnte es vielleicht ein bisschen Platz machen.«

Bepol begann zu glühen wie kurz vor einem Fieberanfall.

»Es ist eine Baggerschute ... nein, kein Hochseeschlepper, aber sie ist aus Stahl und nicht aus Papier, und der Vertrag ist unterschrieben – du weißt, was ich von Bauen ohne Vertrag halte. Und dann soll ich dir Platz machen?«

Das Unverwundbare schwand von Niestens Gesicht; er stellte das Kauen ein; damals hatte er sich gleich beim ersten

Anzeichen von Ablehnung mit der Gleichstellungsurkunde zurückgezogen, doch diesmal blieb er stehen – der Anblick erregte Bepol, beschenkte ihn mit neuer, ungezügelter Kraft: Der Mann, der nicht bitten konnte, hatte ihn um etwas gebeten, und allein durch sein regloses Stehenbleiben sah es so aus, als ob er die Bitte wiederhole.

»Nein, Niesten, daraus wird nichts«, schloss er schließlich, laut genug, um auch von den Männern hinter sich verstanden zu werden, »ich habe einen Vertrag, und für dich gehe ich keinen Schritt beiseite.«

9
Anbau

Aber dann kam der Stahl doch. Und Niesten begann zu bauen, einfach auf der Koppel hinter dem neuen Haus, wie früher, als eine Werft nicht mehr war als ein Gelände am Wasser, auf das ein paar Balken gelegt wurden – doch das war in der Holzzeit gewesen, heute ging es um einen Hochseeschlepper, nach der Selsey Bill der zweite, der je durch das Damsterdiep fahren würde.

Anfangs schien sich mit dem Eintreffen des Materials noch nicht besonders viel zu ändern. Es wurde auf drei Deckschuten von einem deutschen Schleppdampfer gebracht, danach ging alles so von selbst, dass Bepol den Kunstgriff noch nicht begriff: Er brauchte nicht zu bezahlen, nicht einmal den Empfang zu quittieren, und weil das Pferd sowieso schon für den Winter im Werftschuppen untergebracht worden war, konnten die Platten gleich auf die Weide – was war also schon groß passiert?

Die Lieferung war am 20. November erfolgt, acht Tage nach Niestens Rückkehr; die Bauzeichnung kam zwei Tage später, per Einschreiben. Aus Macht der Gewohnheit hatte man sie Bepol zugestellt, aber weil man die Empfangsbestätigung des Adressaten brauchte, musste er damit wohl oder übel ins neue Haus. Nach der Abfertigung an der offenen Tür und nachdem der Bote sein Dienstrad gewendet hatte, konnte sich Bepol nicht zurückhalten, hinter Niesten her mit ins Haus zu gehen.

Eigentlich müsste die Zeichnung im Büro studiert werden, fand er, aber Niesten stellte die Vase mit der Kardendistel auf das Teeschränkchen, schnitt das Paket auf und breitete den obersten Bogen auf dem Esstisch aus. Er war so groß wie eine aufgeschlagene Zeitung, keine Teil- oder Detailzeichnung, sondern die Ansicht der Steuerbordseite von Bug bis Heck, eine Gesamtansicht, die wie eine Faust aus dem Spiel der Linien hochschnellte – Bepol sah es nicht kommen, er spürte erst den Schlag. Neben Niesten beugte er sich dann langsam vor.

Achtern gestreckt und niedrig, vorn der hohe Bug, der kühne Aufbau mittschiffs – ja, alle charakteristischen Merkmale eines Schleppers waren vorhanden, aber eben bis ins Gigantische gesteigert und radikal auf diese eine Funktion zugespitzt, die für die Bergepraxis entscheidend war: Der Vordersteven hatte eine tiefe V-Form, um die Wellen mit einem minimalen Widerstand zu durchschneiden; der Achtersteven war so scharf geschnitten, dass das Schiff das Wasser leicht loslassen konnte und keine Heckwelle hinter sich herzuschleppen brauchte wie Frachtschiffe mit einem voll ausgebildeten, saugenden Heck; dieser feine Sprung, diese durchgängig gewölbte Linie des hohen Bugs bis hin zum wieder ein wenig ansteigenden Achterdeck, ohne gerades Mittelstück wie so oft, bei Frachtschiffen – an der ganzen großartigen Stromlinienform war zu sehen, dass das Schiff allein auf Geschwindigkeit hin entworfen war und nichts weiter zu tragen brauchte als sein Eigengewicht; es musste auch keine Ladung bewegen, nur sich selbst, und mit dieser einzigen Betonung der Fahreigenschaften war es kein Schiff mehr, sondern ein Boot, wie das auch für Patrouillenfahrzeuge und Lotsenboote galt, ganz und gar weiblich in all diesen Rundungen, nur der hohe Aufbau war in strengen, geraden

Linien gezeichnet, die Fenster der Brücke nach vorn gekippt wie eine Uniformmütze über dem Schirm – diese Mischung aus männlich und weiblich machte das Boot noch schöner, noch kraftvoller: Es war eine Jacht.

In der Küche wurde mit Töpfen geklappert, draußen dröhnte das unwirkliche Gehämmer an der Baggerschute, doch diese Geräusche traten völlig in den Hintergrund, als Niesten auf einmal zu sprechen begann, monoton, als führe er Selbstgespräche, vielleicht weil er schon so schwerhörig war, dass er die eigene Stimme nicht wahrnahm; während er ab und zu mit dem Finger auf etwas in der Skizze zeigte, nannte er Eigenheit für Eigenheit, und allmählich machte es den Eindruck, als kündige er in einer Revue einen Künstler mit der Aufzählung all seiner Eigenschaften und Verdienste an:

– Das Schiff sollte Seewolf getauft werden, und nach der Seehund, der Seelöwe, der Seemöwe und der Seeteufel das fünfte Bergungsschiff in Schumanns Flotte sein.

»Alle großen Reedereien arbeiten mit Namenreihen«, konnte Bepol mit Müh und Not einwerfen, noch betäubt vom Bild vor seinen Augen. »Denk nur an die Meere von Smit & Co, an Wijsmullers Flüsse und an die griechischen Helden von Bugsier!«

– Ins nächste Frühjahr, Ende März 1923, fiel Schumanns dreijähriges Jubiläum als Bergungsreederei; die nagelneue Seewolf sollte dem Ehrentag extra Glanz verleihen und anschließend in Dienst genommen …

»Ja, ja, und dann auf SOS warten!«

… in Cuxhaven stationiert werden, auf halbem Weg zwischen Bremerhaven und Hamburg.

»Sag mal lieber: auf halbem Weg zu Bugsier!«, rief Bepol, der sich an den Tischrand klammerte, »denn wenn man sieht, was der jetzt wieder aufs Wasser gebracht hat, den

Doppelschrauben-Motorschlepper Hermes, dann bleibt er doch der Allergrößte!«

– Die Seewolf ist Schumanns direkte Antwort auf die Hermes und wird deshalb auch mit zwei später einzubauenden Motoren mit einer Gesamtleistung von 1600 PS versehen werden; damit wird die Seewolf, nach der Hermes, der zweite Bergungsschlepper der Welt mit Dieselantrieb sein, denn selbst wenn man in Rotterdam in puncto Leistung und Aktionsradius vielleicht noch die Nase vorn hatte, in Bezug auf die Technik war das sicher nicht mehr der Fall – die kolossalen Schiffe von Smit und der Internationale fuhren eins wie das andere noch unter Dampf, als gäbe es den neuen Diesel mit all seinen Vorteilen noch gar nicht.

»Das sind diese konservativen Kräfte, gegen die ich mein Lebtag gekämpft habe!«

– Die Vermessung der Seewolf erbrachte 151 Tonnen bei einer Gesamtlänge von 22 Metern.

»Zweifellos stattliche Maße für einen Schlepper, aber unsere letzten Frachtschiffe waren größer!«

Als Niesten nichts mehr sagte, schwieg Bepol auch. Reglos stand er am Tisch und starrte nach unten, noch befangen, in stiller Ehrfurcht vor der Zeichnung und der Zukunft, in der sie vollendet sein würde. Nie waren hier andere Schiffe von der Helling abgelaufen als Frachtschiffe, für die Werft bedeutete die Seewolf ein völlig neues Bauformat – genau das, wonach er Niesten besonders hatte suchen lassen. Schluckend schüttelte er den Kopf; sein Gemeinsinn, sein soziales Empfinden war immer stärker gewesen als sein Ehrgeiz als Schiffbauer, und um sich dann jetzt an diesen Riesenauftrag zu wagen …

Niesten schien seinen Abschiedsgruß nicht zu hören; Ilse war noch immer hinter der Küchentür mit den Töpfen zugange; als ob er gar nicht drinnen gewesen wäre, so kam er nun heraus, und doch war er ein völlig anderer Mann gewesen: Berend Bepol, Schiffbauer.

Schon am nächsten Morgen ließ Niesten die Appingedamer Männer aus den Steinverschlägen holen, und es wurden zwei Kolonnen gebildet; während auf dem Mittelgelände das Aufreißen, Zuschneiden, Nieten und Ziehen der ersten Platten begann, wurde am Ufer der Pferdekoppel in aller Eile eine provisorische Helling angelegt, eine Längshelling – die Seewolf sollte einen Längsstapellauf bekommen und mit dem Heck zuerst in ihr Element gezogen werden; wegen der tiefen V-Form ihres Bugs konnte sie nicht quer ablaufen, die Gefahr des Kippens war zu groß, andere Schiffe blieben manchmal schon mit der Hacke hängen.

Ein Nebenschuppen wurde abgerissen, um mit den Brettern einen Unterboden zu bauen; alte Platten brachten eine weitere Verstärkung unter den Klötzen, auf denen der Gleitbalken befestigt wurde, die erste Pallung für den Kiel. Der sollte nicht rechtwinklig, sondern schräg, sogar in spitzem Winkel aufgelegt werden, weil der Kanal für die Seewolf sonst doch zu schmal wäre, zum Wenden auf jeden Fall – wenn sie nicht mit dem Bug in Richtung Delfzijl aufgelegt würde, müsste sie rücklings durch das Diep geschleppt werden, wie seinerzeit die Selsey Bill.

Anfang Dezember war die Kielplatte mit Setzhammer, Vorschlaghammer und Wandschrauben in die richtige Form gezwungen; nach der Anbringung auf der Unterbahn verlagerte sich der Schwerpunkt der Arbeiten immer mehr zur dritten Helling, wo jetzt die ersten Spanten gesetzt wurden und sich die Anatomie der Seewolf abzuzeichnen begann – mit einem Hohlkreuz lag sie auf dem Bauch, und Rippe für Rippe entsprang ihrem Brustbein.

Das neue Haus verstellte Bepol den Blick aus seinem Schlafzimmer auf die Arbeiten, deshalb sah man ihn wieder regelmäßig in seinem Büro, wo er aus nächster Nähe, vom Seitenfenster aus, freie Sicht hatte. Gelegentlich empfand er noch Groll, weil Niesten eigenmächtig die Appingedamer hatte kommen lassen, aber die Notwendigkeit des Einsatzes aller Arbeitskräfte stand außer Frage; die übliche Bauzeit für ein Frachtschiff belief sich auf zwei bis drei Monate, doch hier galten die strengsten Vorschriften der Germanischen Lloyd, und die künftigen Bergungsarbeiten inmitten von Untiefen erforderten auch eine verstärkte Konstruktion, damit die Seewolf den harten Stößen des Untergrunds bei einem eventuellen Auflaufen im Sturm gewachsen wäre; selbst mit bloßem Auge war zu sehen, dass die Spanten ungewohnt dicht beieinanderstanden, dass mit einem kleineren Lochabstand genietet wurde, dass es langsamer voranging als sonst – aber bis Ende März hatten sie auch gut einen Monat länger Zeit; diese Verlängerung sollte bei voller Besetzung reichen. Ein Blick in die Bücher lehrte übrigens, dass es auch nicht länger dauern durfte: Es ließ sich leicht ausrechnen, die Reserven reichten gerade noch, um das Personal bis dahin zu bezahlen, danach hing alles von Schumann ab …

Nur ein fauler Vertrag, nur ein nicht abgenommenes Schiff, Bepol dachte unwillkürlich an Terneis' Niedergang, und als er die Bücher wieder zuklappte, war ihm zum ersten Mal voll bewusst, dass es nicht einmal einen Vertrag gab.

Aber die Freude über die Arbeit überwog alles. Wenn es Bepol im Büro nicht mehr hielt, umkreiste er gern die Helling, wie früher das neue Haus. Der Lärm drosch wie Hagel auf die Arbeit – wie viel Zeit war inzwischen vergangen, seit er diesen ungeordneten Trommelwirbel der voll ausgelasteten Werft zum letzten Mal gehört hatte? Es ging durch Mark und

Bein, aber Bepol tat es gut, es war der Klang des früheren Erfolgs und ließ auch seine alte Lust am Vergleichen wieder in ihm erwachen: Wenn das Hämmern eine sichtbare Form hätte, dann die einer ausschwärmenden Starenwolke.

Zum Aufrichten der Spanten hatte man den fahrbaren Werftbock zur dritten Helling geschleppt. Mit innigem Vergnügen blickte Bepol auf das unermüdliche Schwenken des Auslegers, manchmal etwas entfernt von der öffentlichen Bank, bei Regen auch vom Werftschuppen aus, auf dem Rückkasten der Kutsche sitzend, in der Wärme des Pferdes – doch am liebsten verfolgte er den Fortschritt aus der Nähe, und zwar unbemerkt, ohne einzugreifen, verborgen hinter dem letzten verbliebenen Weidengehölz, wo die Hammerschläge auf ihn niederprasselten, und wenn er dann noch eine Prise aus den überall rauchenden Essen in die Nase bekam, verdichtete sich sein Glück zu tiefer Dankbarkeit: Terneis gab seinen Männern Genever, er gab ihnen Arbeit; in 't Hoogezand verhinderten nur noch die Reparaturen die endgültige Schließung der ruhenden Werften, am Damsterdiep florierte Schiffbau Bepol wie nie zuvor, mit einer deutschen Reederei als Auftraggeber und einem Schiffstypen auf Stapel, bei dem seine in der Regel beschränkte Baumöglichkeit keinerlei Rolle mehr spielte …

Es war ein Genuss, einmal ein zu eng sitzendes Hemd zu spüren, wenn es sonst immer zu groß war; Bepol fühlte sich beim Anblick des Schiffes, das sogar noch ein bisschen kleiner bleiben wollte, als er bauen konnte, auch selbst größer, und wenn er lange genug so durch die Zweige gespäht hatte, trat er bisweilen auch zu einem Schwätzchen aus dem Gebüsch heraus, kletterte dann auf die dritte Helling und kam plötzlich in eine andere Welt, eine Welt, wo unter Niestens Kommando, der noch mehr Druck auf die Arbeiter ausübte als früher, fieberhaft gearbeitet wurde, eine Autorität, die Bepol mit seiner Gemütlichkeit nie besessen hatte; machte Niesten ein Kompliment, dann führte das zu noch mehr Eifer, machte Bepol eines, dann begann der andere eine Zigarette zu drehen – aber nicht einmal dafür schien noch Zeit zu sein: Wenn die Arbeit eine Flagge war, dann flatterte sie nicht mehr locker, sondern stand straff im Atem von Niestens Getriebenheit.

Je weiter die Spantenarbeit voranging, desto mehr Unterfütterungen wurden angebracht, um das stets schwerere, stets höhere Gerippe im Gleichgewicht zu halten: Alles, was tragen konnte, Holzklötze, Tonnen, Balken, wurde mit Keilen unter die Eisenplatten geschlagen, und jede Stütze stand wieder auf Bohlen oder einer Bodenplatte, um das Einsinken zu verhindern. Die alte Festina, die bereits ihren Mast verloren hatte, verlor jetzt auch ihre Schwerter; unerkennbar, durch den Schlamm schon fast unsichtbar, dienten auch sie den Stützbalken als Unterlage. Täglich kamen neue Spanten dazu; die Seewolf öffnete sich wie eine Hand mit hundert Fingern, die riesige Hand eines riesigen Skeletts. Wenn Bepol jetzt aus seinem Schlafzimmerfenster schaute, sah er die hohen, gebogenen Bugbalken über das Dach des neuen Hauses hinausragen, die Fühler eines riesigen Insekts, das nach dem Himmel tastet.

Nach drei Wochen harter Arbeit, ab Mitte Dezember, begann das Beplanken. Aus der Nähe sah Bepol, wie die Spanten zuerst in der Höhe, an den Enden, miteinander verbunden wurden. Diese Arbeit an der Oberbande war am schwersten – während sich die Rauchschwaden über den Boden schlängelten, ging Niesten voran, hoch auf dem Baugerüst, entfesselt, weil er sich endlich beweisen konnte, unnahbarer denn je: Er arbeitete nicht mit Kraft allein, er arbeitete mit Willenskraft; er schlug das Eisen nicht in Form, er trieb es hinein, sodass es unter seinen Händen lebte – ja, nicht nur die Werft war wieder lebendig geworden, sondern auch das Eisen, das jetzt vor Leben glühte, um sich zu biegen, zu fügen und frohgemut Schiff zu werden, nicht mehr grollend vor sich hin rostend, weil es unbenutzt blieb oder für mindere Zwecke dienen musste, für Bodenplatten, Lastkähne oder Baggerschuten.

Inzwischen war die Schute auf der Neubauhelling nahezu fertig. Bepol konnte es kaum erwarten, bis er die Handvoll Männer, die daran mitarbeiteten, Niestens Kolonne zuschlagen durfte. Auch die Wartungsarbeiten wollte er aufgeben. Unglaublich, was in der Rezession noch alles zum Vorschein kam, unter alldem würde die alte Festina nicht auffallen, gerade stand wieder ein verwahrloster Kahn auf der Reparaturhelling. Mit einem Schaber kratzte der Handlanger die Muscheln und anderen Bewuchs vom Unterwasserschiff – neben der Seewolf war es ein Geräusch aus der Frühgeschichte, ein befremdendes Echo; als der Kahn fertig war, bekam Niesten auch den Reparaturtrupp.

Ein Hebekran nach dem anderen schob sich an dem kleinen Seitenfenster der Kutsche vorbei. Reglos und leblos ragten sie in den Himmel, nirgendwo wurde noch gebaut, nur bei Pattje, an dem Viermastschoner auf eigene Rechnung. Die Werften lagen verfallen da, die unverkauften Schiffe machten einen trostlosen Eindruck.

Vor dem Eingang vom Hotel Martenshoek stieg Bepol aus. Auch drinnen war die Stimmung gedrückt. Es war drei Tage vor Weihnachten, die letzte Versammlung der Schiffbauvereinigung ’t Hoogezand in diesem Jahr, üblicherweise ein festliches Beisammensein, auch mit den Ehefrauen, aber heute sah Bepol nur Männer, Schiffbauer in Schwarz, Kollegen ohne Arbeit. An einem Tischchen in der Ecke saßen Bodewes, Pattje und Van Diepen, grimmig trinkend, unablässig in den Zigarrenqualm unter der Lampe gestikulierend. Während Bepol fühlte, wie seine ausgezeichnete Stimmung noch besser wurde, schritt er auf sie zu.

Händeschütteln, ein beigerückter Stuhl, eine neue Bestellung; das Gespräch über die niedrigen Frachtraten setzte sich in mattem Ton fort. Aus nichts ging hervor, dass die drei schon von der Seewolf wussten – aber woher auch, wenn sie nie zum Diep kamen, von wem sollten sie es gehört haben? Um ihre Gefühle nicht zu verletzen, und auch, weil die Überraschung noch härter treffen würde, nachdem alle Neuigkeiten ausgetauscht wären, schwieg sich Bepol vorläufig aus.

Während es draußen dunkel wurde und drinnen die Schüsseln herumgingen, bog das Gespräch mangels Zukunft in die Vergangenheit ab, mangels inländischer Perspektive nach Deutschland: Van Diepen erzählte von seinen Pionierreisen an Elbe und Ems; Pattje erinnerte sich an einen reichen Kapitän, der nach der Pensionierung einen Schoner mit voller Takelage in seinen Garten hatte stellen lassen; Bodewes erwartete eine erste Erholung in der Rhein-Schifffahrt: Vollständig motorisierte Binnenschiffe für den Stromverkehr, das war der kommende Markt, die junge Generation sollte sich besser, statt ergeben abzuwarten, ein Beispiel an Van Diepen nehmen und jetzt schon dorthin reisen, nach Essen, nach Düsseldorf und Köln, sonst gab es doch nichts, nichts als die ewige Expansion der großen Schleppreedereien …

Bodewes' Vision verglühte ohne jede Reaktion – es war zu weit weg, das Heute war schon zu viel, doch dem gerade Gesagten konnten die anderen nur beipflichten: »Smit und die Internationale in Rotterdam«, ergänzte Pattje.

»Bugsier in Hamburg«, vollendete Van Diepen.

Mit verkniffenen Mündern nickten alle noch ein bisschen über ihren Schnapsgläsern, über das Thema schien alles gesagt, das Gespräch hatte sich festgelaufen – mit hämmerndem Herzen fühlte Bepol, dass jetzt seine Stunde gekommen war.

»Und Schumann in Bremerhaven?«, fragte er, beherzt und munter, in die Stille.

Bedächtig, alle drei zugleich, drehten ihm die Herren das Gesicht zu. Sie strahlten, ihre Augen flackerten, Bodewes begann zu feixen.

»Schumann in Bremerhaven …!«, wiederholte er mit starker Betonung, anerkennend wie zu einem Kind, vielleicht aufrichtig verwundert über den Beitrag, auf jeden Fall aber als Auftakt zu etwas, das in ihm angestoßen wurde, hochbrodelte, und jetzt auch herausmusste.

»Ja, wir sollten Schumann in Bremerhaven nicht vergessen!«, fuhr er fort. »Wer Schumann unterschätzt, macht einen kapitalen Fehler …«

Wohlig harrte Bepol des Augenblicks, an dem er seinen Trumpf aus dem Ärmel ziehen konnte; damit es an nichts fehlen sollte, ließ er seine Hand über den Gläsern kreisen und zündete eine neue Zigarre an – der Einstieg war bestens, Bodewes kannte Schumann nicht nur, er bekundete auch Respekt, und während der Genever nachgegossen wurde, zählte er mit lauter Stimme auf, was er von der Reederei wusste, für Bepol nichts Neues, aber zu seiner Freude hörten es jetzt auch die anderen, und sogar ohne dass er es selbst erzählen brauchte: dass Schumann binnen weniger Jahre eine Flotte von vier Bergeschleppern aufgebaut hatte; dass alle den Namen eines Meerestiers trugen; dass Cuxhaven eine der Stationen war. Neu für Bepol war allerdings, dass Schumann, laut der noch fortgesetzten Inventarbeschreibung, auch eine Flotte von zehn Hafenschleppern besaß sowie an die zwanzig Frachtschiffe.

»Eine sehr schnell wachsende Reederei, in den letzten Jahren allein auf den Bergungsmarkt ausgerichtet und auf die Dauer ein echter Konkurrent für Bugsier, womöglich noch mehr, als Bugsier es im Moment ahnt …«, schloss Bodewes mit einem geheimnisvollen Hochziehen der Brauen.

Als eine Art Toast wurden die Gläser schweigend gehoben; die trinkende Gesellschaft war ein einziger, gekrümmter Rücken; nach dem Schlürfen, Seufzen und Abstellen hing die aufgeworfene Frage noch immer im Rauch über dem Tisch.

»Ja, Bepol, und jetzt willst du bestimmt wissen, was ich damit meine«, begann Bodewes selbst mit der Beantwortung – verstummte aber gleich darauf, mit einem Mal unwillig, eine Antwort zu geben, außer er würde ausdrücklich darum gebeten.

Etwas hatte sich verändert; Bepol fühlte, wie ihm seine innere Überlegenheit abhandenkam und einer Unruhe Platz machte, auch wegen der unerwarteten Größe von Schumanns Reederei. Wie viel Widerwillen es ihn auch kostete, er konnte einfach nicht anders, als tatsächlich um Erläuterung zu bitten, und so herabgesetzt, auf einmal abhängig von dem, den er eben noch in einem selbst gewählten Moment zu überrumpeln gedacht hatte, sah er, wie Bodewes über den Tisch auf ihn zurückte. Auch die anderen lehnten sich zur Mitte, die Lippen zu einem Grinsen verzogen, offenbar bereits über das Kommende informiert und trotzdem brennend interessiert, es ein zweites Mal zu hören.

»Es handelt sich um ein hartnäckiges Gerücht«, erläuterte Bodewes endlich, »und ich hätte es dir auch nie erzählt, wenn du in dieser Welt zu Hause wärst, denn sonst ginge das Gerede weiter und bekäme ein Eigenleben …«

Bodewes warf einen raschen Blick um sich; Bepol spürte die Hitze, die von seinem Gesicht strahlte.

»Ach nein, Bepol hat damit doch nichts zu tun«, drängte Pattje.

»Darf ich denn mithören?«, witzelte Van Diepen.

Nachgiebig richtete sich Bodewes erneut vertraulich an Bepol: »Nun gut, aber nur, weil du doch nichts damit zu tun hast… Die Sache ist nämlich die, dass Schumann schon seit einem Jahr an der Börse heimlich Bugsier-Aktien aufkauft…!«

Es war heraus, aber Bepol begriff noch nichts.

»Weshalb sollte Schumann das tun?«, fragte er, abermals notgedrungen.

Bodewes lehnte sich schon zurück und überließ die Zwischenzüge den anderen.

»Überleg mal selbst«, sagte Van Diepen.

»Was geschieht denn, wenn er das lange genug durchzieht?«, half Pattje.

»Dann hat Schumann irgendwann die Aktienmehrheit«, vollendete darauf Bodewes. »Und von dem Tag an, an dem er das bekannt gibt, sind Schumann und Bugsier nicht mehr zwei Reedereien, dann gibt es nur noch eine, in Schumanns Hand; dann ist der große Bugsier von dem relativ kleinen Schumann verschluckt; dann gibt es eine Fusion, bei der Bugsier in Schumanns Bauch landet… Sehr begeistert wird Bugsier darüber nicht sein, aber wenn Schumann seine Mehrheitsbeteiligung publik macht, kann er nichts mehr dagegen tun, dann ist er seinen Betrieb los, dann wird er begreifen, dass jahrelang an ihm genagt wurde, ohne dass er etwas bemerkt hat, und dazu noch den Schmerz zu spüren, den Schmerz einer feindlichen Übernahme… Aber Bepol, warum fragst du eigentlich nach Schumann?«

Die ganze Versammlung über war der deutsche Auftrag eine beflügelnde, unverletzlich machende, ständig spürbare Tatsache für ihn gewesen, ein Schiff – aber jetzt, wo er endlich seinen Trumpf auf den Tisch legen konnte, war er ihn los; in seiner Verwirrung war er wie ein Mann in einem Boot, der einen Atemzug lang sein Fahrzeug nicht mehr finden kann.

»Wir haben einen Auftrag von Schumann ...«, stieß er schließlich heraus, »einen motorisierten Hochseeschlepper ... die Antwort auf die Hermes von Bugsier ...«

Er hatte so kräftig gesprochen, wie er konnte, und dennoch klang ihm sein eigener Satz so fern in den Ohren, als käme er aus einem anderen Zimmer; eindringlich hatte er auch das Gesicht des Meisterakquisiteurs für Deutschland beobachtet, und das des anderen, der ohne Auftrag gebaut hatte, doch eingehüllt in die Nebel aus Aktien und Übernahmen sah er Van Diepen und Pattje wie hinter einer beschlagenen Scheibe. Bodewes hatte sich umgedreht, um eine neue Runde zu bestellen.

Bis auf das erleuchtete Fenster eines fernen Bauernhofs war alles schwarz um die Kutsche. Drinnen konnte Bepol, in den Polstern hin und her geschüttelt und mit einer schweren Last auf dem Herzen, an nichts anderes denken als an unsichtbare Ansprachen und Aktienschulden – was waren Aktien in der Hand von Dritten denn anderes als Schuldscheine, und am Ende Ansprüche? Beim Herumirren in dieser unbekannten Materie ging ihm allmählich ein Licht auf, worauf sich sein Gemüt noch mehr verfinsterte: Wer einem Unternehmen Geldmittel zur Verfügung stellte, indem er Aktien kaufte, gewährte doch de facto einen Kredit, gesichert durch den Wert dieses Unternehmens – aber hatte Schumann dann nicht, in gleicher Weise, indem er all den teuren Stahl zur Verfügung stellte, sich auch die Werft zum Schuldner gemacht, ohne dass er, Bepol, etwas davon ahnte? Würde Schumann jetzt die Platten zurückfordern, dann könnte er sie nicht mehr zurückgeben, wie er sie bekommen hatte: Sie waren zerschnitten, krumm geschlagen und zusammengenietet…

Am nächsten Morgen wirkte alles verändert: Die dritte Helling war keine Erweiterung der Werft mehr, sondern eine Abspaltung, eine mittelalterliche Stadt, umringt von Wächtern mit rauchenden Schmieden am Fuße der Mauern, und die Seewolf die unerreichbare, hohe Festung in der Mitte.

Seit den ersten Hammerschlägen wanderte Bepol wie verwaist um die Arbeit herum, den Kopf voll alter Vertragsformulierungen: …*übernimmt den Bauauftrag für die Summe von; die erste Rate zu zahlen bei Unterzeichnung, die zweite bei Kiellegung, die dritte bei rechtzeitiger Ablieferung nach gelungener Probefahrt* – aber das galt alles nicht mehr, es gab keinen Vertrag, es wurde nicht bezahlt, das Einzige, was feststand, war, dass sich eine dritte Partei in den Kampf der Großmächte Hamburg und Rotterdam eingemischt hatte, und er jetzt mit drinsteckte.

Je länger er indessen über seine Erkenntnis vom Abend zuvor nachdachte, desto mehr entglitt sie ihm, er wusste nicht einmal mehr, wem die Seewolf derzeit gehörte, noch, was passieren könnte, wenn der Wert des Schiffs den halben Wert der Werft übertreffen sollte und Schumann käme, um sein Eigentum einzufordern.

Befangen blieb er im Unterholz stehen: Pattje baute auf eigenes Risiko, er auf Vertrauen – war das nicht ein viel größeres Risiko?

10

Geschäftspost

4. Januar 1923: Zu viert hatten sie den Neujahrstag bei der Tante in Groningen verbracht; auf der dritten Helling wurde schon seit einigen Tagen wieder gearbeitet; die fertige Baggerschute war weg, der Lastkahn ebenfalls. Um nicht allein zu sein, stand Bepol am Wohnzimmerfenster. Draußen fielen der Regen und die Hammerschläge von der dritten Helling auf die Festina herab, drinnen tickte die Uhr, der Ofen fauchte und Agaat saß mit ihrem Strickzeug auf der Bank dahinter.

»Und bald strickst du für das Kleine!«, setzte er aufgeräumt seine Konversation fort, »– das kann doch jetzt jeden Augenblick so weit sein, der Trautag war vor gut zehn Monaten … Ha, das Kleine wird hier bestimmt oft zu Besuch sein, bei Oma Gaat! Oder gibt es gegenüber schon Neuigkeiten, und ich als Mann darf wieder nichts davon wissen? Ha, ha … das würde mich nicht wundern!«

Er lachte gemütlich, dann wurde er wieder nervös. Kurz starrte er auf die abgetakelte Festina ohne Mast und Schwerter, dann drehte er sich um und ging mit schwerem, schleppendem Schritt, die Hände in den Hosentaschen, zum großen Bücherschrank.

»Sag mal, Gaat«, sagte er, während er, auf den Füßen wippend, die Buchrücken studierte, »was meinst du, sollen wir die Ausleihe nicht besser nach gegenüber verlagern? Dann bekommen sie dort ein bisschen mehr Besuch, die jungen Leute!«

Das Nadelklappern hörte auf.

»Von Besuch ist bisher wenig zu sehen«, sagte Agaat.

»Der alte Erfolg!«, begriff Bepol sofort. »Der alte Erfolg wendet sich gegen uns, das sieht man immer – und wenn jeder die Bücher schon kennt, dann müssen wir doch nur neue besorgen? Ich werde demnächst mal mit Ilse in die Stadt gehen, und dann nicht wieder zur Auktion für eine Partie alter Bücher, sondern zur Buchhandlung, denn es wird Zeit, mit der Ausleihe wieder einen Schritt weiterzugehen … Siehst du es schon vor dir, ein Regalbrett mit wirklich aktuellen Büchern, mit druckfrischen Büchern? Wir erzählen es dem Friseur, und dann werden die Leute schon wiederkommen, wenn sie hören, dass sich hier ein Besuch lohnt. Ein neues Buch, das ist doch was … das will doch jeder lesen!«

So frohgemut seine Rede war, so bitter war der Gedanke, dass Ilse nichts mehr für die Ausleihe tat; wenn sie zum Helfen kam, staubte sie die Bücher ab wie alles andere, er sah sie auch nie mehr lesen, auch nicht in ihrer eigenen Wohnung. Er drehte sich auf dem Absatz um und ging zum Fenster zurück.

Wie frisch geteert glänzten die Deckluken der Festina im Regen. Die Hammerschläge in der Ferne setzten sich einsilbig fort, das Nadelklappern hinter ihm hatte wieder eingesetzt, bis es erneut aufhörte und es auf einmal ganz still zu sein schien.

»Beide Hellingen stehen leer … und Niesten arbeitet auf der Wiese«, hörte er dann Agaats Stimme.

In dem kalten Ton gefror die Mitteilung zur Frage, danach zum Verweis; mit dieser plötzlichen Beklemmung in seiner Brust brach Bepol in eine Antwort, ein Widerwort aus:

»Ist er böse? Passt es ihm nicht? Hat Ilse das erzählt?«

Während seine Beklemmung zum Zorn, dann weiter zur Wut gefror, stocherte er ein paarmal mit dem Haken die Glut auf. Danach stand er wieder mit den Händen auf dem

Rücken am Fenster, und Agaat wiederholte ungerührt ihren Satz, doch diesmal ohne Unterbrechung: »Beide Hellingen stehen leer, und Niesten arbeitet auf der Wiese.«

Bepol fühlte etwas in sich aufsteigen, was er nicht bei sich behalten konnte. Um sich nicht umzusehen, kreuzte er die Hände auf dem Rücken und grub die Nägel bis ins Fleisch.

»Niesten hat auf der Wiese angefangen, weil die Hellingen belegt waren. Er hätte auch warten können. Und warum sie jetzt leer sind? Weil ich Niesten alle Leute geben wollte – deshalb habe ich die Reparaturen und die Lastkähne aufgegeben. Eher ging es nicht, ich hatte einen Vertrag, aber jetzt arbeiten alle Männer für ihn: Die Hellingen stehen leer, weil ich ihm alles gegeben habe – Ilse hat er schon, die Teilhaberschaft kommt noch, sobald wir wegen eines Vertrags zum Notar müssen – und jetzt ist der Herr unzufrieden, weil ich ihm nicht gleich Platz gemacht habe? Ich hatte einen eigenen Auftrag – ach, für Niesten nicht der Rede wert, der denkt nur noch an seinen Schumann und bildet sich ziemlich was ein, weil er mich schon mit seinem ersten Auftrag in den Schatten stellt, jawohl, der erste in den Niederlanden gebaute Motorhochseeschlepper, nur wird er ohne Motoren geliefert und vermutlich auch ohne Steuerhaus und Deckbeplankung, weil sie sonst die Motoren in Deutschland nicht mehr reinkriegen: Und dann ist es doch nichts weiter als eine schöne Hülle, ein Halbfabrikat, ein leerer, lahmer Schiffsrumpf, der ohne Takelage nicht mal mit Wind fahren kann! Nein, dann waren meine letzten Baunummern, die mit dem Brons-Hilfsmotor, in technischer Hinsicht tatsächlich viel weiter – aber das sieht er nicht, er will mit diesem Modell nur blenden und mich übertrumpfen, deshalb hetzt er auch alle so, notabene meine eigenen Männer! Und wenn ich dann mal vorbeischaue, hat keiner mehr Zeit für ein Schwätzchen …«

Agaat antwortete nicht, ließ die Arbeit sinken; in der Stille hörte man, wie sie den Korb zuklappte und unter das Sofa schob; noch immer vor sich hinstarrend, hörte Bepol sie aufstehen und sich von hinten nähern – um seinen Rücken für sie frei zu machen, verschränkte er die Arme vor der Brust.

Die Schritte waren verstummt, die Hand hatte sich auf seine Schulter gelegt; Bepols Beklemmung ließ nach, als ob es in ihm zu tauen begänne, und Agaats Stimme war für ihn wie eine Frühlingsbrise:

»Aber wie kommt denn das Schiff ins Wasser?«

Es war die erste echte Frage, die sie ihm stellte, die sie die ganze Zeit hatte stellen wollen, wenn er sie nicht jedes Mal mit vorschnellen Antworten und bitteren Widerreden unterbrochen hätte; wohltuend fühlte er die Last seiner Klagen von sich abgleiten – es ging um eine konkrete Frage der Mechanik, und er hatte noch nichts gesagt.

»Oh, das kriegen wir schon hin!«, brach er in herzliche Beruhigung aus. »Das wird Muskelarbeit, das geht mit Winden und Kränen, über einen Graben oder durch eine Fahrrinne – Niesten wird schon dafür sorgen … früher hat man das auch so gemacht!«

»Mit Holzschiffen …«

»Aber als reiner Rumpf wird sie bestimmt nicht viel schwerer sein, bei dem Format … Es ist kein Frachter … oh nein, ganz bestimmt nicht! Ha, ha …«

Agaats Hand hüpfte kurz mit auf seinem freundlichen Lachen, wurde dann aber von diesem unschuldigen Trab wie ein Reiter aus dem Sattel geworfen – die Berührung, sogar das Schulterklopfen war schon wieder vorbei, und als sich Bepol umschaute, sah er Agaat gerade noch am Bücherschrank vorbei aus dem Zimmer huschen.

Da klingelte es an der Haustür.

Schon hörte man Agaats Schritte auf der Treppe nach oben; weil sie nicht umkehrte, ging Bepol selbst an die Tür.

Es war der Postbote, das Rad zwischen die Beine geklemmt, hielt er einen Umschlag hoch. »Ein Brief aus Deutschland!« Obwohl ihm alles andere als fröhlich zumute war, konnte Bepol es doch nicht lassen, beim Annehmen einen Scherz zu machen; so war er nun mal, ein Mann mit Zeit und einem freundlichen Wort für jeden. »Wenn ich mich nur traue, ihn zu öffnen«, scherzte er, »denn an dem neuen Schiff siehst du, wozu deutsche Post führen kann: ein Motorschlepper für die Reederei Schumann aus Bremerhaven!«

Es dauerte einen Moment, bis er den Brief im richtigen Abstand vor die Augen halten und den Stempel entziffern konnte: Bremerhaven, wieder war es Bremerhaven …

Schnell und ungestüm begann er sich abzuklopfen; er zog sein flaches Taschenetui heraus, entnahm ihm eine Zigarre und steckte sie dem Postboten ungeniert in die Brusttasche, damit er sie nicht gleich anzündete – er hatte keine Zeit mehr für ihn, ließ ihn sogar ohne ein weiteres Wort gehen, den Blick schon begehrlich auf die Rückseite des Briefs geheftet. Er war nicht von Schumann, er war von Schiffer Velig – natürlich, er war ja nicht an Niesten gerichtet, sondern an ihn.

Vor Enttäuschung stand er einen Moment wie angenagelt, konnte nur noch dem Postboten nachsehen, wie er schlenkernd um die Ecke der Schmiede verschwand. Danach trat er auch selbst aus dem Haus: Weil Agaat oben war und es sich doch um Geschäftspost handelte, wollte er den Brief im Büro lesen.

Links an der Pendelschere wurde das Ruderblatt ausgeschnitten, rechts vorn kam die Seewolf mit jedem Schritt weiter hinter dem neuen Haus hervor, zuerst das niedrige Hinterteil mit seiner aufwärtsstrebenden Schiffswand, zuletzt auch der hohe, sich Richtung Deutschland aufwölbende Bug, mit dem in Schwarz und Weiß gekleideten Niesten an Deck.

Mit gewichtigem Schritt, den Umschlag gravitätisch neben dem Körper schwingend, passierte er die Küche, erreichte das Büro; die Hand schon an der Klinke, warf er noch einen kurzen Blick auf die Männer in den Rauchschwaden – wenn er ihnen winkte, würde der Brief wie ein Taschentuch aussehen, aber weil sie am Schiff arbeiteten, standen alle mit dem Rücken zu ihm.

Drinnen herrschte eine düstere Kälte. Er schloss die Tür hinter sich, machte Licht und schnitt den Brief am Schreibtisch auf; um ihn nicht im Stehen zu lesen, setzte er sich dann auf der anderen Seite auf seinen Stuhl.

Bremerhaven, den 21. Dezember 1922

Verehrter B. Bepol,

Wenn Sie dieses Schreiben gelesen haben, werden Sie verstehen, dass ich nicht mehr weiß, an wen ich mich noch wenden kann.

Was wie ein Traum begann, ist zu einem Albtraum geworden, der noch immer anhält. Es war eine neue Fahrt für einen neuen Befrachter, mit einer Ladung von 150 Tonnen Gips von Hamburg nach Stavanger, Norwegen. Nach dem letzten mageren Jahr in der Sand-Schifffahrt auf Helgoland sollte unsere Festina II ihre Leistungsfähigkeit noch einmal beweisen dürfen. Oft hatten wir nicht einmal unsere Aufwendungen hereingeholt, wegen der niedrigen Frachtpreise, aber diese Fahrt sollte die Wende bringen, eine neue Chance. Ich erinnere mich noch an unser Glück, als ich mit dem Auftrag in der Tasche vom Frachtkontor kam und unter den strahlenden Augen von Weib und Kindern die Fahrtenplanung in unserer gemütlichen Kajüte machte. Jetzt werde ich berichten, was vorgefallen ist.

Am 20. November d. J. ausgefahren, gute Brise, aber vor dem Skagerrak kamen Böen auf, und danach wurde es immer stürmischer. Hätten wir noch Hochwasser gehabt, dann hätten wir beigelegt, und unsere Festina II hätte es vermutlich überstanden, aber inzwischen waren wir schon zu dicht am Nordkap. (Wer ein gutes Schiff unter sich hat, sollte nicht das Wasser, sondern das Land fürchten.) Wie wir auch kämpften, die Sturzseen wollten nicht aufhören. Dann wurde es dunkel. Gegen neun der Schlag.

Ich setze noch einmal an, noch immer überwältigen mich die Gefühle – jetzt nur die reinen Fakten. Die Fahrt ging von Hamburg nach Stavanger mit 150 Tonnen Gips. Abfahrt 20. November, am 26. in vollen Sturm gekommen, zur Küste abgetrieben, bei Farsund gestrandet. Wir kamen wohlbehalten von Bord, und am 14. Dezember wurde das Schiff geborgen. Es lässt sich nicht ausdrücken, wie viele Dankgebete wir nach oben geschickt haben, aber was dann: Der Schiffsboden hatte es überstanden, die Festina II war noch gut segelbar, Stavanger nicht mehr fern, dennoch wurden wir mit der Ladung zur Abwicklung nach Bremerhaven geschleppt. Dort wurden die Bergungskosten auf einen Betrag festgelegt, der von uns nach all den schlechten Jahren unmöglich aufzubringen war. Inzwischen ist das Schiff der Bergungsgesellschaft überschrieben, der Schumann AG zu Bremerhaven.

Frau und Kinder sind zur Familie in die Niederlande zurück, ich selbst bleibe hier in der Hoffnung auf eine Lösung. Einst haben wir eine Schlepptrosse zurückgewiesen, als wir auf einem Hafenpier aufgesetzt hatten; hätten wir das jetzt getan, das Schiff wäre auf den Klippen zerbrochen – was habe ich falsch gemacht, dass man uns alles genommen hat?

fragt J. Velig

Wie vor den Kopf geschlagen, starrte Bepol auf die Unterschrift, neben die Velig auch noch den Namen, die Adresse und Telefonnummer einer Pension sowie Schumanns Telefonnummer notiert hatte. Er schüttelte den Kopf, um die Bilder vom Stranden loszuwerden, die weinenden Kinder, das schäumende, tosende Wasser in der Nacht, Veligs erbitterten Kampf bis zum allerletzten Moment. Dann begann er noch einmal zu lesen, weil Agaat oben war und er jetzt mit der Neuigkeit nicht zu ihr konnte.

Den Brief schien das Schicksal selbst geschrieben zu haben; nie würde Velig noch die Zukunft besegeln; es war eine Katastrophe – aber die mannhafte Sachlichkeit, mit der der gute Mann versuchte, nicht klein beizugeben, die am Ende doch unbeholfene, hilflose Art seines Schreibens, so hilflos, wie es auch ihm jetzt erging: Es griff Bepol noch stärker an als beim ersten Mal, als ihn alles noch mehr von außen her überfallen als von innen berührt hatte; schon schwebte seine Hand über dem Telefon, schon sann er auf guten Rat und wollte seine Unterstützung bekunden – bis sein Auge noch einmal auf Schumanns Telefonnummer fiel und das Mitleid, das sich wie eine tränenwarme Welle in ihm ergossen hatte, unter dem eisigen Wind des Argwohns gefror: Dachte Velig etwa, dass Bepol die Bergungskosten mit links übernehmen könnte? War das die Lösung, auf die er in dieser Pension wartete?

Er zog die Hand zurück und richtete sich auf, je klarer er vor sich sah, worauf Velig tatsächlich aus war. Dieser hatte alles andere als im Affekt geschrieben, weit davon entfernt, noch einen nicht vorsätzlichen Eindruck zu machen. Jetzt sah er den Brief als eine überaus sorgfältig formulierte Epistel: Velig appellierte an ihn, das stand unverkennbar fest, aber gerade durch das Unausgesprochene, durch diese bigotte

Bescheidenheit war es fast unmöglich, dem Druck zu widerstehen. Nein, wahrlich, an dem verhüllten Stil ließ sich nichts aussetzen, am Inhalt auch nicht, allein schon der erste Satz: Velig wisse angeblich nicht mehr, an wen er sich wenden solle – während er sich gerade mit demselben Wortlaut genau an den Richtigen wandte, Bepol gab es sofort zu, denn er war doch auch einer, der nicht Nein sagen konnte, ein Trottel, ein guter Mann für gute Zeiten? Nur hatte er im vergangenen Jahr schon ein halbes Dorf auf dem Buckel gehabt, davor die Unkosten für das neue Haus und die Hochzeit, dazu die Sorgen wegen der Werft, und dann Gaat, die ihn damit allein ließ …

Kerzengerade saß er an seinem Schreibtisch: Nach der erkennbaren, insgeheimen Absicht sollte er die Festina II auslösen und an Velig vermieten, damit der sich zum zweiten Mal freifahren könnte – aber er hatte ihm bereits beim Bau ein ungedecktes Darlehen gegeben; er hatte das Schiff noch zusätzlich finanziert, indem er die alte Festina in Zahlung genommen hatte, auch damals schon in dem Bewusstsein, dass sie wahrscheinlich nie verkauft werden könnte, wodurch der verrechnete Eintauschwert de facto auf einen Nachlass hinauslief: Er hatte schon genug für Velig getan, und die benötigte Rückkaufsumme überstieg zweifellos bei Weitem seine geschrumpften Reserven, aber das war schon nicht mehr wichtig, wichtig war nur noch, dass seine übliche Nachgiebigkeit in Unwillen und Auflehnung umgeschlagen war und dass ihn das Gefühl des Gekränktseins noch wuchtiger überfiel als zuvor bei Agaat.

Während er, Grimassen schneidend, sich auf die Lippen zu beißen begann, zog er den Brief näher zu sich heran: Es war an der Zeit, einmal anderen seinen Willen aufzudrücken und selbst zu bestimmen, wann er wem seine Gunst schenkte – hätte Velig um die alte Festina gebeten, dann hätte er sie zurückhaben können, aber jetzt, wo er seine Hilfe in barer Münze verlangte … nein, er ließ es sein! Er zündete eine Kerze an, rollte den Brief zusammen und verbrannte ihn pustend über der Flamme.

Draußen ging das Hämmern weiter, drinnen war das Papier sich ringelnd und windend im Aschenbecher verbrannt – Bepol hatte darin die Zufriedenheit eines kleinen Hundes gesehen, der sich zusammengerollt in sein Körbchen zum Schlafen legt, und als es vorbei war, senkte sich dieselbe Zufriedenheit wie eine Dämmerung auf ihn herab. Immer mehr verwischten sich seine Gedanken, immer langsamer drehten sie sich wie die Speichen eines Rads um die eine Achse, *dass er es getan hatte,* bis ihn plötzlich ein anderer Gedanke wie ein Stein traf: Was war eigentlich noch der Unterschied zwischen Velig und ihm? Wer sich von Schumann helfen ließ, hatte eine entsprechende Schuld bei ihm – nach der letzten Versammlung in 't Hoogezand hatte er es auch schon erkannt, aber an Veligs Schicksal zeigte sich jetzt zum ersten Mal die Unmöglichkeit, sich Schumanns Forderungen zu entziehen, die Unbarmherzigkeit, mit der er sie eintrieb: Wer nicht zahlen konnte, verlor alles. Inwieweit war er noch Herr im eigenen Haus? Inwieweit gehörte er schon zu der kläglichen Gesellschaft geretteter Schiffer, die eigenhändig den Enterhaken von Schumanns Schlepptrosse angenommen und sich dankbar zur Enteignung hatten schleppen lassen?

Zugleich mit seinen Gedankensprüngen begann in ihm auch wieder ein gleißendes Licht zu brennen; es tauchte sein Angstbild in eine gespenstische, lodernde Glut, begann dann auch in seinem Schädel zu brennen – er konnte nicht mehr drinnen bleiben, er musste laufen …

In vollem Laufschritt trat er aus dem Büro, als sei er von hinten quer durchs Haus gelaufen, den Blick starr vor seine Füße geheftet, ständig vorgebeugt mit stürmischen Schritten, um noch mehr zu beschleunigen, und so kam es, dass er Niesten, der im selben Moment von der Ecke des neuen Hauses zur Kolonne an der Pendelschere lief, erst in letzter Sekunde sah. Prompt verlangsamte er den Schritt und sah zu ihm auf.

»Sie haben Velig …«, stieß er hervor. »Velig ist gerettet … Schumann … sie haben Velig!«

Niesten, der ebenfalls stoppte, blieb stumm, nur seine Lippen streckten sich langsam zu einem Strich, breiter und breiter, sie wurden zu einer Kluft, einer Grenze, bei der Schumann und er auf der einen Seite standen und alle anderen auf der anderen – er lächelte, nicht wegen der Nachricht, er lächelte wie einer, der es bereits wusste und jetzt merkte, dass auch ein anderer dahintergekommen war.

Vor Grausen und Entsetzen verschlug es Bepol kurz den Atem, danach musste er, wo er sich hätte freuen können, weil Niesten offenbar zum ersten Mal das Telefon benutzt hatte, sich aus aller Macht die Enttäuschung verbeißen, darüber, dass Niesten ihm nichts erzählt hatte, weder über die Benutzung seines Hochzeitsgeschenks noch über die Nachricht von Schumann. Nach ein paar Schluckbewegungen konnte er wieder sprechen, er setzte eine verständnisvolle Miene auf und sagte, nun auch seinerseits lächelnd:

»Du willst doch nicht etwa fusionieren? Hör mal, das geht nicht, noch bist du kein Teilhaber, wir müssen erst zum Notar!«

Niesten ließ den Kopf sinken und spuckte neben sich auf den Boden; Bepol blickte an ihm vorbei und ging weiter zur Straße.

11

Im Rücken

Ein paar Tage später, am 8. Januar, wurde die letzte Außenhautplatte angebracht, der Rumpf gedichtet. Das Gerippe wurde zum Körper; um zwei Uhr ließ Niesten einen Schnaps ausschenken.

Dieses »Dichttrinken« war ein fester Werftbrauch; es freute Bepol ungemein, dass Niesten ihn in Ehren hielt, umso mehr, weil er auf der Matte vor seinem Büro eine schriftliche Einladung gefunden hatte. Um dem Anlass gebührende Ehre zu erweisen, warf er sich in seinen Cut; am liebsten hätte er auch die Werftfahne gehisst, aber es war noch kein Stapellauf, und um Niesten nicht zu nahe zu treten, verzichtete er darauf, wie er auch der Kapelle, über den Friseur, ausdrücklich verboten hatte, auszurücken – er begann Niesten zu verstehen, musste ihn jetzt einfach machen lassen.

Lange vor zwei gab es schon ein fröhliches Treiben rund um das Schiff. Wie ein riesiges Stück Wildbret ragte die Seewolf aus dem Kreis der Festgäste empor, die rostigen Flanken brennend rot vor dem Weiß eines milden Wintertags. Nur im hohen Bug klaffte noch eine Öffnung; nur dort rauchte eine Feldschmiede auf dem Gerüst. Schlag zwei wurde das Nasenteil hochgetakelt: Niesten nietete es persönlich fest, und während er unter Beifall die Leiter hinabstieg, begannen Ilse und Agaat die Gläser auf dem Schragentisch einzuschenken.

Ein Stückchen entfernt beobachtete Bepol alles mit Wohlgefallen. Als der Applaus ausbrach, seufzte er so tief, dass die Einladung in seiner Innentasche knisterte; die eckige Handschrift, in der sie geschrieben war, hatte ihn auf der Stelle an die Gleichstellungsurkunde von damals erinnert, als Niesten so plötzlich Schiffer auf der alten Festina werden wollte.

Wie ein Schwarm kleiner Silberfische strömten die Gläser vom Tisch aus in die Gesellschaft. Erst nachdem jeder versorgt war und man sich zu zerstreuen begann, trat Bepol vor. Schnurstracks marschierte er zu Niesten bei der Leiter; der Kreis dort öffnete sich sofort; ohne ein Wort, und dadurch mit umso größerem Einvernehmen drückte er ihm die Hand, worauf er ihn gleich wieder mit den Männern allein ließ, mit denen er gearbeitet hatte. Wenig später hatte auch er ein Glas in der Hand und begab sich, all jene zurückgrüßend, die ihn grüßten, durch das leise Stimmengewirr zur Rückseite der Seewolf.

Noch nie zuvor war er ihr in diesem Stadium so nah gewesen; die grauen Pallungen aus Tonnen und Balken verschwanden schlagartig beim Anblick ihres hinreißenden Schnitts; in ihrer ganzen exotischen Schönheit stand sie auf dem verdreckten beplankten Untergrund wie eine Orchidee am Wegesrand.

Die Impression des Künstlers hatte einen ersten Eindruck vermittelt, die Bauzeichnung es genauer belegt, doch erst jetzt, wo sich die Seewolf ihm in allen drei Dimensionen zeigte, erlebte Bepol in jeder Hinsicht, wie stark sie sich von einem gewöhnlichen Frachtschiff unterschied, das, wie wohlgeformt Bug und Achtersteven auch sein mochten, durch den rechteckigen Laderaum mit seinem flachen Boden und den senkrecht daraufstehenden Zwischenwänden, doch immer ein stromlinienförmiger Quader blieb, und selbst wenn die Seitenansicht einen schön gewölbten Riss zeigte, wurde dieses Versprechen einer Wölbung auf dem Trockenen immer nur zur Hälfte, der oberen Hälfte, wahr gemacht: Der Boden eines Frachtschiffs verlief ja nie entlang dieser gebogenen Linie, der Balken blieb gerade.

Aber an der Seewolf folgte nichts dem rechten Winkel, alle Rundungen setzten sich ungehindert fort: Hier gab es keine ebene Fläche, sondern durch die gebogene Kimm war der Boden wie ein Bauch, von der Seite, aber auch von achtern; hier gab es keine senkrecht stehende Schiffswand, sondern vom tief liegenden Achtersteven aus wölbte sie sich stetig bis zum breitesten Punkt ein wenig nach mittschiffs, danach in derselben Linienführung zurück zum Bug – wo man auch eine biegsame Latte längs legte, überall sollte sie die Haut berühren, nirgendwo wurde das fließende Linienspiel von dem toten Mittelstück des Frachtraums unterbrochen, gingen Bug und Heck unmittelbar ineinander über, weil die Seewolf gar keinen Frachtraum hatte: Sie musste nichts befördern, sie war kein Schiff zum Tragen, sondern zum Jagen, für sie galt nicht die Fracht, sondern die Kraft, ihre Bestimmung war das Fahren an sich, und auf dieser Freiheit beruhte ihr Adel.

Um diese konsequent durchgehaltene Form zu genießen, ging Bepol einmal in die Knie, dann wieder trat er beiseite und blickte am Bergholz entlang nach vorn. Erfüllt von dem Ebenmaß, lief er darauf in einem Bogen nach vorn, leeseits, nicht auf der lauten Seite von Tisch und Leiter, und trotzdem standen auch hier und da ein paar Männer im Gespräch. Im Vorübergehen fing er ein paar Gesprächsfetzen auf: dass das Steuerhaus nicht gebaut werden könne, dass sich der Maschinenraum genau darunter befinde, dass der Zugang für die Maschinen frei bleiben müsse. Soweit Bepol es überhaupt mitbekam, kümmerte es ihn nicht im Geringsten, schon der Rumpf an sich befriedigte ihn ungemein, und ohne seinen

Blick auch nur einen Moment davon zu lösen, kam er ganz allmählich zum Bug. Hier erst zeigte die Seewolf voll ihr Gesicht.

So scharf die V-Form weiter unten war, so üppig entfaltete sich der Steven weiter oben, viel üppiger, als es auf der Zeichnung oder von der Seite zu sehen war, auch viel maßloser als ein steil geschwungener Fächerbug, gleich welchen Klippers oder Schoners, herrlich herausgehämmert wie das Schallstück einer Trompete, doch hier bis ins Unendliche vergrößert: Es war ein Gewölbe.

Verblüfft, überwältigt und befangen blickte Bepol empor, während sich seine Erregung noch steigerte und sein Begreifen wie ein Gewitter losbrach: Ja, die Seewolf war eine Jacht, und jagen würde sie; Schumann rettete keine Schiffe, er fing sie, sein Hafen war ein Pferch, ein Käfig, ein Leihhaus voll nicht ausgelöster Pfänder; bestimmt für die Jagd, nicht für die Fracht, verhielt sich die Seewolf zu einem Frachter wie eine Löwin zu einem Packesel, und wie eine Löwin auf dem Sprung würde auch sie demnächst im Hafen auf der Lauer liegen, reglos wartend, um zuzuschlagen, sobald eine Gazelle Anzeichen von Schwäche zeigte oder sich von der Herde löste, sobald ein Frachtschiff eine Havarie erlitt oder auf Grund lief – war es eigentlich noch verwunderlich, wenn ein junger Mann in diesem Kampf Partei für die Jägerin ergriff und nicht für die Beute? War es ein Wunder, dass Niesten, dem damals der Zugang zur Welt der Schiffer verwehrt worden war, sich jetzt freute, wenn ein Schiffer von einem Berger aufgebracht wurde? Abgewiesen von der Kauffahrtei, bekannte er sich nun zur Kaperfahrt: Durch den Bau der Seewolf gehörte er nun sogar selbst dazu – deshalb arbeitete er auch so besessen, sein Arbeiten war auch ein Mitmachen …

Bepol hörte oder sah nichts mehr außer dem, was ihm im Funkenregen neuer Einsichten aufging. Vor der Finsternis der verschwundenen Umgebung gab dieses Funkeln ein feenhaftes Licht, in dem alles, was darin auftauchte, eine andere, mildere Bedeutung bekam, am Ende auch das hartherzige Lächeln, mit dem Niesten vor ein paar Tagen Veligs Schicksal begrüßt hatte. Hatte ihn damals diese Kälte noch frösteln lassen, jetzt, wo er die Quelle der früheren Kränkung begriff, weckte dieselbe Kälte in ihm vor allem Mitgefühl, wie es auch ein anderer Schmerz eines anderen Menschen getan hätte. Aufsteigendes Gelächter holte ihn in die Gegenwart zurück. Er zog seine Schuhe aus dem Schlamm, umrundete den Bug, und wieder kam die laute Seite des Schiffs ins Blickfeld, wieder hörte er das Stimmengewirr, das jetzt, ohne das Hämmern, gedämpfter klang als sonst. Das größte Gedränge war noch immer bei der Leiter, weil man dort die Gläser auf dem Gerüst abstellen konnte. Auch Niesten stand noch da und überragte die Männer, die um ihn herumstanden; seine Zähne glänzten, er schien in ausgezeichneter Stimmung zu sein, und selbst wenn der Scherz vielleicht nicht von ihm stammte, lachte er trotzdem und machte jetzt auch, sich seitlich zu jemandem neben sich beugend, eine Bemerkung dazu. Es war ein erregender Anblick, wie entspannt er sich mit den anderen vergnügte; um ihn dabei nicht zu stören, wich Bepol automatisch ein wenig zur Seite, in einem weiteren Bogen – zu spät, Niesten hatte ihn bereits erblickt und winkte!

Einer zeigte nach oben, ein anderer nahm ihm schon hilfsbereit das Glas aus der Hand: In seiner ausgezeichneten Stimmung bot ihm Niesten an, das Schiff auch von innen zu besichtigen; er selbst stellte die Leiter nach mittschiffs, wo die Bordwand am niedrigsten war; er schickte zwei Mann nach oben, die sich an Deck um Bepol kümmern sollten, und trat dann mit einladender Geste zur Seite.

Wie jeder, der auf eine Leiter steigt, warf Bepol zuerst einen raschen Blick um sich. Ganz nah starrten ihn fröhliche Gesichter mit schnapsfeuchten Lippen an, etwas weiter sah er gerade noch Agaat zum Haus laufen; beim Dichttrinken nahm sie immer nur ein einziges Gläschen – auch das war Tradition.

Das Schiff war von oben noch völlig offen, bis auf ein paar Deckbalken über den Deckspanten, und auch an der tiefsten Stelle war der Raum noch offen, eine Schließung noch nicht einmal durch aufragende Winkeleisen angedeutet. Wie immer war die Linienführung von innen her gesehen ein wenig enttäuschend, aber als ihm die Begleiter gezeigt hatten, wo die Funkerkabine hinkommen sollte, wohin der Kartenraum und wohin der enorme Maschinenraum, fühlte Bepol doch, dass die Seewolf auch im Inneren ganz und gar einem Raubtier glich; auch hier würde sich alles auf die Jagd ausrichten: Die Maschinen gäben ihr die nötige Kraft und Geschwindigkeit, die Öltanks die Ausdauer, und mit Funktelegraf und Funkpeiler hätte sie schließlich ebenso feine Sinne für in Not geratene Schiffe wie ein Raubtier für seine Beute.

Wie jeder, der eben eine Leiter herabgestiegen ist, wischte sich Bepol kurz darauf die Hände an den Kleidern ab, nicht weil sie schmutzig waren, sondern um das Nachgefühl des rauen Holzes abzustreifen. Niesten hatte auch noch jemand an der Leiter postiert, um ihn beim Absteigen zu sichern, stand aber selbst wieder mit den anderen auf seinem alten Platz am Bug. Ohne dass er dem Baumeister gratulieren konnte, aber auch ohne Groll darüber zu empfinden, setzte Bepol mit einem weiteren Schnaps von Ilse seine Runde um das Schiff fort: Ein alter Mann auf einer Leiter, das ging nicht flott, das dauerte, warum sollte Niesten darauf warten?

Niesten war keiner, der wartete, vor allem nicht auf Komplimente, und noch weniger jemand, der solche durch Warten erzwang.

In einem ruhigen Bogen ging es wieder Richtung Achtersteven. Bepol passierte eine Gesellschaft nach der anderen, und auch luvseits sprach man vor allem über die verbleibenden Möglichkeiten der Fertigstellung; je mehr Gesprächsfetzen er im Vorübergehen auffing, desto weniger wichtig erschienen sie; hörte er zunächst noch dasselbe wie leeseits, dass der Aufbau wegfallen müsse, weil sonst die Maschinen nicht hineinkönnten, eigentlich dasselbe, was er bereits vor ein paar Tagen als logische Vermutung Agaat gegenüber geäußert hatte, so hörte er danach noch mehr.

»Aber warum müssen die Motoren denn ausgerechnet direkt unters Steuerhaus, können die nicht ein bisschen nach achtern?«

»Nein, die Motoren gehören in die Mitte, sie sind so schwer, dass sie das Schiff ganz aus dem Gleichgewicht brächten, wenn man sie nach achtern versetzte. Aber tief in der Mitte bringen sie wohl Stabilität, dann ist so ein Boot wie ein Stehaufmännchen und kann durch den tief liegenden Ballast nicht mehr kentern.«

»Aber kann der Aufbau nicht ein wenig weiter nach hinten? Das Modell würde sich noch verbessern; warum haben denn sonst Schlepper ihr Steuerhaus immer so weit vorn, noch vor dem Mittelschiff? Warum dieses Gepferche Richtung Vordeck bei einem so langen, leeren Achterdeck?«

»Wenn der Schleppbügel, die Beting, mittschiffs kommt, muss das Deck dahinter für die Schlepptrosse frei bleiben. Und warum die Beting ins Mittelschiff gehört und nicht nach achtern kann? Ein Schlepper zieht nicht immer geradeaus, manchmal muss er auch quer ziehen und sich dann in die richtige Position drehen. Der Befestigungspunkt der Schlepptrosse bildet dann den Drehpunkt: Liegt er in der Mitte, dann kann sich das Schiff darunter frei drehen, liegt er dahinter, dann zieht sich das Schiff durch seine eigene Kraft immer wieder in Richtung Trosse. Deshalb steht die Beting in der Mitte und muss das Steuerhaus davor sein; das ist der Grund für diese typische Schleppdampferform.«

Bepol wunderte sich, wie viel einige inzwischen von Schleppdampfern wussten; die Männer mussten in der letzten Zeit in den Pausen ganz andere Gespräche geführt haben als früher in der Schmiede, als es noch um Schoner gegangen war und er gelegentlich an dem Spalt mitgehört hatte. Um kein Wort zu missen, verhielt er kurz den Schritt.

»Na gut, dann eben kein Aufbau!«

»Wenn es nur dabei bleibt ...«

»Wieso?«

»Wenn der Aufbau später angebracht wird, kommt auch die Ruderanlage erst später, wenn die Motoren später kommen, kommt auch die Schraubenwelle später. Und wenn man noch bedenkt, dass sowohl die Verkabelung der Ruderanlage wie auch die Schraubenwelle durchs Achterschiff laufen, scheint es mir nicht besonders praktisch, dort schon ein Deck draufzusetzen.«

»Also auch kein Achterdeck ...«

»Und dann auch kein Schanzkleid, keine Blöcke, keine Winden ...«

»Noch ein paar Schotten und Wände, sagt Niesten, dann ist es mit der Arbeit für uns vorbei ...«

» ... und die Seewolf verlässt als kahler Kasko die Werft ...«

»Dann Ade, schönes Boot ...«

»Gute Fahrt!«

Vorbei; wehmütig gestimmt ging Bepol weiter, aber als er im nächsten Augenblick wieder schräg hinter der Seewolf stand, hüpfte sein Herz abermals, und er erlag erneut dem Zauber des Unfassbaren. Nicht nur die Tragplanken unter dem Schiff waren verdreckt, auch außen herum hatten die Holzschuhe einen Kreis ins Gras getrampelt, sodass der mächtige Rumpf wie aus einem Loch in der Weide aufragte – ein Hochseeschiff in einem Tümpel, ein Motorschlepper für lange Dünung, hier im Bau, der zweite weltweit: Alles war so absolut neu, das Schiff so vollkommen anders als die kleinen Schleppkähne von Frater Smid, von denen nicht einmal der letzte einen Brons-Dieselmotor bekommen hatte, sondern doch wieder eine dieser ewigen Dampfmaschinen von Fulton, der Maschinen- und Kesselfabrik in ’t Hoogezand, die nach dem berühmten Kapitän benannt war, der als Erster mit einem Schleppdampfer Rotterdam angelaufen und dort großes Aufsehen erregt hatte, wie später die Selsey Bill in Groningen – o ja, er wusste schon einiges von der Geschichte der Schleppschifffahrt, aber jetzt war er daran beteiligt, was gleichbedeutend war mit: sie selbst zu schreiben …

Der Bug war unverkennbar das Gesicht der Seewolf, aber auch ihr Heck wurde immer ausdrucksvoller, je länger Bepol es betrachtete. Die fast flache, löffelartige Wölbung des langsam zum Bergholz hin aufsteigenden Bodens, dann das scharfe Zurückwölben des Schergangs bis zum Deckrand: Aus alldem ergab sich der Eindruck eines Schnabels, eines breiten, flachen Vogelschnabels.

Und breit und flach würde das Schiff demnächst auch auf dem Wasser liegen, das war schon jetzt gut zu sehen, verhältnismäßig viel breiter als die hier üblichen Frachtschiffe, die den Anforderungen der Zeit entsprechend zwar stets länger geworden waren, aber nie breiter als die Delfzijler

Binnenschleuse, wodurch Bepol ständig und zunehmend schmaler hatte bauen müssen, als er wollte; mit einem ungeheuren Wonnegefühl erlebte er die grenzenlose Breite der Seewolf, und mit möglichen weiteren solcher Aufträge in Aussicht schien ihm die Einschränkung durch die Binnenschleuse schon fast der Vergangenheit anzugehören – unter Berücksichtigung der weiter gehenden Entwicklung hin zu immer größeren Schiffstypen hätte das womöglich doch zum Nachteil, auf Dauer vielleicht gar zur Behinderung werden können.

Ilse war Agaat ins Haus gefolgt, die Unterhaltung am Gerüst wurde immer lebhafter, Bepols Glas war leer, und er überlegte, ob er nicht ebenfalls hineingehen sollte. Wie ein Kunstmaler, der mit erhobenem Pinsel Maß nimmt, hatte er mithilfe einer Zigarre noch die Ausbalancierung der Seewolf überprüft. Die Stützunterlage aus Planken, Balken und den Schwertern der Festina hatte sie gut gehalten, sie stand vollkommen aufrecht auf ihrem Kiel und der Unterfütterung. Vielleicht würde sich, wenn der Schlamm nicht alles bedeckte, und dann auch nur bei genauer Inspektion, herausstellen, dass eine der Planken unter dem Druck der Stütze etwas nachgegeben hatte, aber mit einem einfachen Fußtritt wäre das am Ende hochstehende bisschen Boden auch gleich wieder verschwunden – die Vorstellung brachte ihn zum Grinsen und glühte dann in ihm weiter wie ein Stück Kohle.

Weil er nicht mehr wusste, was er jetzt noch tun konnte, zündete er die Zigarre an, stellte sich wieder hin und schaute, zuerst nur auf das Schiff, dann, sich etwas mehr der belebten Seite zuwendend, auch von schräg hinten am Schiff entlang. Beim Gerüst vorn wurde wieder gelacht, aber diesmal ohne Niesten. Wegen einer noch besseren Sicht nach vorn entfernte sich Bepol abermals ein Stückchen schräg vom Schiff, und als er gerade sein Gewicht so weit auf das Standbein verlagert hatte, dass sich sein gestrecktes rechtes Bein leicht vom Boden löste, bewegte sich etwas in seinem Augenwinkel, und Niesten kam auf der anderen Seite hinter dem Ruderblatt hervor – auf einmal war er da, ganz; alles andere hörte auf, und in der plötzlichen Stille waren sie vereint wie zwei Figuren in einem Roman.

»Bildschön …«, sagte Bepol laut, scheinbar zu sich selbst. Ohne sich umzusehen, noch erstarrt in der Haltung einer Ballerina, streckte er langsam die Hand zu der rostbepuderten, sich wölbenden Schiffswand. Um nichts zu stören, verharrte er ein paar Augenblicke in dieser Pose, Niestens Kommen genießend wie zuvor die Breite des Boots – kam er vielleicht, um sein Weglaufen vorhin doch noch gutzumachen?

»Bildschön«, wiederholte er, diesmal zu Niesten, weil er inzwischen dessen Anwesenheit gewiss bemerkt haben musste, obwohl er sich ihm noch immer nicht zugewandt hatte. Sein Arm senkte sich, er verfiel aus seiner Arabeske wieder in eine normale Haltung und stellte sich mit ein paar schrägen Schritten neben ihn.

»Sie macht eine richtig gute Figur … und was für eine Figur!«, fuhr er fort, seine Augen fest auf den Rumpf geheftet. »Mit diesem hohen geschwungenen Bug und dem tief liegenden Bauch voller Motoren wird sie auch im schwersten Sturm ausfahren können auf der Suche nach Schiffen, die in genau dem Sturm zu sinken drohen … Was meinst du, sie wird ziemlich viel einfahren, nicht wahr? Und Schumann kann wieder zur Lloyd!«

Niesten zündete eine Zigarette an, Bepol zog an seiner Zigarre und verschränkte die Arme vor der Brust. Es war schade, dass Agaat vom Haus aus nicht sehen konnte, wie sie hier beisammenstanden und rauchten; wohl spürte er die

Blicke der Männer wie warme Sonnenstrahlen auf seinem Rock, und vor Wohlbehagen kam ihm ein Vergleich in den Sinn.

»Vor so Kurzem noch ein Gerippe, jetzt die Haut und bald die Organe: Es wird immer mehr ein Körper«, sagte er. »Aber wie wir früher den Schiffen Segel als Lungen gaben, bekommt diese Dame mit den Maschinen ein Herz!«

Die Wolken, die sie ausatmeten, waren in der Winterkälte weiß und dicht; weil sie sich schon vermengten, brauchten die Männer nicht mehr ihre Blicke zu kreuzen, und jeder konnte für sich das Schiff betrachten, nicht gegeneinander, sondern miteinander.

»Es ist wie die verkehrte Natur«, philosophierte Bepol freundschaftlich weiter. »Ein lebender Körper stirbt und zerfällt zu einem kahlen Gerippe, die hier aber hat als Gerippe begonnen und liegt jetzt wie eine Leiche aufgebahrt da, während sie demnächst, mit dem Einsetzen der Maschinen, zum Leben erwacht …«

Um den Schnitt von achtern nach vorn besser würdigen zu können, traten sie ein Stück zur Seite. Bei jedem Schritt entfaltete sich der Bug mächtiger, und Bepol philosophierte weiter: Nein, die Seewolf war kein Boot, das unterging, es waren die anderen Schiffe, die versanken, gerade dieses fortwährende Untergehen war es, was sie hervorgebracht hatte, sie wurzelte und blühte in diesem Nährboden wie eine Birke im Moor – und das war wohl wieder natürlich.

Mittlerweile glühte es noch immer in ihm; weil er nicht mehr darüber schweigen konnte, begann er darüber zu reden.

»Und wie schnell es trotz des engen Lochabstands doch noch vorangegangen ist, du liegst jetzt auf einmal gut in der Zeit, nicht wahr?«, wechselte er behutsam das Thema. »Ich meine, wenn die Motoren noch reinmüssen, kannst du natürlich nicht … aber nicht nur die Aufbauten, auch das Achterdeck wird erst später … denn mit der Schraubenwelle und der Ruderanlage … sodass auch die Winden, die Betingpfosten und das Schanzkleid … Noch ein paar Schotten und Wände, würde ich denken, und dann wird die Seewolf als Rumpf … um irgendwo anders … obwohl wir doch gedacht hatten … und so gern auch ihren ersten Ton, das erste Vibrieren, mit dem sie erwacht, ihre erste eigene Bewegung …«

Es war erst die Grundierung, aber in der Untermalung zeichneten sich schon alle Konturen des Künftigen ab. Bepol legte den breiten Pinsel weg, griff zum Feinpinsel und begann mit größerer Genauigkeit das eigentliche Bild anzudeuten.

»Und das alles rein wegen der Motoren … obwohl die im Prinzip natürlich auch prima hier … was das für einen Unterschied machte! Was hältst du davon, noch mal mit Schumann zu reden? Wenn er die Motoren doch hier einbauen lässt, dürfen das bestimmt keine Brons sein, oder? Für mich war Brons gut genug, als Hilfsmotor für meine letzten Schoner haben sie völlig gereicht, aber jetzt geht es um einen ganz neuen Bautyp, mit einem entsprechend neuen Antrieb … Wenn du doch noch den Endausbau bekommst, übertriffst du mich schon beim ersten Stapellauf gleich doppelt!«

Niesten bewegte sich nicht mehr, starrte nur noch vor sich hin, quer durchs Schiff zu dem dahinterliegenden Zukunftsbild.

»Natürlich könnte so etwas leicht Neid, Missgunst oder sogar Eifersucht wecken«, arbeitete Bepol gleich daran weiter, »aber ich bin dreiundsechzig, Niesten, für mich zählt nicht mehr Eitelkeit, sondern nur noch Ilses Wohl und das Wohl der Werft … Nein, die einzig Neidischen werden vermutlich die Herrn von ’t Hoogezand sein … die treibt schon die Neugier her!«

Das Gemälde des glorreichen Stapellaufs war so gut wie vollendet, er musste nur noch die Glanzlichter anbringen.

»Siehst du es schon vor dir?«, fragte er und beugte sich ein wenig zur Seite, aber noch ohne sich nach Niesten umzusehen. »Die fertige Seewolf als strahlender Mittelpunkt, und um sie herum dann dieser Trubel, die Spannung… Sieh nur, die Werftfahne flattert schon am Mast, aber dann wird die von Schumann aufgezogen! Und hör nur, dort kommt die Kapelle um die Ecke… aber sie spielen keinen Marsch, das ist ein Ragtime! Und dort stehst du, Niesten, dort droben, mit der Pistole, oben auf der Brücke… Der Schuss ertönt, langsam gleitet die Seewolf ins Wasser, ganz langsam, ja, sie kommt frei, sie schwimmt… aber was ist das? Ein tiefes Röhren ertönt, eine Rußwolke dampft aus dem Schlot, und da kommt sie in Fahrt, ohne einen Blick zurück fährt sie davon, aus eigener Kraft, ein Seeschlepper durchs Damsterdiep, der zweite seit eh und je… die Schande der Selsey Bill wäre mit einem Schlag ausgelöscht, du kennst doch die Geschichte der Selsey Bill, oder? Und dann deine Visitenkarte in 't Hoogezand: Wie werden die Herren mich beneiden, nicht nur um den Stapellauf, sondern auch um so einen Nachfolger – du hast dich mit einem Schlag bewiesen, ein herrliches Gefühl, Niesten, ich bin auch mal jung gewesen …«

Sein Reden war zum Jagen geworden, die Leidenschaft, die ihn antrieb, war mehr als Begeisterung, es war der Drang zur Treibjagd – einen Moment blickten sie noch Schulter an Schulter vor sich hin, dann fiel das Netz: Niesten schnippte seine Zigarette weg, drehte sich ihm voll zu und begann unter dem Schattenrand seiner Mütze hervorzulächeln.

»Das wäre nicht schlecht«, hörte man endlich seine krächzende Stimme.

»Denk mal drüber nach«, sagte Bepol.

Der Funke war übergesprungen, sie waren fertig. Niesten ging zu seinen Männern nach vorn zurück; mit einem Mal völlig erschöpft, sah Bepol ihm nach. Lange hatte er dem Druck standhalten müssen, ihm nicht über eine Schwelle der Scheu oder Verlegenheit hinwegzuhelfen – Niesten war genauso wenig verlegen wie ein Stein; noch immer kannte er ihn vor allem so, wie man eine Tatsache kennt –, sondern vielmehr, um einen körperlichen Widerstand zu brechen: Hätte er Niesten gegen die Schulter geschubst, dann hätte er auch nicht gleich nachgegeben, sondern erst, nachdem die Berührung durch die Dauer freundschaftlich geworden war.

Als schließlich auch er losging, in die andere Richtung, zum Haus, wunderte er sich noch, wie einfach die Freundschaft zwischen zwei Männern sein konnte, wenn der jüngere vor etwas zurückschreckte und der ältere ihm einen Schubs gab. Fröhlich öffnete er die Tür, während sich seine alte Liebe zur Bildsprache mit erneuter Macht in ihm Bahn brach – wenn die Freundschaft eine Harfe war, dann hatte er wie ein Cherub auf ihren Saiten gespielt …

Am nächsten Morgen zerriss in der ersten Dämmerung das rasch verklingende Dröhnen des Motorrads die Stille. Eine Stunde darauf brachen Agaat und Ilse mit der Kutsche zur Tante nach Groningen auf. Der Wind hatte nach Osten gedreht, der Himmel riss auf, der Frost setzte ein.

12

Der Mann auf der Bank

Eine unwirkliche Ruhe hing über der Werft. Es war der zweite Tag, an dem nicht gearbeitet wurde, an dem Bepol allein war. Die Sonne schien, es war immer noch frostig. Wenn er hinausging, lief er um die Seewolf. Bei jedem Schritt knackte das Eis unter seinen Schuhen, brach er aufs Neue durch die gefrorene obere Schicht in den Matsch darunter.

So war gestern vergangen, so war es heute, und so würde es bleiben, bis Niesten seine Rückkehr ankündigte und auch die Frauen wieder aus Groningen zurückkamen. Das Fräulein in der Straße hatte Telefon, dort konnte er Ilse erreichen, und bis dahin war Bepol allein, allein auf der Werft und allein mit der Seewolf – auch heute Morgen war er wieder um sie herumgelaufen.

Nach dem Mittagbrot kam er aufs Neue heraus, aber jetzt unverhofft, mit wehenden Rockschößen, und diesmal, um das gesamte Anwesen mit allen Baulichkeiten zu umrunden, seinen Besitz; er war allein, er musste doch nachsehen, ob nichts fehlte, oder ob es ihm überhaupt noch gehörte, er musste es erneut in Besitz nehmen, es auf jeden Fall umkreisen – hastig, als hätte er es bereits zu lange aufgeschoben, vorangetrieben von einer Leidenschaft, die er sonst nicht kannte, begab er sich zur Helling, danach lief er am Wasser und an der Festina entlang auf der anderen Seite des Anbaus zurück, dann ums Haus herum zur Straße, an der Schmiede und am Schuppen vorbei und bei der Bank wieder aufs Grundstück, über die

Bleiche zur Seewolf, dem Abschluss der Runde. Alles war noch da, natürlich; er hatte niemand gesehen, natürlich nicht – noch verdutzt über seine Anwandlung, setzte er sich wieder in Bewegung, bis er nicht mehr weiterkonnte und sich keuchend gegen die Tür des neuen Hauses fallen ließ. Der Schweiß rann ihm in den Kragen, ihn überkam ein heftiger Durst; bevor er sich's versah, ging er hinein und stand in der Küche.

Erneut verschnaufend, jetzt auf der Spüle, kehrte er nach dem Trinken in den Flur zurück. Er hatte seine Ruhe wiedergefunden, wusste, dass er gehen musste, lief aber doch noch kurz weiter zu Niestens Büro. Bei jedem Vorbeigehen sah er das aufgerollte Schiffsporträt der Seewolf liegen, er wollte den Aufbau noch einmal betrachten, in Deutschland wurde gerade darüber gestritten.

Es war kalt im Eckzimmer. Das Fenster stand sperrangelweit offen, schon seit Wochen, es stand auch im Winter offen, um zu zeigen, dass Niesten hier nie saß oder vielleicht auch die Kälte nicht spürte. Das Erste, was Bepol sah, war sein Hochzeitsgeschenk: Noch nagelneu, nahezu unberührt schimmerte ihm das Telefon vom Tisch entgegen; daneben lag die Rolle. Schon streckte er die Hand danach aus, als sein Blick auf ein anderes Papier fiel, auf eine Ecke, die unter dem Telefonapparat vorlugte. Mit dem Zeigefinger zog er es heraus, er beugte sich darüber und erstarrte: Es war die spezifizierte Telefonrechnung für Dezember; mit einem Blick sah er, dass von hier aus mindestens zwölfmal telefoniert worden war, lauter Ferngespräche in die Stadt, zweifellos mit dem Fräulein aus der Straße, manche länger als eine Viertelstunde, und auf einmal spürte Bepol wieder, wie er vor kaum zwei Monaten auf der anderen Seite der Tür im Wohnzimmer auf den Knien gelegen hatte, als er gerade das verschmähte

Werbematerial unter dem Teeschränkchen entdeckt hatte, während Ilse hier fröhlich am Telefon plauderte, zweifellos mit dem Fräulein aus der Straße – die Erinnerung schnitt ihm mit der Schärfe des Kontrasts durch die Seele; ohne noch die Rechnung zurückzuschieben oder die Zeichnung auszurollen, wich er rückwärts aus dem Büro, wankte am Tisch mit der trockenen Kardendistel vorbei durchs Wohnzimmer, er schoss in den Flur, hatte bereits die Hand an der Klinke, da schlug, noch bevor er hinausgehen konnte, die Uhr plötzlich eins, sodass es doch noch war, als würde ihn das Haus höchstselbst hinauswerfen.

Kurz darauf betrat Bepol sein eigenes Büro. Er musste etwas tun, er musste noch den Abschluss für das vergangene Geschäftsjahr machen. Bald war der Schreibtisch links von ihm mit Rechnungen und Quittungen bedeckt; mit kratzender Feder übertrug er die Ziffern ins Hauptbuch rechts von ihm, dann zog er die Bilanz und starrte hingerissen auf die Gesamtsumme.

Das letzte Quartal des vergangenen Jahres fiel noch ungünstiger aus als die vorherigen, weil die Männer aus Appingedam dazugekommen waren, aber unter den neuen, von Schumann auf den Kopf gestellten Verhältnissen hatte der Fehlbetrag nichts Beunruhigendes mehr, sondern lachte ihn im Gegenteil wie vorhin der Überschuss an: Je mehr Lohnkosten er der Seewolf zuschreiben konnte, desto höher würde der Gewinn von vierzig Prozent auf diesen Betrag am Ende ausfallen – er hatte keinen Verlust mehr, er investierte mit garantierter Rendite!

Er nahm ein sauberes Blatt, blätterte im Hauptbuch zum 23. November zurück, dem Tag, an dem der Bau mit dem Wiedereinsatz auch der Appingedamer Männer begonnen hatte, und berechnete die Gesamtsumme der Löhne bis heute. Es war ein ansehnlicher Betrag, doch falls Niestens Mission Erfolg hatte, kam fast noch einmal das Doppelte hinzu – so vorteilhaft wäre es, wenn sie bis zur Endabnahme weiterbauen könnten, für den Gewinn, für die Werft und vor allem für die Männer, denn andernfalls wäre es nicht vertretbar, sie noch länger zu beschäftigen. Beim Gedanken an Deutschland spürte Bepol auf einmal, wie es ihm kalt den Rücken hinunterlief, nicht wegen des Gewinns, der auf dem Spiel stand, sondern aus dem triftigsten Grund, aus dem er auf die Reise gedrängt hatte, der Vorstellung, die schon einige Tage in ihm glühte, wegen der er Niesten den Schubs gegeben hatte … Niesten, den er kannte, wie man eine Tatsache kennt, der aus nichts als Masse und Außenseite bestand, wie ein Standbild … Aber um so jemandem einen Schubs zu geben – war Niestens Nachgeben denn nicht vor allem der Beginn eines Sturzes, die einzige Möglichkeit, wie ein Standbild dem Druck von hinten nachgeben kann? Trotzdem hatte er den Handschuh aufgenommen!

Zuerst dachte er, dass in ihm ein Hustenanfall aufstiege, aber es war ein Lachkrampf, der sich in drei monotonen Atemstößen entlud, danach durchfuhr ihn abermals ein Schauder: Wenn der Plan gelang und sie den Endausbau bekamen, welche Kräfte wären dann nicht entfesselt? Er hatte es nicht mehr in der Hand, aber auch Niesten nicht … Plötzlich gehetzt begann er den Schreibtisch aufzuräumen, jetzt galt: Niesten oder er, und im selben Moment, als er die Schublade mit dem Hauptbuch zuschob, brach er erneut in Gelächter aus.

Als er ein wenig später auf seine Uhr blickte, saß er noch immer im Büro. Es war zwei Uhr, die Mittagsruhe umgab ihn wie spiegelglattes Badewasser, teilte sich ihm mit, noch ein wenig später war er in all seiner Ruhe darin aufgegangen.

Durchs Seiten- und das Türfenster sah er die Werft als unerschütterliches Ganzes um sich herum liegen, er freute sich, weil er alles wieder einmal schön abgelaufen hatte, und er dachte an Agaat.

Während drinnen die Zeit verstrich, wehte draußen der Wind, das Einzige, was noch Atem hatte. Nirgends im weiten Umkreis erklang eine Stimme oder schlug ein Herz, selbst das Pferd war weg, nur die Festina knarrte bisweilen in der Frostkälte. Die Wange in die Hand gestützt, versuchte Bepol ins Vergessen einzutauchen, aber die Stille, die ihn eben noch lau umhüllt hatte, kühlte allmählich ab, und mit einem Mal fühlte er den kalten Luftzug der Einsamkeit über seinen Rücken streichen. Warum blieb das Telefon still? Niesten hätte ihn schon gestern anrufen können, um die gute Ankunft zu bestätigen, oder mit dem Bericht seiner ersten Besprechung, oder vielleicht um einen Rat zu erbitten; in Groningen hatte er sich auch nicht gemeldet, sonst hätte Ilse es ihm bestimmt von dem Fräulein aus telefonisch durchgegeben. Die Frage des Endausbaus war wichtig, aber auch einfach: Warum war noch kein Bescheid da?

Unruhig rutschte Bepol auf dem Stuhl herum, und plötzlich beschlich ihn das unangenehme Gefühl, dass sich Niesten neben dem Geschäft auch wieder mit seinen Freunden befasste. Solange er deren Gesellschaft vorzog, würde er ohne sein; Niestens Vergnügen war seine Langeweile, und das konnte er nach Lust und Laune dauern lassen – der Kampf stand noch bevor, aber schon jetzt fühlte Bepol, wie sich von hinten eine unsichtbare Hand nach ihm ausstreckte …

Mit der Macht des Verlangens trieb er seine Gedanken zu Agaat zurück, danach dachte er an die Männer. Gestern früh, Niesten war weg und mehr Zeit als genug gewesen, hatte er sie dann eben nach Hause geschickt, aber jetzt hätte er sie gern da gehabt, damit er sie sehen könnte, und hören – um sie wenigstens auf dem Papier bei sich zu haben, holte er mit milder Nachsicht das laufende Hauptbuch heraus und trug ihre Stunden für gestern und heute ein; es ließ sich gerade noch vertreten, und sie hatten ja nicht um freie Tage gebeten…

Ohne weitere Klage oder Widerstand ergab er sich der Ruhe ringsum und fühlte erneut, wie allein er war, allein mit der Seewolf, alle beide so verlassen, dass sie miteinander zusammen waren; unwillkürlich stellte er sich ans Seitenfenster, sah, wie sie dort unter dem blauen Himmel ungeheuer braun in ihrem Rostpelz vor sich hin glühte und ihm dabei ihr Hinterteil zukehrte, danach richtete er seinen Blick über sie hinweg und schaute kampfbereit in den Himmel über Deutschland, wo Niesten sich aufhielt.

Als er nicht mehr wusste, was er noch denken konnte, wandte er sich vom Fenster ab, um Tee zu kochen. Für Agaat wäre es noch zu früh, aber er war allein. Mit wenigen Schritten war er an der Zwischentür zur Küche, wollte nach der Klinke greifen, blieb aber wie festgefroren stehen, als fiele ihm etwas ein oder als habe er etwas gesehen, was er erst jetzt richtig erfasste. Ganz langsam ging er zurück, bis er durchs andere Fenster, das Türfenster, das Gelände überblicken konnte, und sah es dann gleich: Auf der Bank saß ein Mann.

Nach einem unwillkürlichen Zurückzucken näherte Bepol, während ihm das Herz noch in der Kehle hämmerte, erneut sein Gesicht dem Fensterglas. Ohne Gegenlicht konnte er den Mann, trotz eines Abstands etwa vom Wasser bis zur Straße, bis in alle Einzelheiten studieren. Er war ganz in Schwarz, es war ein Herr, er trug auch einen schwarzen Hut und hatte sogar eine Brille mit dunklen Gläsern auf – wie er so saß, musste ihm die tief stehende Wintersonne direkt in die Augen scheinen.

Lächelnd, freudig überrascht, dass die Bank sogar in dieser Jahreszeit noch genutzt wurde, und in der sicheren Gewissheit, dass er noch nicht bemerkt worden war, trat Bepol endlich in die Küche. So beruhigend es für ihn war, auf die trocknende Wäsche zu blicken, auf den Rauch aus den Essen oder auf windgepeitschte Zweige, ebenso gern blickte er auch auf Wasser, das zu kochen begann: Weil Agaat doch nicht da war, ließ er den Pfeifkessel stehen, stellte einen kleinen Topf aufs Feuer und entschied sich, dazu noch im letzten Moment, nicht Tee, sondern Kaffee zu kochen, den er im Zimmer am Ofen trinken wollte.

Kahl bis auf ein paar Krähen nebelten die Wiesen vom Wasser her ein, immer weißer in der silbernen Ferne. Es war warm hinter der Scheibe, die Sonne schien voll ins Zimmer herein. In dem wärmenden Licht sollte Bepol eigentlich schläfrig werden, er sollte auch befriedigt sein wegen all der gebrochenen häuslichen Konventionen, um die er sich nicht geschert hatte, doch stattdessen fühlte er in sich nur erneut eine Unruhe aufsteigen. Was suchte dieser Mann auf der Bank? Es war ein herrlicher Tag, aber doch mitten im Winter, nicht die Zeit zum längeren Verweilen, ein Tourist konnte es nicht sein.

Bevor er sich versah, hatte er den noch halb vollen Becher auf den Ofen gestellt, lief aus dem Zimmer, durch die Küche und in sein Büro. Der Mann saß noch da. Halb verborgen hinter dem Mauerwerk, durchs Sprossenfenster spähend, beobachtete Bepol ihn erneut peinlich genau.

So distinguiert der Herr bereits auf den ersten Blick gewirkt hatte, beim zweiten Blick sah er auch noch schwarze Handschuhe, vermutlich aus Satin oder Leder, denn die Sonne schimmerte darauf. Entspannt zurückgelehnt, mit übereinandergeschlagenen Beinen, einen Arm auf der Rückenlehne und den anderen auf dem Knauf seines Spazierstocks ruhend, schien er dort schon seit Stunden zu sitzen, und es hatte den Anschein, als könne er auch noch Stunden dort sitzen bleiben. Der Anlass, weshalb er seine Reise von der Stadt nach Delfzijl oder umgekehrt hatte unterbrechen wollen, war zweifellos die Seewolf; er musste sich gewundert haben, hier ein neues Schiff auf Stapel zu sehen, während sich dort in 't Hoogezand nichts mehr tat, und dazu noch ein solches Schiff, ein Motorschiff, ein Vollbluthochseeschlepper am Damsterdiep. Von der Bank aus hatte er freie Sicht darauf, wie sie hinter dem neuen Haus lag, aber es konnte auch sein, dass er jetzt, rein indem er den Blickwinkel änderte, am Haus entlang direkt zum Büro schaute, weil er doch irgendeine Bewegung hinter dem Fenster bemerkt hatte …

Während seine Wangen glühend heiß wurden, bewegte sich Bepol wie in Zeitlupe vom Fenster weg, seitlich in die Deckung der Mauer, dann verließ er in seinem üblichen Tempo das Büro und kehrte durch die Küche ins Zimmer zurück. Der Kaffee war noch heiß, aber bereits nach einem Schluck setzte er seinen Weg fort, nun die Treppe hinauf ins Schlafzimmer; wie schon nach der ersten Ingebrauchnahme bemerkt, konnte er auch von dort aus die Bank sehen, nicht so gut wie von seinem Büro aus, aber dafür verstohlener, mehr von der Seite.

Der Mann saß noch immer da, in derselben entspannten Haltung, die Bepol inzwischen ziemlich auf die Nerven ging: Die Bank mochte zwar eine öffentliche Bank sein, aber sie stand auch auf Privatgrund, auf seinem Grundstück; der Mann war kein Besucher mehr, sondern ein Eindringling; ein Besucher säße dort mit offenem Visier, diese Person verbarg Augen und Absichten hinter dem schwarzen Spiegelglas der Schmuckbrille, ließ nicht einmal die Hände sehen – ausgesprochen gereizt wechselte Bepols Blick nun von dem Mann zum Bug der Seewolf, die das neue Haus überragte, er hatte hier freien Blick, aber wozu? Er bewegte sich nicht und schien völlig unempfindlich für seine Blicke zu sein, wie heftig er ihm damit auch zusetzte – nun, dann ließ er es eben!

Im Wohnzimmer tickte die Uhr, Staub schwebte auf den Sonnenstrahlen, weiter geschah nichts. Bepol hatte den letzten Schluck Kaffee ausgetrunken und stand wieder am Fenster, auf den Fersen wippend, ratlos vor Ärger und Unruhe; etwas später nahm er ein Buch aus dem Schrank und begann aufs Geratewohl zu lesen, bis er nach wenigen Zeilen nicht mehr weiterkonnte: Auf seinem Grundstück war ein Mann. Nachdenklich schüttelte er den Kopf, während er sich vor Entrüstung immer mehr aufrichtete, denn warum sollte er sich hier eigentlich verstecken müssen? Warum hatte er sich eben aus seinem Büro vertreiben lassen, als wäre nicht der Mann, sondern er der Eindringling? Schon war er aufgestanden, schon stand er im Flur, piekfein mit Mantel, Hut und Stock, er ergriff die Türklinke, holte Luft – und schritt mannhaft aus dem Haus.

Zuerst blieb der Mann hinter der Ecke des Schuppens noch unsichtbar, aber mit jedem Schritt kam er mehr zum Vorschein, und sie gerieten sich ins Visier. Trotzdem blieb der Herr nur ein schwarzer Fleck im Augenwinkel, denn ohne auf- oder sich umzusehen, schritt Bepol mit geschwellter Brust dahin, und weil er das Kinn recken wollte, sah er auch nicht auf den Boden, wie schwer es sich so auch ging: Jedes Mal, wenn er den Fuß aufsetzte, brach er durch die gefrorene Oberfläche, jeder Schritt hinterließ ein Loch im überfrorenen Schlamm. Knirschend, schnurgerade, starren Blicks ging es so Richtung Büro, er trat ein, schloss die Tür hinter sich und lief gleich durch die Küche ins Zimmer zurück.

Ausschnaufend stützte er sich im hellen Licht mit beiden Armen auf den Tisch. Je mehr er zu Atem kam, desto mehr steigerte sich seine Befriedigung zu einer Kraft, die ihn wieder aus dem Zimmer trieb, abermals die Treppe hinauf, um von oben die Wirkung seines Auftritts in Augenschein zu nehmen: Weil nicht gearbeitet wurde, hatte der Mann natürlich gedacht, dass auch keiner da wäre, aber diese Ahnungslosigkeit galt nicht mehr, jetzt, wo er sich zu Besuch wusste, sollte er sich zumindest ein bisschen gerader hinsetzen.

Die Kälte des Schlafzimmers, die blaue Scheibe, die schwankend näher kam, das urplötzliche, freimütige Ans-Fenster-Treten – der Mann unten saß noch immer genauso flegelhaft auf der Bank.

Mit knirschenden Zähnen klammerte sich Bepol an die Fensterbank, er machte sich noch breiter, hätte sich am liebsten durch Winken bemerkbar gemacht, aber es hatte keinen Zweck: In dieser unerträglich entspannten Haltung sah der Mann einfach weiter vor sich hin, in aller Ruhe, als ob alles, was er sah, ihm schon allein deshalb gehörte, weil er darauf blickte, als säße er in seinem eigenen Garten und habe eben jemand vom Hauspersonal vorbeigehen sehen. In der völligen Verlassenheit war der Einbruch ebenso zudringlich wie ein Geräusch in der Stille; durch seine Reglosigkeit verursachte der Mann eine immer größere Erregung, wie ein Steinchen im Schuh – fieberhaft überlegte Bepol, wie er ihn zu einer Reaktion bringen könnte, ohne sich noch einmal zeigen zu müssen, dann begann er zu schmunzeln und ging nach einem kurzen Nicken in den Spiegel wieder nach unten.

Nicht mehr aus Scheu, sondern wegen seines Plans galt es nun unbemerkt das Büro zu erreichen. Den bleichen Fleck seines Gesichts deckte er mit dem Hut ab, schlich mit gekrümmtem Rücken durch die Küche, öffnete sachte die Zwischentür und rutschte im nächsten Moment mit eingezogenem Kopf an seinen Schreibtisch hinter die Schreibmaschine. Der Mann verharrte noch immer in seiner unverschämten Gemütsruhe; während Bepol sich jetzt den Hut über die Augen zog, spähte er mehrmals von dem Mann zum offenen Fenster von Niestens Büro, dann bückte er sich mit erneutem Schmunzeln zum Telefon und presste schon beim Wählen den Hörer ans Ohr.

Ein Knistern, ein Klick, ein Fräulein vom Amt, das nach der Nummer fragte – mit gedämpfter Stimme nannte Bepol sie aus dem Kopf.

Der Wagen der Schreibmaschine bildete mit dem Hutrand eine Schießscharte, hinter der er sich völlig sicher und unsichtbar wusste. Während erneut ein Knistern in die Leitung kam, spähte er wieder abwechselnd von dem Mann zum offenen Fenster, bis endlich das Klingeln ertönte und er nur noch den Mann auf der Bank im Visier hatte, atemlos.

Das Klingeln von Niestens Telefon musste sehr laut durch das offene Fenster und die Mittagsruhe auf dem Anwesen schrillen: Schon beim ersten Ton schien sich der Mann zu straffen, beim zweiten Klingeln wandte er sein Ohr dem Geräusch zu, drehte den Kopf ruck, zuck beiseite und richtete sich sofort wieder reglos auf, um zu lauschen – er hatte sich bewegt, er hatte den Kopf schräg gelegt wie ein Vogel!

Bepol konnte nicht mehr, prustend presste er die Lippen aufeinander – denn obwohl von dem Geräusch draußen nichts in sein geschlossenes Büro gedrungen war und er den Apparat nur in seinem eigenen Hörer hatte läuten hören, wagte er doch kein lautes Lachen aus Angst, sich am Ende noch zu verraten. Er warf einen flüchtigen Blick auf den Mann, der jetzt scheinbar die Lektion begriffen hatte und nun alles andere als entspannt auf der Bank saß, dann duckte er sich noch tiefer, um sich zwischen den Beinen auszukichern, bis er sich plötzlich straffte – wie ein Pfeil durchschoss ihn zum ersten Mal die Frage, wer dieser Herr wohl sein mochte, und die naheliegende Antwort traf ihn mitten ins Herz: *Schumann* …

Während ihm der Schweiß auf dem Rücken gefror, richtete er sich auf, um erneut über die Schreibmaschine hinweg, durch den Schlitz zwischen Wagen und Hutrand nach dem Mann zu spähen, der jetzt den Spazierstock zwischen den Beinen hatte, beide Hände darauf ruhen ließ und wieder unbewegt durch seine Sonnenbrille vor sich hin sah – ja, es war Schumann, er hatte alles von Niesten gehört und war jetzt gekommen, um einmal nach seinem neuen Schiff und vielleicht gar seiner neuen Werft zu schauen …

Den letzten Gedanken schüttelte Bepol schaudernd ab, der erste erfüllte ihn mit Stolz: So schräg von vorn präsentierte sich die Seewolf ihrem Eigentümer am vorteilhaftesten, es ging gar nicht anders, Schumann musste zufrieden sein – womöglich klingelte er gleich an, um Bekanntschaft zu machen.

Die offene Zwischentür saugte ihn an, mahnte zur Vorbereitung, zum Aufstellen der Teetafel; während Bepol seinen Stuhl schon zurückschob, warf er einen letzten Blick auf den Herrn in Schwarz, dessen halbes Gesicht wegen der Sonnenbrille plötzlich durchaus ein Sehorgan zu haben schien – aber wenn er direkt durchs Fenster alles gesehen hatte, dann würde er nicht einfach zum Vorstellen kommen, sondern um zu fragen, warum er, getarnt von seinem Hut, Niesten angerufen hatte, obwohl er ihn doch in Deutschland wusste …

Er musste hier weg, vom Telefon weg, sich fassen und eine Zigarre anzünden; ohne noch das geringste Risiko einzugehen, sank er auf die Knie und kroch über die Schwelle, durchs Büro und zurück ins Zimmer. Eilends stellte er eine Tasse mit Untertasse auf den Tisch, goss das letzte Restchen Kaffee aus dem Becher hinein, als säße er wie jeden Tag gerade beim Tee, und erstarrte abermals, von einem wieder neuen Einfall getroffen: Warum sollte es Schumann sein, warum nicht jemand von Bugsier?

Schaudernd verfolgte er vom Fenster aus seinen Gedankengang: Wenn der Gigant Bugsier davon Wind bekommen hatte, dass Schumann hier eine Antwort auf die Hermes bauen ließ, hatte er allen Grund, einen Spion auszuschicken; wenn er außerdem Wind von Schumanns heimlichem Engagement an seinem Unternehmen bekäme, würde er zweifellos in Zorn entbrennen und so schnell wie möglich, jetzt, wo es noch ging, mit verheerender Übermacht nach seinem vermessenen, aber vorläufig noch viel schwächeren Rivalen ausholen und nach allen, die auf dessen Seite standen oder für ihn arbeiteten … es war eine reine Frage der Zeit, bis der Schlag fallen würde, denn alle großen Reedereien waren doch miteinander durch ein Geflecht von Beziehungen verbunden, das hatten die Herren von 't Hoogezand wohl klargemacht, in dieser Welt blieb nie etwas geheim …

Zu dem vielen Licht, das ihm schon in die Augen schien, wetterleuchtete es jetzt auch in Bepols Kopf; während er sich auf die Fensterbank stützen musste, verzog sich sein Gesicht vor Schmerz und beim nächsten Blitz abermals – denn was für Bugsier zutraf, galt bei näherer Betrachtung auch für die Internationale und für Smit; am Ende entschied sich der Kampf der Bergungsunternehmer um die Hegemonie doch zwischen Deutschland und Rotterdam, und als er Pattje, Bodewes und Van Diepen bei der Weihnachtssitzung von der Seewolf erzählt hatte, hatte er gewissermaßen selbst, über sie, die Rotterdamer Reeder, mit denen sie ja gut bekannt waren, mitteilen lassen, dass er sich auf die deutsche Seite geschlagen hatte – und darüber sollten sie nicht erbost sein dürfen? Der Mann auf der Bank konnte auch von der Internationale oder von Smit sein …

Langsam fand er sein Gleichgewicht wieder, und als er die Fensterbank nicht mehr zum aufrechten Stehen brauchte, ließ er los und lief aus dem Zimmer, die Treppe hinauf. Noch einmal musste er den Mann betrachten, gewissenhaft und geschützt von der Seite, und sein Drang nach oben war so stark, als glaube er, alsbald erkennen zu können, ob er jetzt mehr nach einem von der Internationale, von Smit oder doch von Schumann aussah.

Das Schlafzimmer, das Fenster, der Ausblick: Das war gleich – aber die Bank war leer. Der Mann war nicht mehr da.

Alles drehte sich, tanzte auf und ab und trampelte hinunter, dann trat Bepol zum zweiten Mal an diesem Nachmittag mit wehenden Rockschößen unverhofft aus der Haustür. Bei jedem Schritt, jedes Mal, wenn er knirschend durchs Eis brach, machte er abwechselnd mit dem linken oder dem rechten Arm eine fegende, verdeckte Bewegung zur Seite, als schritte er durch ebenso viele Theatervorhänge und sein Gang zur Straße sei ein einziger, langer Bühnenauftritt.

Hinter der Schmiede war alles verlassen, auch das Automobil, das hier gestanden haben musste, war weg, Richtung Deutschland oder Rotterdam, Bepol wusste es nicht. Fassungslos wankte er weiter zur Bank, auf der noch ein lauer Fleck zu spüren war, und als er sich im nächsten Moment darauf sinken ließ, war es, als habe er die ganze Zeit hier gesessen.

13

Endausbau

Schon am nächsten Tag fuhr Niesten um die Mittagszeit auf die Werft. Er musste den Zeitpunkt seiner Rückkehr sehr genau mitgeteilt haben, denn gleich nach ihm traf die Kutsche mit den Frauen aus Groningen ein. Sie sahen das Motorrad am neuen Haus lehnen, zeigten darauf und verschwanden durch dieselbe Tür wie Niesten unmittelbar vor ihnen.

Bepol, der beim ersten Geräusch aufgesprungen war, verfolgte alles vom alten Haus aus; das Gesicht ans Türfenster gepresst, wartete er, bis die Tür gegenüber zum zweiten Mal zuschlug, dann trat er hinaus, um sich in die Begrüßung einzureihen und das Ergebnis der Mission zu vernehmen.

Niesten hatte bereits mit dem Bericht begonnen, wiederholte jedoch bei Bepols Eintreten das Wichtigste prompt und knapp: *Der Bitte war entsprochen, die Motoren sollten gebracht werden, sie hatten den Endausbau.*

Zum ersten Mal saßen alle zusammen um den Tisch im neuen Haus, die Vase mit der getrockneten Kardendistel in der Mitte, Agaat und Ilse rechts und links von Niesten an den Schmalseiten, Bepol ihm direkt gegenüber. Der glatte Erfolg trieb ihm das Blut in die Wangen, er fühlte sein Herz hüpfen wie eine glühende Kohle im Ofen, und zugleich fragte er sich, welche Freunde Niesten bei Schumann wohl haben musste, dass man ihn so schnell und vorteilhaft beschieden hatte, welch eine Freundschaft das wohl war. Nachdem er ihm die Hand gedrückt hatte, ging der Bericht mit näheren Einzelheiten und Vereinbarungen näselnd weiter:

– Das Datum der Flottenparade, mit der Schumann sein dreijähriges Jubiläum als Bergungsreederei feiern wollte, mit dem Höhepunkt der Präsentation der Seewolf als Neuzugang, war auf den 27. März d. J. festgesetzt.

»Das wird ein machtvoller Anblick!«, warf Bepol ein. »Siehst du es schon vor dir, wie sie sich mühelos in diesem festlichen Gepränge behauptet? Alle Schiffe sind natürlich über die Toppen beflaggt …«

– Die Überführung von der Werft nach Bremerhaven, die zugleich als Probefahrt dienen sollte, war auf zwei Tage angesetzt, was bedeutete, dass die Seewolf, wollte sie am 26. März ankommen, am 24. März ablaufen musste.

»Das ist alles großzügig gerechnet, man kann schließlich auch nachts fahren, aber Sicherheit geht vor!«, meinte Bepol.

– Der Stapellauf würde also am 24. März stattfinden, und zwar morgens um zehn …

»Traditionell war er immer mittags um zwei, aber du machst das nach deinem Gusto … hatte ich es nicht prophezeit?«

… in Anwesenheit eines hohen Vertreters von Schumann, der den Papierkram der Klassifikation, Registrierung und Versicherung kontrollieren, der Taufe beiwohnen und sich anschließend samt mitgebrachter Mannschaft für die Heimreise nach Bremerhaven einschiffen sollte.

»Es ist schade, dass Schumann nicht persönlich dabei sein kann, aber auch seinen Vertreter werden wir gebührend empfangen!«

– Die Motoren waren schon seit geraumer Zeit bei MAN in München bestellt, sie standen jetzt auf irgendeiner anderen Werft bereit und konnten vor Monatsende mit allem Zubehör und dem technischen Personal eintreffen.

»Bedauerlich für diese andere Werft, dass sie den Endausbau an uns verliert, aber offenbar hatte sie keinen Vertrag.«

– Schließlich konnte alles, was nach dem mitgelieferten Pflichtenheft sonst noch benötigt wurde, von heute an bei den umliegenden Zulieferern und Subunternehmern auf Rechnung von Schumann bestellt werden, alles, damit die Seewolf nur rechtzeitig ablaufen …

»Heute ist der 10. Januar … bis 24. März hast du noch zwei Monate und zwei Wochen … in der Zeit haben wir früher einen kompletten Schoner gebaut!«

… und zusammen mit der Seehund, der Seemöwe, der Seelöwe und der Seeteufel an der Flottenparade vor dem Reedereikontor am Hafen teilnehmen könnte.

»In so einer Formation sind alle Schiffe gleichrangig, und trotzdem würde es mich nicht wundern, wenn sie die Parade anführen und als Erste Schumann und seine Gäste grüßen dürfte, denn selbst wenn die anderen Bergungsschiffe vielleicht größer sind, ist sie dort die Einzige ohne schwarzen Rauch aus dem Schornstein, die Einzige mit Diesel, die Zweite weltweit!«

Als es dabei blieb, stand Ilse auf, um Tee zu kochen, Bepol rieb sich die Hände, aber Agaat sagte, dass sich Niesten vielleicht von der Reise ausruhen wolle, und ging vor zur Tür.

Draußen eilten die ersten Männer aus Wirdum auf das Gelände; die Appingedamer, die natürlich das Motorrad hatten vorbeifahren hören, trafen eine Stunde später ein. Im Vertrauen auf den Weiterbau steckten alle schon wieder im Arbeitszeug, vielleicht hatte Niesten auch im Vorbeirasen kurz den Daumen hochgereckt.

Feuer wurden entfacht, die ersten Hammerschläge ertönten, an der Pendelschere wurde eine neue Platte zugeschnitten. Weil Bepol hinter dieser arbeitseifrigen Geschäftigkeit nicht zurückstehen wollte, setzte er sich in sein Büro, wie kalt es dort auch war.

Am nächsten Tag saß er wieder da, mit den Schuhen in den großen, schwarzen Holzpantinen, schläfrig vor Kälte, und so tief in sich gekauert, dass er Niesten nicht hatte kommen sehen – mit einem Mal ging die Tür auf, und er stand mitten im Zimmer. Er hatte einen Stapel Papiere bei sich, die er auf dem Schreibtisch ablegte und, zum Durchlesen, halb zu Bepol drehte.

»Das hier muss unterschrieben werden«, sagte er dann.

Nickend beugte sich Bepol darüber, ließ die Blätter durch seine Hände gleiten. Es waren Bestelllisten, schon gestern war es angesprochen worden, dass bei allerhand Betrieben in der Umgebung Bestellungen aufgegeben werden müssten, aber diese Listen mussten schon in Bremerhaven erstellt worden sein: Sie waren getippt. Niesten war keine drei Tage dort gewesen und hatte trotzdem in der Zeit alles weitere Erforderliche, wie hier aufgelistet und nach Maß und Qualität beschrieben, von Eisentreppen bis zu Kettengut, von Klampen bis zu Luken und Winden, für die Schreibkraft ins Niederländische übersetzt und sogar einen verstellbaren Buchstabenstempel verwendet, denn rechts unter jedem Blatt, dort, wo unterschrieben werden musste, stand jedes Mal in einem Kasten: *im Auftrag Schiffbau Bepol.*

Dass Niesten seinen Namen in Deutschland eigenhändig auf den Stempel übertragen, dass er so hart gearbeitet hatte, und dass er jetzt seine Unterschrift wollte – Bepol erbebte unter der Wärme, die sein Herz jetzt durch ihn hindurchpumpte, hinauf bis zu seinem Lächeln und wieder zurück, er griff zur Feder, lehnte sich, ohne den Blick zu heben, wieder vor und zögerte dann doch noch: Wenn er so viel auf Rechnung von Schumann bestellte, lief dann seine Schuld bei ihm nicht zu hoch auf? Die Furcht währte nur kurz; sie waren noch immer gleichauf, fand er danach: Er finanzierte die Arbeit vor, Schumann das Material – sie arbeiteten zusammen.

Mit einer Gewichtigkeit, die er schon lange nicht mehr empfunden hatte, begann er zu zeichnen – kein Mann gewichtiger als der, der eine Unterschrift nach der anderen setzt, während der Bittsteller im Stehen, mit den Händen auf dem Rücken, dabei zusieht; keine Haltung gewichtiger als seine, kein Gefühl gewichtiger als seines, solange die Handlung dauert.

So, damit war die Arbeit ohne weiteren Zeitverlust wieder aufgenommen, mit allem, was bis zum Eintreffen der Motoren noch getan werden konnte: Das Vorderdeck wurde angebracht, darunter kamen die Stahlwände der Kombüse, der Funkerraum und die Kapitänskajüte, und das Schiff bekam seine Verschanzung.

Der Frost blieb, der Ostwind frischte noch auf. Das gepeitschte Wasser, eisenfarben, nunmehr fast schwarz, jagte mit grellen Gischtköpfen vorüber, und das dürre Schilf an den Ufern konnte sich dem nur noch beugen. Nach wenigen Tagen wuchs Eis an den Stängeln knapp über der Wasserlinie: Die Windsee hinterließ einen nassen Abdruck, und so verwandelte sich, was als ein silberner Ring begonnen hatte, allmählich zum unerträglichen Joch; unter dem Gewicht der glasig gewordenen Geschwülste verzogen sich die Stengel jetzt auch unter Wasser, und das Wuchern konnte sich so immer noch weiter nach oben hin ausbreiten – ein Halm nach dem anderen neigte sich nieder; aber wie tief sich das Schilf auch vor den vorbeimarschierenden Wellen verbeugt hatte, am Ende wurde es doch von ihnen verschlungen.

An anderen Stellen jedoch hielten die Eisringe stand, verdickten sich zusehends, zuletzt zur Panzerung ihres eigenen

Untergrunds. Die Pfähle unter dem morschen Steg, durch Faulen und Verwitterung dort am dünnsten, wo sich Wasser und Luft berührten, hatten nun genau hier verdickte, in Eisgaze gewickelte Knie bekommen; im Reisig der Uferbefestigung funkelte die Sonne auf gläsernen Tropfen; etwas weiter entfernt wurde die Wallkante nicht mehr durch Schutt, sondern durch Eisperlen verstärkt, und auch dort, wo Schilfgürtel und Uferwerk völlig fehlten, lag der durchweichte Lehmboden der Böschung jetzt unter bizarren Eisscherben – es war, als ob überall aus den zahnlosen, weichen Kiefern des Kanals neue Zähne gewachsen wären, als ob das Diep mit immer mehr Mündern lachte, bis es zuletzt selbst vereiste und das Lachen jäh zu einer sich nicht mehr verändernden Grimasse erstarrte. Einige Tage darauf kamen von der Stadt her die ersten Schlittschuhläufer vorbei, wie im Sommer die Radfahrer.

Über den Rumpf waren Planen gespannt; die Schmiedefeuer, auf denen sonst die Niete erhitzt wurden, wärmten jetzt die rauchige Luft darunter. Das Schiff wurde innen abgeklopft und mit Mennige gestrichen, eimerweise war der Rost über das Schanzkleid gegangen. Wer beim Abklopfen in dieser Wolke aus Rauch und Eisenasche plötzlich nichts mehr sah, dem half man von Bord und führte ihn in die Waschküche des neuen Hauses, wo Ilse den Eisenstaub aus den Augen wusch. Inzwischen hatte Brons die Motorgrundplatte mit den entsprechenden Gummiblöcken geliefert, ein Lastwagen aus Groningen brachte zwanzig Bündel Relingrohr.

Weil man von außen nicht mehr viel von der Arbeit sehen konnte, stand Bepol wieder regelmäßig am Schlafzimmerfenster, um über alles hinweg nach Osten zu schauen. Schon immer hatte er geahnt, dass die Zukunft von dort kam, nun waren die modernsten Maschinen tatsächlich aus Deutschland auf dem Weg zu ihm, während der große Bugsier dort hinten unter dem blassblauen Himmel von Schumann angeknabbert wurde und hinter seinem Rücken der atlantische Wettstreit zwischen Smit und der Internationale unverändert weiterging – weil Groningen genau zwischen Rotterdam und Hamburg lag, dort, wo die Einflusssphären der zwei Machtblöcke wie Schollen aneinanderstießen, fürchtete er manchmal, dass sich jeden Moment der Boden unter ihm auftun könnte und er mit der gesamten nördlichen Schiffbauindustrie auf ewig und allezeit in dem Bruch verschwände, aber dann riss er auch wieder, mit einem Mal aufgeregt, das Fenster weit auf und sog gierig die Luft ein, die von Russland her über Deutschland heranwehte, während ihm die Kälte die Tränen in die Augen trieb und er die Revolution riechen konnte.

Einmal, als er doch wieder die Seewolf umkreiste, kam Niesten gerade mit einer dampfenden Kaffeekanne aus der Waschküche. Lächelnd blieb er stehen, mit den Händen in den Seiten sah er ihn näher kommen, schmeckte schon seinen Satz im Mund – aber Niesten hatte keine Zeit für einen Schwatz, nur für einen Gruß; ohne den Schritt zu bremsen, lief er weiter und stieg die Leiter hinauf.

So heiter ihn Bepol erwartet hatte, so geschlagen betrat er gleich darauf sein Büro. Kraftlos sank er am Schreibtisch nieder, er nahm den Kopf in die Hände und überließ sich der Verbitterung: Niesten ging zwar sehr stark im Ausbau auf, doch er durfte dabei nicht vergessen, durch wen er so weit gekommen war; hätte er ihn nicht angespornt, noch einmal nach Deutschland zu reisen, dann wäre es beim Kasko geblieben, und überhaupt stammte die Idee von ihm, dort zu akquirieren, doch das war längst noch nicht alles, er könnte noch viel weitergehen, noch viel weiter zurück in der Zeit, denn wenn er nicht all die Jahre die Werft vor Unheil bewahrt hätte, und wenn er Niesten nicht hätte einheiraten lassen und seinetwegen das Personal beibehalten hätte – wenn er sich, kurzum, wie die Herren in 't Hoogezand verhalten hätte, dann hätte Niesten niemals … denn ohne Werft … wie hätte er denn sonst um Himmels willen … das war dasselbe wie … sodass man doch … aber nein, natürlich nicht … immer … auch schon … obwohl … und kein einziges Mal … aber doch ständig … und dann konnte er wieder … denn sonst … oder war er vielleicht …

Immer mehr spann sich Bepol in seine gebetsmühlenhaften Rechtfertigungen ein und blieb grau und reglos an seinem Schreibtisch sitzen, während seine Worte durch die Abnutzung zuerst ihren Sinn verloren und sich danach auch selbst in nichts auflösten, sodass was übrig blieb, noch am ehesten reiner Logik ähnelte, einem Gebet oder einem Wortwechsel. Funkelnd vor Groll, konnte er sich kaum noch bewegen, aber mit letzter Kraft gelang es ihm doch noch, den Kopf zu heben, und er dachte noch einmal den Gedanken, der all das andere gezeugt hatte: Wenn Niesten glücklich war, sollte er einmal bedenken, wem er dieses Glück zu verdanken hatte – nun wirklich nicht seinen deutschen Freunden allein.

Niestens Telefon musste jetzt tatsächlich geläutet haben, vielleicht hatte er sogar selbst angerufen, einerlei: Am Morgen des 25. Januar kam die Nachricht, dass die Motoren am Nachmittag einträfen. Eine große Erregung senkte sich auf die Werft.

In aller Eile wurde der Werftkran zum Achterschiff der Seewolf gezogen und mit zwei Stahlkabeln extra vertäut. Niesten wies die Befestigungspunkte an; dort wurde mit Beilen die Eisdecke aufgehackt und mit Spaten der Boden darunter ausgehoben; Bug- und Heckanker der Festina versanken als felsenfeste Grundanker in den Löchern. Andere holten in der Zwischenzeit das Gangspill mit den zwei Dreischeibenblöcken von der Reparaturhelling. Durch das seitliche Bürofenster sah Bepol, wie die komplette Hebelanlage, mit der er bis vor Kurzem in der Rezession die lecken Kähne nach kieloben hatte drehen lassen, zur einzigen Helling verschwand, die noch in Betrieb war, zur dritten Helling auf der Pferdekoppel.

Nachdem alles vorbereitet war, konnten sie nur noch warten. Wegen der Kälte schienen alle zu rauchen, wie Kurbelwellen stampften die Beine die Holzschuhe auf den Boden, zwischen all den Wintermützen und Düffeljoppen stach Niesten in seinem gewohnten schwarzen Arbeitsanzug, mit den Stiefeln und der Uniformmütze noch mehr hervor als sonst. Um Ausschau zu halten, banden sich ein paar Männer die Schlittschuhe unter und fuhren Richtung Delfzijl dem Transport entgegen. Krebsrot im Gesicht kamen sie zurück, bogen in das geknickte Schilf ein, stiegen ans Ufer.

»Er kommt!«, riefen sie. »Er ist schon hinter Appingedam!«

Eine Stunde später mischte sich Rußgeruch in den Wind, noch etwas später hörte man Eis krachen, Peitschenhiebe knallen, die schon kurz hinter der Werft niedergingen. Dennoch unverhofft tauchte der Konvoi dann in der Ferne auf – einige stellten sich, wegen der besseren Aussicht, auf den Kanal, die Älteren bevorzugten die Seitenansicht vom Ufer her, Bepol, inzwischen zu sehr von der allgemeinen Aufregung befallen, zog den Mantel an, setzte den Hut auf und stellte sich etwas abseits, an die Ecke des neuen Hauses.

Es war, als ob ein königlicher Tross einträfe, mit einem deutschen Eisbrecher als Herold zu Pferd vorneweg: Unablässig schob sich der Bug so weit übers Eis, bis er unter dem eigenen Gewicht einbrach, was wie das Auf und Ab eines zeitlupenhaft verzögerten, vornehmen Trabs aussah; auf dem Schornstein wogte die Rauchsäule wie ein Federbusch auf einem Helm. Diesem Vorreiter folgte, ebenfalls unter deutscher Flagge, ein Schleppkahn, der wie ein Vierspänner die Hofkutsche zog, ein schwimmender Kran mit der imponierenden Ladung der beiden Motoren, die in der Münchner Fabrik bereits Probe gelaufen und anschließend demontiert worden waren, um als handliche, ordentlich verpackte Teile zum Abnehmer verschifft zu werden, in diesem Fall in einer Art Rösselsprung zur deutschen Werft, um schließlich vor Ort vom mitgereisten Fachpersonal erneut aufgebaut zu werden, genauso wie sich Bepols Wissen darüber in den kommenden Tagen aus den Brocken aufbauen sollte, die er von den Monteuren aufschnappte: Das Kurbelgehäuse mit der Kurbelwelle kam nach unten, darauf die Stützen, dann der Zylinderblock mit den Kolben, ganz oben der Zylinderdeckel.

Bei der ersten Stimme, die vom Schiffsverband zu Bepol drang, hastete er zurück ins Büro; Besuch stand bevor; wenn womöglich der Transportmeister kam, um seine Aufwartung zu machen, hatte er gelassen am Schreibtisch zu sitzen. Er schloss die Tür hinter sich, hängte den Mantel wieder auf und trat ans Seitenfenster.

Unter der Last der Motorteile lag der Schwimmkran bis zum Bord im Wasser, jedes Teil zweifach, alle zusammen in drei Schichten in separate Kisten gestapelt, einige so groß wie Kälber, aber durch die schwarze Schablonenaufschrift MAN wirkten sie wie Tiger. Erst jetzt kam die Baggerschute in Sicht, die, um den Schleppzug und das offene Wasser zu nutzen, noch hinter dem Kran angebunden und mit der Ruderanlage, den Akkus und noch allem möglichen sonstigen Material und Zubehörteilen beladen war, die Delfzijl zu bieten hatte. Quer über allem lag wie ein kolossaler Korkenzieher eine schmiedeeiserne Wendeltreppe.

Nach wiederholtem Manövrieren lag der Schwimmkran mit dem Bug zum Ufer, und die Übergabe der Ladung an den anderen, den Werftkran, begann. Sie glichen zwei balzenden Tieren, bei denen das Männchen einem wählerischen Weibchen ein Geschenk anbietet; so wechselte der Brautschatz den Besitzer, nicht gleich von Maul zu Maul, sondern erst nach dem demütigen Anbieten der einen Seite, und der selbstbewussten Musterung auf der anderen: Der schwimmende Kran nahm die erste Kiste auf, schwenkte sie langsam durch die Luft und legte sie auf genau halbem Weg vor dem empfangenden Kran auf den Boden; der neigte sich nun darüber, um das Geschenk ohne viel Federlesen auszupacken – die Verschalung wurde aufgerissen, der Inhalt begutachtet, bis dann endlich der Werftkran das Kurbelgehäuse annahm, mit seinem Giekbaum hochhob, und nach einem erneuten Schwenk durch die Luft im Bauch der Seewolf versenkte. Der gefrorene Schlamm um das Schiff war hart und grau wie die Platten der Helling.

Gleich beim Anlanden waren acht Monteure aus der Kajüte des Schleppers gekommen, in apfelgrünen Overalls, auch sie mit dem Schriftzug MAN auf dem Rücken. Unter dem Ausstoßen deutscher Rufe legten sie auf dem Schwimmkran noch kurz Hand an, wechselten dann auf das Gelände, kletterten an Bord der Seewolf und verschwanden im Laderaum, um den ersten Hub anzunehmen.

Mit dem Gesicht ans Fenster gepresst, verfolgte Bepol atemlos das Treiben. Es war ein überaus verzögertes Ballett, den Werftleuten an den Speichen des Gangspills gelang es nur langsam, die Achse zu bewegen, noch viel langsamer, unendlich viel langsamer bewegte sich der Haken nach oben, so groß war die Verzögerung der Dreischeibenblöcke, so schwer die zu hebende Last – niemals hatte das Tau straffer gestanden, niemals schien es so sehr zu vibrieren. Währenddessen drückte der Schlepper den Schwimmkran ständig mit voller Kraft gegen das Ufer; unter all der Gewalt barst das Eis von Ufer zu Ufer; wer sich jetzt noch auf Schlittschuhen aus Groningen aufmachte, würde merken, dass es über Wirdum nicht mehr hinausging.

Das Anbringen des Kurbelgehäuses auf dem Unterbau musste eine brenzlige Sache sein. Der Giekbaum, der sich beim Anbordbringen noch wie eine riesige Nadel auf dem blauen Zifferblatt des Himmels gedreht hatte, bewegte sich kaum noch, und wenn, dann ausschließlich auf Niestens Kommando, der hoch auf dem Achterdeck stand und keinerlei Mühe mit der deutschen Sprache hatte – als unangefochtener Herr der Kräne und zugleich Verbindungsoffizier beugte er sich abwechselnd zur Tiefe des Schiffsbauchs, eine Hand lauschend am Ohr, und rief seinen Männern dort unten wieder etwas zu. Als endlich das Kurbelgehäuse stand, schien das Schwierigste geschafft, und der Bann war gebrochen: Die grünen MAN-Männer kamen wieder an Deck, es wurde gelacht, einige zündeten Zigaretten an, andere stiegen sogar die Leiter hinunter, um sich auf dem Anwesen ein bisschen die Beine zu vertreten, ein paar Worte mit den Männern von der Werft zu wechseln oder einmal mit Kennerblick die Seewolf zu mustern.

Doch keiner kam ins Büro, um seine Aufwartung zu machen. Bepol hielt es dort fast nicht mehr aus, immer heftiger wallte in ihm die Versuchung auf, hinauszugehen und sich dann eben selbst jemandem vorzustellen, schließlich war er der Werfteigner, aber jedes Mal, wenn er zur Türklinke griff, erstarrte er wieder, zuckte verschreckt zurück, weil er nicht wusste, wem er sich vorstellen könnte, und auch nicht mehr, ob er in Sachen Neubau überhaupt noch der Werfteigner war: Die Weide war nur gepachtet, und alles, was darauf stand, gehörte Schumann. In wehrloser Nervosität trat er dann wieder ans Fenster, um auf alles zu schauen, zuerst auf die Baggerschute, die inzwischen am Ufer lag und entladen wurde, und schließlich doch wieder auf die Seewolf, wie sie sich ergeben Innereien anmessen ließ, während die Arbeit voranschritt und eine Last nach der anderen in ihrem Bauch verschwand.

Außer den fröhlichen MAN-Männern zwischen seinen eigenen Leuten sahen sich jetzt auch die Besatzungen des Eisbrechers und der Schleppschute lachend dort um, und plötzlich fiel Bepol auf, wie still es in seiner unmittelbaren Umgebung war. Unwirklich unbelebt erstreckten sich die abgetakelten, leeren Hellingen vom Büro bis zu dem Trubel beim Schiff, und mit einem Schock ging ihm auf, worüber man sprach: Die Fremden wollten sicherlich wissen, warum die Seewolf trotz zweier einsatzbereiter Hellingen auf der Wiese gebaut wurde; wahrheitsgemäß mussten seine Männer dann antworten, dass der Werfteigner die Neubauhelling wegen einer von ihm eben erst akquirierten Baggerlastschute verweigert hatte, und die Reparaturhelling, weil dort ein leckes Schiff abgestellt war. Seine damalige Entscheidung, erst vor zwei Monaten getroffen und doch schon wieder verblüffend überholt, wurde natürlich völlig abwegig, wenn man noch erwähnte, dass sich seither auf der Helling nichts mehr getan hatte …

Jetzt, wo er sich nicht mehr wundern musste, warum man dort so viel lachte, und wo ihm der Grund dafür stets klarer und klarer wurde, verzog sich auch sein eigenes Gesicht zur Grimasse, zuerst bei der Erinnerung an diesen letzten, armseligen Kasten auf der Helling, danach in ein nicht mehr zu bremsendes Grinsen, das brannte, als wäre sein ganzes

Gesicht eine einzige Pustel geworden. Während ihm das Wasser im Mund zusammenlief, überließ er sich begierig und ohne weiteren Widerstand der betäubenden Möglichkeit, dass seine zuletzt gebaute Schute, für die er die Seewolf auf die Wiese hatte auswandern lassen, genau dieselbe Schute war, die jetzt hinter den Schwimmkran gebunden war, um derselben Seewolf mit einer Fülle kostbarer Materialien zu dienen – schon stiegen ihm die ersten Gluckser in die Kehle, aber als im nächsten Moment ein grüner Monteur mit einem seiner Männer direkt am Fenster vorbeikam, blieb ihm das dröhnende Lachen im Halse stecken, und er wich unwillkürlich in den Schatten zurück. Der Wunsch, hinauszugehen und sich vorzustellen, war wie weggeblasen.

Noch sorgsamer als das Kurbelgehäuse wurde die Schraubenwelle an Land gebracht, ausgepackt und kontrolliert; jungfräulich glänzte der vollkommen makellos polierte Stahlpfahl in der tief stehenden Sonne; in Decken gewickelt, ging sie an Bord – ein einziger achtloser Kratzer mit einer Feile, die kleinste Schramme oder Scharte konnte auf Dauer zum Bruch führen, sie musste gewaltige Druckkräfte aushalten können. Die Männer von der Werft trugen inzwischen die Kabel und Ketten der Ruderanlage an Land, wonach die Baggerschute weiter gelöscht wurde. Eisentüren und Luken kamen heraus, Fässer mit Schmieröl und Metallkleber, Tanks für Wasser und Kraftstoff, und weitere Kisten mit Glas, Pumpen und Bullaugen, eine Riesenschraube aus Bronze und die Zylinder mit zusammengepresster Luft für den Start.

Der Eisbrecher, der Schlepper, der Schwimmkran und die Baggerschute brachen erst in der Dämmerung auf. Die Hälfte der Ladung war an Bord gebracht, der Rest stand am Ufer. Bepol saß noch immer in seinem Büro, noch verfrorener als die Männer draußen. In einer vagen Nachvision erinnerte er sich, wie vergnügt er heute früh aufgewacht war und was für ein Tag es war: Heute trat die Schiffbauvereinigung zum ersten Mal im neuen Jahr zusammen, aber der Tag des Treffens war gänzlich zum Tag, an dem die Motoren eintrafen, geworden – unmöglich konnte er noch nach 't Hoogezand; wenn die Herren hörten, was heute hier alles zu tun war, verstanden sie sicher, dass er jetzt nicht wegkonnte.

Die Monteure blieben drei Tage. Einige logierten im neuen Haus, die anderen im Hotel neben dem Rathaus von Appingedam. Jetzt, wo die Arbeit im Laderaum weiterging und Niesten großenteils unsichtbar blieb, wandelte sich Bepols Nervosität in einen schmachtenden Dauerzustand. Es war verblüffend, wie ohne sein Zutun um ihn herum alles funktionierte, er versank in seiner plötzlichen, völligen Überflüssigkeit wie in einem Pfuhl, und nur durch unentwegtes Hinaus- und Hineingehen behielt er noch, wie beim Wassertreten, den Kopf oben. Ständig hatte er das Schiff auf der Weide im Blick, wobei er, im Büro oder hinter einem Baum, bisweilen in haltloses Lachen ausbrach – seine alte Gelassenheit, die hatte er nur noch im Schlaf.

Die Motoren waren eingebaut, die Einzelteile eben erst eingepasst, die Luftflaschen so angeschlossen, dass man dank der genialen Parallelschaltung mit nur einem Knopf und einer Bewegung beide Motoren gleichzeitig starten konnte. Nachdem auch die Schraubenwelle angebracht und das Steuerwerk so weit wie möglich fertig war, brachen die MAN-Männer auf. Sie würden zum Probelauf wiederkommen, ein paar Tage vor dem Stapellauf, wenn das Schiff einer letzten Prüfung unterzogen würde und auch der Schiffsvermesser und ein Inspektor von der Germanischen Lloyd dabei wären.

Nach ihrer Abreise wurde noch härter gearbeitet, auch von dem jetzt wieder voll sichtbaren Niesten: Er arbeitete nicht mehr rein mit Muskel-, sondern auch mit Willenskraft; während die Eisschollen wieder zusammenfroren, schlug er das Eisen so hart, dass es unter seinen Schlägen nass wurde, dass es schwitzte vor Schmerz. Nach ein paar Tagen ließ er auch nach Einbruch der Dunkelheit weiterarbeiten, im Karbidlicht der Werftlampen; dann badete das Schiff in einem bläulichen Schimmer, in dem jedes Gesicht zur Maske wurde, jede Bewegung unvermittelt kam. Noch später verlegte er auch den Arbeitsbeginn in die Dunkelheit. Bisweilen stand Bepol früh auf, um vom Schlafzimmerfenster aus zu beobachten, wie die Männer aus Appingedam heranstapften und in Reih und Glied aufs Anwesen kamen, der erste mit einer Laterne.

Während sich die Pendel von Stanze und Schere unablässig drehten, wurde zuerst der Schraubentunnel um die Welle angebracht, danach widmeten sich alle dem Steuerhaus. Weil es nur vorn eine Wölbung bekam und die Seitenwände und die Rückwand gerade blieben, musste nicht jedes Teil herausgehämmert werden, anders als beim Rumpf. Dadurch ging die Arbeit rasch voran: Nach einer Woche zeichnete sich das offene Gebälk wie eine Grafik vor dem immer blauen Himmel ab, nach drei Wochen war es geschlossen, und die Seewolf hatte ihre endgültige Gestalt angenommen. Die Verwandlung war vollständig, das Ergebnis Ehrfurcht gebietend.

Wie eine Bastion erhob sich der Aufbau aus den Wölbungen des Rumpfs, der von unten her bis auf wenige Kajütfenster völlig geschlossen war, darüber ein einstöckiger Aufbau mit Lukenblenden und erst ganz oben die vorspringenden Fenster der Brücke. Die gewölbte Front sollte die schwersten Seen spalten und rechts und links wegspritzen lassen, so wie in früheren Kriegen die Kugeln an runden Türmen abprallten – aber dieser Aufbau war zugleich ein Turm, dazu noch versehen mit einer echten Kommandobrücke, die wie ein Wehrgang umlief, eine Loge über dem Vorderdeck, kriegerisch vorragend wie der Schnauzbart auf der Oberlippe eines Generals.

Nun ging es mit den Innenarbeiten weiter. Das Kreischen drang viel leiser ins Büro als zuvor, und wenn es bisweilen völlig still war, konnte Bepol auch einmal einen vorbeifahrenden Lastwagen das Tempo drosseln, anhalten oder gar ein Stück zurücksetzen hören. Ihn wunderte nicht, dass die Seewolf jetzt auch von der Straße her eine Sehenswürdigkeit war: Fremdartig und exotisch stand sie wie eine Löwin auf der Wiese, nicht größer als die Frachtschiffe, die man gewöhnlich hier sah, aber doch viel imposanter, wie auch die Größe eines Löwen mehr beeindruckt als die eines Esels oder Pferds. Ihre ganze Gestalt atmete Seetauglichkeit, sie war viel mehr Hochseeschiff als selbst die größten Schoner, denn wie scharf sie auch segelten, von Riga bis Marokko, durch die Watten und zum Sund, bei Sturm steuerten sie doch den Hafen an, während die Seewolf gerade dann ausfahren würde, durch die Gischt rollend und schlingernd – das war schon etwas anderes als das Hinein- und Hinausziehen eines Hafenschleppers oder der Fährdienst bei der Flussschifffahrt; daher hatte sie auch einen relativ hohen Aufbau bekommen, viel höher als das neue Haus, selbst noch höher als das alte: Wenn Bepol in seinem Schlafzimmer stand, musste er den Kopf in den Nacken legen, höher war nichts in ganz Wirdum. Aber am meisten gefiel ihm das Schiff doch von vorn, wenn der Rumpf eine graziöse Dame war und der Aufbau mit diesen eckigen Kinnladen und flachen Wangen ein Kerl. So schritt der Bau voran, während der Hochzeitstag kam und ungefeiert verging und Ilse noch immer nicht schwanger war.

»Findest du nicht… ich meine… weißt du…«, brachte Bepol diese Frage am Abend nach dem Essen zur Sprache.

Agaat wusste es nicht, sie saß da und strickte.

»Manchmal denke ich mir …«, fuhr er fort, »… dann ist es genauso, als ob er … nur weil, nur weil ich …«

Jäh hörte das Klappern auf, Bepol fühlte sofort, dass mehr kommen würde, als er erhofft hatte, in seinem Augenwinkel drehte Agaat sich ihm zu wie ein Geschützturm.

»Dass er dich so für deine Wohltaten bestrafen möchte«, eröffnete sie das Feuer, kurz und bündig ergänzend, was er offengelassen hatte, und fuhr in eintönigem Stakkato fort: »… dass er absichtlich keinen Stammhalter zeugt, weil er dir damit etwas zurückgeben würde als Dank für alles, was er von dir bekommen hat, dass er dafür viel zu stolz ist und sich deine Gaben obendrein nicht vergelten lassen … Das ist doch, was du glaubst? Dass sich alles um dich dreht? Nun, das glaube ich nicht!«

Schwer getroffen von der Salve unerwarteter Seelenkunde, stotterte Bepol trotzdem weiter und breitete ohnmächtig die Arme aus: »Aber seinen Geburtstag hat er auch nicht gefeiert … er muss doch letztes Jahr Geburtstag gehabt haben!«

Einige Tage darauf war wieder Versammlung in ’t Hoogezand. Bepol fühlte sich noch zu niedergeschlagen, um die künstlerische Impression mitzunehmen, der Gang war schon schwer genug.

»Bepol!«, rief Pattje ebenso einladend wie heuchlerisch überrascht. Es war unabwendbar, er hätte sich viel näher an die Tür setzen sollen, jetzt kam er als einer der Letzten aus dem Versammlungsraum, und die Herren Pattje, Bodewes und Van Diepen hatten bereits ihren Tisch im Vorraum von Hotel Martenshoek wie einen Kontrollposten bezogen: Wohl oder übel musste er an ihnen vorbei, zeigte aber gleichzeitig bedeutungsvoll auf die etwas entferntere Bar, als hätte er dort eine Verabredung oder wollte etwas bestellen und käme gleich zurück – einmal dort angelangt, säße er im Nu in der Kutsche.

»Nicht nötig, es wird schon gebracht!«, rief Bodewes, der vier Finger Richtung Kellner hob.

»Setz dich!«, sagte Van Diepen und zog noch einen Stuhl heran.

Die Herren waren fröhlich und hatten offenbar jede Menge zu erzählen; während er fühlte, wie sich seine Stimmung noch mehr verdüsterte, nahm Bepol Platz.

Der Genever wurde gebracht; in aufgeweckter Wechselrede verrieten die drei rasch den Grund ihrer Fröhlichkeit: Van Diepen hatte es wieder geschafft; mit dem Riss eines völlig neuen Schiffstyps war er nach Dortmund gereist und mit einem Auftrag zurückgekommen; es handelte sich um eine Motorschute für die Rheinschifffahrt, aber dann so grundlegend motorisiert, dass sie ganz ohne Hilfssegel auskam. Das Gezerre an Schoten und Fallen war hier völlig von gestern, und weil man nicht mehr mit einem schwankenden Baum rechnen musste, war es nun möglich, die Schifferkajüte um ein Steuerhaus zu erhöhen, wodurch das ewige In-Wetter-und-Wind-Stehen der Vergangenheit angehören würde – das Zeichenbüro brauchte die Skizzen nur noch auszuarbeiten; der Name, den Van Diepen seinem neuen Schiffstyp gegeben hatte, war passend: Er nannte ihn *Motor de Luxe*.

Vergnügt blickten die Herren auf Bepol; erst nachdem sie selbst etwas Neues zu berichten hatten, zeigte sich, wie groß ihr Neid auf das Neue bei ihm gewesen sein musste – die Motor de Luxe war die Peitsche, die sie wegen der Seewolf über ihm knallen ließen, den ganzen Abend lang hatten sie sich schon darauf gefreut, aber er spürte es kaum, es berührte ihn nicht: Die Herren sprachen von einem Binnenschiff, das zweifellos einen Brons-Hilfsmotor bekommen würde, aber bei ihm stand ein Hochseeschiff mit zwei MAN-Motoren für eine Antriebswelle auf der Helling.

»Wenn die Assekuranz eines Tages ihre Vorschrift einer Nottakelage für Küstenfahrzeuge aufgibt, wird sich auch der Seeschiffbau in diese Richtung entwickeln«, verschaffte Bodewes dem neuen Thema nun auch eine Bedeutung jenseits der Binnenschifffahrt.

»Aber konservative Kräfte werden dort bestimmt dafür sorgen, dass auf See noch gesegelt wird, wenn der Rhein schon völlig motorisiert ist«, sagte Pattje auch ihr, irgendwie, eine goldene Zukunft voraus.

Selbst Van Diepen gestand jetzt widerstrebend ein, dass Anschlussaufträge tatsächlich nicht ausgeschlossen seien, aber er erklärte auch gleich, dass er die Nachfrage vom Rhein niemals allein bewältigen könne. »Dafür braucht man mehr Werften, dann werden wir hier in 't Hoogezand zusammenarbeiten müssen…«, sprach er großzügig, während er zuerst Bodewes, dann Pattje zuprostete. »Auf die Zusammenarbeit!«

Konservative Kräfte, eine Zukunftsprognose, der Motor, der das Segel ersetzt wie davor Eisen das Holz – willkommene Einstiegsthemen für Bepol, aber sie drangen nicht mehr zu ihm durch, er hörte nur noch, wie nachdrücklich die Herren die Seewolf weiterhin totschwiegen, obwohl sie zweifellos schon mehrfach an ihr vorbeigefahren waren. Er hatte sie immer als gute Kollegen gesehen, aber jetzt reagierten sie wie richtig gute Freunde, indem sie seinen großen Erfolg mit aller Macht mit Nichtachtung und ihn wegen seines arroganten Egoismus mit Ausschluss straften und ihn so zum Lob auf ihren eigenen, kleineren Erfolg zwangen, sodass sich noch einmal bewies, wie sehr ihnen klar war, dass sich die Motor de Luxe keineswegs mit der Seewolf vergleichen ließ – in der stillschweigenden Rivalität hatte Bepol nichts zu befürchten, doch je ruhiger er sich gegenüber den Herren fühlte, desto unruhiger wurde ihm zumute: Er wollte weg, nach Hause, das Pferd war auch noch einzuspannen.

Erst nachdem die drei ihre Gläser wieder abgestellt hatten, nahm auch er einen Schluck, und nach dem obligaten Aushauchen sagte er: »Aber erst mal die erste Schute bauen, oder?«

Außer den Anwesenden gab es wie immer auch diesmal Abwesende – nicht nur Männer wie Terneis, der nie kam, sondern auch Abwesende, die sehr wohl hätten anwesend sein können. Über sie wurde geredet, bis Bodewes den nächsten Trinkspruch ausbrachte:

»Auf Terneis …«, sagte er.

»Armer Kerl …«, seufzte Van Diepen.

»Aber es war unvermeidlich …«, fand Pattje.

»Was?«, fragte Bepol. Automatisch hatte auch er sein Glas gehoben, aber jetzt, wo auf Terneis getrunken wurde, ohne dass er den Grund kannte, fühlte er sich wieder genauso ausgeschlossen wie beim ersten Mal. Noch vor Bodewes nahm er einen Schluck; hastig stellte er das Glas ab, als hätte er sich die Finger verbrannt.

»Das weißt du nicht?«, wandte sich Van Diepen ihm zu. »Heute früh hat der Richter endlich das Urteil in der anhängigen Sache Terneis gegen Reeder Hansen gesprochen – und er hat verloren. Ein Konkurs ist unvermeidlich.«

In wehmütigem Ton memorierte Pattje, wie glücklich Terneis gewesen war, als er 1916 den Auftrag für einen Dreimastschoner bekam; um der Forderung einer teilweisen Vorfinanzierung entsprechen zu können, hatte er bei der Bank einen Kredit aufgenommen, mit einem Hypothekeneintrag auf seine Werft als Sicherheit.

Nüchterner klang Bodewes' Fortsetzung: Von Anfang an hatte man prozessiert; der bestellte Stahl ließ auf sich warten, und als der Reeder das erfuhr, warf er Terneis sofort Verschleppung und Vertragsbruch vor, reine Vorwände, um das Schiff in der immer tieferen Flaute nicht mehr abnehmen zu müssen, aber mit der richterlichen Entscheidung von heute Morgen war diese Taktik am Ende doch aufgegangen und der Verkauf des bereits schwer verrotteten Schiffs ohne Alternative.

»Traurig, eine ausnehmend unglückselige Geschichte!«, schloss Van Diepen mit kräftiger Stimme ab. »Aber was ihn jetzt wirklich den Kopf gekostet hat, ist nicht diese gescheiterte Sache von heute, sondern der Kredit von 1916 – denn den fordert die Bank jetzt natürlich zurück; ohne den Kredit hätte er die Krise einfach aussitzen können, wie so viele andere!«

»Nicht die Krise hat ihm den Hals gebrochen, sondern die Schulden«, fasste Pattje kurz und knapp zusammen.

»Mach niemals Schulden … außer du bist reich!«, warnte Van Diepen mit erhobenem Finger.

»Ich bin manches Risiko eingegangen … aber Schulden habe ich nie gemacht!«, stimmte ihm Pattje zu.

»Ein schillernder Mann … Prosperieren und Bankrottieren lagen bei ihm schon immer nah beisammen«, kehrte Bodewes abschließend zu seinem Trinkspruch zurück, und weil die Herren wieder einen Hoffnungsschimmer sahen, konnten sie so viel Mitleid mit dem glücklosen Kollegen aufbringen, dass sie jetzt in schweigendem Kopfschütteln zu seinem Gedächtnis ins Stimmengewirr ringsherum eintauchten.

Ratlos vor Nervosität und Verdruss saß Bepol kerzengerade auf seinem Stuhl, ihn würde nicht wundern, wenn sich die Herren heimlich zuzwinkerten, jeden Moment konnte sich einer dieser gekrümmten Rücken vor Lachen schütteln, doch dieses Vergnügen wollte er nicht abwarten – brüsk wie jemand, der vom Tischgebet aufsteht, erhob er sich, und ohne auf das tugendhafte Trio zu blicken oder sein Glas auszutrinken, schritt er so gezielt dem Ausgang zu, dass es nicht mehr befremdlich wirkte, sondern vielmehr so aussah, als habe er in letzter Sekunde noch etwas zu erledigen.

Stampfend stand er vor dem Stall. Nach dem Festzurren der Pferdedecke packte sich der Handlanger ebenfalls so ein, dass nur noch die Augen zwischen Mütze und Schal frei blieben. Bepol drückte ihm ein Trinkgeld in den Fäustling, mahnte zur Eile und stieg ein.

Die Räder ratterten, die Hufe klapperten, aber außerhalb der geschlossenen Ortschaft war es so stockfinster, dass sich die Lichter der Bauernhöfe links und rechts zu bewegen, die Kutsche aber stillzustehen schien, in aberwitzig rasendem Freilauf auf ihren Achsen erzitternd. Unablässig klopfte Bepol mit dem Stock an die vordere Scheibe: Tempo, Tempo; aber wie sehr die Peitsche knallte, wie das Pferd auch trabte, es hieß sich gedulden, bis sie angekommen waren.

In Schrittgeschwindigkeit bog die Kutsche von der Straße ab. Links brannte Licht hinter den Vorhängen des neuen Hauses, rechts die Außenlampe am alten, das restliche Anwesen lag dunkel und verlassen da. In weitem Bogen, holpernd auf dem gefrorenen Boden, ging es weiter bis zur Scheune. Nun schoben sich auf der anderen Seite die erhellten, aber dicht geschlossenen Vorhänge ganz nah vorbei, dann stoppte das Rütteln, und es gab nichts als Stille.

Unter dem Sternenhimmel stieg Bepol aus, wieder aufatmend: Das Warten war vorbei, alles, was ihn anging, umgab ihn in vertrauter Anordnung, und als er sah, dass auch hinten um die Seewolf herum alles still war, durchströmte ihn seine innere Ruhe noch wohltuender und verband sich mit der Ruhe der frostigen Luft.

Während hinter ihm, im Schein einer Laterne, das Pferd ausgespannt wurde, ließ er seinen Blick abermals zum neuen Haus zurückspringen, das von hier aus verdunkelt wirkte und an eine Teehaube erinnerte. Drinnen verbrachte seine Tochter nun unter der warmen Glocke den Abend mit ihrem Mann – gab es etwas Normaleres? Etwas Friedlicheres? Und was war normaler, als dass er diesen Frieden sicherstellen wollte und noch kurz, um die Beine zu strecken, eine väterliche Runde ums Haus drehte? Er rief einen Gruß über die Schulter und trat aus dem Lichtkreis heraus.

Nach einem Dutzend Schritten zeigte sich, dass auch auf der Rückseite ein Fenster beleuchtet war. Noch etwas später sah er, dass hier die Vorhänge halb offen standen. Um nicht in den Löchern im gefrorenen Boden umzuknicken, setzte er die Füße äußerst vorsichtig auf, und so ging es weiter, auf den Zehenspitzen, während ein unsichtbarer Zweig nach dem anderen sein Gesicht streifte, durch den Gemüsegarten, in den Blumengarten. Die Pflanzen, auf die er da und dort trat, konnte er nicht sehen, nur hören, brüchig wie Zwieback unter seinen Schuhen.

Wegen der Dunkelheit ließ sich schwer schätzen, wie weit er noch von dem warm glühenden Rechteck entfernt war, aber die Oberlichter zeichneten sich schon deutlich im Fenster ab. Wie dunkles Schamhaar, nur von oben von dem herausfallenden Licht bestrichen, wurde allmählich der unter der Fensterbank neu angepflanzte Niederwald sichtbar, und auf einmal sah er auch, wie sich ein aufragender Zweig hart vor der Glut abzeichnete: Er war fast da. Schnurgerade ging er weiter, stieß auf das Fenster quer vor sich, er wollte einfach weitergehen, blieb dann aber doch stehen, schon fast auf der Höhe der Waschküchentür. Unendlich langsam drehte er sich frontal dem blendenden Sog des Spalts zwischen den Vorhängen zu, kein Geräusch war zu hören, bis er sich nicht länger beherrschen konnte und einen ersten Schritt auf das Licht zuging – mit einem Heidenlärm sprangen im gleichen Moment vier, fünf Schatten blitzschnell aus dem niedrigen Strauchwerk hervor Richtung Pflasterstraße; als sie kurz darauf in gellendes Lachen ausbrachen, hatte das Dunkel sie schon völlig verschluckt.

Es war ein flüchtiger Schreck, nur sein Körper musste sich noch erholen; er war erschrocken, wie er auch vor aufflatternden Fasanen am Wegesrand erschrak; wie diese mussten die Kinder bis zuletzt im Versteck ausgeharrt haben in der Hoffnung, er würde vorübergehen. Immer noch atemlos starrte er ihnen nach, bis im nächsten Augenblick die Waschküchentür aufflog und Niesten herauskam. Obwohl vom Lärm alarmiert, fragte er nichts, er schaute nur.

Lachend und schnaufend zugleich, als wäre er zum Spaß ein Stückchen bis hier zur Ziellinie gerannt, drehte sich Bepol ihm zu, verschränkte seelenruhig die Arme vor der Brust und sagte, als er wieder sprechen konnte, aufgeräumt: »Nichts passiert … da standen ein paar Kinder und spähten ins Zimmer … ich würde auch auf dieser Seite die Vorhänge doch lieber gut zuziehen!«

Die Tür schwang wieder zu; kurz bevor sie ins Schloss fiel, wünschte Bepol eine gute Nacht. Als kurz darauf auch die Vorhänge geschlossen wurden, war er allein mit seinem Spiegelbild im Glas.

Anfang März drehte der Wind. Es begann zu tauen, es fing an zu regnen, und als die Sonne wieder durchbrach, war Frühling: Die Morgendämmerung brachte den eifrigen

Gesang der Finken, Amseln und Rotkehlchen, die Uferschnepfe kehrte zurück, die Rotdrossel flog davon, und hoch am Himmel zogen die Kraniche gen Norden. Überall am Wegesrain blühte das Scharbockskraut, um den Weißdorn hing ein leuchtender Schleier frischen Frühlingsgrüns, und die Arbeit an der Seewolf ging unvermindert weiter: Die Fenster wurden eingesetzt, das Achterdeck wurde geschlossen, eine Ladung Bodenplanken gebracht. Das Eis verlor seinen harten Glanz und war jetzt wellig und stumpf wie nasse Pappe.

An einem sonnigen Sonntagmorgen erwachte Bepol schon früh von einem lauten Geschnatter; die Gänse mussten niedergegangen sein; um sie zu beobachten, schlüpfte er in seine Kleider und ging aus dem Haus.

Das Schnattern kam direkt von vorn und wurde immer lauter, je weiter er ging, quer über das Anwesen und seitlich an Niestens Büro vorbei am neuen Haus entlang. Gleich hinter der Ecke sah er die Gänse, im Gras um die Seewolf; ebenso schnell sahen sie auch ihn, eine nach der anderen drehte ihm den Kopf zu und stellte das Schnattern ein. Um sie nicht noch mehr zu erschrecken, mäßigte er seinen Schritt, gleich neben dem Fenster, von dem die Kinder weggerannt waren, während ihn die Gänse abwartend ansahen und allmählich völlig verstummten. Dann ertönte schrecklich nah ein lauter Knall.

Noch heftiger erschrocken als beim letzten Mal, als er hier gestanden hatte, wandte Bepol ruckartig sein Gesicht zum Fenster – von dort war es gekommen, aber er sah nichts, begriff nichts. Nach einem Moment der völligen Lähmung trat er einen Schritt vor, um aus der Nähe besser sehen zu können, danach wegen des größeren Überblicks ein paar Schritte zurück – noch immer nichts. Mit ausgebreiteten Armen stand er eine Weile reglos da, wie jemand, der von einer unsichtbaren Gefahr eingekreist ist, dann flog die Waschküchentür auf und Ilse stürmte im lila Morgenrock heraus, so verstört, dass es sie gar nicht wunderte, ihn hier zu sehen.

»Die Kinder …!«, schluchzte sie, während ihr verschreckter Blick von der Scheibe zur Wiese davor huschte.

Erst jetzt, geführt von ihrem Blick, sah Bepol es ebenfalls: Eines der Oberlichter über dem großen Fenster hatte einen Riss, eine dünne, silberne Bruchlinie krümmte sich diagonal von links oben nach rechts unten.

Inzwischen begann Ilse mit verstörten Bewegungen im Niederholz unter dem Fenster zu suchen, nach dem Kiesel- oder Pflasterstein, den man gegen die Scheibe geworfen hatte; um sie zu beruhigen, half Bepol bereitwillig mit – doch da war weder Kiesel- noch Pflasterstein, da waren auch keine Kinder. »Ach nein, beruhige dich doch … was sind das für Ideen«, sagte er, als sie sich wieder aufgerichtet hatten, und um sie weiter zu beruhigen, zeigte er breit lächelnd auf die Wiese mit den Gänsen. »Oder haben die vielleicht … ha, ha, ha!«

Es war lange her, dass er Ilse getröstet hatte, aber er konnte es noch, denn sie strich sich eine Strähne aus dem Gesicht und lächelte. Verschämt drehten sie sich voneinander weg, sie starrte in die Ferne, Bepol entgegengesetzt, zur Wand, und erst jetzt sah er, dass auch diese Risse zeigte. Gedankenlos folgte er der Spur durch die Fugen, bis er plötzlich erstarrte und die Erkenntnis der wahren Ursache der beiden Risse wie Steinbrocken auf ihn herabstürzte: das schnelle Tauwetter, Kräfte im Boden, die Wand, die Türzarge – aber dass das Glas von selbst gesprungen war, das war nicht mehr wichtig, das ganze Haus begann sich zu senken …

Den Arm unwillkürlich zu seiner Entdeckung ausgestreckt, suchte Bepol schluckend seine Stimme, doch jetzt flog die Tür zur Waschküche abermals auf, und Niesten trat heraus, im wehrlos weißen Nachthemd, sicher hatte er noch im Bett gelegen, während Ilse bereits unten gewesen sein musste. Auch er schien sich schon nicht mehr über Bepols Anwesenheit zu wundern, denn prompt beugte er sich zu der gezeigten Stelle. Bepol schluckte erneut, zwinkerte und sah verlegen zu Boden: In seinem sahneweißen Nachtzeug war ihm Niesten noch fremder, als wenn er nackt gewesen wäre.

»Der Boden … die Scheibe …«, setzte er stammelnd zu einer Erklärung an, brach aber gleich wieder mit einem Hüsteln ab, sah, dass sich Niestens Interesse nach einem kurzen Blick auf die Wand etwas anderem zuwandte, etwas in seinem Augenwinkel, der Seewolf; bedächtig, sich wieder zu voller Größe aufrichtend, wandte er sich ihr zu, begann dann aus derselben Bewegung heraus zu ihr hinzulaufen. Erst jetzt fiel auf, dass er Pantoffeln trug; nach wenigen Schritten blieben sie im morastigen Boden stecken; barfuß lief er weiter durchs Gras, danach durch den Schlamm.

Ohne nachzudenken und noch ohne jedes Begreifen lief Bepol hinter ihm her, rudernd und von einem Bein aufs andere schwankend. Erst als er auf halbem Wege stehen blieb und sich das Schiff dadurch auch nicht mehr bewegte, sah er, was Niesten so unaufhaltsam angezogen hatte. Sein Herzschlag setzte aus, mit der Luft, die er ausstieß, kam ein Laut, und mit noch vorgerecktem Kopf, die Arme nach hinten gestreckt, vergewisserte er sich nochmals seiner Entdeckung.

Der Unterschied war minimal, das Schiff an sich sogar völlig unverändert, aber es lag anders da, tiefer mit dem Bug und dadurch mit dem Heck nach oben, als ob es einen Wellenberg herabführe, und zwar, wie ein Schiffer wie Velig sagen würde, auf dem Schwell. Der Druck unter der scharfen V-Form musste vorn so stark gewesen sein, dass der Gleitbalken gekippt war, beiseitegeschoben, vielleicht mitsamt Querplanken, oder mittendurch ein Stück in den Boden gesunken war, aber wie auch immer: Die Seewolf hatte sich bewegt …

Auch für die Gänse war es etwas Unerhörtes, wie Niesten in seinem flatternden Nachthemd auf sie zukam, denn sie gaben unter gackerndem Protest eine Gasse frei, durch die er schnurgerade weiterlief, bis vor das Schiff. Auch jetzt noch bis zu den Knöcheln im Matsch versunken, sah er zuerst aufmerksam nach unten, danach hoch zu dem sich wölbenden Bug über ihm, und als er dann in fassungsloser Verzögerung die Hände dagegenstützte, lachte Bepol erneut unwillkürlich auf: So täuschend er früher den alten, bauchigen Tjalken geglichen hatte, so täuschend glich nun Niesten der Seewolf, aber einen größeren Unterschied als zwischen der Macht und der Masse der einen und der des anderen, der sich dort in seiner wachsbleichen Nachtwäsche mit ihr messen wollte, konnte er sich mit einem Mal kaum mehr vorstellen: Niesten hatte etwas gebaut, das stärker war als er selbst; der Mann, der keinerlei Autorität über sich duldete, hatte seinen eigenen Meister erschaffen.

Das Eis verschwand; die Anfuhr von Material und Zubehör auf dem Wasserweg wurde wieder aufgenommen; unermüdlich drehte sich der Giekbaum am Himmel entlang, hob der Kranbock alles aufs Schiff. Mannschaftsräume, Funkerkabine, Kartenraum, Kombüse und Kapitänskajüte wurden vertäfelt, mittschiffs die Beting angebracht, dahinter der Schleppbogen, während das Achterdeck zusätzlich ein Gangspill bekam, noch größer als das auf der Helling; dann war die grobe Arbeit getan, und die Kupferschmiede konnten mit den Lüftungsschächten, den Firmenschildern, der Bordbeleuchtung und dem Steuerrad kommen. Fulham lieferte den imposanten Schornstein, selbstredend schwarz, aber nicht mit den üblichen Reedereibändern, sondern mit einem grünweiß gestreiften Rechteck an den Außenseiten, Schumanns Flagge; nachdem Bepol erfahren hatte, wie sie aussah, hatte er Ilse aufgetragen, eine Flagge aus Fahnenstoff zu nähen – in zwei Wochen war der Hellinglauf.

Ein Lastwagen mit Technikern und dem Telegrafen traf ein; während im Schiff die Elektrizität installiert wurde, begann Niesten mit einer Kolonne die Rostschicht von der Außenhaut abzuklopfen. Sogar bei zunehmendem Zeitdruck arbeitete er noch so sauber wie eh und je, ohne jemals sein Halstuch benutzen zu müssen – ihm blieb keine Zeit zum Schwitzen. Für die Malerarbeiten kamen danach noch weitere Männer heraus; bald war das Unterwasserschiff gegen den Bewuchs braun geteert; der Rumpf wurde schwarz, der Aufbau knallgrün, die Kommandobrücke weiß.

Auf dem Gelände vor dem Büro bewegte sich nichts mehr, alles wirbelte jetzt um die Seewolf auf der Wiese herum. Wenn Bepol durchs Seitenfenster sah, schien ihm, als ob dort eine völlig neue Werft aufgemacht hätte und es die seine schon nicht mehr gebe. Wenn er bisweilen zweifelte, ob er hier zurückgeblieben oder zurückgelassen worden war, machte er doch seinen übergelaufenen Männern keinen Vorwurf – es war die vorwärtswütende Zeit dort draußen, die Zeit, in der er sich krümmte wie eine alte Eiche im Sturm, deren kalten Hauch er sogar hinter der Scheibe spürte und der alles, was ihm gehörte und lieb war, eines Tages wie dürres Laub von ihm wegblasen würde: Zuerst die Helling, denn demnächst musste er doch auf sie verzichten – oder durfte er sie noch ein bisschen festhalten, noch einen Moment; er war doch Bepol, auch wenn er sie nur übernommen hatte? Sie gehörte ihm doch, obwohl sie ihm immer mehr entglitt? Der Gedanke, sie wieder einmal kurz in die Hand zu nehmen, setzte so viel Kraft in ihm frei, dass er sie fast hätte zerdrücken können …

Mürbe vor Melancholie hatte er in seinem Stuhl gesessen, entflammt von Leidenschaft schnellte er hoch, und als ihm plötzlich bewusst wurde, dass Agaat durchaus als Erste sterben könnte, wurde ihm noch hitziger zumute – er wollte schon gern bei ihr liegen und sie lieben wie der junge Liebhaber, der er einst war …

Alles, was zu geschehen hatte, geschah nahezu gleichzeitig:

– Ein Fass Dieselöl wurde gebracht, zwölf Tonnen Stegkette, ein vier Tonnen schwerer Stockanker, und die noch schwerere Schlepptrosse auf einer Trommel;

– jemand, der in ’t Hoogezand gewesen war, erzählte, dass die Motor de Luxe bei Van Diepen noch kleiner, kürzer und niedriger wäre als alles, was je bei Bepol gebaut wurde, eben doch nur ein kleines Binnenschiff; für Pattje und Bodewes gab es noch immer nichts zu tun; alles in allem hielt die Flaute an ’t Hoogezand unvermindert an;

– die Schornsteine, Zierde eines jeden Schiffs, standen der Seewolf prächtig und waren so breit, sie hatten sogar Türen;

– Mitte März meldete die Zeitung den Konkurs von Terneis; ein Bericht, über den man wirklich den Kopf schütteln konnte, aber weil Bepol gerade rasiert wurde, als er es las, ließ er es sein. Die russische Revolution wurde abermals erwähnt, und wieder blieb er ruhig sitzen, doch bei der Überschrift auf der nächsten Seite gelang es ihm nicht mehr: *Smit und Internationale prüfen Fusion* – der Schnitt in seiner Wange blutete noch am Nachmittag;

– das Gras begann zu wachsen, das Pferd konnte auch wieder hinaus, aber es war zu viel Trubel auf der Koppel – dann eben nach dem Stapellauf, in einer Woche.

Es war der Tag der Inspektion und des Probelaufs. Die Automobile des Schiffsvermessers und des Inspektors bogen kurz nacheinander auf das Anwesen ab, die Monteure von MAN waren schon gestern eingetroffen. Bepol war auch eingeladen und ging als Letzter an Bord. Vier Schläuche hingen über das Schanzkleid in eine Wassertonne, die zur provisorischen Kühlung neben dem Schiff stand, zwei Schläuche pro Motor, einer für den Einlauf, einer für den Auslauf.

Zwei Motoren auf einer Welle: Ob das Schiff diesen Kräften gewachsen war? Würde es nicht zerbrechen, so wie der gesamte nördliche Schiffbau womöglich zwischen den Machtblöcken in Ost und West zerrissen würde, jetzt wo in diesem Kampf Partei ergriffen, die Neutralität aufgegeben worden war? Den Kopf voller Fragen begab sich Bepol ins Gedränge auf der Brücke, wo sich die Amtspersonen schon vor dem Steuerrad versammelten. Allmählich wurde es mucksmäuschenstill.

An den tatsächlichen Test konnte er sich nachher kaum noch erinnern, wohl aber daran, wie leicht der Start verlaufen war: Der Regler wurde auf Maximalstellung gedreht, ein MAN-Monteur legte den Starthebel um, und während ein anderer noch schnell einen Rijksdaalder senkrecht aufs Schaltbrett stellte, entwich unten die Anlasserluft mit einem Seufzer aus den Zylinderflaschen; die Motoren sprangen an, ein Zittern durchfuhr das Schiff beim sofortigen schnellen Ansteigen der Drehzahl, doch als der Regler eilends wieder zurückgedreht wurde, schwächte sich das Brüllen zu einem regelmäßigen, fast beruhigenden Tuckern ab – der Rijksdaalder war stehen geblieben, ein paar Zuschauer klatschten, danach begann sich die Gesellschaft über das Schiff zu zerstreuen, der Inspektor mit dem Pflichtenheft in der Hand vorneweg.

Für Bepol war es das erste Mal, dass er die Seewolf in vollendetem Zustand von innen bewundern konnte. Teuer verarbeitet, mit Täfelung und Kupferbeschlägen, präsentierte sie sich auch im Unterdeck als eine Schönheit, aber es war nicht mehr sein Schiff, es wurde über nichts anderes geredet als über Karburation und Kompression – während sich die Gäste im Maschinenraum drängten, stieg er unbemerkt an Deck und die Leiter wieder hinab.

Kurz blieb er noch stehen, mit den Händen auf der Schiffshaut. Er spürte kaum ein Zittern, unbeirrbar tuckerte die Seewolf im Freilauf weiter – die Schraube stand still, aber das Geräusch hörte nicht auf. Vorn war jetzt sehr gut zu sehen, mit wie viel Gewalt der Bug samt Unterstützen mitten durch die Bodenplatte gebrochen war: Die Planken, Platten und Stege ragten in verkrampfter Unordnung schräg aus dem Morast empor, wie sich stauende Eisschollen.

Als er sich endlich umdrehte, war der Raum vor ihm leer, bis auf die Automobile des Inspektors und des Schiffsvermessers. Über die Ödnis blickend, dachte er: Jeder sitzt in der Seewolf, jeder redet über die Seewolf, aber wenn die Seewolf demnächst weg ist, wer muss dann wieder bei Fuß stehen?

Unwillkürlich legte er die Hand noch kurz an das Fass mit dem Kühlwasser, das sich schon warm anfühlte, dann begann er zu laufen. Um an Geschäfte zu denken, suchte er sein Büro auf.

Das Zertifikat war ausgestellt, die Registrierungsnummer vergeben, der Messbrief verfasst, die Versicherung abgeschlossen. Mit dem Verschwinden der Fremden senkte sich eine Ruhe auf die Werft, in der sich der Stapellauf wie ein Gesicht hinter Glas abzeichnete.

Bepol dagegen entflammte geradezu in neuer, zugleich altbekannter Umtriebigkeit: Eigenhändig wusch und bügelte er alle benötigten Flaggen; er ließ sich nach Groningen kutschieren, wo er eine Flasche Champagner für die Taufe kaufte und ein Barometer als Geschenk für den Reeder; um auch wieder für die Kleinen Festspaß zu garantieren, hatte er sich ein neues Kinderspiel ausgedacht, Fassrollen – für vier Vierermannschaften hatte er vier alte Fässer in den Farben Rot, Weiß, Blau und Grün streichen lassen; er legte ein Tau als Startlinie in die Wiese, ein zweites Tau in zwanzig Metern Entfernung war die Ziellinie; probehalber waren die eingeteilten Knirpse in die Wettkampffässer gekrochen und schon ein kleines Stück gerollt.

Je näher das Ende heranrückte, desto mehr gewann die Anzahl der noch verbleibenden Tage gegenüber dem Datum an Bedeutung. So wurde es der 22. März; übermorgen sollte der hohe Deutsche kommen, und am Morgen musste es passieren; sicherheitshalber hatte Niesten angeordnet, die Seewolf schon morgen zur Hälfte ins Wasser zu ziehen – um auf den glücklichen Ausgang zu trinken, hatte Bepol ihn und Ilse für den Abend zum Essen eingeladen. Jetzt war es fünf, um sechs Uhr sollten sie kommen. Während Agaat hinter ihm in der Küche kochte, bezog er am Seitenfenster seines Büros Stellung; die Zwischentür stand offen, so konnte er ihr alles, was er sah, über die Schulter zurufen.

Aber um die Seewolf herum tat sich nichts mehr, *sie war fertig*, schon seit zwei Tagen. Letzte Details: Ein Scheinwerfer aufs Dach und ein Flaggenmast ins Mittschiff, wieder, damit sich die Schlepptrosse frei über das Achterdeck bewegen könnte – danach hatte der Schildermaler den Namen des Heimathafens auf den Achtersteven gepinselt und den Namen des Schiffs auf eine Blechbüchse. Die stand jetzt, mit den Schiffspapieren darin, auf dem Büfett im Wohnzimmer bereit, umringt von den Flaggen, der Champagnerflasche und dem Barometer.

Dennoch waren die Arbeiten bis ganz zuletzt unvermindert weitergegangen: Gestern waren noch sechs Rollbänke aus der Konkursmasse von Terneis gemietet und abgeholt worden; heute hatte man das Hellinggangspill mit den großen Dreischeibenblöcken ans andere Kanalufer gerudert. Während die eine Hälfte der Männer es in der Verlängerung des Schiffs in Stellung brachte, fuhren die anderen fort, die alten Unterfütterungen durch die gemieteten Rollenstützen zu ersetzen; darauf konnte sich die Seewolf vorwärts bewegen, während sie im Gleichgewicht gehalten wurde. Auf jeder Seite wurden ihr drei Stück unter die Kimm gesetzt; sobald beim Vorangleiten vorn zwei frei wurden, sollten sie hinten angesetzt werden.

Auf das verlassene Schiff starrend, konnte sich Bepol kaum noch vorstellen, dass sich die Männer erst vor einer Stunde in den Schuppen zurückgezogen hatten. Eigentlich war jetzt alles bereit für morgen, am meisten von allem die Seewolf: Mit zwei Maschinen im Bauch und Hunderten Nervenmetern Verkabelung war sie selbst zur Maschine geworden, einer Jagdmaschine; außer im Fernmeldeamt war nirgendwo weit und breit eine solche Konzentration von Technik zu finden wie in ihr; für die Schiffwerdung brauchte sie nur noch abzulaufen. Wer sie sah, empfand den Wunsch, sie im Wasser zu sehen, und da lag sie, souverän, von keinem mehr berührt, und glänzte im späten Licht, zusammen mit dem Motorrad, das ganz in der Nähe an der Ecke des neuen Hauses stand – es ging auf sechs zu, Dämmerstunde, Jagdstunde …

Plötzlich regte sich doch etwas beim Schiff. Hinter dem neuen Haus kam zuerst Niesten zum Vorschein, mit einem

Hammer in der Hand und ein paar Holzstücken unter dem Arm, ihm direkt auf den Fersen zwei Gruppen Männer, die jeweils eine Werftwinde vor sich herrollten.

»Verflixt, ich glaube, er fängt schon jetzt an!«, rief Bepol mit einem Kopfzucken in Richtung der offenen Zwischentür.

Die Winden, große, hölzerne Spindeln für Hebe- und Rangierarbeiten, wurden beim Bug aufgerichtet und von unten gegen das Bergholz geklemmt, die eine schräg von vorn an Steuerbord, die andere an Backbord; standen Achse und Stahl schon durch die geschwungene Fächerform rechtwinklig aufeinander, so schlug Niesten noch einen unverrückbaren Keil dazwischen. Dann konnte das Heben beginnen.

»Nein, er will den Bug hochhieven … er will die Nase auf den Balken zurücksetzen!«

Während hinter ihm ein Topfdeckel zu klappern begann, verfolgte Bepol atemlos die Szene, die ihn immer mehr erregte, ihm gar tollkühn erschien: Der Bug hatte diese geschwungene Form, damit ihn die Brecher hochheben sollten, nun versuchte Niesten dasselbe …

Bei jeder der Schraubenwinden verteilten sich die Männer an den Handspaken, aber wie sehr sie sich krümmten, sie kamen nicht voran, die Blockrollen wollten sich nicht drehen. Niesten deutete zum Schuppen, jemand lief hin und kam im Nu mit noch mehr Männern und einer Werftlampe zurück. Auch die vordersten Rollbänke mussten jetzt mithelfen, auch sie brachten Hubkraft, auch sie wurden nun bemannt. Der blaue Lichtschein irrlichterte über die Schiffshaut, alles bewegte sich in ihm mit, wie bei einem Sturm – nur die Spaken rührten sich nicht, und die Seewolf.

»Es geht nicht!«

Ohne erst den Kopf umzudrehen, rief Bepol es so nah an der Scheibe, dass diese beschlug. Nachdem er sie wieder trocken gerieben hatte, sah er gerade noch, wie sich Niesten über die gekrümmten Rücken der anderen erhob, mit dem Hammer ausholte und ihn voll auf dem Keil aufschlagen ließ, als wolle er das Schiff jetzt allein in Bewegung versetzen – ohne Erfolg, die Männer an den Spaken kamen keinen Schritt voran, aber Bepol sah etwas, was Niesten noch nie passiert war: Ihm sprang der Hammer aus der Hand.

Ebenso überraschend, wie die Aktion begonnen hatte, wurde sie auch wieder beendet. Wie geschlagene, entwaffnete Soldaten trotteten die Männer hinter der Lampe her um die Ecke, danach herrschte draußen schlagartig völlige Dunkelheit, und auch im Büro. Schnaufend wischte sich Bepol die Stirn, dann trat er ganz ruhig in die helle Küche.

»Der Stapellauf scheint ihm jetzt doch ein bisschen Sorgen zu machen!«, begann er munter. »Was für eine Aufregung so plötzlich, so auf den letzten Drücker …!«

Agaat stand halb abgewandt und rührte in einem Topf, aus dem dicker Dampf stieg, es roch schon gut gewürzt ….

Abwiegelnd fuhr er fort: »Aber es ist natürlich auch nicht ohne, so ein erstes Mal … vor der Hochzeitsnacht war er auch so nervös, weißt du noch?«

Geschäftig hob Agaat ein paar Deckel hoch, sie stach in die Kartoffeln und goss sie, umwölkt von Dampf, ab.

»Er sollte sich einfach ein bisschen weniger aufregen, so ein Ereignis ist doch vor allem ein Festtag … ich hoffe wenigstens, dass er diese Tradition in Ehren hält!«

Die Anrichte war übersät mit Küchengerät, für jeden Handgriff nahm Agaat etwas Sauberes. Um bei ihr zu bleiben, hätte Bepol gern rasch abgewaschen, es gefiel ihm immer irgendwie, das Geschirr zu spülen, während noch gekocht wurde, dann ging alles gleichzeitig und war zugleich fertig, das Essen und die Küche …

»Nun, wir wollen mal davon ausgehen, dass er weiß, was er tut … soll ich kurz?«

Mit dem Geschirrtuch schon über der Schulter streckte Bepol die Hand nach dem Wasserhahn aus. Nichts hatte ihm bisher verraten, dass Agaat ihn hörte oder auch nur bemerkt hatte, dass er hier stand, aber jetzt sagte sie, noch immer ohne aufzusehen: »Hoffentlich weißt du, was du tust.«

Während sein Arm in der Luft erstarrte, fragte Bepol, was sie damit meine.

»Was ich damit meine?«, wiederholte sie. »Ich spreche von einem Hochseeschiff auf einer Wiese.«

Bepol wich zurück, schnappte dabei ein paarmal nach Luft. »Aber das ist doch nicht meine Schuld?«, rief er aus. »Wenn er damals gewartet hätte, bis ich mit der Schute fertig bin, dann stünde jetzt die Seewolf auf der Helling! Aber nein, der Alte sollte ihm gleich Platz machen … damals hat er zu hoch gepokert! Aber warum fängst du jetzt wieder damit an? Morgen klappt es ganz bestimmt, Niesten kann doch alles? Hast du ihn je zweifeln sehen? Und wenn die Seewolf wirklich nicht ins Wasser will, dann bringen wir eben das Wasser zu ihr … dann graben wir sie einfach aus, auch wenn ich dann erst wieder zur Politik muss, denn die Uferbefestigungen hier sind heilig! Nein, es geht ganz und gar nicht um den Stapellauf an sich, die Frage ist nur noch: Wird es ein glanzvolles Auslaufen oder eine Frage mühseliger Graberei? In letzterem Fall sollte er besser schon mal anfangen … ha, ha!«

Ohne dass Agaat ihn noch eines Blickes gewürdigt hätte, hängte er das Geschirrtuch zurück und verließ schon lachend die Küche, sein Lachen war eine goldene Rüstung, gefeit gegen jeden Pfeil eines Vorwurfs.

Im Zimmer herrschte mit Ausnahme des glühenden Ofenfensters noch völlige Dunkelheit. Er machte Licht, stocherte ein bisschen mit dem Schürhaken, dann stand er plötzlich schnaufend vor dem Büfett. Mit verschleiertem Blick liebkoste er den Flaggenstapel, ganz oben die von Schumann, dann die blaue, seine eigene, dann die deutsche, dann die niederländische – was trug man ihm nach? Andächtig drehte er die Champagnerflasche mit dem Etikett nach vorn, die Schiffsbüchse mit der Beschriftung, das Barometer mit dem Glas – was hätte er denn tun sollen? Bitter dachte er an die bemalten, kopfüber aufgereihten Wettkampffässer, die er, für den Fall, dass noch Regen käme, auf der Bleiche hatte bereitstellen lassen – sie sollten froh sein!

Die Uhr schlug sechs, wenig später war es halb sieben. Aus der Küche kam kein Ton mehr, draußen knarrte die Festina, Agaat saß jetzt neben den Töpfen und wartete. Gerade wollte er ihr ein Gläschen Likör bringen, als sich doch Besuch ankündigte: Die Türklingel schrillte kurz, eine gedämpfte Stimme war in der Diele zu hören, die Tür beim Bücherschrank flog auf.

Mit einem Ruck drehte sich Bepol um und sah sie hereinkommen, Ilse voran, Niesten hinter ihr her; schlagartig von seiner Bedrückung befreit, ging er ihnen mit ein paar Schritten vom Büfett aus entgegen.

»Sieh mal an!«, sagte er, während Ilse an ihm vorbeischlich und er Niesten die Hand drückte. »Willkommen!«

Hinter ihm war Agaat aus der Küche ins Zimmer gekommen, nach leiser Rücksprache mit Ilse drohten sie gemeinsam wieder dorthin zu entschwinden, aber ebenso bestimmt wie herzlich verhinderte Bepol ihren Abzug: »Halt, meine Damen, einen Augenblick! – ein Gegenvorschlag, ich meine, jetzt, wo man das Essen sowieso aufwärmen muss, können wir genauso gut erst kurz einen heben, wir haben den ganzen Abend; was willst du, Niesten? Komm her, nimm Platz.«

Abwechselnd vor- und zurückblickend, geleitete er ihn an seinen Platz, und während Niesten die Mütze auf die Fensterbank legte und sich in den Sessel am Fenster setzte, trat er erneut ans Büfett.

»Gaat, ein Gläschen Likör? Bitte schön, ich hatte schon eingeschenkt … und einen für Ilse … für dich Genever, Niesten? Prima, ich schließe mich an … sieh nur … köstlich!«

Als er sich ebenfalls eingeschenkt hatte, saßen Ilse und Agaat schon Seite an Seite auf dem Sofa; um nicht als Einziger stehen zu bleiben, setzte er sich ebenfalls, in den Sessel gegenüber Niesten.

»Wann warst du eigentlich zum allerersten Mal hier?«, begann er ganz entspannt, so zwanglos wie möglich, fast behutsam – Niesten war schon angespannt genug, auch ohne dass er gleich einen Toast ausbrachte. »Vor zwei Jahren? Und letztes Jahr haben wir natürlich auch so dagesessen, nach der Hochzeit … Wer hätte damals ahnen können, dass wir jetzt so weit sein würden? Während andere Werften darniederliegen, stehen wir am Vorabend eines historischen Stapellaufs: der zweite mit Dieselöl laufende Schlepper weltweit! Hervorragende Arbeit, Niesten, du warst immer der Erste unter deinesgleichen, seit Jahren unser Vorarbeiter, aber in den letzten Monaten bist du in meinen Augen weit darüber hinausgewachsen: Du hast akquiriert, du hast verhandelt, und übermorgen bist du es, der sich mit dem hochrangigen Vertreter Schumanns verständigen wird – um diese neue Position auch formal festzulegen, werden wir in Kürze den Notar aufsuchen, und deshalb sage ich schon heute: Auf unsere künftige Gesellschaft, und natürlich auf einen gelungenen Stapellauf!«

Mit vorgerecktem Glas blickte ihm Bepol kurz in die Augen, dann nahm er einen Schluck, beugte sich vor und stellte das Glas zurück auf den Tisch.

»Übrigens sehr vernünftig, damit schon morgen früh anzufangen«, fuhr er vertraulich fort, »dann ist übermorgen das offizielle Zu-Wasser-Lassen nur noch ein Kinderspiel, und man kann auf jeden Fall auch zeitig abfahren … Siehst du es schon vor dir, das letzte Stückchen, und dann das erste Schwimmen? Wenn du es nach deinem Gusto machen willst, wird bestimmt die Rede wegfallen, aber dann auch gleich auf den Revolverschuss zu verzichten … du hast noch vier Kugeln … die sollten reichen … ich meine, die Luft triffst du immer! Ha, ha …! Übrigens habe ich mir überlegt, dem Auftraggeber diesmal etwas anderes, etwas mehr zu schenken als das traditionelle Schiffsporträt vom Fotoboot – du hast es sicher schon stehen sehen, dort zwischen den Flaggen, der Schiffsbüchse und der Champagnerflasche auf dem Büfett? Jawohl, ein Barometer – in Deutschland wird es doch auch Wetter geben? Ein kleiner Scherz, Niesten, ein Scherz, um die Spannung aufzulockern!«

Aber Niesten war noch nicht nach Scherzen zumute, und er starrte weiter auf seine Schuhe, Ilse hatte sich hinter eine Zeitschrift verkrochen, nur Agaats funkelnder Blick begegnete ihm beim Umherblicken – wollte sie, dass er schwieg? Aber wer sollte dann reden? Schon jetzt überfiel ihn ein Gefühl, als ob sie in der Stille versänken; wenn er nicht schnell weitersprach, kämen sie nie wieder nach oben – sein Reden war wie Wassertreten, aber mit drei Menschen auf seinen Schultern.

»Nebenbei, hast du es schon gehört, von der Fusion von Smit mit der Internationale?«, setzte er wieder an wie jemand, der aufholen muss. »Ich kann es schon verstehen, die Deutschen werden natürlich immer stärker, es würde mich nicht einmal wundern, wenn unsere Seewolf das Rotterdamer Kräftebündeln noch beschleunigt hätte – denn dass etwas in der Luft lag, war schon lange klar. Jetzt ist nur die Frage: Wo bleiben die Russen? Vermutlich wird es die Politik vorläufig noch unmöglich machen, aber wenn die sich je einmal wegen eines solchen Schiffs an Schumann wenden, kann er, so dünkt mir, nur eines sagen: Dafür ist Bepol der richtige Mann!«

Er zündete sich eine Zigarre an, sah gedankenverloren einer Rauchwolke nach, und um nicht zu bestimmend zu sein, fuhr er nun philosophischer fort: »Eigentlich sonderbar, dass die Schleppschiffe erst jetzt mit Dieselöl fahren sollen, während unsere Schoner schon seit Jahren entsprechend ausgerüstet sind – bei den Dampfmaschinen waren die Schlepper der Segelschifffahrt noch voraus, aber in diesem Vorsprung sind sie steckengeblieben; es reicht, also bleibt man dabei, aber was bringt ihnen dann, in der Zukunft, dieses konservative Denken?«

Keiner wusste es; um die Stimmung nicht zu tief sinken zu lassen, suchte sich Bepol nach einer kurzen Pause ein anderes Thema: »Sicher ein trübseliger Anblick, die Konkursmasse bei Terneis? Die Verwertung wird vermutlich noch auf sich warten lassen, in diesen Zeiten bringt sie natürlich nichts ein … Ein überaus trauriger Konkurs … ein überfälliges, nicht abgenommenes Schiff … und sich dabei vorzustellen, dass damals bei uns alles ganz grün war vor lauter MAN-Leuten! Haben sie wieder im Hotel neben dem Rathaus übernachtet? Dort hatten wir die Hochzeitsfeier, weißt du noch? Du solltest …«

Mit einem Griff schnappte sich Niesten die Mütze von der Fensterbank und setzte sie auf; dann richtete er sich zu voller Länge auf, verbeugte sich leicht vor Agaat und verließ gemessenen Schritts das Zimmer. Erst als er durch die Tür verschwand, gelang es Bepol, sich mit fragend erhobenen Händen an Ilse zu wenden, aber sie war schon so sehr Ehefrau geworden, dass sie hinter ihrem Mann herlief – den Eindruck machte es zumindest, doch als zuerst die Haustür zufiel und danach rasche Schritte auf der Treppe ertönten, begriff er, dass sie in ihr altes Zimmer floh. Wieder drehte er sich fragend Richtung Sofa, aber jetzt eilte auch Agaat aus dem Zimmer, und auch sie stapfte die Treppe hinauf.

Nach einer halben Stunde brannte im neuen Haus nirgendwo mehr Licht, aber das Motorrad stand noch da – von seinem ebenfalls verdunkelten Büro aus konnte Bepol nicht ausmachen, ob Niesten nun drinnen saß oder nicht. Plötzlich war Licht gegenüber: Die Haustür öffnete sich, und wie ein einziges Wesen machten sich Ilse und Agaat an die Überquerung. Mit seinem Teller auf dem Schoß, im Dunkeln unsichtbar, sah Bepol sie gleich darauf am Fenster neben ihm vorbeikommen, Agaat starren Blicks, Ilse kreidebleich, während ihre Mutter sie zu ihrem Mann führte.

14
Kraftakt

Es war ein zäher Tag, der Vortag des Hellinglaufs, ein Tag, der sehr zaghaft begann, sich dann aber wie eine Schlepptrosse ausrollte: zuerst die weiche Hievleine, dann der stählerne Vorlauf, danach das noch schwerere Schleppkabel.

In aller Herrgottsfrühe schickte Niesten den Handlanger mit dem Pferd los: Er sollte es nach Appingedam bringen, dort über die Brücke und am anderen Kanalufer entlang wieder zurückkommen, sodass man es, falls nötig, beim Gangspill einsetzen konnte, das schon gestern übergesetzt worden war.

Bepol saß bereits in seinem Büro, als das Pferd am Zaum auf die Straße geführt wurde und man noch ein Weilchen das schleppende, schwere Klappern der Hufe auf dem Pflaster hörte. Weil das Pferd ein Wagenpferd und kein Reitpferd war, hatte sich der schlichte Handlanger von Anfang an geweigert, es zu reiten, und sogar heute, trotz des großen Drucks und trotz seines Hinkebeins, wollte er den ganzen Weg laufen – es hatte etwas Friedliches, fand Bepol, auch, dass Niesten es guthieß. Ebenso stockend wie der Hufschlag in der Ferne tippte er weiter an der abschließenden Aufstellung aller für die Seewolf angefallenen Lohnkosten.

Aber nicht nur der Mann und das Pferd, auch die Werft und sogar das Wetter hüllten den kommenden Gewaltakt vorläufig noch in einen Schleier orientalischer Gelassenheit: Es gab weder Hämmern noch Rufen wie sonst; es gab keinen Regen, keine Sonne, und der schwache Wind fiel noch weniger auf als eine völlige Windstille. Wenn der Morgen überhaupt nach etwas roch, dann nach Öl und Talkum, denn er war ein Gewichtheber, der sich in stiller Konzentration auf den späteren Kraftakt vorbereitete.

Seine Bildsprache ließ Bepol erbeben, und er fuhr aus seinem Stuhl auf. Automatisch heftete er seinen Blick auf die Seewolf direkt vor sich, aber um das Gangspill herum, mehr in der Nähe, rechts gegenüber, genau in der Verlängerung des Schiffs, war es inzwischen viel lebhafter. Eingegraben und an einer Kopfweide gesichert, glich das Spill mit den Dreischeibenblöcken einem Feldgeschütz; so umdrängt wurde es eine richtige Batterie, aber bei näherem Hinsehen erwies sich der Betrieb dort doch eher als abwartend: Manche hatten die Hände in den Seiten, andere in den Hosentaschen, noch mehr Männer setzten in einem Ruderboot über. Als einer dem Spill einen fachmännischen Tritt versetzte und Niesten unsichtbar blieb, ließ sich Bepol wieder hinter seinen Schreibtisch zurücksinken. Es war elf Uhr.

Die Addition hatte eine beachtliche Gesamtsumme erbracht; er erhöhte sie noch um fünfzig Prozent, schrieb *Rechnung* darüber und steckte das Blatt gefaltet in die Brusttasche – morgen musste Niesten sie Schumanns Vertreter aushändigen. Erneut schüttelte es ihn vor Kälte, er gähnte, und als er wieder hören konnte, ertönte draußen ein näselnder Ruf.

Niesten war an Deck der Seewolf erschienen; er stand ganz achtern, direkt über dem Schriftzug »Bremerhaven«, und ließ eine blütenweiße Leine aus geschmeidigem Hanf über das Schanzkleid ablaufen, während gleichzeitig erneut ein Boot über den Kanal setzte. Zu der unausweichlichen Mütze und dem Halstuch trug er nun zusätzlich Manschettenhandschuhe, die das uniformierte Aussehen noch verstärkten. Zuerst dachte Bepol nur, dass eine Leine hinübergebracht werden sollte, aber als sie von den Männern drüben angenommen und begierig weiter eingeholt wurde, zeigte sich, dass an ihr ein dickes Stahlseil befestigt war, das man jetzt vom Achterschiff ablaufen ließ. Bepol begriff schlagartig – nicht nur, warum Niesten seine Hände geschützt hatte, sondern auch, was alles Übrige sollte: Die neue Hanfleine war die Hievleine; mit ihr wurde jetzt der Trossenvorlauf herübergezogen – sie wollten die Seewolf an ihrer eigenen Schlepptrosse ins Wasser ziehen …

Wie völlig naheliegend es im Nachhinein auch war, diese Möglichkeit wäre Bepol nie in den Sinn gekommen, und er erschrak darüber, wie über einen vergebenen Schachzug. Unter dem Eindruck des Bildes von einem großen Tier mit einem halben Dorf am Schwanz, umringt von lachenden Frauen, schloss er kurz seufzend die Augen, dann riss er sie wieder weit auf, und ihm blieb nur noch die Rolle des Beobachters. Der Kraftakt hatte begonnen.

Die eigentliche Schlepptrosse wurde nicht einmal ausgerollt, der Vorlauf war lang genug. In schwachem Bogen hing er durch, vom Achterschiff bis aufs Gras und von dort ins Wasser; das übergesetzte Ende wurde inzwischen mit viel Spektakel am Gangspill festgemacht. Wegen der wenigen vorhandenen Plätze, und weil viel zu viele Männer übergesetzt hatten, bestimmte der Vormann, wer an die Spaken durfte. Als jeder an seinem Platz stand, schlug Niesten vom Schiff aus mit seiner vergrößerten, kantigen Hand ein Zeichen in die Luft; die Rücken krümmten sich; prompt begann sich das Speichenrad zu drehen.

Sich die Lippen leckend, ließ Bepol seinen Blick von der sich ständig schneller drehenden Winde am anderen Ufer zu dem Vorlauf springen, der noch immer gleich schlaff und friedlich vom Achterdeck hing; mit jeder Drehung nahm die Spannung zwischen der Bewegung dort und der anhaltenden Ruhe am Schiff weiter zu, und auch der Kanal schien tiefer zu werden.

Endlich, ganz langsam, wurde der Bogen hinter dem Schiff zu einer Geraden, der Vorlauf führte in immer flacherem Winkel in das Wasser, bis es schließlich tropfend von einer Seite zur anderen reichte. Erst jetzt wurde die enorme Verzögerung der Dreischeibenblöcke richtig sichtbar, denn so schnell das Rad auch kreiste, so schrecklich zäh dehnte sich das Drahtseil weiter aus. Noch wenige Umdrehungen, um noch das letzte durchhängende Stück zu straffen – aber ausgerechnet, als das Seil ganz gerade hing und das eigentliche Ziehen beginnen sollte, blockierte das Spill völlig. Es war, als wären die Männer gegen eine Mauer gelaufen; verblüfft, oder weil keiner als Erster aufgeben wollte, blieben sie zunächst noch über den Speichen hängen, dann richtete sich einer nach dem anderen auf und drehte sich fragend zu Niesten um.

Reglos über das Schanzkleid gebeugt, nur von der Hüfte an sichtbar, hatte er die Arbeiten verfolgt wie ein Bussard, der auf einem Zaun saß: Seine gestreckten Arme waren die Beine, seine Hände klammerten sich wie Klauen um die Reling. Ganz langsam ließ er los; mit einem Kreisen der Hände ordnete er einen Mannschaftswechsel an.

Bei gesperrter Welle traten neue Männer an die Spaken, nach dem Lösen der Sperrklinken wurden sie kurz vom Gewicht der Trosse zurückgedrängt, dann stemmten sie sich dagegen, spannten sie wieder straff – und liefen ebenfalls fest. Wieder richtete sich einer nach dem anderen auf, wieder blickten sie alle zu Niesten.

Bepol konnte sich hinter dem Fenster nicht mehr halten vor Lachen. Er setzte sich einen Moment, stand wieder auf und sah, wie Niesten jetzt mit seiner Riesenhand auf die hilflose Batterie zeigte, das Handgelenk nach oben drehte und mit dem Zeigefinger winkte. Danach öffnete er beide Hände und schloss so die Anweisung ab: Zehn Mann sollten zurückkommen.

Die pummligen Kätzchen an den knospenden Kopfweiden am Diep, das Patschen der Ruder ins Wasser, das schaukelnde, überfüllte Boot, das wieder übersetzte: Der liebliche Schauplatz der Arbeiten stand plötzlich in so komischem Kontrast zum Ernst der Lage, dass Bepol laut auflachen musste. Unmittelbar danach wurde etwas mit Schwung auf die Anrichte hinter der Wand gestellt, und die Zwischentür zum Wohnzimmer knallte zu – Agaat musste ihn gehört haben, er hatte nicht gewusst, dass sie in der Küche war.

Sobald die ersten Männer an Bord der Seewolf kletterten, wurde klar, was Niesten vorhatte – natürlich, auch auf dem Achterdeck stand ja ein Gangspill, das wurde jetzt auch eingesetzt: Wenn sie von zwei Seiten aufeinander zu zogen, wurde die Kraft verdoppelt. Das steife Stahlseil um die Welle zu führen kostete wieder genauso viel Kraft und Zeit wie vorher am anderen Ufer, auch hier hing die Trosse im Bogen bis ins Wasser, aber dann konnten die Winden auf beiden Seiten bemannt werden und man krümmte sich abermals über die Spaken. Allmählich ging es auf ein Uhr zu.

Auf ein vereinbartes Zeichen hin hatte das Drehen begonnen, das Seil kam doppelt so schnell hoch, stand bereits straff über dem Wasser – dann, genau gleichzeitig auf beiden Seiten, stoppte mit einem Schlag die Umdrehung, diesmal, als wären die Männer aufeinandergeprallt.

Nach einem hastigen Blick auf die Uhr rief Niesten jemanden zu sich, er zeigte auf die Festina, dann nach gegenüber, und nach einer weiteren kurzen Anweisung ging er als Erster von Bord. Während er hinter dem neuen Haus verschwand, kletterten die anderen die Leiter hinab – vermutlich hatten sie den Auftrag, jetzt auch noch das letzte unbenutzte Spill einzusetzen, und sollten die Ankerwinde von der alten Tjalk abmontieren und ans andere Ufer rudern. Auch das würde wieder Zeit kosten, zu viel, um darauf zu warten – Bepol nahm Stock und Hut und ging hinaus.

Die ungewöhnlichen Bemühungen erregten bereits einiges Aufsehen. Da und dort standen Dörfler in kleinen Gruppen über das Grundstück verteilt, bei Bepols Kommen sahen sie sich verlegen nach ihm um; weil sie dachten, dass alles erst morgen stattfinden sollte, wussten sie nicht recht, ob es erlaubt war, aber mit gönnerhafter Geste gab er den Weg zum Wasser frei, während er selbst die andere Richtung einschlug, er wollte in einem scheinbar zufälligen Rundgang um das neue Haus bei der Seewolf herauskommen. Als er gerade am Eckfenster vorüberkam, legte Niesten drinnen den Hörer auf die Gabel; auf der Höhe der dahinterliegenden Waschküche sah er ihn wieder aus dem Haus kommen. Automatisch tastete er in seiner Brusttasche nach der Rechnung, um sie zu überreichen, doch ohne den Schritt zu bremsen oder sich umzusehen oder auch nur die Tür hinter sich zu schließen, eilte Niesten zur Seewolf zurück.

Aus der offenen Tür drang ein herrlicher Backduft; Ilse war sicher mit einer Gemüsetorte für morgen beschäftigt, der Tag, der Bepol weiter weg schien als jeder andere. Er fand sie tatsächlich in der Küche.

»So, Telefon aus Deutschland?«, begrüßte er sie mit einem vertraulichen Lächeln.

»Niesten hat Frater Smid angerufen«, antwortete sie ausdruckslos, ohne vom Herd aufzusehen.

»Ach, wegen der Schlepphilfe!«, begriff er beifällig. »Ausgezeichnet, die Schlepper sollen sich nur gegenseitig helfen … aber dann will ich nicht länger stören! Moment, noch was … der Revolver … den muss er doch bei der Hand haben, wenn es demnächst dann so weit ist, oder sonst auf jeden Fall für morgen …!«

Als er wieder hinaustrat, die gesicherte Waffe im Hosenbund, den Mantel sorgfältig zugeknöpft, hetzte Niesten erneut haarscharf an ihm vorbei, diesmal Richtung Schuppen und viel zu schnell, um ihm etwas aushändigen zu können. Einige Männer hasteten hinter ihm her, einer von ihnen deutete im Vorübergehen nach hinten zum Wasser, zu sehr in Eile und zu sehr außer Atem, um etwas erklären zu können, und nach wenigen Schritten in diese Richtung erkannte er, warum Niesten nicht an Bord zurückgekehrt war, sondern auf dem Absatz kehrtgemacht hatte.

Am anderen Ufer war der Handlanger mit dem Pferd aufgetaucht. So wenig Bepol noch an ihn gedacht hatte, so streng blickte er jetzt auf die Uhr: Halb zwei, die simple Seele hatte fünf Stunden gebraucht; vermutlich war für ihn der Ausflug mit dem Pferd ein großer Spaß gewesen, und er hatte sich in Appingedam reichlich Zeit gelassen, damit jeder seinem geliebten Tier die Nase streicheln und es mit Zuckerstückchen füttern konnte – er selbst hatte sich bestimmt den angebotenen Kaffee und vielleicht sogar ein Mittagsbrot gut munden lassen, und hinterher war natürlich noch ein Pfeifchen zu schmauchen!

Während er weiterging, wurde er von hinten schon wieder von Niesten und den beiden Trägern eingeholt; mit dem Geschirr, dem Gurt und dem restlichen Lederzeug aus dem Schuppen jagten sie zum Wasser zurück. Zu ungeduldig, um auf die Ankerwinde zu warten, winkte Niesten die Männer von der Festina zum Gangspill auf die Seewolf zurück; was er an Geschirr in den Armen hielt, warf er ins Ruderboot, die beiden anderen ebenfalls, sie stießen ab.

Stolz und unbewegt ragte das Schiff indessen aus der Wiese empor, dem ganzen Trubel das Heck zugewendet, den hohen Bug Richtung Deutschland gewölbt. Im Vorübergehen sah Bepol, dass der auf einem Bett aus Querbalken aufliegende Gleitbalken von der Ruderhacke bis zum Wasser durchlief und mit Staufferfett eingeschmiert war. Im nächsten Augenblick gesellte er sich zu den Zuschauern auf der Neubauhelling und verfolgte mit schnellen Kopfbewegungen alles, was sich rundherum tat.

Während vor ihm das Pferd eingespannt wurde, zogen sie links auf der Seewolf den schlaffen Vorlauf wieder straff, und gleichzeitig setzte das Ruderboot wieder herüber, diesmal rechtsherum, Richtung Festina, die nun sogar ihre alten Trossen abgeben musste – sie wurden aus dem Laderaum an Deck gezerrt und zusammengeknotet, dann lief einer der Männer mit dem einen Endstück des Taus zur Seewolf und die übrigen ruderten mit dem anderen Ende zu der Stellung am gegenüberliegenden Ufer zurück. Um die verwitterte Trosse vorbeizulassen, trat Bepol ehrerbietig einen Schritt zurück, und als sie daraufhin zwischen der Last auf der einen und dem Zugtier auf der anderen Seite befestigt war, schauderte er kurz bei diesem Bild vor seinen Augen: Auf einmal war der Schlepper selbst in Schlepp genommen, rücklings, von einem Pferd, wie damals die Selsey Bill …

Etwas später wurde das Pferd so weit vorgetrieben, dass sich jetzt auch diese Trosse von der Seewolf her straff über dem Diep spannte. An beiden Gangspills ging man in Stellung; nach einem letzten Wort ins Ohr des Handlangers, der sich mit dem Zügel in der Hand vor das Pferd gestellt hatte, hob Niesten den rechten Arm, und als er ihn fallen ließ, warfen sich die beiden Mannschaften in die Spaken, und der Handlanger ruckte am Zaum.

Nichts geschah.

Die Trossen waren bereits gespannt.

Die Luft verschluckte ein Kichern.

Während er die Blicke der Menschen links und rechts auf sich brennen fühlte, sah Bepol starr vor sich hin, die Hände über der Auswölbung unter seinem Mantel gefaltet.

Niesten hatte sich in voller Länge vor dem Handlanger aufgebaut und zeigte auf dessen Bauch. Der Mann wich zurück, aber dem Heranwinken des abermals erhobenen Zeigefingers konnte er nur gehorchen: Er löste den Hosengürtel und übergab ihn mit hängendem Kopf. Niesten stellte sich damit schräg hinter das Pferd, hob jetzt den linken Arm, und genau, als er ihn fallen ließ, hob sich sein anderer Arm und holte mit demselben peitschenden Schwung voll mit dem Gürtel auf die Hinterhand aus.

In der atemlosen Stille hörte man zunächst nur das klatschende Aufschlagen des Leders, dann, unwirklich verzögert, bäumte sich das Pferd auf den Hinterbeinen auf, und über den Kanal hallte ein lautes, wahnsinniges Wiehern. Der nächste Ausbruch ging in rasendem Tempo vor sich: Während das Geschirr nach links und rechts wegflog, machte das Pferd einen Satz vorwärts, um sich aufbäumend im Galopp davonzurasen, nur weit weg, noch mehr gereizt von dem mitgeschleiften, springenden Tau, das es wie eine toll gewordene Peitsche verfolgte.

Ganz leicht im Kopf von dem jähen Ausbruch, sah Bepol, wie der Handlanger seinen Gürtel zurückbekam, ihn sich breitbeinig, gebückt, mit dem Rücken zum Diep umschnallte und dann hinkend dem durchs Flachland springenden Pferd nachsetzte – weil er rannte, zeigte sich sein Gebrechen noch mehr als sonst. Niesten würdigte ihn nun keines Blickes mehr: Er deutete auf die Festina und ließ sich zur Seewolf zurückrudern. Wie ein Admiral, der per Schaluppe dem Schiff eines anderen Landes einen Besuch abstattet, stand er hochaufgerichtet in dem schwankenden Boot.

Beim Anlegen fing ihn Bepol ab, diesmal mit der Rechnung in der Hand.

»Bitte sehr, für Schumann … die musst du morgen eben seinem Vertreter geben … außer natürlich, du fährst selbst mit nach Bremerhaven! Ich würde es dir raten, die Fahrt zählt doch auch als Probefahrt …«

Als wäre es eine Fliege, so schlug Niesten beim Aussteigen, noch gebückt, das Papier aus der Luft. Um es in die Brusttasche stecken zu können, zog er die Handschuhe aus; sich aufrichtend wollte er schon wieder weitergehen, da trat ihm Bepol abermals in den Weg.

»Und dann habe ich noch etwas für dich …«, sagte er, während er strahlend das Jackett aufknöpfte – er ließ Niesten einen kurzen Blick zwischen die Aufschläge werfen und steckte ihm dann unvermittelt den Revolver zu. »Hier … denn wenn sie dann später plötzlich ausläuft, wäre es doch nett, wenn du … und was den Deutschen angeht: Wir können sie morgen immer noch taufen … die Flasche steht bereit! Ich denke übrigens, dass die Frater Smid in einem Stündchen da sein könnte …«

Beiseitetretend sah er gerade noch, wie Niesten die Waffe nahm und einsteckte. Mit den Handschuhen zwischen den Zähnen kletterte er schon die schwankende Leiter hinauf, er verschwand im Steuerhaus, erschien wieder auf dem Achterdeck und wirkte jetzt von unten noch größer als vorher. Er hatte wieder die Handschuhe an und kaute auf etwas. Den finsteren, sich jedoch gelegentlich aufhellenden Blick hielt er über alles hinweg auf die Festina geheftet, wo fieberhaft die Demontage des Ankerspills wieder aufgenommen wurde.

Die restlichen Männer konnten nur noch zusehen – die ganze vorangegangene Geschäftigkeit erstickte mit einem Mal unter einer Decke des Wartens. Bepol zog sich in sein Büro zurück, um die Bilanz des ersten Quartals zu erstellen.

Der unerwartete Stillstand war räumlich auf das Schiff begrenzt, überall sonst war man in Bewegung geraten; wo die Werft noch krampfhaft abwartend dalag, reihte sich andernorts im Eiltempo Ereignis an Ereignis:

– Ein vorbeifahrender Direktor von der Strohpappe erstattete auf dem Heimweg seinen Freunden aus 't Hoogezand Bericht;

– der unverzüglich ausgefahrene Schlepper von Frater Smid hatte Appingedam bereits hinter sich gelassen;

– das Fotoboot, das sich schon einige Tage in der Gegend herumtrieb, hatte Wind vom verfrühten Stapellauf bekommen und kam aus der anderen Richtung herbei;

– in der Zeitungsredaktion läutete das Telefon: »Ein historischer Stapellauf … Schiffbau Bepol … im Moment in vollem Gang … der zweite Seeschlepper weltweit mit Dieselöl … Schumanns Antwort auf die Hermes von Bugsier … Was sagen Sie? … Nein, mein Herr, das dürfen Sie nicht; Sie können von Ihrer Quelle nicht erwarten, dass sie sich selbst aufdeckt, aber es würde mich nicht wundern, wenn … Guten Tag!«;

– in 't Hoogezand ertönte ein anhaltendes Hupen, bis Bodewes herauskam und sich in das Automobil quetschte, in dem bereits Pattje und Van Diepen saßen;

– nach Erhalt der Mitteilung erteilte der Bürgermeister die Anweisung zum sofortigen Aufbruch; der Reporter durfte mitfahren und eilte zum Rathaus;

– schon ganz in der Nähe des Emskanals angekommen, packte der Handlanger das endlich ausgeraste, grasende Pferd am Zaumzeug; er führte es an einen Zaun, stieg dann zum ersten Mal auf, vielleicht um es spüren zu lassen, dass er ebenfalls einen Körper hatte, der leiden konnte, und machte sich über Appingedam auf den Rückweg.

Etwas später, als sich zu guter Letzt auch das Ankerspill von der Festina löste, waren alle unterwegs, und von einem hohen Ballon aus hätte ein allsehendes Auge sie von nah und fern herbeiströmen sehen: Pattje, Bodewes und Van Diepen grimmig im Automobil; die Frater Smid, die sich mit einem weißen Schaumschnauzer vor dem Bug mit Volldampf näherte; der Handlanger zu Pferd; die jungen Leute von der Strohpappefabrik über die Lenker ihrer glänzenden Räder gebeugt; der Bürgermeister und die Presse, die Kinder und die Mütter – und alle zusammen bildeten sie das Publikum, das von allen Seiten zu dem Schauspiel zusammenlief, das, wie verlautete, bereits begonnen hatte, manche mit vor Hast verzerrtem Gesicht, andere erwartungsvoll strahlend, denn die Werft am Diep war ja bekannt für ihre festlichen Stapelläufe, und vielleicht kamen sie noch rechtzeitig, um über die Welle zu springen.

Seit mehreren Quartalen waren die Ziffern gleich geblieben, das Erstellen der Bilanz war jetzt noch sinnloser als zuvor: Man musste erst die deutsche Abrechnung abwarten.

Während Niesten draußen unverändert an der Reling stand, schob Bepol das Hauptbuch wie einen Teller kalt gewordenes Essen von sich. Beim wiederholten Aufstehen hatte er bereits beobachtet, wie die Ankerwinde an der Kopfweide neben dem Gangspill befestigt worden war, einen Baum weiter, und jetzt, als er erneut ans Seitenfenster trat, wurde gerade die alte Trosse straff gespannt. Tropfend hob sie sich über das Wasser; fast parallel zu dem noch immer gespannten Vorlauf streckte sie sich von der Seewolf aus in immer geraderer Linie der Ankerwinde am anderen Ufer entgegen. Reglos wartete das herbeigeströmte Volk auf der Helling, bis alle drei Winden gleichzeitig anziehen sollten, das Zeichen dazu konnte jeden Augenblick gegeben werden, schon hob Niesten den Arm – doch dann fuhr plötzlich eine Bewegung durch die Menge, und man wandte sich der Ferne zu.

Bepol riss sich vom Fenster, an dem er klebte, los – vor Aufregung konnte er nicht länger drinnen bleiben; auch vor Aufregung zündete er jedoch zuerst eine Zigarre an, bevor er mit Stock und Hut aus dem Haus trat.

Es war die Frater Smid. Die Bugwelle wie zwei Schnurrhaare zu den Ufern rechts und links tragend, dampfte sie in der Mitte des Kanals heran. Eine braune Wolke krönte den Schornstein, und als sie mit dem Horn ein kurzes Signal gab, klang es, als riefe ein rennender Knabe seinem Freund ein Stückchen weiter vorn zu, dass er gleich da sei, dass er mitmachen wolle. Inzwischen war Bepol hinter den Neugierigen an der Helling entlang vorbeigelaufen und stand schräg unter Niesten, in dem leeren Raum zwischen dem Trubel und dem Schiff. Wie alle anderen, sogar die Männer an den Spaken, starrte er atemlos auf den herandampfenden Schlepper. Die Tür des Steuerhauses flog auf, ein Deckmatrose erschien auf dem Gangbord.

»Aufpassen!«

Wie ein Peitschenschlag durchschnitt die näselnde Stimme die Stille. Alle Blicke sprangen schlagartig wieder zu Niesten, der mit erhobenem Arm auf dem Achterdeck stand; bedächtig kauend gab er den Blick zurück, als ob nicht Augen, sondern glühende Niete in seinen Augenhöhlen steckten, dann sank die Hand nach unten.

Die Männer setzten an.

Aber sie kamen nicht von der Stelle.

Die Seewolf ebenfalls nicht.

Der verblüffende Stillstand währte in vollkommener Stille, bis endlich das Hin und Her von Niestens Absätzen auf dem Deck zu hören war. Mit den Händen auf dem Rücken stapfte er rastlos von Steuerbord nach Backbord, ohne den Männern einen Blick zu gönnen, die sich noch immer nicht von den Speichen aufzurichten wagten.

Etwas später, als am anderen Ufer die ersten Räder an die Bäume gelehnt wurden, schob sich die Frater Smid auf die Bühne. Kampfbereit für einen neuen Akt deutete Niesten von der Schanze aus warnend auf den immer noch quer über das Wasser gespannten Vorlauf, als würde er mit einer Pistole darauf zielen – die alte Trosse hatte er bereits über das Achterdeck einholen lassen, sodass der Schlepper bis zum Seil weiterfahren konnte.

Es war sicher nicht der leichteste Schlepper aus Frater Smids Flotte: Bepol sah das Schiff aus nächster Nähe mit ziemlicher Geschwindigkeit vorbeifahren, fürchtete schon, dass es doch auf das Stahlseil aufliefe, aber nach einem kurzen Rückwärtsschub machte es prompt keine Fahrt mehr und blieb direkt ihm gegenüber stehen. Überrascht von der vorgeführten Leistungsfähigkeit, ließ er seinen Blick langsam nach oben wandern, von der unruhig nachstrudelnden Bugwelle zum Steuerhaus, wo die Tür aufflog und der Schiffer heraustrat. Es war zu erwarten, dass er Niesten jetzt um nähere Anordnungen bitten würde, doch stattdessen blickte der Mann zuerst starr nach vorn auf die abgetakelte, mastlose Festina und danach, in einer langsamen Bewegung, direkt auf ihn, als ob der Anführer oben auf dem Achterdeck gar nicht zählte.

An der Zigarre ziehend, hob Bepol unwillkürlich die Hand: Er stand frei im Raum, die Augen des Schiffers waren sichtlich auf ihn gerichtet – doch als ihm aufging, wem er dort zuwinkte, stockte jählings die Bewegung.

Es war Schiffer Velig. Mit offenem Mund und ohne zurückzuwinken, starrte ihn der Mann nur an, fassungslos, dass er hier die alte Festina noch untätig wiedersah und dass Bepol sie ihm nach dem Notruf aus Bremerhaven nicht angeboten, ja ihm nicht einmal zurückgeschrieben hatte … Aber auch damals war sie schon nicht mehr segelfähig gewesen – was hätte er schreiben sollen? Dass er den Mast zersägt und anschließend in den Boden gerammt hatte?

In der Zeit versinkend und eingenebelt vom Zigarrenrauch aus seinem Mund, versank Bepol zugleich auch in Verteidigungsreden und in einen Schleier von Widerstand, denn: Velig konnte nun zwar denken, dass er sich mit einem kapitalen Schiff wie der Seewolf auf Stapel wohl ein wenig Hilfe hätte erlauben können, aber vorläufig war noch nichts bezahlt … Und warum sollte er Velig eigentlich Rechenschaft schuldig sein? Hatte er nicht in der Vergangenheit schon genug für ihn getan? Dass die Festina noch unverkauft am Ufer lag, bewies doch nur, dass die Inzahlungnahme damals nichts anderes als ein Nachlass, ja: ein Geschenk gewesen war? Und außerdem, Velig war jetzt doch als Schleppschiffkapitän mit geregeltem Dienst in der heutigen Malaise viel besser dran denn als freier Schiffer auf einem alten Kahn? Warum war er nicht zufrieden?

Wie eine Luftblase vom sumpfigen Kanalboden stieg Bepol wieder zur Oberfläche des Hier und Jetzt empor. Er blickte auf seine Uhr: Es war halb vier; der Schlepper hatte inzwischen Anweisungen erhalten und drehte sich nun mit der Steuerbordflanke gegen das Drahtseil. Von achtern wurde eine Manilatrosse Richtung Seewolf ausgebracht, von vorn wurde ihr die alte Trosse herübergeworfen, die an ihrer anderen Flanke entlang gespannt werden sollte. Bepol wusste inzwischen, wie lange das dauerte – wenn er schnell war, konnte er noch prima die Werftfahne am Flaggenmast hissen, bevor das Ziehen begann.

Den Kopf im Kragen seines Ernstes versteckt, stapfte er, ohne auf- oder sich umzusehen, zur Haustür, trotzdem sah er, dass noch weitere junge Leute am anderen Ufer eintrafen, und auch auf dem Gelände wurde es durch den anhaltenden Zustrom von Frauen und Kindern von der Straße her immer noch voller. Während der letzten Schritte hörte er ein Auto hupen; als er eintreten wollte, kam Ilse gerade mit hängendem Kopf heraus; zu aufgeregt zum Stehenbleiben, lief er gleich durch ins Wohnzimmer. Agaat saß kerzengerade auf dem Sofa.

»Weißt du, wer der Schleppschiffer ist?«, fragte er und ging an ihr vorbei zum Büfett. »Velig … Schiffer Velig aus Groningen!«

Agaat antwortete nicht; sie knetete ein Taschentuch auf ihrem Schoß.

»Und Ilse … sicher nervös?«, fuhr er in munterem Ton fort – bevor er die Flaggen berührte, streichelte er zuerst das Barometer, die Schiffsbüchse und die Champagnerflasche. »Natürlich … sie ist schon beim Backen für morgen!«

Agaat holte tief Luft, aber bevor sie etwas sagen konnte, schob sich draußen von Groningen her eine Schute ins Fenster.

»Das Fotoboot!«, rief Bepol aus. »Ja natürlich, das gehört auch dazu … man hat wahrhaftig den Eindruck, als hätten wir schon heute den Stapellauf… Das kommt natürlich von der Frater Smid… ich habe doch auch immer einen Schlepper kommen lassen, damit er das neue Schiff nach Delfzijl bringt. Und am anderen Ufer wartet inzwischen schon eine ganze Reihe darauf, über die Welle zu springen… die Reihe, in die sich Ilse nie getraut hat und Niesten nicht wollte, die eine zu schüchtern, der andere zu wählerisch… aber mit Haus und Hochzeit sind sie jetzt doch gut versorgt!«

Endlich zog er die blaue Werftfahne aus dem Stapel mit der von Schumann, von Deutschland und den Niederlanden, wandte sich damit um, wollte gehen, erstarrte jedoch unter Agaats blitzendem Blick.

»Du wolltest doch wissen, wie es Ilse geht?«, höhnte sie. »Nun, sie hat Angst.«

Zuerst nicht, danach doch, dann immer lauter ächzte Bepol in seiner Seele; er biss sich auf die Lippen und wartete, bis seine Antwort herausströmte, zuerst hastig, danach brechend, dann immer leiser.

»Meine Schuld? Alles meine Schuld? Das war bestimmt wieder eine nette Unterhaltung, ein Herz und eine Seele, aber hör mal: Ihr habt hier leicht reden, doch hätte ich nichts unternommen, dann würde die Werft jetzt genauso dahinsiechen wie alle anderen, und Ilse mit dazu! Erinnere dich doch… wie es war… und wie wir… jetzt… während niemand… und rundherum… aber wir feiern! Nur du nicht, oder? Nein… du nicht. Ilse Angst! Aber warum ist Ilse nicht froh? Und warum du nicht? Warum muss ich immer allein… gerade als ob… obwohl ich auch… du weißt nicht, wie…«

Agaat streckte die Hand nach ihm aus; um nicht in Tränen auszubrechen, ignorierte er es, setzte sich brüsk in Bewegung.

»Was hast du mit der Fahne vor?«, schallte es hinter ihm her, als er bereits am Bücherschrank war.

»Was wohl? Hissen!«

»Berend, mach es nicht noch schlimmer!«

Mit aller Kraft seines verkannten Gemüts warf er die Haustür hinter sich zu; hinter seinem Büro hisste er die himmelblaue Flagge, außer den vier bemalten Wettkampffässern auf der Bleiche war es die einzige helle Farbe an diesem grauen Tag; ein Knirps zeigte mit einem Ausruf nach oben. Bepol lächelte der Mutter zu und begriff erst jetzt richtig, warum er es getan hatte: Es war für die Leute, die erwarteten doch … wenn sich Gaat nur ein Mal herabließe und herauskäme, dann würde sie mit eigenen Augen sehen, wie voll es schon … und ob es jetzt heute oder morgen war, ein Stapellauf bei ihm bedeutete doch für die ganze Gemeinde … und dann sollte er nicht kurz … so oft gab es hier doch nichts zu feiern!

Als er an seinen alten Platz zurückkehrte, war der Schlepper zwischen die Trossen gespannt. Unverändert stand Niesten hoch auf dem Achterdeck der Seewolf; atemlos schaute das Publikum von der Helling aus zu; hinten, über den Mützen und Kappen, entfaltete sich die Fahne träge am Mast – zum Flattern war nicht genug Wind.

Niesten hob den Arm.

An allen drei Spills bog man sich über die Spaken; die Frater Smid ließ Dampf ab; das letzte Stimmengewirr verstummte.

Niesten senkte den Arm.

Noch tiefer krümmten sich die Männer; das Schraubenwasser des Schleppers schwappte über das Ufer; Niesten blickte über die Reling nach unten.

Aber die Seewolf bewegte sich nicht.

Die Männer blieben mit allen Kräften über den Spillspaken hängen und bewegten sich ebenfalls nicht – außer einer Augenbraue da und dort bewegte sich auch bei den Zuschauern rein gar nichts, und es war kein Laut zu hören, bis am anderen Ufer ein junger Mann in karierten Knickerbockern vortrat und Kinn und Zeigefinger hob.

»Na los, jetzt zieht mal schön!«, sagte er munter in die Stille.

Benommen hielt der Moment den Atem an, der mit Niesten unvereinbare Spott schien alles zu einem Hirngespinst zu vernebeln, doch dann, zum Beweis, dass es durchaus ernst gemeint war, stieg aus der Reihe zwischen den Bäumen ein helles Lachen auf. Mit einem Mal kraftlos stieß Bepol den Atem aus, jeder Nerv begann ihm vor Entspannung zu kribbeln, und er begriff, dass er gerade noch einem peinlichen Anfall entgangen war: Wenn es auf der anderen Seite länger gedauert hätte, wäre er hier als Erster in Lachen ausgebrochen.

Der witzige junge Mann mit den Knickerbockern, bestimmt kein Hiesiger, ein Sohn von der Strohpappe, zog sich in den Kreis seiner rauchenden Kameraden zurück; erst als es dort ruhig blieb, wagte Bepol einen Blick über die Schulter nach oben, zu Niesten auf dem Achterdeck.

Allein seine Kiefer bewegten sich; träge mahlend blickte er vollkommen unbewegt zu den jungen Leuten, als ob er sich gegen ihren Hohn noch immer wappnen müsse, oder besser: als ob er ihn gar nicht bemerkt hätte – man hatte ihm im Scherz etwas zugerufen, aber das war eine Sprache, die er nicht begriff, eine Hitze, in der er kalt blieb, ein Regen, der ihn nicht einmal benetzte.

Das Schraubenwasser glättete sich, Velig erschien auf dem Achterdeck. Niesten hob die flache Hand zum Zeichen, dass er warten solle, deutete dann an ihm vorbei auf die Männer an der Ankerwinde und darauf nach links. Bepol begriff, dass man die Winde ein paar Bäume vom Gangspill entfernt aufstellen sollte, und auch, dass das wieder einige Zeit brauchen würde. Er schnippte die Zigarre ins Wasser, sah, dass das Fotoboot vor der Festina angelegt hatte, und drehte sich um.

Das Automobil war, von Groningen kommend, an der Scheune vorbeigefahren und stand jetzt hinter der öffentlichen Bank, auf der drei Herren saßen: Pattje, Bodewes und Van Diepen. Sie hatten ihn schon entdeckt und winkten; unwillig setzte er sich in Bewegung, noch unwilliger, ihnen aus dem Weg zu gehen.

Aus der Waschküche kam das knackende Geräusch einer Kaffeemühle; etwas weiter zerrten aufgeregte Kinder ihre Mütter zu den vier bunten Wettkampffässern auf der Bleiche; auf dem ganzen Gelände verstreut spazierte man mit Bechern voll dampfender Milch – während sie im Sommer gekühlt verkauft worden war, so geschah es nun erhitzt.

»Bepol!«, rief Pattje schon von Weitem.

»Was für ein Monster!«, lobte Bodewes kurz darauf.

»Und so stark … schon jetzt stärker als die Frater Smid!«, meinte Van Diepen, und mit roten Köpfen lachten alle drei zu ihm auf.

Weil sie nicht aufgestanden waren, brauchte er ihnen auch nicht die Hand zu geben. Ohne ein weiteres Wort überquerte er die Straße, um im Friseursalon ebenfalls einen Becher Milch zu erstehen. Der Friseur stand nicht an der Kasse. Auf seine Frage, wo er denn sei, antwortete die Friseurgattin mit einem Zwinkern. Draußen ließ Bepol die Bank links liegen und lief aufs Gelände zurück, aber diesmal in aller Ruhe, von Kreis zu Kreis – er unterhielt sich ein wenig mit den Leuten, trank wie sie warme Milch, und arbeitete sich so bis zur Bleiche vor, wo noch mehr Knirpse bei den Fässern auf den Wettkampf warteten und eine der Mütter verwirrt auf ihn zukam, auf die Flagge zeigte und auf die allgemeine Betriebsamkeit rundum.

»Ist es heute oder morgen?«, fragte sie schließlich.

»Gute Frau«, sagte Bepol, mit einem Mal strahlend vor Philosophie, »es ist immer heute.«

Dennoch bezog er im nächsten Moment beklommenen Herzens wieder schräg unter Niesten Stellung. Auf dem niedrigen Achterdeck der Frater Smid stand Velig, der gerade eben Anweisungen von ihm bekam. Inzwischen war die alte Trosse umgelegt worden und spannte sich jetzt rechtwinklig über das Wasser; zusammen mit dem schräg weglaufenden Drahtseil bildete sie nun kein scharfes V mehr, sondern ein weites Wurzelzeichen, innerhalb dessen der Schlepper sich hin und her bewegen musste. Mit zackigen Handbewegungen deutete Niesten es an, mit begreifendem Nicken verschwand Velig wieder im Steuerhaus, aber dass das alles für Schumann war, das war ihm bestimmt noch nicht klar.

Hinten bei der Bank traf inzwischen ein zweites Automobil ein, diesmal von Appingedam. Es stoppte, die vordere Stoßstange berührte fast die des anderen Wagens. Der Bürgermeister stieg aus, gefolgt vom Berichterstatter der Zeitung. In Wechselrede erklärten Pattje, Bodewes und Van Diepen die Lage; gemeinsam schlenderte man zum Wasser; auf der Bleiche blieb der Bürgermeister kurz stehen, um ein paar Kleinen den Kopf zu tätscheln und sich ein bisschen mit den Müttern zu unterhalten. Die rätselten noch immer, ob der Wettkampf denn jetzt schon anfinge oder erst nach dem Stapellauf.

Niesten hob den Arm.

Der Witzbold am anderen Ufer grüßte genauso zurück.

Bepol leckte sich vor Wut die Lippen.

Kurios, wie viel Kraft mit so wenig Geräusch ausgeübt

werden konnte, und mit noch weniger Bewegung: Die Männer hingen wieder über den Spaken, während sich der Schlepper, unter Volldampf abdrehend, vom Vorlauf rechts löste und im Schneckentempo auf die alte Trosse links zudrehte. Von drinnen schepperte der Steinhagel der Kohlen, die auf den Rost gekippt wurden, sonst hörte Bepol nichts als das Hämmern seines Herzens: Die Seewolf blieb ruhig liegen, und Niesten wusste es, er sah nicht einmal mehr über den Rand, nur noch auf das aus der Tiefe aufstrudelnde Schraubenwasser und die straff gespannte Manilatrosse.

»Wenn sie jetzt Räder hätte statt der Schraube, könnte man die Motoren starten und sie wäre im Nu im Wasser!«, rief er zu Niesten hoch, um die Spannung zu lösen. »Oder nein, warte … sie könnte nach Bremerhaven fahren! Ha, ha … siehst du es schon vor dir?«

Während Ilse plötzlich in seinem linken Augenwinkel mit einer weißen Kaffeetasse die Leiter hochstieg, begann man auf dem Fotoboot am anderen Ufer den Apparat aufzubauen. Geradeaus drehte sich der Schlepper von der kurzen Trosse zurück zur langen Seite des Wurzelzeichens.

»Hätten wir nur einen Funker …«, fuhr er fort, »der könnte SOS aussenden, und dann … Sieh nur, da kommt die Hermes von Bugsier schon zum Bergen … aber nach dem Flottziehen kann sie hier natürlich nicht wenden … Oh, die Seewolf müsste rücklings hinter ihr her mit nach Groningen … was für eine Schande … genau wie die Selsey Bill!«

In einem Schluck trank Niesten die Tasse leer, danach stand er wieder so reglos, als stünde er Modell. Um den Stapellauf nicht auch noch durch ihr zusätzliches Gewicht zu erschweren, ging Ilse eilends wieder von Bord.

»Oder nein, ich irre mich … nach dem Stapellauf kann die Seewolf natürlich auch die Hermes ziehen, zurück ins

Meer … das ist viel kürzer … Das muss man sich vorstellen: die Seewolf, die Bugsiers Hermes mit dem Hintern voraus hinter sich herschleppt … welch ein Triumph!«

Wie ein geprügeltes Pferdchen, schief im Bügel hängend, versuchte es die Frater Smid Schub um Schub, aber dieses eine Pferdchen war kein Gegner für die Seewolf mit ihren 1600 Pferdestärken im Maschinenraum – es blieb doch Hochseeschlepper gegen Hafenschlepper; mit ihren zwei Motoren brachte die Seewolf mehr Gewicht auf die Waage, als die Frater Smid an Leistung ausgleichen konnte.

Die jungen Leute am anderen Ufer hatten das auch gleich erfasst. Beim Anblick der hilflosen Drehbewegungen der Frater Smid von der einen zur anderen Seite wähnten sie sich immer überlegener, und ihre Dreistigkeit nahm entsprechend zu: Die Spitzen folgten immer schneller aufeinander, die Stimmung kippte ins Alberne.

»Wann geht es denn endlich los?«, rief der junge Mann mit den Knickerbockern.

Wie ein Blinder starrte Niesten in den Hohn, den er nicht begriff und nicht erwidern konnte, der ihm wesensfremd war, ihn aber dennoch einhüllte – er stand darin wie ein Tonkrug im Feuer, ohne brennen oder gar nur aufglühen zu können, feuer-, aber nicht bruchfest.

»Oder ist es doch morgen?«, piesackte ein anderer weiter.

Bitter rang Bepol die Hände: Die dort drüben waren als alte Festgäste gekommen, um über die Welle zu springen, nun hofften sie nur noch, dass nichts mehr daraus würde. Um ihnen zu zeigen, auf wessen Seite er stand, und um Niesten gegen diesen Verrat beizustehen, rückte er ihm noch näher, dicht an die Seewolf; in dem Drang, seine aufflammende Verbundenheit mit ihm noch stärker zu zeigen, legte er auch noch die Hand von unten ans Schiff und riss, während er flammende Blicke zum anderen Ufer warf, Augen und Nasenlöcher weit auf, um von der Feindseligkeit, die von dort herüberschwappte, möglichst viel zu absorbieren und von dem Mann abzuhalten, für den sie bestimmt war, dem Mann über ihm.

Sich unter ihrer eigenen Kraft neigend, wurde die machtlose Frater Smid ständig in der Längsachse versetzt, nach Backbord, nach Steuerbord, dann war es genug, und ihr wurden neue Instruktionen signalisiert.

Mit einem Seufzer der Erleichterung drehte sich Bepol um. Hinter ihm stand der Bürgermeister, schon mit ausgestreckter Hand, über der einen Schulter die vergnügten Gesichter von Pattje und Bodewes, über der anderen die von Van Diepen und einem weiteren Herrn. Etwas abseits tauchte der Mann vom Fotoboot unter das schwarze Tuch.

»Ein historischer Stapellauf und ein historischer Tag für unsere Gemeinde!«, brach der Bürgermeister los. »Mein Kompliment, der zweite Hochseeschlepper mit Dieselöl weltweit – Sie nehmen es mir doch nicht übel, dass ich der Ansicht war, dieses Spektakel … Neben mir, oder besser hinter mir, sehen Sie übrigens einen Reporter von der Zeitung, also, wenn Sie gleich kurz … aber erzählen Sie uns doch erst, so ein Schiff, der zweite Seeschlepper weltweit, das heißt: mit Dieselöl … Oder nein, Sie sind beschäftigt, lassen Sie sich vor allem nicht beirren, lassen Sie sich von uns nicht stören!«

Der Bürgermeister trat beiseite, hinter ihm auf der Bleiche standen die Mütter und die Knirpse noch immer ganz verzweifelt beisammen. Mit einem nachsichtigen Lächeln gesellte sich Bepol zu ihnen, er durfte sie nicht länger warten lassen, denn wenn es auch Tradition war, dass die Kinderspiele erst nach dem Ablaufen begannen, mit Rücksicht auf die Kleinen musste es diesmal eben vorher sein. Neben jedem Fass stand bereits eine kleine Mannschaft, die sich beim Proberollen gebildet hatte, den Kindern musste er nichts mehr erzählen, aber für die Mütter war alles noch neu – umständlich begann er Zweck und Regeln zu erklären, denn er selbst konnte leider nicht dabeibleiben, er musste zurück, schleunigst, schon senkte sich eine neue Stille über die Helling …

Die Frater Smid lag mit dem Heck fast am Ufer unterhalb der Seewolf. Von hier aus musste Velig in ihrer Verlängerung schräg aufs andere Ufer zu losdampfen. Die Manilatrosse trieb wie ein Knäuel Eingeweide längsseits und hatte genau so viel Spiel, dass sie ganz knapp nicht aufs Ufer auflaufen konnte. Um in derselben Richtung wirken zu können, war die Ankerwinde, zusammen mit dem Gangspill, wieder am Baum davor aufgestellt worden. Dadurch hatte der Schlepper wieder links und rechts eine Trosse an der Flanke und war genauso eingespannt wie am Anfang, aber jetzt kam es auch auf das Tempo an: Wenn es mit Ziehen nicht klappte, dann musste man es eben mit Reißen versuchen.

Während der Schlepper so zu vibrieren begann, dass Bepol sah, wie sich das Wasser um ihn herum wie eine alte Haut runzelte, tauchte der Reporter, mit Pattje, Bodewes und Van Diepen im Schlepptau, rechts in seinem Augenwinkel auf.

»Darf ich Ihnen gleich ein paar Fragen stellen?« Ohne auch nur einen Blick zur Seite hob Bepol abwehrend die Hand. Das Schiffshorn gellte, die Turbine summte, das erste Messen begann.

Wie viel Wasser der Schlepper auch hinter sich wegstrudelte, er schob sich nur langsam, zögernd beschleunigend, zwischen den Trossen ins Diep hinein. Auf halbem Wege zum anderen Ufer hatte er ein wenig Fahrt aufgenommen, aber als ihn die eigene Trosse im letzten Moment stoppte, war seine Geschwindigkeit noch immer nicht groß: Der Anlauf war zu kurz, er selbst zu schwer. Nach kurzem Anfeuern warfen sich die Männer am anderen Ufer erneut in die Spillspaken.

Nach diesem Fehlschlag verlangte Niesten keinen weiteren Versuch. Stattdessen ordnete er etwas an, was Bepol zunächst nicht begriff, ihn dann aber beunruhigte: Er ließ sowohl die Trosse zur Ankerwinde wie die zum Gangspill ganz einholen.

»Bepol! Kannst du mal kurz? Der Herr hier will dich was fragen für die Zeitung!«

Pattje war dem Reporter zu Hilfe geeilt und schob ihn noch einen Schritt vor; auf der anderen Seite wurde er von Bodewes und Van Diepen flankiert; erst als Bepol sich ihnen zuwandte, ging ihm auf, dass sie dort schon die ganze Zeit gestanden hatten.

»Na los, gib dir einen Schubs …«, ermunterte ihn Bodewes.

Der Berichterstatter lächelte spitzbübisch nach links und rechts und fragte dann ohne Umschweife: »Herr Bepol, wenn Sie erlauben … ein fabelhaftes Hochseeschiff, aber warum steht es auf der Wiese und wird nicht auf der Helling gebaut?«

Die drei Herren nickten mit hochgezogenen Augenbrauen, dass sie das auch gern wüssten.

Bepol spürte ein Prickeln. »Weil damals dort etwas anderes gebaut wurde«, antwortete er trotzdem sachlich.

Nach ein paar Knuffen in den Rücken wagte es der Reporter, die nächste Frage zu stellen: »Und was war das denn genau, wofür dieses Schiff ausweichen musste?«

Noch höher hoben die drei ihre Brauen, sie bogen sich wie Fragezeichen, aber Bepol blieb die Antwort im Halse stecken.

Der Reporter notierte es dennoch. »Eine Baggerschute …«, sagte er, laut mitschreibend, und als er sich wieder aufgerichtet hatte: »Aber wie soll denn dieses gigantische Schiff ohne Gefälle ins Wasser kommen?«

Bepol zuckte mit den Schultern, fröstelte vor Kälte, während das, was eben noch geprickelt hatte, zu stocken begann. »Ach, das sollten Sie meinen Nachfolger fragen … er hat es so gewollt … wissen Sie: Im Maschinenraum stehen 1600 PS, vielleicht denkt er, dass er genauso stark …«

Ein kurzer Schwindel, ein Ruck mit dem Kopf – er fiel von seinem abgebrochenen Satz ab wie eine Mispel vom Zweig, plötzlich gewichtslos, abgrundtief, bis eine Welle neuer Kraft, Scham und grellen Lichts ihn in die Wirklichkeit zurückschleuderte. Grimassierend versuchte er seinen Verrat hinunterzuschlucken, sich die Worte wie Schaum von den Lippen zu lecken, doch dort waren sie nicht mehr, sie befanden sich im Kopf des Berichterstatters – wenn er sie noch beseitigen wollte, dann ging es nur zusammen mit dem Mann.

»Weg …!«, herrschte er ihn in einem Ton an, der völlig neu bei ihm war, ihm aber sofort sehr gefiel. »Und ihr mit dazu …«, fuhr er nach dem jähen Abgang des Mannes auch gleich Pattje, Bodewes und Van Diepen an – nichts erstarrte mehr in ihm, es jubelte, denn je unverschämter er sich ihnen gegenüber ausließ, je mehr von seinem guten Benehmen er bei ihnen fallen ließ, umso mehr löste er für sein Empfinden die Schuld Niesten gegenüber ein. »Weg hier!«, setzte er begierig die Abrechnung fort, er konnte nicht mehr aufhören; mit jedem Hieb auf die drei vor ihm ruderte er sich weiter zu dem einen hinter sich zurück – es war doch nur eine kurze

Schwäche gewesen, nur ein schmaler Spalt hatte sich aufgetan – wenn er sich noch ein wenig mehr bemühte, hatte er ihn gedichtet, bevor Niesten etwas davon bemerkte: »Meine Herren … zieht Leine!«

Mit offenem Mund und noch viel höher gezogenen Augenbrauen wichen Pattje, Bodewes und Van Diepen vor seinem drohenden Ausfall auf sie zurück; wie ein Mann machten sie daraufhin kehrt und schlossen sich dem Reporter und dem Bürgermeister an, die in einiger Entfernung alles im Auge behielten, der eine noch verstört, der andere befremdet. Bepol sah es nicht mehr; ohne den Schritt zu mäßigen, ließ er den ganzen Trubel hinter sich und lief zurück in den Raum und die Ruhe, jetzt, solange es noch ging.

Über der Bleiche brach die Dämmerung herein, die vier Wettkampffässer verloren bereits ihre klaren Farben. Frei rollten sie inzwischen durcheinander, scheinbar wie von selbst, als hätten sie einen eigenen Motor. Von einer Rennstrecke war nichts mehr zu erkennen: Holpernd über Stock und Stein änderten sie ständig die Richtung, sie schlugen Haken wie die Hasen, während die Mütter, die sich mit schlafwandlerischer Sicherheit zwischen ihnen bewegten, bisweilen jäh aufschreckten und dann mit einer schnellen, vereinnahmenden Bewegung eine Tonne aus der Rollrichtung zogen, um einen Zusammenstoß zu verhindern.

Zwischen den letzten verbliebenen Sträuchern zu Atem kommend, beobachtete Bepol, der sich versteckt hatte, um nicht zu stören, alles mit Wohlgefallen. Durch die unverhofften Richtungswechsel konnte von einem Wettlauf keine Rede mehr sein, die Knirpse im Fass mussten längst jede Vorstellung von Start und Ziel verloren haben, rollten aber trotzdem weiter, sodass die Fässer allmählich tollenden Kälbern glichen und die Mütter den Hirten. Ein wenig später sah Bepol, in

Augentrug des späten Lichts, durch die Wimpern ein noch anderes Bild: Nun waren die Mütter zu Kindern geworden und die Fässer um sie herum zu Kreiseln, die sie mit gleichmäßigen Peitschenhieben am Wirbeln hielten. Auch diesem Kinderspiel sah er eine Weile zu, bis plötzlich von der Seite eine Tonne heranholperte, die in dem Gebüsch hängen blieb, in dem er sich verbarg. Vier Knirpse krabbelten heraus und begannen Rotz und Wasser zu heulen; eine gleichzeitig aufgetauchte Mutter untersuchte sofort die grün und blau gebeutelten Kerlchen, drehte sich dann erstarrend um und stierte ihn durch die Zweige an, mit Augen, die vor dem dunklen Himmel über Deutschland aufblitzten.

»Eine Matte«, sagte Bepol, bevor er zurückging, »man könnte die Tonne mit einer Fußmatte polstern.«

Jetzt dämmerte es auch über dem Diep. Nach wie vor stand Niesten auf dem Achterdeck; die beiden über das Wasser gespannten Trossen waren verschwunden; die befreite Frater Smid war noch ein ganzes Stück nach links gefahren, bis hinter den Gleitbalken zurück. An der Spannung in der Trosse sah man, dass sie nicht weiterkonnte und einen Anlauf genommen hatte – auf die Zugkraft der Spills wurde verzichtet, nach dem verlängerten Sprint musste sie gewiss erst recht zurückkehren, bei der zu erwartenden Stärke des Rucks, nur käme dieser Ruck so, wie sie gerade über das Diep gefahren war, nicht mehr exakt aus der Verlängerung der Seewolf, und deshalb war die bange Frage, ob das Schiff nicht kentern würde, ob die Rollstützen es backbord halten konnten …

Bewegungslos dampfte der Schlepper vor sich hin. Um besser am Ruderblatt vorbeisehen zu können, beugte sich Bepol über das Wasser, das von dem aufgewühlten Schlamm dick geworden war.

Niesten hob den Arm.

Eine atemlose Stille senkte sich herab. In der Ferne war Kindergeschrei zu hören.

Niesten gab das Zeichen.

Hinten begann die Frater Smid Fahrt aufzunehmen, mit schäumendem Bugwasser zog sie vorbei. Die von ihr selbst zum Durchhängen gebrachte Trosse spannte sich wieder und setzte ihr mit noch viel größerem Tempo nach: Die Schlange erwachte, machte einen mächtigen Satz durchs Wasser, richtete sich in letzter Sekunde kerzengerade auf – und in genau dem Augenblick, als die Schmerzenstränen aus der zitternden Manilatrosse sprangen, kam der Schlepper innerhalb weniger Meter zum Stehen.

Ein Raunen stieg auf, die Gesichter drehten sich zur Seewolf.

Unbewegt stand sie auf dem Kiel – die Rollbänke hatten gehalten, auch sie.

Zerschlagen kam Bepol unter dem Schiff hervor. Ihm war beklommen zumute, und noch mehr, als er sah, wie die Zugkraft noch weiter gesteigert werden sollte: Niesten meinte, dass der Deckmatrose die Trosse nicht hätte durchrutschen lassen dürfen, auch nicht die paar Meter – mit kreisendem Zeigefinger forderte er, sie schleunigst um den Betingpfosten zu schlingen, danach schickte er Velig an den Start zurück.

Das zweite Rennen begann ebenso wie das erste und endete auch so, nur zog die überdehnte Trosse die Frater Smid nach dem Stopp jetzt wie ein Spielzeugboot an einem Gummiband zurück. Während das Schiff noch benommen vor sich hin schaukelte, erschien Velig auf dem Gangbord. Er stemmte die Hände in die Seiten, kontrollierte dann auf dem Achterdeck, ob kein Schaden entstanden war. Niesten sah nicht einmal hin, hatte seine Aufmerksamkeit schon der Seewolf zugewandt – nachdem sich der Schlepper für die Last als zu leicht erwiesen hatte, musste die Last für den Schlepper leichter gemacht werden: Er schickte die Mannschaft, die an der Deckwinde gearbeitet hatte, von Bord, zeigte auf die Winden, danach auf den Bug und winkte dann den Männern am anderen Ufer zu, dass sie ebenfalls gebraucht würden.

Bepol nutzte die Unterbrechung zum Atemholen. Auf der Suche nach mehr Luft wandte er sich von dem erstickenden Kampfplatz ab; um keinem ins Gesicht sehen zu müssen, blickte er hinter den Leuten vorbei über das Anwesen. Eine weiße Flocke kam wirbelnd aus der Küche geweht – es war Agaat, die eilig, mit hochgezogenen Schultern, in ihrer Schürze zum neuen Haus hinüberlief. Noch bevor er winken konnte, war sie bereits um die Mauerecke verschwunden, an der das Motorrad noch wie eh und je lehnte. Zu nervös, um bewegungslos auf die nächste Runde zu warten, lief er darauf wieder zur Bleiche zurück.

Die Dämmerung hatte sich in ein dunkles Grau verwandelt, in dem die Dinge viel weiter weg schienen als vorher, die Geräusche dagegen näher. Nur zwei Fässer rollten noch über das sich unendlich ausdehnende Feld, unmöglich, zu sagen, welche Farbe sie hatten. Die meisten Mütter hatten jetzt ein leise weinendes Kind an der Hand, und wie sie da so ziellos in dem eigenartigen Licht herumirrten, schienen sie sich in einem unsichtbaren Nebel oder in einer Welt ohne Zeit verlaufen zu haben. Gerade wollte Bepol kehrtmachen, da hörte man von der Straße Hufeklappern. Im nächsten Augenblick ritt der Handlanger an der Bank vorbei aufs Gelände, und auch dieses Geräusch erstarb.

Als er kurz darauf wieder zurückging, waren die beiden Schraubenwinden immer noch schräg von unten her gegen den Bug angesetzt. Obwohl am Tag zuvor die Aufwärtskraft nicht gereicht hatte, um die Nase zu heben, musste sie dennoch gewaltig sein und konnte jetzt doch zur Unterstützung genutzt werden – mit einem Mal leichtsinnig geworden wegen seiner ungeahnten Erfindungsgabe, passierte Bepol die ächzenden Männer und blickte dann über das Gedränge auf der Helling hinweg auf deren andere Seite. Das Grüppchen mit dem Bürgermeister und den anderen Herren war noch da, sie standen jetzt rechts hinten, möglichst weit von ihm entfernt – vielleicht konnte er dort gleich noch kurz vorbeischauen, den Bürgermeister hatte er noch nicht hiergehabt, aber zuerst musste er zurück an seinen Platz: Auf dem Achterdeck hob Niesten den Arm.

Abermals verstummte das Stimmengewirr, das Wasser schwappte gegen die Uferbefestigung, aber dann, irgendwo in der Nähe, schmetterte die Kapelle mit voller Lautstärke los. Sie musste hinter dem neuen Haus stehen, sich von der Festina aus unbemerkt angeschlichen haben, ja, dort bog das wiegende Glockenspiel bereits um die Ecke, dahinter wirbelte die kleine Trommel, dem folgten die Bläser, allesamt in roter Galauniform, die in dem späten Licht fast violett wirkte. Das Gesicht des Friseurs blieb von der silbernen Stange verdeckt, aber die anderen schwenkten mit dem Ausdruck vollendeter Unschuld ihre hohen Kalpaks hin und her, als hätten sie nicht die leiseste Ahnung, weshalb sich jeder, Bepol eingeschlossen, nach ihnen umdrehte, und als ob sie allein aus Musikalität ihre Knie bei dem Aufmarsch so hochhöben – doch kurz vor der Seewolf stockte das Schaukeln des Glockenspiels plötzlich, und das Schmettern brach ebenso schnell ab, wie es eingesetzt hatte.

Als Bepol mit einem Ruck den Kopf wieder nach vorn drehte, sah er sofort, was die Kapelle so überrumpelt hatte:

Es war die von ihnen noch nie erblickte, tollkühne Gewalt der Frater Smid, die gerade wieder hinter dem Ruderblatt hervorkam und mit Volldampf vorwärtspreschte, bis sie erneut auf die unsichtbare Mauer prallte, die sie zurückwarf, und allein ließ.

»Tatam, tatam, tatam …!«, machte der junge Mann mit den Knickerbockern in der darauffolgenden Stille. Weil Gestichel nie von selbst aufhört, fielen die anderen mit lachenden Gesichtern, aber drohendem Unterton ein, als hätte man eine Notbremsung gemacht für einen Zug, der gerade vorbeidonnerte – am anderen Ufer standen nur noch die jungen Leute, das Werftpersonal war inzwischen zurück.

Noch immer schaukelte der Schlepper nach dem Schlag nichts begreifend vor sich hin. Velig trat wieder aus dem Steuerhaus und schüttelte den Kopf.

Ohne Zeit zu verlieren oder das geringste Anzeichen von Unmut schickte ihn Niesten an den Start zurück. Taub für das Johlen, vielleicht auch sowieso taub vom ewigen Schlagen auf Eisen wartete er unbewegt, bis die Frater Smid erneut rückwärtsfuhr, dann drehte er sich um, ging mit federnden Schritten nach vorn, am Aufbau vorbei und stieg die Stufen zum hohen Vordeck hinauf.

In Erwartung eines weiteren Geistesblitzes war ihm Bepol unwillkürlich unten gefolgt. Üppig wölbte sich der Bug nach außen, leblos schwer hing der Anker von dort herab. Niesten war hinter dem Schanzkleid verschwunden, und eine Weile geschah nichts, bis dort ein dumpfes Stottern ertönte und ein leichtes Zittern durch den Anker fuhr. Ruckend sank er daraufhin bis auf den Boden, worauf auch die restliche Kette mit rasselndem Getöse über das Ankerspill durch die Öffnung rauschte. Als auch der andere Buganker unter dem Berg seiner eigenen Kette begraben war, tauchte Niesten wieder auf dem Gangbord auf und kehrte zurück zum Achterdeck.

Verblüfft, und strahlend vor Stolz, begleitete ihn Bepol wie ein Herold wieder unten am Schiff entlang: *Zwölf Tonnen Stegkette und vier Tonnen Stockanker,* was für ein großartiger Einfall, das Schiff durch das Lösen der Ankersperre von dieser Last zu befreien, noch großartiger als das Einbeziehen der Schraubenwinden am Bug, und es konnte nicht anders sein, es musste Niesten eben erst eingefallen sein, sonst hätte er es doch als Allererstes versucht – was hatte er noch in petto, hatte er etwa noch immer nicht genug Ballast abgeworfen?

Velig lag bereit, Niesten kontrollierte mittschiffs noch kurz den Betingpfosten. Mit brennenden Augen stand Bepol am stillen Uferrand, vor Bewunderung und Verbundenheit hätte er weinen können, während zugleich auch sein eigenes Herz von einem ungeheuren Ballast befreit war, und als Niesten dann endlich erneut an die Schanze trat, wäre er fast in einen Willkommensapplaus ausgebrochen, dem sich dann alle zum weiteren Ansporn für seinen Kampf hätten anschließen sollen.

»Liegt sie jetzt fest genug, Schiffer?«, rief der junge Mann mit den Knickerbockern.

»Geh ankern … genug gefahren für heute!«, rief ein anderer.

Bepol ächzte innerlich, wagte kaum einen Blick nach oben, um nach der Auswirkung des Hohns zu sehen, tat trotzdem einen Schritt beiseite, um bessere Sicht zu haben.

Reglos und schwarz ragte Niesten über allem empor, scharf abgezeichnet vor einem matten Lichtschein am eindunkelnden Himmel, eine kantige Silhouette, noch eckiger durch die tief über die Augen gezogene Mütze. Mit dem Blick nach links über seine Schulter zum Schlepper und dem gerade ausgestreckten Arm glich er einem General, der das Zeichen zum Angriff gibt – er musste mitten im Handzeichen für Velig eingefroren sein; noch stand er so da, dann wandte er ganz langsam, gleichzeitig mit dem Senken des Arms, sein Gesicht den Burschen gegenüber zu.

Da brach die Kapelle abermals in ein Schmettern aus: Die Trompeter bliesen drauflos, als spielten sie keine Marsch-, sondern Jazzmusik, der Trommler schlug einen Break, das Glockenspiel schwankte erneut hin und her, und um sich schon für die bevorstehende Ehrenrunde um das Schiff aufzuwärmen, hoben sich auch wieder die Knie. Während sich alle, auf der Stelle stampfend, in Formation aufstellten, lief Niesten zum Vorschiff zurück, als hätte er etwas vergessen; diesmal stieg er die Treppe zur Brücke hinauf, er verschwand kurz nach drinnen, und gerade als er wieder auf dem Achterdeck an der Verschanzung Stellung bezog, wurde das Glockenspiel hochgereckt, und eine Flöte schrillte: Die Runde um die Seewolf hatte begonnen, und Bepol wusste nicht mehr, wohin er den Blick wenden sollte, zu dem tollen Aufzug, der vorüberschwankte, zu den jungen Kerlen am anderen Ufer oder zu der beschützenden, von unten her pechschwarz wirkenden Hand, die in unendlicher Verzögerung über den blauenden Himmel strich und einen Revolver hielt – alles bewegte sich, der Lärm war ohrenbetäubend, bis der Schuss fiel und sich sekundenlang absolut nichts mehr bewegte oder erklang.

»Weg hier …!«, schrie Niesten darauf übers Wasser, dann beugte er sich seitlich über die Reling und schrie nochmals, aber jetzt an die Kapelle gerichtet: »Weg mit euch … verschwindet!«

Nie zuvor, bei keinem Marsch, den sie je gespielt hatten, hatten sie so vollendet gleichzeitig aufgehört wie jetzt nach dem Schuss; nach einem Augenblick der Lähmung drehten sie sich ganz zaudernd zum Ursprung des Knalls um, einige noch mit dem Instrument im Mund. Keiner verstand, warum geschossen worden war, und als sie dann auch noch angeschnauzt wurden, begriffen sie immer noch nicht, was sie denn falsch gemacht haben sollten. Dennoch nahm einer nach dem anderen beim Anblick von Niestens verzerrtem Gesicht die Beine in die Hand, sodass ein überaus kläglicher Auftritt, bei dem sie zweimal hatten abbrechen müssen und dann auch noch fortgejagt wurden, mit einem ebenso schmählichen Abzug abgeschlossen wurde: Mit großen Sprüngen verschwanden sie Richtung Festina, die Knie wieder weit hochziehend, nun jedoch nicht mehr aus Musikalität, sondern eher, um schneller dort zu sein.

Das Fest war zu Ende, die Gesellschaft löste sich auf, wie getroffen von der Kugel, die irgendwo noch durch die Luft flog, man drängte sich murmelnd nach hinten. Die jungen Leute gegenüber gaben ebenfalls auf und machten sich auf den Rückweg, mit den Rädern, mit den Mädchen auf dem Gepäckträger, andere zu Fuß – das Echo des Schusses war wie ein Regen gefallen, setzte sich wie Raureif fest; alles gefror, die Menschen fröstelten, nur Bepol nicht: Ihn begann eine herrliche innere Glut zu wärmen, er baute sich direkt unter Niesten auf und presste sich mit Brust, Wange und ausgebreiteten Armen an die Schiffswand.

So war der Schuss doch noch gefallen, für das Schiff das traditionelle Zeichen zum Ablaufen – doch die Seewolf blieb stehen, sie war nicht von hier. Gleichwohl hatte der Schuss die Wirkung, dass Velig prompt wieder Fahrt aufnahm, wie bei einem Startschuss, und Agaat im nächsten Augenblick in wehendem Weiß aus der Waschküche stürmte.

Bepol sah es nicht, nicht den herandampfenden Schlepper, auch nicht, wie Agaat ihm einen wilden Blick zuwarf, wie er da stand, und dann, ohne den Schritt zu mäßigen, als ob er schon nicht mehr zählte, in die andere Richtung zum Handlanger und dem Pferd vor dem Schuppen lief – er sah nichts mehr, hörte nur noch die Worte, mit denen Niesten die jungen Leute und die Kapelle vertrieben hatte, wie Glocken in sich weiterläuten und allmählich in ihr Gegenteil verkehren, denn: Es waren haargenau die Worte, mit denen er ein wenig früher schon die Herren vertrieben hatte – und warum sollte Niesten seinem Beispiel des Leutevertreibens so wortwörtlich folgen, außer es ging ihm am Ende um das Resultat, nämlich, dass nur sie beide übrig blieben? Und dann der Gedanke, wie sehr er bis heute seine Gesellschaft gemieden hatte!

»Weg … weg hier …«, erklang es immer leiser; »komm … komm her …!«, hörte er immer klarer, und vor Hingabe schmelzend, wie eine junge Frau, die einen Antrag nicht mit einem Wort, sondern mit einer Umarmung beantwortet, schmiegte er seine Wange noch inniger an das Eisen und schloss jetzt auch die Augen.

Bepol war glücklich.

Der Schlepper lag da und zeigte nach rechts, er schaukelte, als ihn ein ganz schwaches Zittern erwachen ließ. Langsam ging Bepol auf, dass er sich abermals mit seinem vollen Gewicht gegen die Begrenzung seiner eigenen Trosse geworfen haben musste, und weil diesmal eine Auswirkung zu spüren war, trat er einen Schritt zurück und saugte seinen Brustkorb voll Luft.

»Ja, ja, ich habe etwas gespürt …«, rief er nach oben, noch schlaff und trunken vor Glück, »mach einfach weiter …«

Velig kam heraus und reckte die Hände empor.

Niesten streckte einen Arm zu ihm hin und gab ihm mit dem Finger ein Zeichen.

Am anderen Ufer stand niemand mehr, nur noch die Kopfweiden in Reih und Glied. Auch die Helling blieb verlassen zurück, nachdem die letzten Lebewesen davongingen und sich auf dem Gelände in der tiefen, bleiernen Dämmerung verloren. Von der Straße hörte man Türen klappen, danach ein anschwellendes Brummen, das sich kurz darauf teilte. Das eine Automobil verschwand Richtung Appingedam, das andere in die entgegengesetzte Richtung.

Als Velig mit dem Heck unter der Seewolf lag, machte Niesten mit dem Zeigefinger eine verbietende Geste Richtung Manilatrosse, und deutete dann auf die Trommel mit der Stahltrosse. Velig erschrak, protestierte heftig, aber Niesten deutete erneut darauf.

Die biegsame Manilatrosse wurde eingeholt, das dicke Drahtseil herübergereicht und in derselben Länge über die Reling weg ins schwarze Wasser gelassen. Mit gespreizten Fingern deutete Niesten an, dass das Drahtseil auf dem Schlepper mit fünf Schlingen festgemacht werden sollte, er selbst befestigte das andere Ende auf der Seewolf genauso sicher und fest – ohne das Nachrutschen der Stahltrosse würde es jetzt auch keine Dehnung mehr geben.

Während Velig rückwärts zum Start fuhr, fühlte Bepol in sich eine ängstliche Unruhe aufsteigen: Wo sollte die ungeheure Kraft hin, die freigesetzt wurde, wenn der Schlepper gleich mit seinem vollen Gewicht und einer Geschwindigkeit von sicherlich fünf, sechs Knoten gegen diese unsichtbare Mauer anrannte, um im Bruchteil einer Sekunde zum Stillstand zu kommen?

Träge kauend sah Niesten der Frater Smid nach. Als sie keine Fahrt mehr machte, wartete er noch kurz, bevor er den Arm hob; nach dem Senken wischte er sich flüchtig mit dem Handrücken über die Stirn – er schwitzte, nach einem Nachmittag reglosen In-der-Kälte-Stehens brach ihm jetzt doch der Schweiß aus.

Mit voller Kraft beschleunigend, kam der Schlepper heran, fuhr immer schneller vorbei, und je mehr Fahrt er aufnahm, desto ungestümer pochte Bepol das Blut in den Schläfen. Unstet sprang sein verzagter Blick zwischen der Seewolf und der jagenden Frater Smid hin und her, von Niesten zu Velig, der, über das Steuerrad gekrümmt und mit starrem Blick, vorbeigedampft war und jetzt einen Schlag einstecken und gleichzeitig einen austeilen würde – fast teilte die Trosse schon das Wasser wie eine Angelleine mit einem Hecht am Haken, plötzlich stand sie wie eine Saite waagerecht über das Diep gespannt, und im selben Moment ertönte ein Geräusch, das wie ein Pistolenschuss begann und wie ein sausender Peitschenschlag endete: Mit einem wütenden Schmerzzucken traf die hinter der Frater Smid abgerissene Trosse eine der Kopfweiden am anderen Ufer; der Kopf flog davon; wäre es ein Mensch gewesen, er stünde jetzt enthauptet da.

Und so war alle freigesetzte Kraft dann doch verteilt worden, nicht durch Ziehen oder Gleiten, sondern einfach zwischen der Stahltrosse und der Frater Smid, die schneckenlahm einfach noch ein Stückchen weiterfuhr, bis Velig den Bug gegen das Ufer setzte, über Heck drehte und nach einem Rückwärtsschub wieder herantuckerte. Es war das erste Mal, dass er von dieser Seite nach vorn dampfend vorüberfuhr; beim Passieren blickte er noch kurz durchs Seitenfenster, mit Schaum vor dem Mund tippte er sich wegen der Anforderung einer weiteren Trosse an die Stirn, dann drehte er den Kopf wieder nach vorn und machte zu, dass er wegkam.

Unverändert stand Niesten noch an der Reling, nur ging sein Blick jetzt direkt nach unten, als wäre ihm das Genick gebrochen, oder wie einer, der auf einer Brücke ganz friedlich Kirschkerne ins Wasser spuckt – es war vorbei, er konnte nichts mehr tun, und der Anblick, den er bot, war so erbärmlich, dass sich Bepol aus Ehrerbietung von ihm abwandte.

Erst jetzt sah er, dass der Handlanger am Schuppen das Pferd eingespannt hatte und abfahrbereit auf dem Bock saß. Verwundert ging er ein paar Schritte darauf zu, aber im selben Moment setzten sich die Räder in Bewegung, in einem Bogen überquerte die Kutsche das Gelände. Unwillkürlich lief er ihr nach, er wäre gern schneller gelaufen, aber die Dämmerung war so bleiern, dass er sie fast nicht durchdringen konnte und ihn rasch die Kräfte verließen. Als er sich einen unendlichen Moment später auf die Stanze in der Mitte stützen musste, hielt die Kutsche zwar an, aber ziemlich weit entfernt, schon hinter der Schmiede, wo Agaat und Ilse warteten. Er hatte sie noch nicht recht gesehen, da stiegen sie bereits ein, jede mit einem Koffer in der Hand. Die Kutsche schoss wieder los, bog in die Straße ein und verschwand ratternd Richtung Groningen. Mit einem törichten Gesichtsausdruck starrte Bepol so lange auf die leere Ausfahrt, bis er allmählich im Boden einsank, er zog sich wieder heraus und machte sich auf den Rückweg.

Da und dort lag eine umgekippte Tonne herum, nur noch weit in der Ferne hörte man Kindergeschrei, sonst war alles still und leer auf dem Gelände. Gerade, als er um die Ecke des neuen Hauses bog, trat Niesten mit einem Spaten in der Hand aus der Waschküche. Eilig lief er damit zum Heck der souverän glänzenden Seewolf, stieß das Blatt in den Boden und begann, ohne auf- oder sich umzusehen, mit einem abwechselnd scharrenden und klatschenden Geräusch zu graben.

Händeringend wandte Bepol die Augen ab. Niestens Arbeit war zu einsam, um dabei helfen zu können, auch zu beschämend, um ihn dabei zu beobachten, deshalb zog er sich aus Feingefühl hinter die Ecke zurück und ging mit dumpf saugendem Schritt auf sein eigenes Haus zu. Etwas später konnte es auch der Tag nicht mehr mit ansehen und deckte alles mit der Nacht aus Deutschland zu.

15

Finale

Im Wohnzimmer brannte noch Licht. Er hängte den Hut auf den Kohlenkasten und setzte sich, gähnend vor Kälte, neben den Ofen. Er öffnete die Klappe, stocherte die Glut auf, verlor sich im Feuerschein. Als ihn ein Frösteln überlief, eilte er noch im Mantel erneut aus dem Zimmer und durch die Küche in sein Büro.

Nichts bewegte sich mehr unter dem Schiffsheck, Niesten hatte das Graben schon wieder eingestellt. Etwas näher hüllte sich das Haus dunkel und verschlossen in scheinbare Verlassenheit; ein Mondstrahl schimmerte auf dem Motorrad, das immer noch nachlässig am Haus lehnte.

Ohne ein Licht anzuschalten, ließ sich Bepol am Schreibtisch niedersinken. Er zündete eine Zigarre an, wusste nicht, ob er noch solvent oder schon bankrott war, und starrte im Dunkeln zu dem Wetterleuchten des vergangenen Tages empor: das Spannen und Wieder-Lockern der Drahtseile, womit er, der Tag, vergangen war; die erwartungsvoll feixenden Herren; Blickwechsel, auch zwischen den eigenen Leuten, eine Hand, die über der Verschanzung auftauchte und Anweisungen winkte.

Das Telefon glänzte, alles andere verlor sich in der Schwärze ringsum, während er reglos und ratlos in der sich senkenden Dunkelheit Dämmerstunde hielt und Niesten gegenüber dasselbe tat – aber weshalb brannte dort eigentlich noch kein Licht? Ob sich Niesten wohl im Haus aufhielt? Vielleicht war er ja an Bord geklettert, stand auf der Brücke und drehte noch ein bisschen am Steuerrad, wie der Junge, der er im Grunde noch war, doch ein Wärmejunge …

Bepol lächelte väterlich, sprang dann mit einem Ruck auf und starrte erneut auf das immer noch dunkle Haus. Aber auch auf der Seewolf war es dunkel – wo war Niesten? Wie war ihm zumute? Konnte er vor Scham kein Licht mehr ertragen? Vielleicht schämte er sich auch wegen des irrwitzigen Grabens vorhin in diesem Anfall von Raserei – aber das war doch nicht nötig, außer ihm hatte es ja keiner gesehen, er sollte sich einmal ein bisschen weniger wichtig nehmen, auch immerzu dieses Halstuch, und diese Mütze …

Erneut versuchte Bepol ein väterliches Lächeln und begann zugleich, das Gelände in alle Richtungen zu sondieren. Wie ein Scheinwerfer glitt sein Blick zum Haus zurück, wo im Wohnzimmer nun doch hinter den Vorhängen Licht anging. Er erschrak heftig, begann dann langsam vor Erleichterung zu lachen: Niesten war einfach zu Hause! Um das Signal zu beantworten, knipste auch er umgehend Licht an, sodass Niesten, sollte er durch den Spalt im Vorhang schauen, umgekehrt ebenfalls wüsste, wo er sich befand, und nicht denken musste, dass er ihn vergessen hätte. Augenblicklich wurde ihm auch bewusst, wie sichtbar er nun war und dass er sich in Positur setzen musste: Er zog den Mantel aus, holte das Schifffahrtsrecht aus einer Schublade und nahm es mit zum Schreibtisch, als wäre er gerade ins Büro gekommen, um noch ein wenig zu arbeiten.

Vorgebeugt roch er an seinen Fingern und blieb genauso lange still sitzen, bis er doch wieder aufstand und hinaussah. In dem Moment ging gegenüber auch oben ein Licht an, hinter den Vorhängen der Dachgaube.

Ohne sich noch bewegen zu können, durchfuhr ihn ein Zittern, wie kürzlich erst durch die Seewolf beim Anspringen der Motoren – dann brach er aus seiner Erstarrung, die freigesetzte Kraft trieb ihn aus seinem Büro, er polterte durch die Küche, und weiter ging es, in die Diele und die Treppe hinauf. Er betätigte den Lichtschalter im Schlafzimmer, hatte zwischen den aufgezogenen Gardinen am Fenster seinen Auftritt und klammerte sich keuchend und strahlend zugleich an die Fensterbank: Auch dieses Zeichen von Niesten hatte er wieder prompt und entsprechend beantwortet!

Der Mond schien durch die Wolken, hier und da funkelte ein Stern, die Fahne flatterte – ein Wind war aufgekommen, der Himmel klarte auf, weit in der Ferne kreiste das flirrende Blinklicht von Delfzijl wieder über das unermessliche, pechschwarze Firmament.

Als die Vorhänge zublieben und sich gegenüber nichts mehr tat, erhob sich das Schiff immer eindringlicher über dem Haus, in erloschenem Glanz, viel fester stationiert, als es in Cuxhaven je sein konnte, der Aufbau eine riesige Mütze, vom kreisenden Feuer des Leuchtturms wie von einem Strahlenkranz umgeben; als Bepol es lange genug betrachtet hatte, trieb er seinen Blick noch höher und schaute über alles hinweg direkt in die Nacht über Deutschland – von dort kam der Morgen.

Beim Weggehen blieb er einen Moment auf der Schwelle stehen, um zu zwinkern: Er knipste das Licht aus und wieder an, ging dann lachend nach unten – sie mussten eben zusammen ein bisschen lustig sein, sie mussten wohl … sie waren hier jetzt die Einzigen!

Im Zimmer wurde es heiß. Er rüttelte den Schürhaken, der noch im Ofen steckte, ein paarmal hin und her, dann ging er gleich weiter zur Küche und machte hier ebenfalls Licht:

Es war schon spät, er musste kochen, für zwei, denn Niesten konnte das natürlich nicht, hatte das noch nie gemacht – und wenn er demnächst plötzlich vor der Tür stand, war er bestimmt ausgehungert … von dem Fiasko!

Wie ein echter Lebemann, und auch, um zu zeigen, dass, was ihn betraf, die Zeit der Häuslichkeit angebrochen war, zog er Agaats weiße Schürze an. In den Töpfen auf dem Herd stand noch das Essen von gestern, als die Gäste vorzeitig aufgebrochen waren; statt es aufzuwärmen, warf er es zusammen mit seiner Zigarre weg und begann eine völlig neue Mahlzeit; glühend vor Gastfreundschaft, schälte er die Kartoffeln, wusch den Lauch, wirbelte am Fenster entlang – wenn Niesten ihn so sah, würde ihm schon allein davon der Appetit kommen, und wenn es nicht Stolz und Scham verhinderten, hätte er schon längst an die Scheibe geklopft …

Obwohl auch nicht allzu bewandert in Küchenarbeit, waren seine Gesten doch groß, und er gab auch beständig, bei allem, was er tat und anfasste, muntere oder beruhigende Laute von sich.

»So …« Er stellte die Kartoffeln in reichlich Wasser aufs Feuer, schüttete das Salz von über seinem Kopf aus dazu, und mit dem Gemüse verfuhr er ebenso.

»Nun zum Fleisch.« Er holte zwei angebratene Rippenstücke aus dem Fett, legte sie auf einem Teller ab, um sie gleich gut durchzubraten – und wusste nicht mehr weiter.

»Fertig … kurze Pause!« Händereibend ging er Richtung Tür, blieb nach zwei Schritten stehen, hob einen Finger.

»Der Nachtisch!«

Er hatte die Nachspeise vergessen – eine Nachspeise konnte er gut, und er hätte sie beinahe vergessen! Für ein sauberes Geschirrtuch musste er wieder nach oben, summend kam er in die Küche zurück; er knüpfte die vier Enden zusammen, hängte den so entstandenen Beutel an den Wasserhahn und leerte eine Flasche Buttermilch hinein, die jetzt nur noch abtropfen und eindicken musste, dann war sein Leibgericht fertig: Häng-auf, echter, voller Häng-auf. Um das Gericht komplett zu machen, stellte er noch ein Glas eingeweckte Pflaumen auf die Anrichte, danach ging er leichten Schrittes ins Zimmer zurück.

Ein Tischtuch flatterte durch die Luft, Geschirr und Besteck kamen klappernd aus dem Schrank, ein Korken sprang von der Flasche, eine Kerze bekam Feuer: Es war gedeckt.

Mit einem Glas Cognac unter der Nase saß Bepol neben dem Ofen. Er ließ den Blick über die Champagnerflasche, die Schiffsbüchse, den Stapel Flaggen und das Barometer auf dem Büfett wandern, stocherte ab und zu gedankenlos in der Glut, genoss die Wärme des Zusammenseins – denn sie waren jetzt zusammen, zum ersten Mal, zwar jeder noch im eigenen Haus, aber doch auf einem Grundstück, ohne die anderen, und umso mehr zusammen, weil sie ihr Zusammensein selbst herbeigeführt hatten, weil sie gemeinsam alle verjagt hatten, er die Herren mit Worten, Niesten den Rest mit dem Schuss, auf den genau dieselben, seine Worte folgten; ja, sein Nachfolger war ihm auch heute Abend gefolgt – wo blieb er bloß?

Die Uhr tickte, in der Küche begann ein Topfdeckel zu klappern, darauf ein zweiter. Bepol hatte kein Sitzfleisch mehr und stellte sich vor das schwarze, aber trotzdem hell spiegelnde Fenster. Die Schürze stand ihm gut, fand er – er löste die Schleife, drehte sich seitlich zum Fenster, neigte sich ein bisschen zurück und sah über die Schulter auf die anmutig herabhängenden Falten auf seinem Rücken, zuerst mit den Händen in den Taschen, dann in den Seiten, darauf mit dem Zeigefinger an der Wange und dem Daumen unterm Kinn. Etwas später kämmte er seine Koteletten mit einer Essgabel vom Tisch, säuberte sich damit auch die Nägel, legte die Gabel neben den Teller zurück.

Bepol polierte die Gläser.

Bepol faltete die Servietten.

Nach Ablauf der Kochzeit, wieder in der Küche, hatte sich gegenüber nichts verändert, nur wusste er nicht mehr, wo Niesten sich nun befand, noch oben, wieder unten im Wohnzimmer, vielleicht stand er auch gerade hinter einem der unbeleuchteten Fenster.

Mit demselben Schwung wie beim Aufsetzen nahm er die Kartoffeln vom Feuer, er goss sie ab, schüttelte sie, als schlage er ein Tischtuch aus, tat dasselbe mit dem Lauch, und während er sich im Dampf hin und her bewegte, verbreitete er seine gute Laune wie eine Blume ihren Duft, ein Vogel seinen Gesang: Er wischte die beschlagene Scheibe mit dem Unterarm ab, leerte die Töpfe in Schüsseln, nahm das Salzfass und die Muskatnuss und begann mit beiden Händen zugleich wieder zu schütteln, aber jetzt im Zweiertakt – von draußen sah er bestimmt wie ein Trommler aus, oder wie ein Bauer beim Melken, bis er das plötzlich auch wieder sein ließ und sich in aller Ruhe, sehr bedachtsam, über den Beutel mit der Buttermilch beugte. Er tauchte den Finger ein, steckte ihn in den Mund, nickte zufrieden – konnte dann aber doch nichts weiter tun, als die Schüsseln zu nehmen und zu verschwinden.

Jetzt war es wirklich warm im Zimmer. Auf dem Tisch dampfte das Essen, neben dem Ofen zündete sich Bepol eine neue Zigarre an, ließ sich erschöpft nach vorn sacken, mit den Ellbogen auf den Knien. Der Tabak glühte, der Rauch kringelte sich nach oben, in der Küche ging das Abtropfen weiter – es geschah schon so viel, dass er selbst nichts mehr zu tun brauchte; so viel Ruhe ihm das sonst schenkte, nun beschlich ihn eine Unruhe, die seine Erschöpfung immer bohrender überlagerte. Als er sich umsah, stieg vom Essen kein Dampf mehr auf, aber noch immer funkelten die Gläser und brannte die Kerze, wie eine Leuchtbake der Gewogenheit, auch jetzt noch, gerade jetzt – wenn Niesten daran zweifelte, musste er nur kurz hereinschauen. Aber wie konnte er nach dem Haus und der Heirat noch zweifeln? War es denn nie genug? Was warf ihm Niesten eigentlich vor, dass er nicht kam? Was hielt ihn noch zurück? Sein Stolz konnte es jetzt doch bestimmt nicht mehr sein …!

Er stieß ein kurzes Lachen aus, stieß ungestüm das Schüreisen im Ofenloch hin und her, verlor sich in wortlosem Nachdenken, ging wieder kurz in die Küche, um nach draußen zu schauen.

So folgte eine Viertelstunde der anderen, sie verbanden sich zu Stunden des Sitzens, Gehens und Wartens, während die Kerze auf dem Tisch kürzer wurde, die Buttermilch im Tuch dicker, das Dunkel hinter dem Fenster tiefer.

Das Elf-Uhr-Schlagen ließ ihn schließlich aus seinem Sessel aufschrecken, einen Moment verwundert wegen der Schürze, die er umhatte. Das Cognacglas hing noch zwischen seinen Fingern, aber die Zigarre war erloschen – er musste eingedöst sein. Mit dem Verhallen des letzten Tons stand er auf, er befingerte ein bisschen die Flaggen, setzte sich wieder, stand erneut auf und ging in die Küche, mit einem Mal in Hast. Zu spät: Es war schon passiert – als er es sah, strömte zugleich alles Gewicht aus ihm; um näher dran zu sein, schwebte er weiter in sein Büro; er presste sein Gesicht an die Scheibe und war so leicht wie Elektrizität.

Gegenüber brannte kein Licht mehr, das Haus war jetzt vollkommen dunkel – aber das Motorrad lehnte noch dort.

Der Dunkelschlag hatte etwa zehn Minuten ruhig auf Bepol gewartet und traf ihn jetzt doch noch, jäh aus dem Nichts, voll auf die Schläfe. Er schüttelte den Kopf, sank benommen an seinem Schreibtisch nieder, starrte erneut durchs Türfenster nach gegenüber. Womöglich waren die Lampen auch eben erst ausgeknipst worden, hätte er nur gesehen, welche zuerst: wenn die unteren, wüsste er, dass Niesten jetzt oben war; wenn die oberen, dann – sein Gedankengang stockte, entfaltete sich dann wie ein Kleidungsstück, das zu Boden fällt: Niesten konnte jetzt überall sein, unten in der Küche, an Bord des Schiffes, irgendwo draußen auf dem Gelände oder auf dem Weg hinter dem Haus, aber wo … oder gab es doch noch eine Möglichkeit, ihn aus der Deckung zu locken? Schon schwebte seine Hand zum Telefon, er wählte die Nummer, duckte sich zusammen, starrte wieder unverwandt auf das blinde Haus.

Dort in der Dunkelheit musste das Klingeln ohrenbetäubend sein, selbst er konnte das Signal am Ohr kaum ertragen, mit beiden Händen presste er den Hörer an seinen Kopf, als wolle er den Rückschlag eines jeden Schusses abfangen, den er damit auf die andere Seite abfeuerte. Seine Augen leuchteten, seine Lippen streckten sich bei der Erinnerung an das erste Mal, als er so angeläutet hatte, und während die Salven immer weitergingen, das Eckfenster aber dunkel blieb und niemand abnahm, wurde sein Lächeln noch breiter: Wenn Niesten dachte, dass es Ilse wäre, die von dem Fräulein in Groningen aus noch kurz anrief, um ihre gute Ankunft zu melden und ihm Gute Nacht zu sagen, dann hätte er längst abgenommen … aber nein, nein … er wusste genau, dass er es sein musste … deshalb nahm er nicht ab! Ach ja, allmählich kannten sie sich …

In brennender Verbundenheit legte er auf, das Läuten verhallte, er erstarrte: Möglicherweise nahm Niesten auch nicht ab, weil er nicht mehr im Haus war, er konnte ja überall sein …

So vollständig wie gegenüber vollzog sich die Veränderung jetzt auch in Bepol. Ein Schatten fiel auf sein Gemüt, eine neue Unruhe stieg in ihm auf. In seiner Schanze der Reglosigkeit bewegte er nur noch die Augen, spähte verschreckt in die Dunkelheit hinaus, durchsuchte den unergründlichen Stillstand rundum, der sich allmählich mit Leben füllte – aus Furcht, sich mit der kleinsten Bewegung zu verraten und doch wieder sichtbar zu werden, wagte er nicht einmal, die Lampe neben sich zu löschen. Ab und zu fiel ein Tropfen in den Spülstein, als einziges Geräusch, bis vor lauter Stille mit einem Mal die Uhr in seiner Westentasche zu ticken begann.

Reglos stand das verdunkelte Haus währenddessen auf dem Anwesen, wie ein Fremder, ein gepanzerter Eindringling, ein Harnisch mit geschlossenem Visier – saß Niesten etwa noch drinnen, oder hatte er sich schon herausgeschlichen und geisterte jetzt irgendwo frei und unhörbar herum? Seine Anwesenheit erhob sich wie ein Wind, zog wie Zugluft durchs Büro, immer stärker, als ob er sich näherte …

Bepol bezwang sich nicht mehr. Ohne den Blick vom Haus abzuwenden, tastete er neben sich und löschte das Licht. Mit unendlicher Verzögerung kam er doch noch zum Stehen, und erst als er den Schlüssel in der Haustür umdrehte, brach er tatsächlich aus seiner Lähmung: Aufgestört von dem, was er angerichtet hatte, stolperte er in die Küche, um dort dasselbe zu tun; in unaufhaltsamer Beschleunigung ging es weiter zur Diele, und er verriegelte die Haustür, den letzten Zugang, unmöglich, hier noch Eingang zu finden; schweißgebadet mit einem Mal, verschnaufte er, aufatmend, als wäre er gerade noch rechtzeitig gekommen, dann glitt sein Blick unwillkürlich über die Treppe nach oben – Ilses Zimmer, das Fenster, das immer einen Spalt offen stand, das Flachdach der Küche direkt darunter, die Regenrinne …

Zuerst noch zwei Stufen zugleich, dann vorsichtiger, zuletzt vollkommen lautlos, stieg er die Treppe hinauf, schlich über den dunklen Treppenabsatz, drückte ganz langsam die Klinke nach unten. Die Tür flog auf, er blieb auf der Schwelle stehen.

»Niesten?«

Unendlich weit weg schimmerte ein Wasserglas; der matte Glanz des Wäscheschranks schob sich ins Blickfeld; das Fenster kam in Sicht – es war noch angelehnt. Keine Antwort.

Er machte Licht, schloss das Fenster, warf einen Blick auf das leere Küchendach. Als er kurz darauf die Lampe wieder ausknipste und danach sachte die Tür zuzog, war es, als habe er Ilse ins Bett gebracht. Gleich darauf löschte er auch in seinem Schlafzimmer das Licht, das er nach dem Zwinkern noch angelassen hatte. Mit ausgestreckten Armen lief er zum Fenster.

Alles war jetzt dunkel, auch im weiten Umkreis – Wirdum schlief. Das Haus gegenüber zeichnete sich als kaum noch erkennbare Fassade ab, in eine Reglosigkeit verfallen, die keine Eigenschaft toter Materie mehr war, sondern eine Haltung, gar eine Tat: Das Haus *verhielt sich* still wie ein Raubtier auf dem Sprung, während drinnen ein Herz pumpte, ein Atem ging und das Motorrad an der Ecke schimmerte. In der Ferne warf der Leuchtturm noch immer seine flirrenden Strahlen über den Himmel, unerträglich monoton, verwirrt wie ein Irrer, der nicht mehr aufhören kann – wenn die Nacht ein Neger war, dann wurde er langsam totgekitzelt mit Federn aus Licht, kaum fühlbar, Strich für Strich, endlos …

Toll von den Bildern und sich im Sog des Betrachtens verlierend, klammerte sich Bepol an die Fensterbank; um mehr Halt und auch sich wiederzufinden, drehte er sich dem Spiegel über dem Waschbecken zu – aber sogar sein Spiegelbild ließ ihn im Stich und zeigte sich nicht in dem Dunkel. Als er den Blick wieder nach vorn richtete, war das Haus einen Schritt näher gekommen. Er floh nach unten zum Licht.

Die Vorhänge waren zugezogen, alle Zimmertüren geschlossen. Am Tisch goss sich Bepol im Stehen ein Glas Wein ein, dann füllte er auch Niestens Glas. Es war wie damals, als er zum ersten Mal zum Abendbesuch gekommen war, Agaat und Ilse waren auch da und saßen auf dem Sofa.

»Zum Wohl!«, hob er sein Glas in die Runde, danach, sich wieder dem Glas auf dem Tisch zuwendend: »Auf nähere Bekanntschaft … Zigarre? Nun ja, man lebt nur einmal … das hoffen wir wenigstens! Ha, ha!«

Im Augenwinkel sah er, wie sich Agaats Blick verfinsterte; es störte ihn nicht, keineswegs, es stachelte ihn nur weiter an.

»Sieh dir nur Gaats missbilligenden Blick an«, wandte er sich lächelnd mit einem Kopfnicken über die Schulter erneut an Niestens Glas. »Sie meint natürlich, dass so eine Bemerkung nicht zu mir passt, dass sie mir nicht steht, wie eine Mütze … Sie denkt: Alles an dem Mann ist weich, sein Körper, seine Gesichtszüge, sein Charakter … es ist, als würde nur warme Milch durch seine Adern fließen … er ist ganz voll davon, seine Augen, sein Bauch, alles … und dann sagt er plötzlich so etwas? Aber so ein Denken, Niesten, ist nichts als Fassade und Vorurteil, es reißt einen Graben auf, über den hätte ich nicht einmal in jungen Jahren springen können … wer dich so sieht, nimmt dir alles, deine Seele, deine Freiheit, jeder

Blick, der auf dich geworfen wird, fällt über dich wie ein Netz … Aber diesen Fehler werden wir nicht machen, nicht wahr? Gut, ich sehe aus wie ein Euter – ha, ha: da nehme ich mich wieder selbst auf den Arm –, aber wenn wir uns ein bisschen besser kennen, wirst du noch merken: Auch in mir kocht das Blut, auch ich habe eine harte Seite, eine andere Seite, wie jeder Mensch, der das ja oft von sich selbst nicht weiß und es von den anderen nicht wissen darf … Gehe ich zu weit? Umso besser, auf Förmlichkeiten können wir hier verzichten! Und was die Bemerkung von soeben angeht, nun ja … nennen wir es einmal Philosophie! Erkenne dich selbst … Prosit!«

Er hob das Glas, trank es in einem Zug leer, goss es wieder voll und konnte seinen Redefluss nicht mehr stoppen.

»Du auch noch ein Tröpfchen?«

Nun füllte er Niestens Glas bis zum Rand und lächelte erneut nach unten.

»Na, na, das sieht ja schon aus wie bei einem richtigen Herrn, so mit dem Wein … schon ganz und gar einer aus der besitzenden Klasse … Sehr viel Sozialismus hast du ja nie an den Tag gelegt, aber jetzt ist anscheinend auch das letzte Quäntchen verschwunden … obwohl es mich nicht wundern würde, wenn du als künftiger Teilhaber gerade jetzt erst anfingst, an den Sozialismus zu glauben … Warum? Weil keine andere Lehre den Unterschied zwischen Arbeitern und Herren so stark herausstreicht! Ha, ha! Ja, das ist auch eine Seite des Sozialismus … eine andere Seite … Ich für mich glaube mehr an die Gleichheit der Menschen … wenn du mehr darüber wissen willst, werden wir uns schon noch einmal darüber unterhalten, ein andermal … jetzt sind Damen dabei …«

Es war die Uhr, die der Zeit wieder zu ihrem Recht verhalf; laut und eindringlich hallte der Schlag von halb zwölf durch den Raum; es war ein Zauberschlag, der alles entzauberte – auf einmal waren alle weg; das Selbstgespräch glitt Bepol wie ein Mantel von den Schultern; nackt stand er in der Kälte seiner Verlassenheit.

Der Schürhaken steckte schon so lange im Ofen, dass die Hitze bis zum Handgriff gestiegen war. Bepol war immer noch nicht warm genug: Er beugte sich vor, stocherte das lodernde Feuer mit grimmigen Stößen noch weiter auf, aus Furcht vor der Stille, die entstünde, wenn er es sein ließe, dann plötzlich noch viel banger, dass er womöglich mit seinem Gelärme ein anderes Geräusch übertönen und deshalb nicht hören könnte, das Geräusch einer splitternden Scheibe, einer Klinke, die heruntergedrückt wurde – welches Fenster würde Niesten wohl einschlagen? Durch welche Tür würde er ins Zimmer kommen, um an ihm seine Scham abzuwischen, die Rechnung zu begleichen? Wie er dann wohl wäre? Wütend, wegen der verschlossenen Haustüren? Würde er darauf herumhämmern? Wie er sich wohl fühlte? Lag er noch angezogen auf dem Bett? Hing er vielleicht gerade mit den Beinen wie ein Untoter über dem Bettrand? Kam er gerade aus dem Haus, unaufhaltsam, zielstrebig, schon verschluckt von der Nacht?

Schlagartig erstarrt lauschte Bepol dem Summen in der Luft, sah zaghaft um sich, zusammengesunken auf seinem Stuhl, als ob das ganze vergangene Jahr auf seinen Schultern laste. Keine Klinke bewegte sich, kein Laut ertönte, vollkommen ruhig stand die Flamme auf der Kerze – dennoch spürte er sofort wieder die Zugluft, es war die einzige Wahrnehmung, die ihm noch blieb und die ihn jetzt von allen Seiten her anwehte und unter Strom setzte, und so verstörte, dass sein Gesicht jeglichen Ausdruck und jegliche Form verlor; während seine Augen verstört von Klinke zu Klinke sprangen, erschien ihm sein Kopf immer mehr wie zerknülltes Papier, ganz und gar leer, jetzt, wo er nicht mehr denken konnte, nur noch mit schiefen Zeilen bedeckt – bis sich seine Lippen doch wieder streckten und sein Blick endlich einen festen Punkt fand, den Schlusspunkt, den er mit aller Macht hinter die letzte Zeile des unerträglichen Wartens setzte: Gut, er würde aufstehen und gehen; wenn es das war, wozu ihn Niesten herausforderte, dann wollte er gern den Mut aufbringen, ihm auch in dieser Stunde der tiefsten Niedergeschlagenheit entgegenzutreten. Ja, er würde aufstehen und gehen, aber nicht unbewaffnet – Niesten hatte den Revolver mit noch drei Patronen.

Die Zugluft war zur Glut geworden, eine warme, flimmernde Einladung zum letzten Akt, dem Finale, Mann gegen Mann – um sich auf die Versöhnung vorzubereiten, blieb er noch kurz sitzen, dann zog er den Schürhaken aus dem Ofen und stand auf.

Das wahnsinnige Lachen der Nacht hing lautlos im hohen Himmel, darunter ging Bepol nach gegenüber, barhäuptig, bang wie eine Braut – der Mann, der nie verlegen war, der es erst noch werden musste und der es jetzt wurde. Nunmehr völlig schwerelos schwebte er auf einem Seufzer dahin, lechzend nach Hingabe, ein anderer Mann, ein neuer Mann, der sich jetzt nur noch zeigen wollte, nachdem er sich nicht mehr verbergen konnte, ein Nachtfahrer, der von allem wegtrieb, was bereits unerreichbar hinter ihm lag, von der Tür, die er offen gelassen hatte, als käme er nie wieder zurück – er war aus seinem Haus gekommen wie ein Vogel aus dem Ei.

Erst draußen im Dunkeln hatte der Schürhaken aufgeleuchtet, orange, wie Rost in der Sonne. Wenn jemand aus einem der dunklen Fenster schaute, wäre er das einzig Sichtbare. Um zu zeigen, dass er aus reiner Freundschaft kam, schwenkte er das glühende Eisen mehrmals langsam hin und her. Etwas später, als auf halbem Wege ein Mondstrahl seine Schürze streifte, musste es vom Haus her aussehen, als käme eine weiße Fahne daher.

Rechts an der Ecke lehnte das Motorrad wie ein Schmieresteher, ein Handlanger des Mannes dort drinnen; unwillkürlich wandte er sich in einem leichten Bogen nach links – es war kein Besuch, den man durch die Vordertür abstattete. Breitbeinig, mit tief gebeugten Knien, schlich er voran, ohne jedes Geräusch und ohne merklich vorwärtszukommen: Er ging nicht, er trieb durch das Dunkel, wie ein Segelschiff bei Windstille auf ein anderes Schiff zutreibt, nicht aus eigener Kraft, sondern willenlos angezogen von der Masse dort drinnen, unabwendbar.

Schneller als gedacht stand er am Fenster zum Büro. Er legte die freie Hand über die Augen und beugte sich vor bis zur Scheibe. Er sah nichts, nicht einmal, ob der Vorhang auf oder zu war. Weil Niesten größer war als er, legte er noch kurz den Kopf in den Nacken, dann bog er um die Ecke.

Wie ein riesiger Wal lag die Seewolf in unendlicher Ferne auf der Wiese, von oben hell glänzend, wie vor Nässe. Bepol, schon kurz vor der Waschküchentür, wandte sich erneut zum Schiff, zögerte: Wenn man ihn jetzt von dort sah, würde man ihm zweifellos folgen, falls er das Haus betrat, dann hätte er den, auf den er zuging, in Wirklichkeit im Rücken. Ohne ein Glied regen zu können, stand er da und schaute – auf den gewölbten Bug, auf die Leiter, die noch immer über die Reling hinausragte, auf das hohe Steuerhaus mit der Kommandobrücke, so lange, bis sich das Schiff vor seinen Augen auflöste und er sicher wusste, dass niemand an Bord war. Zugleich begann das Haus hinter ihm eine Wärme abzustrahlen, die er bis auf die Haut spürte.

Er tastete sich zur Klinke vor, drückte sie – das Schwarz vor seinen Augen verblasste. Er trat über die Schwelle, schob gleich hinter sich den Riegel vor, als Rückendeckung – und war drinnen. Zusammen waren sie auf der Werft gewesen, jeder in seinem Haus; zusammen in der Nacht, als Wirdum schlief; jetzt waren sie zusammen *im Haus*, das Niesten umhüllte wie ein Körper das Herz – es war, als sei er in ihn hineingegangen.

Das Dunkel in der Waschküche war dick wie Blut. Auf den Ohren spürte er auch einen Druck, wie unter Wasser. Als er merkte, dass er trotzdem atmen konnte, ging er weiter.

Das Einzige, was er sah, war sein Lichtdegen. Er hielt ihn nach unten gesenkt und streckte den anderen Arm lang vor sich aus, um nicht anzustoßen, manchmal auch ein wenig seitlich, wenn er das Gleichgewicht verlor, weil seinen Augen ein Anhaltspunkt fehlte – aber er ging.

Solange er die rauen, unebenen Steine unter den Sohlen spürte, war er in der Waschküche; hinter der Schwelle gingen sie in die Fliesen der Küche über, wo er da und dort etwas aufleuchten sah – die Zwischentür war also offen, nach dem Graben hatte Niesten sie nicht mehr geschlossen –, dann, geführt vom Spülstein unter seiner freien Hand, erreichte er die Dielentür. Sie war geschlossen. Ganz sachte stieß er sie auf.

»Niesten?«

Flüsternd rief er in die Tiefe vor sich, er musste sich ankündigen, aber ihm fehlte der Mut, sich zu verraten – wenn Niesten ihn jedoch hatte kommen sehen, stand er jetzt zweifellos dicht vor ihm.

Es blieb still.

Er schritt in den Flur.

Auch hier herrschte kein völliges Dunkel. An der Garderobe neben der Haustür hing die lederne Motorradjacke und darüber die Mütze mit dem glänzenden Schirm und dem Abzeichen aus Metall; ebenfalls schwach glänzend wand sich der Treppenlauf nach oben. Die Wohnzimmertür stand offen, gab aber nichts preis, wie lange Bepol auch den Blick hineinbohrte. Gerade neigte er sich vor wie zu einem ersten Schritt, da machte er plötzlich kehrt und ging zur Treppe. Er ergriff das Geländer, ging einige Stufen hinauf, blieb aber doch in der Biege stehen.

»Niesten?«

Atemlos lauschte er in die Stille, starrte ins Treppenhaus hoch, bis er sich abermals ohne Deckung wusste und ihn das Gefühl überkam, dass sich ihm jemand von hinten näherte – er musste zurück, konnte aber nicht kehrtmachen, wagte nicht mehr, sich vom Geländer zu lösen. Ihm brach der Schweiß aus, und er spähte über die Schulter nach unten; das bodenlose Dunkel unter ihm ließ ihn taumeln vor Höhenangst; rückwärts, wie beim Abstieg auf einer Schiffstreppe, begann er sich nach unten vorzuarbeiten, Stufe für Stufe, bis sein Fuß den Boden berührte und er endlich auf den schwarzen Sog der offenen Wohnzimmertür zu konnte.

»Niesten?«

Benommen keuchte er ins Dunkel. Sehen konnte er nichts, ob er die Augen nun offen oder geschlossen hatte. Aber er sah, dass keine rote Zigarettenspitze aufglühte – vielleicht im Büro dahinter; sobald er das sondiert hatte, und natürlich den unergründlichen Raum vor sich, konnte er, ohne zu befürchten, dass einer ihm folgte, zurück zur Treppe, nach oben, wo Niesten vermutlich zu finden war. Mit einem tiefen Atemzug warf er sich erneut in Positur, den Schürhaken gesenkt, den freien Arm vorgestreckt, und trat, während der Flur Schlagseite bekam, über das Schanzkleid der Schwelle, ließ das bracke Licht hinter sich, überließ sich mit der frohgemuten Tollheit eines Schiffbrüchigen der aufwühlenden Aussicht, dass Niesten vielleicht doch im Zimmer saß.

Dort herrschte vollkommene Dunkelheit. Schon nach wenigen Schritten wusste er nicht mehr, ob er noch geradeaus ging. Er drehte sich nach dem verblassenden Rechteck der Tür um, suchte erneut den richtigen Stand, mit dem Rücken dorthin, setzte sich erneut in Bewegung – und prallte gegen den Tisch.

Zuerst dachte er, es sei Niesten.

Nach einer kurzen Schwäche stieg in ihm eine wilde Luftblase auf, aber seine Kehle war schon so zugeschnürt, dass ihr nicht mehr als ein Kichern entweichen konnte. Das dicke Dunkel schien ihm jetzt beim fieberhaften Lauschen sogar die Ohren zu verstopfen, bis er endlich wieder Luft holen und den Druck hinunterschlucken konnte: Nichts, kein Laut war zu hören, auch oben nicht.

Sich an die Tischkante klammernd, fasste er sich wieder, bewegte sich dann in Schlangenlinien weiter, durch die Dunkelheit schlurfend, schwebend, schwimmend, schwankend wie ein Fisch im Tintenfass, eine Zunge im Mund, und dennoch unaufhaltsam Richtung Büro: Einmal spürte er, wie ihn ein Vorhang an der einen Seite streifte, dann ein Essstuhl an der anderen, dann wieder nichts außer dieser Wärme im Rücken. Langsam erstarrend sah er vor sich, was er hinter sich wusste, Niesten in der Tür, eine aufglühende Zigarette und darüber zwei Feueraugen.

Ohne die Haltung noch ändern zu können, begann er, von einem Absatz auf den anderen schwankend, sich wie ein Automat umzudrehen, mit steifem Nacken, während sein freier Arm, gerade vor sich ausgestreckt, zuerst von der Lehne eines Essstuhls etwas hochgeschoben wurde und in der nächsten Bewegung etwas anderes berührte, etwas, das zuerst weich nachgab, dann wie etwas Hartes umkippte, über die Tischplatte rollte und alsdann, nach einer Sekunde rauschender Stille, mit einem berstenden Knall auf dem Boden zerschellte.

Wie ein Stromschlag traf der Schock seine Schläfe, danach beherrschte ihn nur ein Gedanke, dass er aufräumen musste. Ohne nachzudenken, ging er dort, wo er stand, in die Hocke, willig begann er nach der Vase zu suchen, die auf jeder Tischseite heruntergefallen sein konnte, Tischbein nach Tischbein ertastend, bis seine Hand die erste Scherbe fand und die getrocknete Distel als feiner Staub auf ihn niederfiel. Beim Hochstemmen sprang ihn das Dunkel von ringsum an, jetzt auch von unten. Ohne einen weiteren Blick auf das Universum unter sich zu wagen, reckte er den Schürhaken wie eine Fackel empor, doch das inzwischen grellrote Licht, in dem er noch immer feurig glühte, verbreitete sich nicht, blieb im Eisen und blendete ihn nun noch mehr – auch das Schimmern der Tür war entschwunden, nirgendwo konnte er noch die Fluchtöffnung erkennen, oder sah er nicht richtig hin, sah in immer dieselbe Richtung, in dieses Meer aus eintönigem Schwarz, das ihm mit einem Mal so den Atem nahm, als sei er bereits darin ertrunken?

Er schluckte, nahm Anlauf für eine neue Drehung, lief dann mit erhobenem Arm in einem Fanggriff fest, der knapp über dem Ellbogen zuschnappte. Die Kraft war riesig, dennoch war kein anderes Geräusch zu hören als der klirrende Fall des Schürhakens auf die Dielen. Bepol hörte es nicht, er war betäubt.

Ohne Licht oder Verstand konnte sich das Haus nun nicht mehr der Nacht rundum verschließen. Die große Finsternis schlich sich heran, traf keinen an, verschaffte sich Zugang und drang in die winzige Finsternis zwischen den Mauern – nun gab es keinen Unterschied mehr zwischen drinnen und draußen, zwischen hier und da, und so lange nach der Jagdzeit begann auch allmählich der Unterschied zwischen dem Fuchs und der Maus in seinem Magen zu schwinden.

Noch völlig geschwächt, hing Bepol in dem unvermindert pressenden Griff wie eine Jacke am Garderobenhaken, aber durch das Andauern der Umklammerung kehrte allmählich so viel Spannung in ihn zurück, dass er sich bewegen konnte. Zuerst richtete sich sein Kopf auf, danach erhob er sich mit dem ganzen Körper auf die Zehenspitzen und begann sich mühsam, aber frohgemut um das Scharnier seines eisern fixierten Ellbogens zu drehen, weiter und weiter, bis sie Brust an Brust stehen mussten.

Noch immer sah er nichts.

In ihm begann etwas zu toben, dann, fast in Tränen, presste er mit aller Macht das letzte Licht aus seinen Augen und sah ihn doch: ein überaus freundliches Gesicht, mit verträumtem, entrücktem Augenaufschlag, die vollen Wangen mit den wie Speckseiten bis auf den Kragen hängenden Koteletten – er war es selbst …

Er presste sich an das Dunkel, spürte einen Arm um seine Schultern, wurde umarmt, eingeklemmt, zurückgestoßen – aber der Griff um seinen Arm war so mächtig gewesen, und prickelte noch so stark, dass Bepol erst nach dem völligen Erlöschen des Lichtblitzes merkte, dass er frei war. Er streckte die Arme vor sich, spürte nichts mehr, war allein in der alles verzehrenden Finsternis, die sich jetzt auch an ihn heranmachte. Während das Toben unbändig anschwoll, wurde er immerfort leichter, er zersetzte sich rasend schnell, nichts blieb von ihm übrig: Seine Knochen zerbröckelten, sein Fleisch zerschäumte, und als jede Kraft aus ihm gewichen war, stürzte er selbst hinterdrein, sank lautlos weinend zu Boden.

Einen unendlichen Augenblick später hörte man ruhige, resolute Schritte die Treppe herunterkommen. Mit gleichmäßigem Schritt ging es durch die Diele, dann, nach einer kurzen Stille, fiel die Haustür ins Schloss.

Mit einem Schock kam Bepol zu sich. Draußen wurde das Motorrad angetreten. Er richtete sich halb auf, sah wieder das Lichtloch der Tür, griff automatisch nach dem Schürhaken und stolperte in den Gang. Jacke und Mütze waren verschwunden, das Röhren verschluckte sich beim Höherschalten, steigerte sich in Tonhöhe und Volumen, ließ dann wieder ein wenig nach – Niesten fuhr bereits, er fuhr weg, in einem weiten Bogen würde er vom Gelände abbiegen; sinnlos, ihm noch nachzulaufen, er musste den Weg abschneiden, nur wenn er durch die Waschküche hinausging und dann hinten ums Haus zur Straße lief, konnte er Niesten eventuell noch auf der Höhe der Bank anhalten, sein Bein über den Sozius schwingen, hinter ihm mitfahren …

Ein größeres Begreifen brach sich in dem Chaos neuer Wut Bahn. Er stand direkt vor der Vordertür, kehrte auf dem Absatz um, ohne die Tür zu berühren, stürmte durch die mondbeschienene Küche und kam an der Tür der nach wie vor stockfinsteren Waschküche erneut zum Stehen. Tasten mit der freien Hand, da: Er drückte die Klinke, riss, stieß, während die Zeit verstrich und das Reißen und Stoßen zu einem einzigen, ohnmächtigen Rütteln verschmolz – er bekam die Tür nicht auf, verfiel abermals in ein lang gezogenes Schluchzen, begriff dann plötzlich, dass er sie selbst verriegelt hatte. Erneutes Fingern, dann ein Schieben, noch ein Stoß und er wankte ins Freie, geradeaus, bis er den Schritt verhielt und sich dann endlich tief einatmend umdrehen konnte. Genau da schoss das Licht des Motorrads hinter dem

Schuppen hervor, und Niesten fuhr auf der Straße vorbei Richtung Deutschland.

Wie eine Flamme tanzte das flackernde Rücklicht zwischen Bäumen und Gebäuden. Gelähmt blickte ihm Bepol nach, den Arm mit dem Schürhaken zum Motorrad ausgestreckt und den anderen unwillkürlich zur Seewolf, dem einzigen anderen motorisierten Gefährt weit und breit. Das Röhren war ein Lärmstreif, der sich schon weiter nach Osten verlängerte, sich stetig verdünnte und sich schließlich verflüchtigte wie Rauch aus einem Auspuffrohr. In der hereinbrechenden Stille begann im Haus hinter ihm auf einmal die Uhr zu schlagen, endlos, überlaut, durch die offene Waschküchentür, zwölfmal, Mitternacht. Der Tag war vorbei, alles war zu Ende, und dennoch gab sich Bepol nicht geschlagen. Kurz sprang sein Blick zwischen den beiden Richtungen seiner Arme hin und her, dann brach er aus seiner Lähmung und bewegte sich auf das Schiff zu, anfangs noch seitlich, danach zunehmend schneller geradewegs darauf zu.

Dann endlich, am Fuß der Leiter, konnte er es, um die Hände frei zu haben, über sich bringen, den Schürhaken wegzuwerfen. Der dunkelrot glühende Eisenstab blieb zischend im Schlamm liegen, während er das raue Holz spürte, das glatte Eisen, und dann an Bord gleich nach vorn weiterlief, die Treppe hinauf, ins Steuerhaus.

Drinnen glänzte alles, die frisch lackierte Täfelung, das Glas und der Stahl; der fahle Schimmer auf der Brücke war der geballte Abglanz des Himmels. Zielstrebig schritt Bepol auf das große Steuerrad zu, er beugte sich zum Fenster vor und befand sich so weit oben, blickte so frei über alles hinweg, dass er gleich wieder die Strahlenbündel des Leuchtturms wie silberne Speichen auf dem Himmelsdach kreisen sah. Auf der Erde war alles leblos und schwarz, bis doch noch, weit in der Ferne, der rote Punkt jäh aufleuchtete und gleich wieder erlosch. Als Gemälde wäre die Aussicht nur ein schwarzes Quadrat gewesen, ohne jeden Inhalt, flach und abstrakt, doch für Bepol hatte es jetzt einen Fluchtpunkt, und während er den Blick ängstlich darauf gerichtet hielt, war ihm zumute, als verschwinde dort sein eigenes Herz und entferne sich unaufhaltsam von ihm weg, auf den schnellen Rädern des Motorrads – es schmerzte so sehr, dass ihm die Tränen in die Augen stiegen und sich sein Gesicht zur Grimasse verzerrte, ohne dass er es noch merkte.

Um den Fluchtpunkt nicht zu verlieren, wagte er nicht mehr, den Blick abzuwenden, und er starrte ihm noch immer nach, als er die Verfolgung aufnahm. Blind strich seine Hand über das Schaltbrett unter ihm, und schon der erste Schalter, den er fand und umlegte, war ein Volltreffer: Vermutlich war es der Anlasser, denn in der Tiefe des Maschinenraums ertönte ein Seufzen; und offenbar waren, nach dem Probelauf, die Kolben und der Regler für den folgenden Start auf höchste Leistung eingestellt worden, denn unmittelbar nach dem Entweichen der Pressluft sprangen unten die Motoren an, zuerst stotternd, dann im eingestellten Gang, danach in den ungezügelten Galopp eines durchgegangenen Pferdes ausbrechend.

Das Dröhnen war ohrenbetäubend, das ganze Schiff zitterte auf dem Gleitbalken, ohne jeden Widerstand raste die Maschinerie mit Vollgas im Freilauf – er musste die Drehzahl drosseln, Gas wegnehmen, wusste aber nicht, wo der Regler war; als er wenig später einen anderen Schalter ertastete und umdrehte, bohrte sich auf einmal doch das Licht des Scheinwerfers in die Dunkelheit, ein Lichtbündel, das wie ein Schwert vom Dach nach vorn ragte, ohne jedoch auch nur im Geringsten das tolle Rasen der sechzehnhundert Pferdestärken bändigen zu können.

Noch später nahm Bepol es kaum noch wahr, so wenig, wie er den Gestank von versengtem Kautschukcanvas und verschmortem Leder roch, der aus dem Maschinenraum hochzog. Während ihm das Wasser aus der Nase lief, hielt er sich mit beiden Händen am vibrierenden Steuerrad fest und er folgte, gelegentlich ein wenig korrigierend, ganz andächtig mit den Augen dem Scheinwerfer – weil dieser aber, wie zuvor sein eigener Blick, über alles hinwegglitt, ohne etwas zu berühren, blieb alles vor ihm schwarz, und er sah schließlich nichts mehr als die sich drehenden Lichtspeichen über Deutschland, bis auch diese verschwammen und von den Tränen in seinen Augen ausgelöscht wurden.

16

PS

Zwei ältere Herren saßen auf der Bank. Der linke, von hinten gesehen, von der Straße her, war der Friseur. Um den Abschluss der Geschichte anschaulich abzurunden, hatte er eine Flasche kühlen Rheinweins geöffnet und seinen Besuch, einen fernen Freund, der zum ersten Mal hier war, mit nach draußen genommen. Er schenkte ein, stieß mit dem anderen an, wandte sich dann mit ihm zusammen der Aussicht zu. Direkt vor ihnen grasten ein paar Schafe um das rostige Schiff, wilder Wein überwucherte das kleine Haus, das so noch älter wirkte als das große, der Raum dazwischen war mittlerweile zum Wagenplatz geworden, mit einem Rasenrund in der Mitte und einem umlaufenden Kiesweg. Die Sonne schien; wo früher Schmiede und Schuppen gestanden hatten, blühten jetzt die Heckenrosen, es war Sommer.

»Es bleibt seltsam, nicht wahr?«, fragte der Friseur, nachdem er zuerst geseufzt, danach den Kopf geschüttelt hatte. »Für mich aber auch, jedes Mal, wenn ich es sehe, auch jetzt noch, nach zehn Jahren … Aber gut, wenn man weiß, dass hier einmal eine Werft war, braucht man sich nicht mehr zu fragen, wie das Schiff wohl hierhergekommen ist, und dann verstehst du auch, warum es nie mehr weggegangen ist – es wurde einfach hier gebaut, und danach bekamen sie es nicht ins Wasser; aber das wahre Drama muss erst begonnen haben, nachdem das Fiasko passiert war und die beiden Männer allein auf dem Gelände zurückblieben, der alte Werfteigner

Berend Bepol dort in dem großen Haus und sein Schwiegersohn und Nachfolger in spe Niesten in dem kleinen hier vorn …

Ich selbst habe nur den letzten Teil aus der Nähe miterlebt – anfangs glaubten wir, dass es nur um einen Probestapellauf ginge, zur Kontrolle, ob das Schiff überhaupt bewegt werden könnte, der Vertreter des deutschen Auftraggebers sollte erst am nächsten Morgen zum richtigen Stapellauf mit Taufe und allen anderen Feierlichkeiten eintreffen, doch als mit dem Fortschreiten des Tages immer mehr Gerät zum Einsatz kam, war es, als hätte er schon begonnen. Von überallher strömten die Leute herbei, das bei Bepol traditionelle Fest brach wie von selbst los, und als damaliger Leiter der Kapelle konnte ich irgendwann nicht mehr anders als die Parole zum Sammeln auszugeben …

Hinter dem großen Haus lag damals eine Tjalk, die uns der gute Bepol für die Proben überlassen hatte. Ach, dieses schreckliche Warten unter Deck: Alle Blechbläser arbeiteten in Appingedam, fünf Kilometer entfernt, sie mussten von dort kommen, und inzwischen erreichte uns eine Meldung nach der anderen: Die Kinderspiele hatten bereits begonnen, der Fotograf stellte seine Kamera auf, ein Automobil mit prominenten Schiffbauern war von der einen Seite her eingetroffen, der Bürgermeister und ein Zeitungsreporter von der anderen … Als wir endlich antreten konnten, dämmerte es bereits. Das Schiff hatte noch keinen Millimeter nachgegeben, die Stimmung war grimmig geworden, der junge Niesten begann, bis aufs Blut gereizt wegen des ständigen Fehlschlagens seiner Versuche und wegen der Sticheleien der jungen Burschen vom anderen Ufer, die waghalsigsten Befehle zu erteilen. Nachdem auch das nichts als allgemeinen Hohn einbrachte, griff er zum Revolver und richtete auf einmal seinen Grimm unverhofft auf uns. Schon seit dem Anrücken wusste ich, dass ihm unsere Musik, in Verbindung mit der Schmach, die er hinnehmen musste, unerträglich war, vermutlich dachte er, dass wir ihr mit unserem Aufmarsch gewissermaßen einen Rahmen geben und ihn noch mehr bloßstellen wollten, aber irgendwie war ein Aufhören und Abweichen vom fatalen Ablauf der Ereignisse nicht mehr möglich; schließlich musste alles seinen Gang gehen – ja, es war, als hätte an diesem Tag ein Fluch auf der Werft gelegen …

Wir rannten um unser Leben. Zum Glück hat der Schuss keinen getroffen, doch für Bepols Frau war das Grund genug, umgehend einspannen zu lassen und mit der Tochter nach Groningen aufzubrechen; auch alle anderen wichen zurück, nach dem Umziehen habe ich als Letzter noch von der Straße aus zugesehen, bis, ich erwähnte es schon, nur noch die beiden Männer übrig waren. Der alte Bepol ging als Erster in sein Haus, der junge Niesten verschwand nach einem kurzen, verzweifelten Graben in seinem, dann wurde es dunkel. Wie es dann weiterging?

An diesem Abend lag das Dorf wie ausgestorben da. Die Leute waren erschrocken, aber ich bin sicher, dass in jedem Haus auch zutiefst mit dem alten Bepol und dem jungen Niesten mitgefühlt wurde, die es am nächsten Tag schwer haben würden, sich vor dem deutschen Vertreter zu verantworten. Auch wir haben damals darüber gesprochen und sind zur gewohnten Zeit zu Bett gegangen. Doch Schlag zwölf, um Mitternacht, sind wir aus dem Schlaf geschreckt, weil Niesten mit seinem Motorrad vorbeifuhr, und kurz danach ertönte ein noch unvergleichlich größerer Lärm, ein Dröhnen, wie wir es hier noch nie gehört hatten: Die Schiffsmotoren waren gestartet worden, und im nächsten Augenblick flammte auch der Scheinwerfer auf.

Was Bepol dazu getrieben hat, ist und bleibt ein Rätsel: Es gab kein Wasser zum Fahren, auch kein Kühlwasser. Das Furcht einflößende Gebrüll hat keine halbe Stunde gedauert, aber als es endlich nachließ und schließlich aufhörte, waren wir alle mit den Nerven am Ende. In dieser Nacht hat keiner nachgesehen, vermutlich aus Respekt, um Herrn Bepol nicht in seiner Verzweiflung zu stören, aber im Ort haben alle am Fenster gestanden, auch wir, bis es still wurde und auch der Scheinwerfer erlosch. Im Glauben, dass alles wieder in Ordnung wäre, haben wir uns wieder hingelegt, und er muss erst danach losgelaufen sein, denn wir haben ihn nicht mehr vorbeikommen sehen. Niesten hat sich noch in derselben Nacht mit Motorrad und Gepäck von einem Fischer übersetzen lassen, Bepol war im Morgengrauen in Delfzijl und ist ihm mit dem Frühboot gefolgt. Er hatte nichts bei sich, und der Kapitän sagte, dass er die ganze Überfahrt auf dem Vorderdeck stand, mit dem Gesicht Richtung Deutschland. Seitdem haben wir nie mehr etwas von ihm gehört …

Wie es so weit hat kommen können? Und warum Niesten erst um Mitternacht nach Deutschland losfuhr, und nicht schon früher, oder am nächsten Tag? Wir wissen es nicht, aber in dieser Nacht muss zwischen den Männern irgendetwas vorgefallen sein, die Spuren weisen auch darauf hin, doch leider ohne Aufschluss zu geben, sie widersprechen sich sogar eher.

Wie jeden Tag ging ich am nächsten Morgen zum großen Haus, um Bepol zu rasieren. Dass er verschwunden war, konnte ich ja noch nicht ahnen, aber ich fühlte doch gleich, dass etwas nicht stimmte. Die Haustür stand offen, mein Rufen blieb ohne Antwort, nach einigem Zögern ging ich hinein. Dort war für zwei Personen festlich gedeckt, das Essen stand auf dem Tisch, allerdings seltsamerweise völlig unberührt, es war noch nicht einmal vorgelegt, die Teller waren noch unbenutzt. Weil sonst keiner mehr da war, kann es nicht anders sein, als dass Bepol eigens für seinen Schwiegersohn gekocht hatte, und wir wissen auch noch mit Sicherheit, dass er tatsächlich im Haus war, denn an dem Abend wurden zwei Gläser Wein eingeschenkt – das eine war halb leer, das andere noch randvoll, aber wie auch immer: Man schenkt kein Glas ein, bevor der Gast da ist. Gut, Niesten ist also noch bei ihm gewesen, was ein Hinweis ist, dass zu dem Zeitpunkt die Stimmung zwischen den beiden noch nicht allzu sehr getrübt war, aber warum haben sie dann nicht einen Bissen von dem aufgetragenen Essen genommen? Und warum hat einer von beiden nicht einen Schluck von seinem Wein getrunken? Fragen über Fragen ... Aber außer diesen Fragen des häuslichen Bereichs gibt es auch Spuren, die ganz andere Fragen aufwerfen ...

Nachdem ich also das Haupthaus verlassen fand, ging ich nach gegenüber, um in dem kleinen Haus weiterzusuchen. Nein, dort war Bepol auch nicht, aber eine große Vase mit Trockenblumen lag zerbrochen auf dem Boden – ein Handgemenge? Hier wiederum stand die Hintertür auf, was mich auf die Idee brachte, einmal an Bord des Schiffes nachzusehen, wo Bepol ja in der Nacht noch gewesen war. Ich stehe schon unten an der Leiter, da sehe ich plötzlich einen Schürhaken im Matsch liegen. Mir fällt die zerbrochene Vase ein, vermutlich war Gewalt im Spiel, und ich gehe mit dem Haken zurück ins Haus. Doch dort hing der Schürhaken ganz normal am Ofen ... auf der Suche nach weiteren Spuren bücke ich mich wieder nach den Scherben, ich krieche ein bisschen herum, und was sehe ich: eine Brandspur auf den Dielen, ein schnurgerader Strich, der braune Lack schwarz versengt; ich bin mit dem Finger darübergefahren und konnte noch frischen Brandgeruch schnuppern ...

Weil ich meinem eigenen Verdacht nicht glauben mochte, ging ich gleich wieder ins große Haus zurück, und tatsächlich: kein Schürhaken, nirgendwo. Bepol muss also mit seinem eigenen, glühenden Feuerhaken in dem kleinen Haus gewesen sein, wo er ihm abgenommen wurde und zu Boden gefallen ist… Dass Gewaltanwendung stattgefunden hat, ist jetzt nicht mehr zu bezweifeln, aber was in der Zeit zwischen der Essenseinladung im großen Haus und dem Scharmützel vorgefallen ist? Warum Niesten ohne etwas anzurühren in sein eigenes Haus zurückgekehrt ist? Und wie Bepol dazu kam, ihm mit einem glühenden Schürhaken nachzugehen und bei ihm einzudringen? Er war so ein sanfter Mann, mit einem freundlichen Wort für jeden… und am meisten mochte er Niesten… Fast jeden Morgen sprach er von ihm, dass er ihn nicht belehren, sondern stimulieren müsse, inspirieren… Er wollte es Niesten vor allem recht machen, darum ging es ihm, er wollte sogar, dass wir beim Stapellauf Jazz spielen, weil so ein junger Mann das doch am liebsten hörte… Manchmal denke ich bei mir, er mochte den jungen Mann zu gern, so wie er dauernd um ihn herumstrich… für seine Frau muss das auch schwierig gewesen sein…«

Ein Schaf war beim Grasen ein bisschen näher gekommen, das Rupfen drang bis zur Bank, wo der Friseur den Wein nachschenkte und ein Weilchen schweigend vor sich hin sah. Die Seewolf war praktisch bis zur Wasserlinie in den Boden gesunken, schien dadurch ganz natürlich dort zu schwimmen, aber sie verstand sich noch immer nicht mit dem Grün um sie herum. Bisweilen passte sie sich an, dann verlor sie ihre Schwimmfähigkeit, dann wieder wirkte das Gras auf einmal wie ein Hafenbecken voll Entengrütze, es fiel schwer, in dem Bild vor sich zugleich ein Schiff und eine Wiese zu sehen. Übrigens lehnte jetzt eine feste, genagelte Treppe am

Schanzkleid, und das ursprüngliche Namensschild war durch eine Holztafel ersetzt, mit bunt aufgemalten Buchstaben: *Ragtime*.

»Der deutsche Vertreter ist am nächsten Tag nicht mehr gekommen, offenbar hat ihn Niesten noch aufhalten können, aber eine Woche später tauchten dann ein paar Monteure auf, um den Schaden aufzunehmen. Er war irreparabel, die Motoren waren noch immer nicht ganz abgekühlt, der Gashebel war voll aufgedreht, es war von Kolbenfresser die Rede, von durchgebrannten Zylinderkopfdichtungen und was sonst noch – mit der Schraube und dem Scheinwerfer zogen die Männer wieder ab, danach kamen die Anwälte.

Was für ein Ende! Obwohl der Triumph zum Greifen nah war, selbst noch, als das Schiff nicht ablaufen wollte ... Bepol hat es mir an dem Morgen selbst gesagt, dass man es notfalls durchaus noch ausgraben könnte. Nein, Wirdum hat den Verlust nie verwunden. Es war auch ein großartiger Betrieb: Überall im Schiffbau herrschte damals Flaute, aber hier bauten sie dieses kapitale Hochseeschiff von historischer Bedeutung für einen großen deutschen Auftraggeber, ja: Wir waren stolz auf die Werft, auf das Handwerk, auf den Klang ... ja, den Klang vermisse ich noch am meisten, wie hier tagein, tagaus gehämmert wurde, Eisen auf Eisen, manchmal einen Moment leise, fast schleppend, dann wieder anschwellend, und immer ungeordnet ... Bepol sagte manchmal: ›Wenn man diesen Klang sehen könnte, dann sähe er aus wie ein Schwarm schwirrender Stare ...‹ Er konnte gut reden, wirklich, du hättest seine Ansprachen einmal hören sollen! Auch auf Bepol als Person waren wir hier stolz, er gab diesem ganzen unansehnlichen Flecken doch ein gewisses Etwas, mit seinem schwarzen Mantel, dem Hut und dem Stock, eine wirklich vornehme Erscheinung, jeder sah aus dem Fenster, wenn er mit seiner Botanisiertrommel den Wegesrain entlangschritt, wir fühlten uns sicher unter seiner Schirmherrschaft, wenn es nötig war, ging er unseretwegen zur Politik … Ach, dass das, was ein neuer Höhepunkt hätte sein können, für die Werft, für Wirdum, für ihn persönlich, auf eine solche Tragödie hinausgelaufen ist …

Alles hatte er wieder bis ins kleinste Detail vorbereitet, denn bei so einem Stapellauf gibt es doch ziemlich viel zu beachten, vor allem wenn man, wie Bepol es immer tat, ein Fest für die ganze Gemeinde daraus machen möchte. Obwohl er bestimmt seinem Schwiegersohn alle Ehre überlassen wollte, hatte er, für den Fall des Falles, auch für diesen Stapellauf eine Rede vorbereitet; es sollte ein großes Loblied auf seinen Nachfolger werden, ganze Passagen daraus hat er mir beim Rasieren vorgetragen. Nach dem Artikel, der am nächsten Tag in der Zeitung stand, hat er sich angeblich von ihm distanziert, aber ich kann mir nicht vorstellen, dass er das alles wirklich gesagt hat – es war ein furchtbar gehässiger, höhnischer Artikel, der mittendrin auch noch das Thema wechselte und Knall auf Fall ein Schiff zu loben begann, das bei einem der anderen Schiffbauer auf Stapel stand … Vielleicht hat dabei eine Rolle gespielt, dass Bepol, wie später erzählt wurde, sich dem Reporter gegenüber im Ton vergriffen haben soll, aber wie dem auch sei: Auch für diesen Stapellauf, den ersten seines Nachfolgers, könnte man sagen, hatte er wieder alles wie eh und je vorbereitet, und mehr als das – mit einem neuen Spiel für die Kinder und einem neuen Geschenk für den Auftraggeber, nicht wie sonst ein gerahmtes Foto vom Stapellauf, sondern ein Barometer. Das stand auf dem Büfett, mit allem anderen, was gebraucht wurde, einem Stapel Flaggen, der Schiffsbüchse, dem Champagner für die Schiffstaufe … Wie das alles bereitgestellt war, so ordentlich aufgereiht, fast kindlich, ein ergreifender Anblick, wenn man den Ablauf bedenkt … Das Barometer habe ich in Sicherheit gebracht und nach der Abfahrt der Monteure und Anwälte doch noch, als Ehrerweis, am vorgesehenen Platz im Steuerhaus aufgehängt. Weil ich mit meinen Kunden über das Wetter reden muss, lese ich es jeden Morgen kurz ab, und dann denke ich zwangsläufig an den Mann, den ich jahrein, jahraus rasieren durfte.

Oft sprach er dabei über die russische Revolution, gelegentlich auch über den Sozialismus oder die Zukunft. Manchmal denke ich, mit der Menschenkenntnis, die man sich in meinem Fach doch aneignet, dass er im Grunde vor all dem Angst hatte, vielleicht sogar vor Niesten. Was er auch vorhersah, war eine durchgängige Verschmelzung aller Unternehmen zu einem allumfassenden Konsortium, einer Art kapitalistischen Internationale, die sich mit der von ihm beharrlich prophezeiten Fusion der großen Reedereien Smit und Internationale in Rotterdam noch beschleunigte … Seine Frau nahm seine Ideen schon lange nicht mehr ernst, aber es ist ein Faktum, dass keine Woche nach seinem Verschwinden die Nachricht von der definitiven Fusion von Smit und der Internationale auf der Titelseite der Zeitung stand. Ich hoffe, er hat das in Deutschland noch lesen können, es hätte ihn glücklich gemacht …

Als dann alles erst einmal ein Fall für die Anwälte geworden war, ging es schnell. Die Zwangsversteigerung der Werftmaschinen und -materialien wird kaum etwas eingebracht haben – ich sagte schon, dass der Schiffbau in einer tiefen Krise steckte; ein anderer, ein bisschen früher in Konkurs geratener Schiffbauer, ein gewisser Terneis aus Delfzijl, konnte dank der Tiefpreise und eines aufgenommenen Bankkredits auf der Versteigerung seine gesamte Habe zurückkaufen und baut heute noch Schiffe – aber auch die Häuser haben sich gut verkauft, und jetzt wohnen dort zwei Familien aus der Stadt, schon wieder seit zehn Jahren.

Nach dieser Nacht ist seine Frau nie mehr hier gewesen. Sie hat sich gleich in einem Stiftshaus in der Stadt angemeldet, und auch die Tochter haben wir hier nicht mehr gesehen – sie ist zu einer Freundin gezogen, auch in die Stadt, und arbeitet jetzt für das Rote Kreuz. So sind alle fast über Nacht ein für alle Mal verschwunden, auch die Werft, seitdem wurde kein Niet mehr geschlagen, während davor … siehst du das Rasenstück zwischen den Häusern? Man kann es sich heute nicht mehr vorstellen, aber dort war der Ort des Geschehens, dort regierte die Pendelschere, die Stanze, dort glitzerte alles vom Eisen, vor allem wenn die Sonne schien oder wenn es regnete … und heute, nichts mehr, nie wurde ein Ersatz dafür gefunden … manchmal empfinde ich den Verlust noch so heftig, dann fühle ich mich, als wäre ich hier, als wäre das ganze Dorf einfach am Diep zurückgelassen worden …«

Ein Auto bog auf das Gelände und hielt vor dem großen Haus. Ein Mann stieg aus, darauf eine Frau und ein kleines Kind. Der Mann ging in die Hocke, reichte dann der Frau seine Tasche und verschwand mit dem Kind um die Ecke des niedrigen Anbaus.

»Ja, es ist unglaublich schnell gegangen damals, aber Bepol hat trotzdem nicht plötzlich den Verstand verloren, die Spannung hat sich allmählich aufgebaut, ich glaube, schon seit damals, als er für seine Tochter und Niesten eigens das kleine Haus hier vorn hat bauen lassen. Ich will dir ein Beispiel erzählen, jetzt, wo wir hier sitzen, fällt es mir plötzlich wieder ein, aber komm, zuerst einmal nachschenken.«

Der Wein perlte in den Gläsern, das Schaf graste jetzt wieder ein wenig weiter entfernt, das Rupfen vermischte sich mit dem Bienengesumm über den Heckenrosen. Hinter dem Anbau quietschte eine Schaukel.

»Es war ein strahlender Winternachmittag und völlig still, an dem Tag wurde auf der Werft nicht gearbeitet, Niesten war nach Deutschland gefahren, die Frau und die Tochter nach Groningen. Um die Ruhe und die frische Luft zu genießen, habe ich damals meine Handschuhe angezogen, bin in meinen langen Mantel geschlüpft, habe mir den Hut aufgesetzt und mich, so gegen die Kälte gewappnet, mit meinem Spazierstock hier auf die Bank gesetzt. Weil die Sonne um diese Jahreszeit dort vorn so tief steht, hatte ich auch noch eine Sonnenbrille auf. Trotzdem schien mir das Licht so warm in die Augen, dass ich ein bisschen eingenickt bin, bis mich die Kälte nach einer halben Stunde weckte und ich wunderbar erfrischt wieder nach Hause zurückkehrte. Gut, aber jetzt der nächste Morgen. Ich gehe nach gegenüber, Bepol ist noch immer allein und beim Rasieren völlig außer sich: Ein Vertreter des deutschen Auftraggebers sei da gewesen, um sich ein Bild zu machen, ohne sich vorzustellen, ob ich ihn nicht auf der Bank habe sitzen sehen, es hätte auch jemand von den großen Konkurrenten sein können, oder ein Spion aus Rotterdam, von Smit, oder von der Internationale. Ich hörte zu, stellte Fragen, gab Antwort, nein, den Mann hatte ich nicht gesehen – und als mir endlich aufging, dass er mich gemeint haben muss, wagte ich nicht mehr, es ihm zu sagen, so peinlich war es mir auf einmal, zu bemerken, in welchem Zustand er sich schon damals befunden haben musste … und das war noch Monate vor den verhängnisvollen Ereignissen … Er muss gelitten haben, und keiner, der ihn verstand … er verstand sich auch selbst nicht …

Jetzt bleibt noch eine Frage: Wie konnten die Tochter und Niesten so leicht auseinandergehen? Sie waren beide anders, noch vor ihrer Ehe wussten sie es voneinander, und die hiesige Jugend wusste es auch. Sie haben es versucht, aber eigentlich waren sie hier nicht am rechten Ort. Manchmal denke ich: Auch wenn der Stapellauf gelungen wäre, selbst dann wären sie vielleicht doch auseinandergegangen. Der gute Bepol hat das wenigstens nicht mehr miterleben müssen, auch nicht später den schmählichen Konkurs, der durch die Lage der Werft an dem schmalen Kanal hier am Ende doch unabwendbar gewesen wäre – sein Schicksal, ein gnädiges Schicksal hat ihn davor bewahrt, aber was hat es ihm stattdessen beschert? Wir wissen es nicht, er hat mit dem Frühboot übergesetzt und ist danach spurlos verschwunden ...«

Ein Fallgitter klappte zu, ein Junge lief mit einer flachen Schachtel unter dem Arm auf die Weide, stieg die Treppe hinauf, verschwand im Steuerhaus.

»Gleich legen sie dort Grammofonplatten auf, es ist jetzt ein Jugendklub, das *Ragtime*«, erklärte der Friseur mit verständnisvollem Lächeln. »Bepol hätte es wunderbar gefunden, vor allem, weil keiner weiß, wem das Schiff eigentlich gehört, die Politik weiß nicht, was sie damit soll, eigentlich liegt es hier illegal, ein anarchistisches Überbleibsel seines Wohnens und Arbeitens, es wurde von den jungen Leuten nach und nach in Beschlag genommen und ist heute im weiten Umkreis so beliebt wie früher Bepols Stapelläufe. Jetzt, nachdem du weißt, was sich hier abgespielt hat, wirst du verstehen, wie wichtig es für uns ist, dass man das Schiff, jenseits aller Gesetze, hier noch immer sehen kann als bleibende Erinnerung und Ehrbezeugung für die Hauptperson, und es ist völlig in seinem Geist, dass es jetzt als Gemeinschaftsraum dient, denn er war in erster Linie ein Mann der Gemeinschaft: Ich habe schon erzählt, dass wir mit der Kapelle in seinem alten Kahn üben durften, aber vorher hatte er uns auch schon neue Uniformen besorgt und die Volksschule mit einem Globus bedacht, und auch die öffentliche Bank, auf der wir jetzt sitzen, war eine seiner Initiativen, um den Tourismus zu fördern, auch wenn er hier nie wirklich floriert hat – o ja, und dann natürlich die Stapelläufe, bei denen er sich am meisten über die Freude der anderen freute, und wenn man es genau bedenkt, haben wir sogar den gekühlten Wein, den wir hier trinken, ihm zu verdanken, denn allein durch seinen Einsatz hat die Gemeinde hier schließlich ein Kühlhaus gebaut; und bei all diesen Tätigkeiten blieb sein Blick auch auf die Zukunft gerichtet. Ach ja, er dachte immer, dass sie aus Deutschland käme, und am Ende ist er selbst dorthin gegangen. Komm, ein letztes Glas …«

Die Flasche wurde geleert, doch statt gleich anzustoßen, blickten die beiden Männer zuerst einen Moment lang über ihre Schultern nach Osten, Richtung Deutschland, wo Bepol vielleicht noch immer umherirrte, verloren, auf der Suche nach Niesten.

»Auf Bepol«, sagte der Friseur darauf schlicht.

»Auf Bepol«, sagte der andere – und es war, als würden sie auf alle Menschen trinken, die etwas verloren haben.

Glossar

Abdrift: das durch Wind oder Strömung verursachte seitliche Versetzen (Abtreiben) eines Schiffes vom angestrebten Kurs

aufreißen / Aufreißer: das Aufzeichnen der Rundungen der Spanten, Schotten und anderer Blechteile in originaler Größe auf dem Dachboden der Schiffbauhalle. Der Mann, der auf dem Reißboden die Vorlagen auf die Stahlplatten überträgt, wird »Aufreißer« genannt.

austreiben: Tätigkeitsbeschreibung beim Schiffbau: in Stahlplatten die gewünschte Biegung hämmern

Bandeisen: flache Eisenbänder, die z. B. für Reifen und Bänder verwendet werden

Baum: ein Rundholz, mit einer Gabel am Mast befestigt, das zum Aufspannen und Einstellen (Trimmen) des daran befestigten Segels dient

Befrachter: in der Seeschifffahrt der Vertragspartner des Verfrachters (je nach Kaufvertrag der Exporteur bzw. der Importeur oder ein Beauftragter). Er verpflichtet sich zur Beförderung des Transportgutes und schuldet die Fracht.

Bergholz: die obere stärkere Planke der Außenhaut bei Holzschiffen

Beting: ein kurzer starker Pfosten auf dem Oberdeck, der bis ins nächste Deck, manchmal bis in den Kielraum, hinunterreicht und z.B. dafür verwendet wird, schwere

Ankertrossen zu halten oder Tauwerk hinter den Mast zu führen

Bilge [sprich: »Bilsch«]: Sammelstelle direkt oberhalb des Kiels für Ölreste, Leck- und Schwitzwasser, das mit eingebauten Lenz- oder Bilgepumpen abgepumpt werden kann

Dachbinder: ein Tragwerk aus Holz, Stahl oder Stahlbeton, welches das aufliegende Gewicht aufnimmt und in die Fundamente leitet; ein Bauteil des Dachstuhls

Fächerbug: eine Bugform, bei der sich der Bug oben Y-förmig auffächert

Fall: ein Stück Tauwerk, das zum Hochziehen und Herablassen von Segeln benutzt wird

Faschine: ein durch Draht fest zusammengeschnürtes Bündel aus Reisig, welches das Rutschen von Erdmassen im Hangbereich verhindern soll. Wird überwiegend zur Böschungssicherung für Uferbefestigungsanlagen verwendet

Gangbord: ein schmaler begehbarer, das Schiff umlaufender Deckbereich bei Frachtschiffen

Gangspill: eine durch Muskelkraft angetriebene Trommelwinde zum Auf- und Abwinden von Ketten oder zum Heben schwerer Lasten. Pallen verhindern, dass das Spill sich rückwärts dreht.

Giek(-baum): ein Rundholz, mit dem kleinere Segel diagonal vom Mast abgespreizt werden; dient auch als Lösch- und Ladebaum

Gleitbalken: ein mit Schmierseife oder Staufferfett eingeschmierter Balken, auf dem das fertig gebaute Schiff ins Wasser gleitet

Hacke: ein über das Heck hinaus verlängerter Schiffsboden, der bei Grundberührung ein Abreißen des Hecks verhindern soll

Halbstein: Eine Halbsteinmauer ist eine Mauer, bei der die Steine nur in Längsrichtung vermauert werden. Jede zweite Reihe wird mit einem halben Stein abgeschlossen.

halber Wind: Beim Segeln unterscheidet man die Kurse zum Wind (»im Wind«, »am Wind«, »halber Wind«, »raumschots« und »vor dem Wind«) nach dem Einfallswinkel des an Bord wahrgenommenen Winds. Halber Wind bezeichnet einen Kurs, bei dem der scheinbare Wind ungefähr rechtwinklig einfällt.

Häng-auf (»Hang-op«): ein typisch niederländischer Nachtisch aus Buttermilch, der mithilfe eines aufgehängten Tuches zubereitet wird

Helge: eine waagerecht in der Helling aufgestellte Holzbohle, die etwas länger als der spätere Bootsrumpf ist und genau die Mittschiffslinie angibt, auf die hin später die Mallspanten ausgerichtet werden. Um ein Arbeiten unter dem Bootsrumpf zu ermöglichen, ist der Helgenbalken ca. einen halben Meter über dem Boden angebracht. Bei größeren Schiffen, die aufgrund ihres Gewichtes am Ort des Baues zu Wasser gelassen werden müssen, wird der Helgenbock mit einer leichten Neigung auf dem Boden installiert. Die Neigung ermöglicht dem Schiff nach Fertigstellung, durch sein eigenes Gewicht ins Wasser zu gleiten.

Helling: eine schräg abfallende Fläche auf der Werft, auf der das dort gebaute oder reparierte Schiff zu Wasser gelassen werden kann

kalfatern: die Plankennähte der Außenhaut und des Decks eines Schiffs mit Werg oder Baumwolle und Teer oder Gummi abdichten

Kalpak: urspr. die hohe Lammfellmütze der Tataren, später auch die glatte Pelzmütze ohne Krempe in der Männertracht der südlichen Balkanländer

Kampanje: veraltete Bezeichnung für den hinteren Aufbau eines Schiffs

Karake: ein dreimastiger Segelschiffstyp (ähnlich der Karavelle, aber erheblich größer und schwerer), der vom ausgehenden 14. bis Anfang des 17. Jahrhunderts weit verbreitet war und sowohl als Handels- als auch als Kriegsschiff genutzt wurde

Karburation: die Vergrößerung des Heizwertes von gasförmigen Brennstoffen durch Zusatz gasförmigen oder flüssigen Kohlenwasserstoffs bzw. Beimischung fester Brennstoffe in Staubform

Kasko: der leere, schwimmfähige Rumpf eines Schiffes

Katafalk: ein hölzernes Gerüst, auf dem bei Leichenfeiern ein Sarg aufgebahrt wird

Kieke: ein alter, speziell in Norddeutschland gebräuchlicher Begriff für ein Kohlebecken zum Wärmen der Füße

Kiel legen: Baubeginn im historischen Schiffbau; das Legen der ersten Schiffbausektion auf den Helgen. Am Kiel werden dann die Spanten fixiert, an denen wiederum die Außenhaut befestigt wird. Zusammen mit den Decks und weiteren Aussteifungen entsteht der Schiffsrumpf.

Kielplatte: Außenhautplatte unter dem Mittelkiel bei Schiffen mit flachem Kiel

Kimm: (1) die Linie, an der sich Meer und Himmel scheinbar berühren (sichtbare Horizontlinie); (2) gekrümmter Teil der Schiffsaußenhaut zwischen dem flachen Boden und der Seite

klameien: das Aufweiten der Plankennähte vor dem Kalfatern

Klampe: eine in der Seefahrt verwendete Vorrichtung in Form eines kleinen Ambosses zum Befestigen von Seilen. Das Tau wird kreuzweise über die beiden gegenüberliegenden Hörner geschlagen, sodass es sich bei Zug selbst festzieht.

Klipper: (1) ein schlank gebautes, sehr schnelles Segelschiff mit drei oder vier hohen Masten und einer großen Segelfläche, das seine Blütezeit in der Mitte des 19. Jahrhunderts hatte; (2) ein holländischer Plattboden-Küstenfrachter-Typ mit Seitenschwertern, der vorwiegend zum Ende des 19. Jahrhunderts gebaut und in den niederländischen Binnengewässern sowie den Wattenmeeren der Nordsee bis nach England und in die Ostsee eingesetzt wurde

Lee(-seits)/Luv(-seits): Lee bezeichnet die dem Wind abgewandte, Luv die dem Wind zugekehrte Seite eines Schiffes

Leichter: ein kleineres, offenes Wasserfahrzeug ohne Eigenantrieb, das größeren Schiffen Ladung abnimmt oder zuführt

Leuchtbake: ein fest gegründetes gittermastartiges Seezeichen, das zur räumlichen Orientierung von Verkehrsteilnehmern eingesetzt wird und in seinem oberen Teil ein Leuchtfeuer trägt

Mallen: Spantschablonen, die beim Schiffsbau zur Formgebung der späteren Plankengänge dienen und aus der fertigen Rumpfschale wieder entfernt werden

Mennige: ein rotes Anstrichmittel, das u. a. zum Rostschutz verwendet wird

Oberbande: (veraltetes) Synonym für »Reling«

Palle: eine Trage- und Hebeeinrichtung beim Schiffbau, in insgesamt drei Reihen über die gesamte schifftragende Docklänge platziert. Die beiden äußeren Reihen sind auf der tragenden Oberseite beweglich, um sich der Schiffsform anpassen zu können. Sie werden über Gestänge während des Ein- oder Ausdockens hoch- oder heruntergedreht.

Pendelschere/ Pendelstanze: eine Vorrichtung zum Schneiden von Blechen bzw. zum Stanzen von Löchern in Bleche

Prahm: ein kastenförmiger, offener Kahn mit flachem Boden zur Beförderung von Lasten oder zur Vornahme von Bauarbeiten im Wasser, z. B. Baggern, Einrammen oder Ausziehen von Pfählen

Rijksdaalder: niederländische Talermünze (Reichstaler), die mit 50 Stuiver = 2 ½ Gulden bewertet wurde und deshalb auch als Bezeichnung für die ab 1840 geprägten 2 ½-Gulden-Stücke diente

Sandschifffahrt: Frachtindustrie, in der schwerpunktmäßig loses Gut wie z. B. Sand transportiert wird, meistens für die Bauindustrie

Schanzkleid: eine im Gegensatz zur Reling massive Schutzwand, die das freie Oberdeck eines Schiffs nach außen abschließt und am Bug vor allem die Aufgabe hat, im Seegang überkommendes Wasser abzuweisen. Bei Schiffen, die bauartbedingt kein geschlossenes Deck aufweisen, ist das Schanzkleid für die Kenterstabilität erforderlich.

Schergang: der an das Oberdeck angrenzende Plattengang auf der Außenhaut eines Schiffes

Schlepper: besonders stark motorisierte Schiffe, die zum Ziehen und Schieben anderer Schiffe eingesetzt werden

Schoner: ein Segelschiff mit zwei oder mehr Masten, dessen vorderer Mast kleiner als oder gleich groß wie der oder die hintere/n (achtere/n) Mast/en ist

Schot: eine Leine, mit der dem Segel die richtige Stellung zum Wind gegeben wird, meist als Flaschenzug oder Handwinde geführt

Schott: eine geschlossene Trennwand oder, in der älteren Bedeutung, ein schnell vorschiebbarer Verschluss. Ein Schott kann sowohl luft- oder flüssigkeitsdicht als auch brandhemmend (Brandschott) ausgelegt sein.

Schragentisch: ein Tisch, dessen Gestell aus zwei Paar schräg gekreuzten Böcken (Schragen) mit einem quer hindurchgesteckten und verkeilten Querholz besteht

Schute: ein kleines, flaches Schiff, das für den Gütertransport vorgesehen ist

Schwell: der nach Abflauen des Windes noch auslaufende Seegang (auch als »Dünung« bezeichnet)

Spake: ein dickes Kant- oder Rundholz, das als Hebel dient. Spillspaken werden in dafür vorgesehene Öffnungen in das auf dem Oberdeck stehende Gangspill rundherum eingesteckt (je nach Größe des Spills sechs oder mehr), um es mit Muskelkraft drehen zu können.

Spanten: »Rippen« des Schiffes, zur Versteifung des Rumpfes

Spundwand: ein Verbau zur Sicherung von Baugruben oder Geländesprüngen, der zugleich eine Dichtungsfunktion übernehmen kann. Auch dauerhaft als Bauelemente im Wasserbau für Kaimauern, Schleusenwände, Kanäle, Molen und Hafenbecken, sowie zum Hochwasserschutz eingesetzt

Staufferfett: Schmierfett, das aus dünnflüssigen Grundölen und billigen Kalkseifen hergestellt wird

(Vorder-, Achter-)Steven: die vordere oder hintere Begrenzung des Schiffskörpers

Stockanker: Anker, der vorwiegend aufgrund seines Gewichtes hält

Stubben: Begriff aus der Forstwirtschaft für den nach dem Fällen im Boden zurückbleibenden Teil eines Baums

Süll: auf Schiffen die hohe Türschwelle und die Umrandung der Luken und Niedergänge, die das Einfließen von Wasser verhindern sollen; auch die Platten, mit denen ein Deckshaus oder Aufbau am Deck befestigt ist

Takel: ein schwerer Flaschenzug mit zwei mehrscheibigen Gehäusen (Blöcken)

Takelage: Sammelbezeichnung für die Masten und das Tauwerk, das die Masten hält, sowie für die Seile, die zur Bedienung des Segels notwendig sind. Die Segel selbst sind nicht Teil der Takelage.

Teerjacken: Ölzeug für Matrosen

Tjalk: ein bis in das frühe 20. Jahrhundert eingesetztes Segelfrachtfahrzeug der Nordsee für den Einsatz in Wattenmeergebieten. Aufgrund ihres geringen Tiefgangs war die Tjalk besonders gut zum Befahren seichter Kanäle und Priele geeignet; ein flacher Boden ermöglichte ein Trockenfallen, d. h. Aufsetzen, bei Ebbe

Topp: das obere Ende eines Mastes

treideln: ein Schiff mit Muskelkraft oder Traktoren vom Land aus durch einen Fluss oder einen Kanal ziehen

Trippe: eine esstellergroße und ca. 5 cm dicke Holzscheibe, die Arbeitspferden unter die Hufe geschnallt wurde, um auf morastigen Untergründen, vorwiegend in Moorlandschaften, besseren Halt zu finden

Trosse: ein starkes Tau aus Hanf, Stahl oder Chemiefaser zum Festmachen oder Schleppen großer Schiffe

Unterbahn: Teil der Rampe beim Stapellauf, bei dem das Gewicht des Schiffs auf einen Holzschlitten verlagert wird, der nach dem Lösen der Haltevorrichtungen eine schiefe Rampe ins Wasser hinunterrutscht. Das Fahrzeug liegt auf der Oberbahn und gleitet auf der Unterbahn ins Wasser.

Wärmejunge: der Mann (meist Lehrling bzw. Berufsanfänger), der für das Feuer in den Essen bzw. Feldschmieden verantwortlich ist, in denen die Niete glühend gemacht werden

Inhalt

1 Schiffbau Bepol *7*
2 Niesten *18*
3 Stillstand *34*
4 Frage und Antwort *45*
5 Besuch *55*
6 Stieftage *68*
7 Nachhochzeit *89*
8 Arbeit, neue Arbeit, Eisenarbeit *108*
9 Anbau *158*
10 Geschäftspost *173*
11 Im Rücken *184*
12 Der Mann auf der Bank *199*
13 Endausbau *213*
14 Kraftakt *256*
15 Finale *297*
16 PS *321*

Glossar *335*

Originaltitel: De nieuwe man
Originalverlag: Em. Querido's Uitgeverij BV, Amsterdam

Die Deutsche Verlags-Anstalt dankt der Stiftung für die Produktion und Übersetzung niederländischer Literatur (Nederlands Literair Productie- en Vertalingenfonds), Amsterdam, Niederlande, für die Förderung dieser Übersetzung.

FSC
Mix
Produktgruppe aus vorbildlich bewirtschafteten Wäldern und anderen kontrollierten Herkünften

Zert.-Nr. SGS-COC-1940
www.fsc.org
© 1996 Forest Stewardship Council

Verlagsgruppe Random House FSC-DEU-0100
Das für dieses Buch verwendete FSC-zertifizierte Papier *Munken Premium* liefert Arctic Paper Munkedals AB, Schweden.

1. Auflage

Gestaltung und Satz: DVA/Brigitte Müller
Gesetzt aus der Berling
Druck und Bindung: GGP Media GmbH, Pößneck
Printed in Germany
ISBN 978-3-421-05789-1

www.dva.de

Thomas Rosenboom
Neue Zeiten
Roman

Aus dem Niederländischen von Marlene-Müller-Haas
496 Seiten, gebunden
ISBN 978-3-421-05663-4

Amsterdam, 1888: Der Aufschwung ist da, an jeder Ecke der Stadt wird gebaut. Es scheint, als seien die Tage altholländischer Gemütlichkeit gezählt – die Zukunft gehört den neuen Ideen, dem Fortschritt, Geld und Wohlstand. Das bekommt auch Walter Vedder zu spüren, dessen Häuschen dem Neubau eines Grandhotels im Weg steht. Doch schnell wittert er seine Chance und fordert eine ungeheure Kaufsumme; das Geld will er hundert bettelarmen Torfbauern für die Überfahrt nach Amerika leihen. Die edle Tat soll sich auf lange Sicht auch finanziell auszahlen. Aber die neuen Zeiten kennen wenig Gewinner und umso mehr Opfer …

»Ein raffiniertes Märchen, ein faszinierender Lesestoff.«
Süddeutsche Zeitung

»Rosenboom fesselt mit starken, symbolkräftigen Bildern. Er erzählt mit großem epischen Atem.«
Frankfurter Allgemeine Zeitung

Thomas Rosenboom
Tango
Roman

Aus dem Niederländischen von Marlene Müller-Haas
160 Seiten, gebunden
ISBN 978-3-421-05788-4

Han ist fünfundvierzig Jahre alt und hat noch nie geküsst. Er beschließt, Tango zu lernen, ist aber zu schüchtern, eine Dame aufzufordern – so dreht er alleine auf der Tanzfläche eines Amsterdamer Tangosalons seine Runden. Doch dann fordert Esther ihn auf, und eine stürmische Liebesbeziehung beginnt. Wird Han mit seiner welterfahrenen Partnerin Schritt halten können?
Eine einfühlsam geschriebene Geschichte über eine ungleiche Liebesbeziehung.

»Die Wendungen der Erzählung sind so plötzlich und doch gesetzmäßig wie Tanzfiguren. Man folgt ihnen mit Freude und Wehmut, mit Verwunderung, die sich in Bewunderung verwandelt.«

Die Welt

Anne Enright
Das Familientreffen
Roman

Aus dem Englischen von Hans-Christian Oeser
352 Seiten, gebunden
ISBN 978-3-421-04370-2

Der Hegarty-Clan versammelt sich in Dublin, um Liam, das schwarze Schaf der Familie, zu Grabe zu tragen – doch schnell gerät der Anlass zur Nebensache. Nur Veronica wagt es, nach den Umständen zu fragen, die ihren Bruder in den Tod getrieben haben mögen. Ein beeindruckend intensiver Roman über die Frage nach Schuld und Verantwortung, nach der Liebe und ihren Folgen, mit dem Booker-Preis 2007 ausgezeichnet.

»Dass Anne Enright für diesen schonungslosen Roman mit seiner hinreißend gnadenlosen Sprache den renommierten Booker-Preis gewonnen hat, ist mehr als verdient. Eine glitzernde, dunkle Perle von Buch.«

Brigitte

»Ein zarter, harter, humorvoller Roman über die Hölle der Großfamilie. Gewaltig gut.«

NDR

Thomas Rosenboom
Tango
Roman

Aus dem Niederländischen von Marlene Müller-Haas
160 Seiten, gebunden
ISBN 978-3-421-05788-4

Han ist fünfundvierzig Jahre alt und hat noch nie geküsst. Er beschließt, Tango zu lernen, ist aber zu schüchtern, eine Dame aufzufordern – so dreht er alleine auf der Tanzfläche eines Amsterdamer Tangosalons seine Runden. Doch dann fordert Esther ihn auf, und eine stürmische Liebesbeziehung beginnt. Wird Han mit seiner welterfahrenen Partnerin Schritt halten können?
Eine einfühlsam geschriebene Geschichte über eine ungleiche Liebesbeziehung.

»Die Wendungen der Erzählung sind so plötzlich und doch gesetzmäßig wie Tanzfiguren. Man folgt ihnen mit Freude und Wehmut, mit Verwunderung, die sich in Bewunderung verwandelt.«

Die Welt

Anne Enright
Das Familientreffen
Roman

Aus dem Englischen von Hans-Christian Oeser
352 Seiten, gebunden
ISBN 978-3-421-04370-2

Der Hegarty-Clan versammelt sich in Dublin, um Liam, das schwarze Schaf der Familie, zu Grabe zu tragen – doch schnell gerät der Anlass zur Nebensache. Nur Veronica wagt es, nach den Umständen zu fragen, die ihren Bruder in den Tod getrieben haben mögen. Ein beeindruckend intensiver Roman über die Frage nach Schuld und Verantwortung, nach der Liebe und ihren Folgen, mit dem Booker-Preis 2007 ausgezeichnet.

»Dass Anne Enright für diesen schonungslosen Roman mit seiner hinreißend gnadenlosen Sprache den renommierten Booker-Preis gewonnen hat, ist mehr als verdient. Eine glitzernde, dunkle Perle von Buch.«

Brigitte

»Ein zarter, harter, humorvoller Roman über die Hölle der Großfamilie. Gewaltig gut.«

NDR

Elliot Perlman
Sieben Seiten der Wahrheit
Roman

Aus dem Englischen von Matthias Jendis
864 Seiten, gebunden
ISBN 978-3-421-04341-2

Seit zehn Jahren kommt Simon nicht über den Verlust seiner großen Liebe hinweg – und begeht eine aberwitzige Tat: Er entführt den kleinen Sohn seiner ehemaligen Freundin. Die Entführung, vielleicht nur ein Akt der Verzweiflung, löst einen Skandal aus und zwingt alle Beteiligten, ihr Leben auf den Prüfstand zu stellen.
Ein großer Roman über die Gründe und Abgründe der Liebe; über emotionale, politische und moralische Konflikte und über die hoffnungslose Suche nach der Wahrheit, die immer mehr als eine Seite hat.

»Man liebt dieses Buch für den Trost den es spendet, man erschrickt bisweilen, weil es uns wie seine Figuren ins Kreuzverhör nimmt, man ist traurig, wenn es zu Ende ist.«

Die Welt

»Ein Roman, der sich wegliest wie nichts – und mindestens siebenmal so lange nachwirkt.«

Brigitte